WITH THE LIGHTS OUT

Virginie Despentes

Vernon Subutex ①

ウィズ・ザ・ライツ・アウト

ヴェルノン・クロニクル
1

ヴィルジニー・デパント

博多かおる 訳

早川書房

ウィズ・ザ・ライツ・アウト

ヴェルノン・クロニクル1

VERNON SUBUTEX 1
by
Virginie Despentes

Translated by
Kaoru Hakata
First published 2020 in Japan by
Hayakawa Publishing, Inc.
This book is published in Japan by
direct arrangement with
Les Éditions Grasset & Fasquelle.

装幀／コバヤシタケシ

わたしは完全に死に絶えはしないだろう（ノーン・オムニス・モリアル）

マルティーヌ・ジョルダーノ
ジョゼフィーヌ・ペパ・ボリヴァール
ヤナ・ピストルアン
に捧ぐ

向かいの建物の窓にはもう明かりが灯っている。広告代理店らしい広いオープンスペースの中で、清掃員たちのシルエットがせわしなく動き回っている。朝六時に働き始めるのだ。ヴェルノンはだいたいその少し前に目を覚ます。濃いコーヒーを飲み、ターメリック色のフィルターのタバコを吸いたくなる。パンを一切れトースターに放り込み、パソコンで《パリジャン》紙のトップニュースを読みながら朝食をとりたい。

しかし何週間も前からコーヒーは買っていなかった。毎朝、前の晩の吸い殻をばらして巻くタバコは細すぎて、紙を吸っている感じがする。戸棚の中に食糧は何も入っていない。インターネットの契約だけは切っていなかった。住居手当が振り込まれる日に、その代金が口座から引き落とされるようになっている。じつは数カ月前から住居手当は大家に直接振り込まれているのだが、それでもなんとか生きのびてきた。このまましばらく持ちこたえられればいいんだが。

携帯電話の契約は未払いが続いて利用停止になってしまい、定額パッケージを買おうとあがくのもやめた。こんな壊滅的な状況に陥っても、ヴェルノンはある方針を貫くことにしている。何か変わったことが起きているのに気づいていないふりをするんだ。身の回りの物事がゆっくりと壊れていくのをスローモーションのように眺めていたら、崩壊のスピードが急に上がってきた。それでもヴェルノンは飄々（ひょうひょう）としたクールなスタイルを崩さないことに決めている。

最初の打撃は最低所得手当（RSA）（フランスの失業給付金）を打ち切られたことだった。自分の担当だった女性が書いた報告書のコピーが郵便で届いた。彼女とはけっこう話がはずんでいたのに。三年近くものあいだ、ヴェルノンは観葉植物がいつも萎れかけている狭いスペースをきちんきちんと訪れて面談をしてきた。ボダールさんは三十歳ほどの女性で、おしゃれで、髪は赤毛に染め、ふっくら体型で胸が大きい。彼女はよく自分から子供の話をした。男の子二人のせいで心配ごとが絶えない。しょっちゅう子供を小児科医のところへ連れていき、医師が多動性障害と診断を下して鎮静剤を処方してくれるのを期待していた。ところがお宅の子供さんはきわめて健康ですと医師が言うので彼女は絶望した。ボダールさんは、小さいころ両親とAC／DCやガンズ・アンド・ローゼズのコンサートに行ったことがあるという。今ではカミーユやバンジャマン・ビオレの方が好きだ。ヴェルノンはそういう趣味に逆らうようなコメントは控えた。二人はヴェルノンの事例について長いこと話し合った。ヴェルノンは二十歳から四十五歳までレコード店をやっていた。この業界での仕事のオファーは、元炭坑労働者より少ない。ボダールさんは職種転換を勧めた。成人職業教育センターをはじめ各種の再就職支援機構が主催している研修を一緒に調べ、しばらくしたらまた会って状況を再検討する約束で、いい関係のまま別れた。三年後、ヴェルノンは総務職の職業教育免状を取得するコースに申し込んだが、落とされてしまった。その頃には、書類づくりのエキスパートと言えるくらい手際よく申請書類を準備できるようになっていて、自分としてはやるべきことはすべてやった感覚があった。自分の経歴にあてはまる求人を探してネット上をうろつき、履歴書を送り、落とされた証拠となる知らせを受け取るのが、しまいには自分の仕事のような気さえしてきた。五十代に手の届く男に新しい仕事を教えようと思う人なんかいるだろうか。郊外のコンサートホールと、もう一つ、ミニシアターでの実習をやっと見つけ出した。おかげで少し外出できたし、久しぶりに高速地下鉄（エールウーエール）につきもののトラブルを肌身で感じ、人に会えたけれど、結局すべては無駄だったという苦い思いが先に立った。

なぜヴェルノンの最低所得手当が打ち切られたか、その理由として、ボダールさんは報告書にヴェルノンが雑談のついでに話したことを挙げてあった。ヴェルノンがストゥージスのライブを聴きにル・マンまで行って少し金を使ったこと、ポーカーで百ユーロすったことなど。報告書のコピーを読みながら、最低所得手当を打ち切られたショックはともかく、ボダールさんという人がわからなくなって頭が混乱した。あの人はきっと三十歳くらいだろう。給料はどのくらい？　ああいう女性はいくらぐらい稼ぐのかな。手取り二千ユーロぐらいか。せいぜいそのあたりだろう。あの年代の人間は『秘密の家』（フランスのテレビ番組。一つの家に閉じ込められた十五人はカメラによって監視されており、「声」と呼ばれる見えない人物がスピーカーか赤い電話を通じて与える命令に従わなければならない）の「声」のリズムで育てられたからな。つまり、いつ電話が鳴って、同僚の半分を首にしろと命令されてもおかしくない世界で成長したんだ。隣人を切り捨てるのがゲームの黄金則で、哺乳瓶をくわえていたころからそれをたたきこまれてる。いまさら、そんな不健全じゃないかと問いただしても無駄だ。

支給打ち切り通知を受け取ったヴェルノンは、おかげで「何か」を見つける気力が湧いてくるかもしれないと自分に言い聞かせた。状況がますます不安定になったから、出口のない状況から抜け出す能力が上がる、そんなポジティヴな効果を期待しているみたいに……

あれよあれよというまに状況は悪化したが、それはヴェルノンの場合に限ったことじゃなかった。

二〇〇〇年代初頭までは、大かたの人間はまあまあうまくやっていた。使い走りがレーベル・マネージャーになったり、フリーの校正係がテレビ欄ディレクターのポストを獲得したりして、ふらふらしていたやつでも、しまいにフナック（フランスの音楽、書籍等量販店）のCDコーナーの主任になることだってあった。びりっこにいるような、成功することに一番関心のない人間も、フェスティヴァルで不定期に働いたり、ローディーや通りにポスターを貼って歩く仕事などをかけもちしたりして、なんとかやっていけた。ナップスター（九〇年代に立ち上げられた音楽ファイルサービス。著作権の問題で訴訟に負け、倒産）の津波の被害を容易に予測できる位置にいたヴェルノンも、まさか船が乗組員全員とともに沈没するとは思っていなかった。

宿命（カルマ）だと言っていた人たちもいた。業界はCD化で大儲けしたばかりだった。顧客の一人一人に、持っている録音をすべて買い直させる。しかも前より製作費が安くあがる素材を使い、店では倍の値段で売る。レコードという媒体に文句を言う人など見たこともないのに、音楽愛好家が誰一人得をしない作戦を推し進めた。ただ、因果応報を説くこの宿命論にも穴がある。愚かなまねをして歴史に制裁を受けるにしても、そんなことはずっと前からわかっていたはずだ。

ヴェルノンの店の名は〈リヴォルヴァー〉といった。ヴェルノンは二十歳でそこの店員になり、店主がオーストラリアに移住してレストラン経営に転身することを決めた時に店をゆずってもらった。一年目にもし誰かが、きみは人生のほとんどをこの店で過ごすことになるだろうよ、と言ったら、まさか、他にやりたいことがありすぎるからねと答えただろう。年取ってはじめて、「ちぇ、時間がたつのがはやすぎる」という表現が、人と仕事の関わりをいちばん的確に言い当てていることがわかる。

ヴェルノンは二〇〇六年に閉店せざるをえなかった。一番やっかいだったのは、賃貸契約をゆずり受けてくれる人を探すこと、店に付加価値がついているはずという幻想を手放すことだった。自分が経営者だったから失業手当はもらえなかったけれど、失業一年目はなんとかなった。ロック事典に十項目ほどを書く契約をとりつけ、郊外のフェスティヴァルで一週間に何回かもぐりの切符売りの仕事をし、専門誌で名譜コラムを執筆した。加えて、店から救い出したものすべてをネット上で売り始めた。在庫の大半は清算ずみだったが、他のものと一緒に叩き売りしたくなかった録音や組物レコード、多くのポスターやTシャツが残っていた。イーベイのオークションでは、面倒な会計報告を書かなくていいし、予想の三倍の値で売れた。人生で人はしばしば二セットを戦わされる。はじめ自分がゲームの主導権を握っていると思わされて気が緩み、第二セットで油断してのんきにやっているところへもう一度同じ球を打ち込まれ、負かされる。

ヴェルノンは、朝寝坊の心地よさをやっと思い出したところだった。二十年前から、風が吹こうがひどい風邪をひこうが、店のむかつく鉄製シャッターを一週間に六日は必ず上げてきたのだ。二十五年間で三度だけ、店員に店の鍵を預けたことがある。腸インフルエンザ、インプラントの手術、坐骨神経症をわずらった時。午前中、そうしたい気分だったらベッドから出ずに本を読んでいていいと再習得するのに一年かかった。一番好きなのはネットでポルノを探しながらラジオを聴くことだ。彼はサシャ・グレイやボビー・スター、ニナ・ロバーツたちポルノスターの経歴をすみずみまで知り尽くしていた。昼寝をしたり、三十分ほど本を読んでいるうちに眠り込んだりできるのも最高だった。

二年目、ヴェルノンはジョニー・アリディの伝記に入れる写真を探す仕事をした。ちょうど名称が変わったばかりの最低所得手当に登録した。音楽関係の個人的なコレクションも売り始めた。イーベイでかなりいい取引ができた。コンピュータースクリーンの仮想空間がこれほど物フェチ熱に突き動かされているとは思ってもみなかった。なんでも売れた。販促用品、コミックス、プラスチックフィギュア、ポスター、ミニコミ誌、写真集、Tシャツ……。誰でも、売り始めた時は出し惜しみするが、そのうちに勢いがついてすべて売り払いたくなってくる。ヴェルノンの家から、それまでの人生を語る物たちがほぼすべて消えていった。

ヴェルノンは、誰にもじゃまされない朝のありがたさを嚙みしめた。音楽を聴く時間はいくらでもある。ザ・キルズやホワイト・ストライプス、ストロークスに続くバンドがいくら新譜を出しても、もうそれを追う必要もない。次から次へと絶え間なく発売される新譜にはうんざりだった。すべてをキャッチするためには、ネット上で点滴を受け、休みなく新しい曲を注入しなければならない。

ただ、店を閉めるとこれほど女の子に不自由するとは思わなかった。ロックは男の領域だという言う人もいるが、そんなの嘘っぱちだ。ヴェルノンの店には女性客も多く、知らない女の子が次々とやってきた。ヴェルノンはすぐに女の子たちと意気投合する。ヴェルノンは浮気性だったが、彼が当てにならないから、よけいに女たちは寄ってきた。かわいい子がボーイフレンドと何かすてきな音楽を探しにきたとする。その子は必ず一週間以内に一人で戻ってくる。同じ地区で働いている女たちも来た。通りの先で働いている美容師や向かいのブティックの女の子たち、郵便局員、レストランやバーの店員、プールの従業員。まさにすばらしい生簀（いけす）だったが、店の鍵を返したとたん、ヴェルノンはそこから締め出されてしまった。

長く続いた関係は少なかった。友達にもそういう男は多かったけれど、ヴェルノンも昔の恋人の思い出を引きずって生きていた。消せない足跡を人生に刻んでいった女性。彼の場合、その子はセヴリーヌという名だった。つきあっていたのは二十八歳の時だ。恋をはしごする男としての名声にこだわりすぎたヴェルノンは、自分に必要なのはセヴリーヌで、他の女性ではだめだと理解するのが遅すぎた。あの頃のヴェルノンは、街を闊歩する、飼い慣らせない孤高の野獣だった。友人はみな、なんの屈託もなく恋から恋へと舞っていく彼のエレガントさにうっとりしたものだ。少なくともヴェルノンは自分で自分にそういうイメージを抱いていた。一夜の恋を仕留める誘惑の達人、執着しない男、一人の女に縛られないやつ。幻想は抱いてなかった。というのも、自分に自信のない多くの若者と同じで、女を泣かせられることを確かめると安心するだけだったから。

セヴリーヌは背が高くて活発だった。あまりにもてきぱきしているから、周りが疲れてしまうほどだった。驚くほど脚が長く、いかにもパリの裕福な家に生まれた女の子という姿をしていた。ムートンのベストをシックに着こなせるタイプだ。セヴリーヌは人生を自分の手でつかみ取り、家事を完璧にこなし、路肩で車のタイヤを変えるのだってへっちゃらだった。自分で物事を解決するのに慣れっこで、文句ひとつ言わないタイプの金持ちの子。だからといって二人だけの時は、くつろげないわけじゃない。ヴェルノンが彼女を思い出す時、目に浮かんでくるのは裸でベッドにいる姿だ。セヴリーヌは週末をベッドで過ごすのが大好きだった。レコードを変えるのに起き上がらなくていいように、プレーヤーのターンテーブルをマットレスの横の床にじかに置いていた。寝床のまわりにはタバコや水のボトルや電話が積み重なり、電話の螺旋コードはいつも絡まっていた。それが彼女の王国だった。何カ月かの間、ヴェルノンにはそこに入る権利を与えられていた。

セヴリーヌは、つきあっている相手に浮気されたとわかっても泣くなと母親に教育されてきたような子だった。彼女は歯を食いしばった。つまらないことでヴェルノンの浮気が見つかった時、セヴリーヌがすぐに別れを切り出さないので彼は驚いた。セヴリーヌは「出ていくわ」と言い、しばらくして相手をゆるした。それを見たヴェルノンは、自分と別れる決意がつかないんだなと見て、そんな性格の弱さをちょっとばかにした。また浮気してもだいじょうぶだろう。三、四回、激しい喧嘩があり、セヴリーヌは、いい加減にして、わたしにも限度がある、追い詰めないでと言ったが、セヴリーヌには何もできっこないとヴェルノンは信じていた。何か起きる予感もなかった。ある日、セヴリーヌに誰か別の男がいることを知ったヴェルノンは、彼女の持ち物すべてをダンボール箱に入れ、アパルトマンの下の通りに放り出した。通りすがりの人たちがその箱を漁り、セヴリーヌの服や本や化粧品が扉の前に散らかった光景は、何年もヴェルノンの頭から離れなかった。以来、彼女の噂は聞いていない。自分がそこから立ち直れないとわかるまでには長い時間がかかった。ヴェルノンには、自分の気持ちに気づかずにいるという才能があった。セヴリーヌと一緒にいたら自分の人生がどうなっていただろうと想像することはよくある。彼女と出会う前の自分から脱皮する勇気があったらどんなによかったか。あの頃、執着している物事にも遅かれ早かれ別れを告げる時が来ることを知っていたら、先回りして早めに離脱治療に取りかかるのが賢明だとわかっていたら。セヴリーヌにはもう子供がいるに決まっている。当然だ。そういう子だった。身を落ち着けて家庭を持ち、かつての魅力を少しも失っていないはずだ。とげとげした婦人にはならず、あいかわらず空気のように軽やかで、オーガニック食品を食べ、地球温暖化の話題に熱心で、きっと今もトリッキーやジャニス・ジョプリンを聴いているにちがいない。もし今も一緒にいたら、ヴェルノンも店をたたんですぐに別の仕事を見つけただろう。子供がいたはずだから、そうするしかなかったに決まってる。そして今頃、上の子供のマリファナ問題か、下の子供の拒食症に悩んでいただろう。まあ、災難は最低限で済んだと思うことにしよう。

今やヴェルノンは、結婚している男と比べれば女と寝る機会が少ない。セックスなしでこんなに長いあいだ生きられるとは正直思っていなかった。フェイスブックやミーティック（出会い系サイト）は家からナンパするためのすばらしい道具だが、仮想世界で満足する覚悟がないなら、結局は女の子に会いに出かけないとならない。ヴィンテージっぽくても浮浪者っぽくはない服をみつけ、カフェにも映画館にも、レストランにも入らずにすむ方法を編み出さないといけない。女の子を連れ帰ってはいけない。何も入っていないクローゼット、空の冷蔵庫、むさいガラクタの山を彼女の目に入れてはいけない——それが独身主義を貫いてきた男の家の愛すべき乱雑さと違うことは誰でも一目でわかる。ヴェルノンの家には、長く履きすぎた靴の匂い、中年の独身男に独特の匂いが漂っている。窓を開けて香水を振りまいても、その匂いは彼のすみかにつきまとって離れない。結局、インターネット上で女の子を口説いた末、会う約束を取りつけたところですっぽかしてしまうのだった。

ヴェルノンは女というものを知っている。数多くの女とつきあってきたから。この町は、自分の欲望に応え、今すぐにでも四つん這いになって長いフェラチオで気分を上げてくれる用意のある、迷える女たちに満ちみちている。女というのは、年がいっていて不細工だからといって、二十歳の美女より物分かりがよく、要求が少ないわけでもない。よくあるのは、数カ月間はおとなしくしていて、急に自分の主張を押しだしてくるパターンだ。ヴェルノンは自分に寄ってくるタイプの女を警戒している。

男友達は、また違った。長年一緒に音楽を聴き、コンサートに行ったりバンドについて話したり、そういう関係は何ものにも代えがたい。引っ越したから会わなくなるなんてこともない。でも前と変わってしまった点もある。前は友達がその界隈に立ち寄ったらヴェルノンの店の扉を押すだけでよかったのに、今や、友達と会うためには電話して約束を取りつけないといけない。ヴェルノンは夕食会、映画の夕べ、大麻と食前酒の集いなどを計画することに慣れていなかった。気がつかないうちに、友達の多くは少しずつ地方へ移ってしまっていた。妻や子供がいて、三十平米では暮らせなくなったか、パリの物価が高すぎるので賢明にも出身地へ戻ったかだ。いまや、四十歳を過ぎてパリにいられるのは、親が不動産を持っている人間だけになった。残りの人間は別の場所で人生の続きを送る。ヴェルノンはパリに残った。そもそも、それが間違いだったのかもしれない。

孤独の中に生き埋めになってやっと、ヴェルノンは友達と散り散りになってしまったことに気づいた。しかも、悪夢のようなことが次々と起きていった。

まずはベルトランから始まった。癌の再発だった。そいつは喉に戻ってきた。最初の腫瘍だけでこりごりだったのに。ベルトランは完治したと思っていた。少なくとも、友人たちはベルトランの治癒を最終的な勝利のように祝った。その確信もあっという間に打ち砕かれ、アッパーカットをくらったわけだが、葬式が済むまで誰も現実を直視できなかった。再発の診断から死まで、三カ月間で病魔はベルトランを喰らい尽くした。彼はいつも襟を立てて黒シャツを着ていた。一九八八年から同じシャツを同じように着ていた。ビールのせいで腹が突き出し、ボタンをかけにくくなってはいたが。四十を少し過ぎた彼は、白髪を伸ばし、レイバンのサングラスを鼻にひっかけ、ヘビ皮のいかしたブーツをはいて、不良づらをしていた。鼻が赤かったが、まだ若々しい大男だった。

その彼がいつも年寄りみたいなパジャマ姿でいるのを目にするのはつらかった。髪がなくなるのはまだいい。ヴェルノンは、彼がおかしなパジャマを着ているのを見ると胸が痛んだ。ベルトランは食べられなくなり、地上で最高のハッパもまったく効きめはなかった。ベルトランといえば大男だったのに、その印象も消えていった。黄色くなった肌の下に骨がゴツゴツし、見てはいけないもののような感じがした。まだこだわってつけていた骸骨のモチーフの指輪は、指からすべり落ちた。日々自分が壊れていくのをベルトランはちゃんと知っていた。

それから、絶え間ない痛みが彼に襲いかかった。身体に力が入らず、顔は骸骨のようになった。ベルトランとヴェルノンはモルヒネやり放題、などと冗談を言い続けた。辛辣な冗談だけが、二人のコミュニケーションを支えていた。時々、ベルトランは自分を待ち構えている死のことを話した。夜、恐怖で目が覚めることがあると。「最悪なのはさ、意識ははっきりしているのに、身体が消えていく感じがして、自分では何もできないってやつだな」と彼は言っていた。ヴェルノンは「ぜったいによくなるさ、がんばれよ」というような返事はできなかった。そこで二人で、ザ・クランプスやガン・クラブ、MC5を──まだベルトランが飲めたうちは──ビールを飲みながら聴いた。家族は怒り狂ったが、実際、他になにかできることが残されていただろうか。

そしてある朝、携帯にSMSの着信があり、ベルトランの死を知らされた。その時はヴェルノンも他の人と一緒に落ち着いて葬式に参列した。黒いサングラス、かっこいい黒いスーツはみんな家に持っていた。いてもたってもいられなくなったのは、その後だ。動揺と喪失感。つい、ベルトランに電話しようとしてしまうし、最後のヴォイス・メッセージを消すこともできず、起きてしまったことがどうしても信じられない。ある年齢を過ぎると、人は死者と別れることができなくなる。死んだ人たちの時間を、一緒に生き続けるようになる。ジョー・ストラマーの命日には、ヴェルノンはベルトランがいるかのように過ごした。ザ・クラッシュの曲を、ビールを飲みながらぜんぶ聴いた。このバンドに関心を持ったことはない。だが友情がそうさせるのだ。人はそうやって他人の遊び場をかけめぐることを覚える。

二〇〇二年十二月のある日、二人はサーモンを買うために一緒に列に並んでいた。ベルトランはノルウェー人女性と大晦日を過ごすことになっていて、食べ物のチョイスで彼女をあっと言わせたかった。二人は、スモークサーモンは他のどこでもなく、この五区の店で買うものだと確信していた。時間をかけて地下鉄でやってきた二人は、自分たちの番が来るのをひたすら待っていた。列は歩道に長く伸び、軽く四十分はかかりそうだ。ヴェルノンはタバコを買いにいき、タバコ屋をかねたカフェのラジオでストラマーの死を知った。ベルトランのところへ戻って告げると「嘘だ、そんなばかな！」と反応したが、「冗談でそんなこと言うと思う？」とヴェルノンは返し、彼は蒼白になった。それでもベルトランはサーモンの蓄えとウォッカ二本を買い、二人は「ロスト・イン・ザ・スーパーマーケット」を口ずさみながら二番線を下った。ストラマーがソロを弾くのをコンサートで一緒に観た時のことを思い出しながら。ヴェルノンはベルトランにつきあって行っただけだったのに、会場で思いがけない感情が込み上げてきてよろめき、友人の肩に寄りかかって涙した。その話をしたことはなかったが、ジョー・ストラマーが死んだ日、ヴェルノンはすべて言葉にし、ベルトランは、知ってたよ、わかってた、でもお前の気分を壊したくなかったから、と答えた。くそ、ストラマー。あれよりいいことが、その後あっただろうか。

三カ月後、今度はジャン＝ノーの番だった。酒も飲んでなかったし、速度オーバーもしていなかった。国道、トラック、カーブ、霧。妻との週末旅行からの帰路、彼はラジオのチャンネルを変えようとした。妻は鼻の骨を折っただけですんだ。手術後の鼻は、もとの鼻よりずっとよかったのに、ジャン＝ノーは見ることも触ることもできなかった。

その日曜、ヴェルノンは女友達の家にいた。二つ折りにしたマットレスを壁にもたせかけ、インド風の布で覆った上に寝っ転がっていたが、その布はタバコの火で穴だらけになっていて、焦げた跡が模様みたいに見えた。その夜は『エイリアン』シリーズすべてをプロジェクターで観ることにしていた。彼女は地下鉄のゴンクール駅の近く、パリの家々の屋根が見下ろせる小さな部屋に住んでいた。家のわりと近くに、今や町から消えていく運命にあるDVDのレンタル・ショップの一つがあった。二人はもう『男たちの挽歌』や『マッド・マックス』や『ゴッドファーザー』や『チャイニーズ・ゴースト』は観てしまっていた。その女の子は、ハッパもマンガも好きなすばらしい子だった。毎回、町に繰り出したがるようなタイプじゃない。ただ一つうんざりさせられたのは「ねえヴェルにゃん、下に降りて何か甘いもの買ってきて」だった。エレベーターなしの五階だぜ。ヴェルノンは、まめな「ヴェルにゃん」を演じさせられるのはごめんだった。ちょうど、彼女が氷をたくさん入れたコカ・コーラを巨大なトレーにのせて運んできたところだった。映画は一時停止になっていて、日曜にはめったに電話を取らないヴェルノンが、鳴った電話に反応した。エミリーからはずいぶん長いあいだ電話がなかったから、なにか大切なことなんじゃないかと思ったのだ。エミリーはジャン＝ノーの妹からの電話で悲報を知ったばかりだという。友人に知らせる役割を彼女が担っていることにヴェルノンは驚いた。ジャン＝ノーには妻がいるじゃないか。今は入院している、たしかにそうかもしれないが、愛人を連絡係にするなんて。エミリーのことは昔よく知っていたが、しばらく交流がなかったところへ、よりによってこんな機会に近況を知らせ合うことになってしまった。

ヴェルノンは映画の続きを観ると言い張った。それほどショックは受けてないと自分に言い聞かせて。自分自身のそんな反応に驚いたのも事実だ。心が麻痺してきているのかもしれない。ジャン＝ノーには毎週会っていたし、ベルトランの死以来、二人の距離はますます近づいたのに。ヴェルノンとジャン＝ノーは、北駅の近くのトルコ料理屋でよく一緒に昼飯を食べていた。いつも同じ十二ユーロの定食に、冷たいビールだ。ジャン＝ノーは妻にさんざん言われてタバコをやめた。そんなことをしても何にもならないと知っていたら、かわいそうに、夜中、目覚ましをかけてでももっと吸っただろうに。ジャン＝ノーはうるさがたの女と一緒になっちまった。でも、厳しく見張られて安心感を得る男ってのは、実はかなり多い。

その後、夜も更けてから異変は起きた。眠りに入るその瞬間に、ヴェルノンは氷の刃で二つに引き裂かれるような気がした。服を着て外に出て、冷たい空気の中を歩き、一人になり、交錯する光を眺め、人々の身体とすれ違い、動きに溶け込んで、足の下に地面を感じる必要があった。自分は生きている。息が苦しい。

ヴェルノンは夜、一人で散歩するのが好きだった。一九八〇年代、ロックファンがヒップホップを聴くようになった頃に身につけた習慣だった。パブリック・エナミーやビースティ・ボーイズがスレイヤーと同じレーベルから曲を出したのが橋渡しになった。ヴェルノンは店で、ファンカデリックのファンと友達になったのだが、その口数が少なくて気難しい、背の低い白人男は、後から考えるとヘロインをやっていたんじゃないかと思う。だがその頃は気がつかなかった。そいつは壁にグラフィティアートを描いていて、至るところに「ゾナ」とサインして歩いた。二人の仲は長くは続かなかった。ゾナは通りに飽きて「究極は地下鉄さ」と言い、列車や保線区にやりたがったが、ヴェルノンは一緒に地下へ降りる気にはなれなかった。相手の趣味がうつっていなかった……93MCやMKCといったグラフィティアーティストの英雄譚にもたいして興味が湧かなかったし、ワイルド・スタイルやスローアップのマシュマロレターが、などと言われても、感覚ではわかるが、特に関心はなかった。好きだったのは、頸椎を折る危険をおかして建物の屋根にのぼり、スプレー缶の沈黙の中で二時間を過ごすこと、タバコを燻(くゆ)らせながら、視線を上げて物言わぬ見張り番を見つけようとはしない下界の人々の足取りを眺めることだった。

ジャン＝ノーがこの世にいなくなって過ごす初めての夜、ヴェルノンは足の裏が焼けつくように痛くなるまで歩いた。そしてまだ歩き続けた。ジャン＝ノーの子供たちのことを考えた。どうもぴんとこなかった。父親を失った孤児。その言葉は、いつも人の注意をひきたがり、菓子や新しいゲームを要求してくる、あの騒がしい三人のイメージとは一致しなかった。

ジャン＝ノーは意図的にあほな男を演じていた。傲慢だった。いつも変な音楽を聴いていた。思春期の頃はアインシュテュルツェンデ・ノイバウテンやフィータスを聴き、その後はハードコア・パンクの先端にはまって、ルーディメンタリー・ペナイのファンになり、底なしに酒を飲んでいた頃はマイナー・スレットを聴いていた。嫌いなものはあえて容赦なく批判する男だったから、彼という人間の良さがわかっていなければ、仕事の後の時間をジャン＝ノーと過ごすのは厳しかった。四十歳になるとジャン＝ノーはブルジョワっぽくなろうとしてオペラを聴き始めた。着飾ったプレイモービルみたいな格好をして、それが流行する十年前から右派の男のような愚言を吐いていた。当時はそんな言動はまだ珍しかったから、独特の味を出していた。

ヴェルノンは今や、イアン・マッケイ（マイナー・スレットの元リーダー）がクラック・コカインを始めても問題ない世界に生きている。ジャン＝ノーはそれにコメントするためにもう出てこられないのだから。

そして八カ月も経たないうちに、今度はペドロの番だった。心臓発作。ペドロの本名はピエールだったが、コカインを吸いすぎていたからみんなが南アメリカ風にそう呼ぶようになった。

ヴェルノンはエリゼ・モンマルトル劇場の前で待っていた。まだ火災の犠牲になっていなかったこの会場に、ザ・リバティーンズが来た。ヴェルノンは、ティエリー・アルディソン（フランスのテレビの司会者、映画プロデューサー）の番組制作班で研修をしているという、絶句するほどきれいな女の子を口説きにかかっていた。彼女はアルディソンの話しかせず、大嫌いと言いながら彼に惹かれているようだった。ヴェルノンは会場の前にいる友を遠くから見つけ、一緒にいる女の子を見せたくて、大きな声で呼んだ。世紀初頭のパリにたくさんいたような、シガレットのフリンジデニムと細いヒール靴をはいた褐色の髪の子だった。近づいてくるヴェルノンを見て、友は泣き出した。ペドロ、ペドロ、ペドロと繰り返すだけで、何も説明できない。ヴェルノンはその場に崩れ落ちそうになった。

ペドロはあっというまに、家三軒、フェラーリ二台、すべての恋物語、友情、キャリアへの野心、容姿と自分の歯ぜんぶを鼻から吸いこんで失くした。恥の意識なんかみじんもなく、気にするな、おれが大切にしてるのは、何にもならない見栄、愉快な狂乱、ちゃんと自分で責任をとってる情熱さ、と言っていた。粉をスーツの上着に入れ、歯茎にこすりつけていた。パリのバーのすべてのトイレを知り尽くし、店を選ぶ時にはトイレに行きやすいかどうかで決めていた。家に来ると、ところかまわず粉をまき散らし、二日後にはヴェルノンを難破状態で置き去りにした。ペドロのお気に入りはマーヴィン・ゲイ、ハミルトン・ボハノン、ダイアナ・ロス、テンプテーションズだった。ヴェルノンは彼の家に招待されるのが嫌いじゃなかった。オーディオがすばらしかったし、ソファは居心地がよく、それを飲むだけで旅している気分になれるウィスキーが置いてあったからだ。ギャングスターの気分にもなれれば、私立探偵、イギリス紳士の気分にもなれた。

ヴェルノンは、四人で写っている写真を探し出した。死んでしまった三人の男と自分。三十五歳の誕生日を迎えたヴェルノンを囲んで三人がポーズをとっている。フィルム式の昔のカメラで撮り、焼き増しして友達にあげていた写真の一枚だった。いい写真だ。靄の中の四人はスリムで、髪はふさふさで目は輝き、ほほえみに失望の跡はない。四人ともグラスを掲げているが、ヴェルノンはあの夜、三十五歳を迎えるのが憂鬱で落ち込んでいた。自分たちの馬鹿さかげんさえ楽しく、無知で、人生が自分たちに用意していることの一番いい面しかまだ体験していないことを知らなかった四人のハンサムな男たち。その夜はほとんど、スモーキー・ロビンソンを聴きながら過ごしたんだっけ。

ペドロの葬式の後、ヴェルノンは夜、町に繰り出さなくなり、かかってきた電話にかけ直すこともなくなった。それも一時のことで、いつか治るだろうと思っていた。これほど立て続けに身近な人を失った後では、自分の殻に閉じこもりたくなったっておかしくはない。

だがその時期、金詰まりがひどくなり、ヴェルノンはますます引きこもりがちになった。持っていくワイン一本を買う金もないのに人の家に食事に行くのかと思うと、招待を断るようになった。パーティーでは、クスリ一グラムを買いに行くために誰かが金を集め出したらどうしようとびくびくする。地下鉄の入り口をくぐれないのがつらい。靴裏がはがれたバスケットシューズに気が滅入る。今まで気にしたこともないことにいちいち落ちこみ、病的なほどくよくよ考えた。

ヴェルノンは家から出なくなった。この時代に生まれたことをありがたく思った。音楽やドラマ、映画をダウンロードした。ラジオはだんだんと聴かなくなった。二十歳の頃から朝はまず反射的にラジオをつけたものだったのに。今では興味を引かれるどころか、不安をかきたてられる。ニュースを聴く習慣もなくなった。テレビの方は、とっくに見なくなっていた。インターネット上で見たり聴いたりすべきことが多すぎた。だがヴェルノンはほとんどいつもポルノサイトに接続していた。経済危機、イスラム過激派、異常気象、シェールガス、オランウータン虐待、ロマを今後バスに乗せない提案、そういう話はもう耳にしたくなかった。

シェルターの中は心地いい。なるべく呼吸せずに生き延びよう。ひとつひとつの行為を最小限にとどめる。前ほど食べない。ヴェルノンは夕食を軽くすることから始めた。中華のインスタントヌードルを一つ。もう肉は買わない。プロテインはスポーツをする人のためのものだ。米を主食にする。タン・フレール（パリでアジア系の食材を扱うスーパー）で五キロの袋を買ってきて常備する。タバコの本数を減らす。一本目を吸う時間を遅らせ、二本目までなるべく待ち、朝、コーヒーを飲んだ後、三本目をどうしても吸いたいかどうか自問する。何一つ無駄にしないよう、吸い殻はとっておく。家の近くにあるオフィスの入り口の、日中、人が出てきて一服する場所に目をつけてあった。ときどきそこを通りかかると歩をゆるめ、なるべく長い吸い殻を集める。風が吹いて熾（おき）から炎がめざめかけても、小さな薪木に火をつけるところまではいかない、そういう老いた炎になったような気がする。今にも消えそうな暖炉の火に。

まれに、急き立てられたように動き出すこともある。リンクトイン（ビジネス特化型のSNS）にアクセスし、まだ仕事を持っていると見える知り合いのリストを作り、今度連絡してみようと自分に言い聞かせる。どういうふうに話を切り出そうか。女の子の話からにしよう。もともと女好きと思われているから、男どもは乗ってくるだろう。だからこんな話はどうだろう。パリを離れてたんだ、かわいいハンガリー人の女の子といい関係になって、ブダペストに連れていかれてさ、とか、世界中を旅してるアメリカ人の美女とつきあってて、とか。まあ国籍はどうでもいい、大切なのはいい思いをしてたと思わせることだから。それで今パリにいて仕事を探してるんだ、職種はなんでもオーケー、もしかして何か知らない？　などと、せっぱつまってる男ではなく、気まぐれに旅をしている人間のように話すつもりだ。懐ぐあいの方は説明が難しい。一文無しなのが見え見えだ。まあ、金をありあまるほど持ってたことなんかないけど。ヴェルノンの黄金期には、その方が信頼された。それは二〇〇〇年以前の話で、コンサートの会場でよく見れば、誰もがおしゃれなブランドの新しい高い靴を履き、腕には季節に合ったすてきな時計をつけ、その年に買ったとわかる自分にぴったりのジーンズをはくようになった。ザディグ・エ・ヴォルテール（一九九七年に創設されたフランスのファッションブランド）以来、貧乏はその詩的なオーラを失ってしまった。何十年ものあいだ、貧乏は本物の芸術家、魂を売らないアーティストの証だったのに。今の時代、ロックの世界でも負け組に未来はない。

でもヴェルノンは助けを求める電話をかけたりはしない。なぜできないのか、自分でも言葉にできない。その理由を考えてみる時間はあった。でも謎はまったく解明できない。ネット上で、一日延ばしにする病的な癖のある人間への助言がたくさん見つかった。一歩踏み出すことで何が得られるかリストを作り、何を失う可能性があるか、どんな危険がありうるかもリストにしてみた。そんなことをやってみても何も変わらない。ヴェルノンは誰にも電話しなかった。

アレックス・ブリーチが死んだ。彼の名前がフェイスブック上で繰り返されているのを見ても、ヴェルノンはすぐに実感が湧かなかった。アレックスはホテルの一室で死んでいたという。

誰が未払いの家賃を払ってくれるのだろう？　ヴェルノンの頭に浮かんだ最初の問いはそれだった。この数週間、アレックスにメールやSMSを送っても返事がなかった。助けを求める電話にも応答はなかった。アレックスの反応が遅いのには慣れている。ヴェルノンは彼を頼りにしていた。窮地に陥った時はいつも彼に連絡した。アレックスはぎりぎりのところで救ってくれた。

ヴェルノンはパソコンの前に座っている。矛盾したとりとめのない感情が胸の中で入り乱れる。無情で敏捷な手で、一つの袋に放り込まれた猫たちみたいに。アレックスが公的な存在になって久しい。ヴェルノンは自分もそれに慣れた気でいた。アレックスが新譜を発表したり、ツアーに出たりするたびに、それを知らずにいることはできない。一日どの時間帯にも、アレックスは画面上で自分の姿を見せびらかし、どこかで身をよじって踊っていたり、ヤク中の人気歌手の美しい低い声で愚かなことを口にしていたりする。アレックスはトラックに轢かれるみたいに、成功にやられてしまった。無傷で切り抜けた印象は誰も持たなかった。致命的だったのはアレックスの傲慢さではなく、むしろ彼が感じていた激しい絶望だ。近しい人間はそれに振り回され、疲れ果てた。誰もが望んでいることを手に入れた一人が、そのことで嘆き苦しむのをなぐさめるのは簡単じゃない。

ホテルの部屋で発見された死体の写真はまだあがってきていない。時間の問題だろう。アレックスは溺死した。風呂の中で。シャンパンと薬の相乗効果で眠り込んでしまったらしい。たった一人、ホテルの部屋で、午後早い時間から、バスタブの中へ何をしに行ったのか。結局、この男を絶望の淵に追いやったのはなんだったのか。自分の死まで台無しにして。そのホテルは夢も見させてくれない平凡な宿で、異国情緒をかきたてるほどぼろぼろでもない。アレックスが何日間かホテルに泊まることはよくあった。家の下にカメラマンが待ち構えているかもしれないと思うだけで、他の所に泊まりたくなるのだ。ホテル暮らしは好きだった。彼は四十六歳だった。男性の更年期に入ったところで、薬物のオーバードーズでおさらば、なんて。マイケル・ジャクソン、ホイットニー・ヒューストンもそうだった。そこには黒人特有の何かでもあるんだろうか。

アレックス・ブリーチは昔の友人に会うのが好きだった。トイレにおしっこに行きたくなるような衝動で、時々会いたくなるのだった。もちろん、一年も連絡のない時もあるし、二年ない時もある。それでもいきなり、頭がおかしくなったように電話してきたり、立て続けにメールをよこしたりして、誰かの家にとつぜん現れることさえあった。彼とバーで飲むのは無理だった。話していれば必ず五分でファンがやってきて会話が途切れてしまう。危険なファンもいる。頭のいかれたファンもいる。だいたいにおいて、会話をさえぎってくるようなファンはやっかいだ。ヴェルノンに会いたくなるとアレックスは電話をかけ、ヴェルノンの家にやってきた。二人はビールを飲み、何も変わってないなと言い合った。冗談もいいところだ。アレックスはたった一曲で、ヴェルノンが店で二十年間かけて稼いだ額を手に入れる。そういうつまらない事実が、彼らの関係を変えなかったのは不思議だった。

アレックスは有名人とつきあい、友達をたくさん作った。だが「本当の人生」は成功とともに終わったと信じて疑わなかった。ヴェルノンは折にふれて、それは思い込みだと証明しようとした。三十歳ぐらいになるとすべてがぼろぼろと崩れ始め、貧しい人間もビッグ・スターも、みな収拾がつかなくなってくる。二種類の人間のあいだの違いはただ、成功の電車に乗り遅れた者には、損失の補塡がないという点だ。青春時代とおさらばしたからといって、ファースト・クラスで世界一周できるわけじゃないし、最高の美女たちと寝られるわけでも、物分かりのいいディーラーと知り合いになれるわけでも、ハーレーダビッドソンのバイクに乗れるわけでもない。そう言ってもアレックスは耳を貸さなかった。たしかにアレックスはかなり調子が悪いようで、きみはどれだけ運がいいかという話をしても飲みこめそうになかった。

はじめて店の扉を押して入ってきたとき、アレックスはまだガキだった。カールした長いまつげに縁取られた大きな目のせいで、その表情は子供っぽく見えた。ジャンランとかいう名の女の子と一緒にやってきてスツールに座り、いろんなレコードを聴きたがった。アレックスは生涯、音楽の魔法はヴェルノンを通じて自分のところへやってきたと信じていた。スティッフ・リトル・フィンガーズの二枚組ライブアルバム、ザ・レッドスキンズ、バッドブレインズの最初のEP盤、シャム69出演の「ピールセッション」、コード・オブ・オナーの「ファイト・オア・ダイ」、どれもはじめて聞かせてくれたのはヴェルノンだった。アレックスはまだ未成年で、頬がふっくらし、変に不良ぶったところもなかった。その笑顔は、目も眩むような成功に一役も二役もかったにちがいない――彼の笑顔には、YouTubeで見る子猫みたいな効果があった。あれを見て何も感じないのは、心に鎧をまとった猟奇殺人鬼くらいだろう。アレックスは、当時誰もがやっていたように、グループを転々としながらギターを引っかき、ぴいぴい歌っていた。よくあることだが、栄光は誰も予期していなかった者の頭上に輝いた。当時の音楽シーンには、成功すると誰もが信じていたヒーローたちがいた。でも彼らはみな、多かれ少なかれ、周囲の景色の中に消えていった。アレックスがドラッグに夢中になったのはもっと後になってからで、その情熱はすべてを壊していった。だがアレックスはずっと、見えない剣が胸に刺さったまま歩んでいた。ちょっとしたことで笑い転げても、視線の中では何かが砕けていて、その割れ目が日に日に深くなるのを止めることはできなかった。

現実的なあさましい問いがヴェルノンの心をさいなむ。いまや、誰が家賃を払ってくれるんだろう？　ジャン＝ノーの死からまもなくしてそれは始まった。ヴェルノンとアレックスは、パリの地下鉄のボンセルジャン駅でばったり会った。アレックスはヴェルノンに抱きついた。久しぶりだった。トリッキーのエリゼ・モンマルトル劇場でのライブ以来だ。最初の数分は、積もる話がある旧友同士を演じないといけない居心地の悪さはあった。ヴェルノンがイーベイで稼いだ話が、アレックスがイギー・ポップとクスリをやりながらヨットの上で夜を過ごした話と同じくらい面白いふりをするなんて。そんな気まずさもすぐに解消された。アレックスとふらつくのはいつだって楽しかった。

アレックスはその日ひどくラリっていた。わけのわからない興奮状態で、早口でしゃべっていた。しばらく家に帰っていないらしく、家があることをそろそろ思い出させたほうがよさそうだった。舗道には雪が積もり、アレックスが崩れ落ちないようにヴェルノンは肘を支えた。あいかわらず熱い口調で、一緒にディーラーのところへ寄ろう、すぐそこに住んでるんだ、とアレックスは繰り返した。

そのディーラーというのは、クラスの優等生みたいな顔をしたばか丁寧な男で、ガレージバンドというアプリで作曲していた。男の吸っているオランダの強いハッパは、頭が痛くなる代物だった。「作ったばかりのいかした音楽」を聞かせたいと言ってゆずらない。二人は、あぶなっかしいビートにのっかったシンセサイザーの音の波のサイクルを一通り我慢して聞いた。すでにクスリが効いているアレックスは、相手のアホ話に引き込まれていた。そして相手に、自分はヘルツについて研究してる、音の一秒単位の波動をある方法で組み合わせると、脳に変化を与えられるんだ、と話していた。この脳波の同期化の話にこだわり続け、ディーラーは聞き入った。誰もが真実を知っていた——アレックスは何年も前から一曲も作れていない。三つのコードをくっつけることもできず、まともなリフレインを書くこともできず、「アルファ波」の話に甘んじていたのだ。

舗道に降りるともうあたりは暗かった。車の行き来はほとんどなく、通りは奇妙に白く静かだった。幅四メートル、高さ三メートルのポスターの中で、全身黒い服に身を包み、バイクの上で尻を振っている女優の姿を目にしたヴェルノンは皮肉を言った。「悪趣味な女だね、プラスチック製の女でも抱いたほうがましだな」というたぐいの感じの悪い言葉を吐いた。アレックスは無理して笑った。もちろんアレックスはこの女優と知り合いだったにちがいない。あの女と寝たことでもあるのだろうかと、ヴェルノンは自問した。アレックスは女にもてて、女をひきつけるためにCDを売る必要なんかなかった。アレックスの友人のほとんどは、会ったことがなくても誰もが名前と顔を知っているような有名人だ。電話を盗まれたりなくしたりした場合に備え、アレックスはスマートフォンに暗号名で友人の電話番号を入れていた。連絡先が誰の手に渡るかもしれないと考えると、病的に心配になるのだった。電話が鳴るとアレックスはよく困った顔で画面を見つめる。表示されている暗号が誰のことだか思い出せないのだ。たとえば「SB」と出ている。アレックスは考え込んでしまう。サンドリーヌ・ボネール（一九六七―、フランスの女優）だったか、ストーミー・バグジー（一九七二―、フランスのラッパー、俳優）だったか、サミュエル・ベンシェトリ（一九七三―、フランスの作家、俳優、シナリオライター、監督）だったか、あるいはもっとやっかいな暗号名、たとえばサロップ・ビルーズ（心配性の娼婦）、ソドミー・バレーズ（いかつい男色野郎）とか？　メッセージを聞くまでどうしても思い出せない。実は「SB」は「バスルーム」（フランス語でsalle de bains）から来ていた。ジュリアン・ドレ（一九八二―、フランスの歌手）とバスルームで何時間も話し込んだことがあったから。暗号を決めた時には、いいアイディアに思えたに決まっている。朝の三時以降にやった意味不明のことはだいたいそんなもんだ。

　ヴェルノンはアレックスに「ジャン＝ノーのことを覚えてる？」とたずねた。もちろん覚えてるさ。九〇年代のはじめに「ナチ・ホールズ（ナチスの売春婦ども）」でちょっとだけ一緒に演奏してた。十年以上会っていないな。ジャン＝ノーはアレックスのことも、彼が体現しているものも激しく嫌っていた――攻撃的なセクシーさを強調しているのに頭でっかちなロック、ボボ（「ブルジョワ・ボヘミアン」の略。ある程度の収入と学歴があり、意識は高めで自由を謳歌する人々）の戦闘性、そして何より、コネのせいにはできない、すさまじい成功。その成功を見たジャン＝ノーは病んでしまいそうだった。二人はかつて同じ舞台で肩を並べていたのに、片方は雲の上の人となり、もう一人は地上に取り残されたのだ。ジャン＝ノーは比較されるのが耐えられなかった。彼はアレックスをけなすことにほとんどの時間を費やすようになった。「あいつが死んだって知ってた？」アレックスは動転して青ざめた。その感情は明らかに見せかけではなかったから、ヴェルノンはいたたまれない気持ちになった。だが続けて「そんな顔するなよ、きみをけなしてたやつだ」と続ける気にはなれなかった。アレックスはタクシーで家まで送ると言ってきかず、着くと部屋に上がると言ってきかなかった。遅からずぴったり波長があってきた二人は、一つの輪を回そうと夢中でこいでいる二匹のハムスターさながらだった。ソファの上で身を丸めたアレックスは、卵の中に入ったような気持ちになる。このアパルトマンのちんまりした空間が好きだった。ヴェルノンの家で体を縮めていると、何からも守られている感じがする。二人とも二十年間聴いていなかったドッグス（Dogs　フランスのバンド）をかけた。アレックスは三日間いた。彼はバイノーラルのうなりについての自称「研究」に取り憑かれていて、いろんなタイプの波長をヴェルノンに聞かせた。それは無意識に深いインパクトを与えるというが、実際体験してみたところで、頭痛すら起きなかった。アレックスは五グラム持ってやってきた。二人で熟練者らしくゆったりとそれを吸った。ヴェルノンはとつぜん眠り込んだ。コカインは緊張をほぐしてくれ、眠気を誘うのだった。それからアレックスはヴェルノンの家でソファに座ったまま自分のインタヴューを自分で撮ると言い出した。古いビデオカメラを持ち歩いていたのだが、ヴェルノンが眠りから覚めると、一時間分の小さなビデオ・カセット三本をテレビの横に置き、変なことを言った。「これはおれの遺言書よ。おまえに残してく、おまえを信頼してるから」アレックスは正気を失っていた。それからまたデルタ波やガンマ波の話に戻り、そのクリエイティヴな作用の話や、神経回路の流通を変える麻薬みたいな音楽を作る話をしていた。ヴェルノンは絶望した。アレックスは聞くに耐えない音をヘッドフォンで聴けというのだ。

親友の大歌手のクレジットカードを手に、ヴェルノンはコカ・コーラとタバコ、ポテトチップスとウィスキーを買いに階下へ降りていった。「なんだ、おまえの家には何も食べるものがないな、今なんの仕事してるんだっけ？　ちょっと金を置いていこうか？」ヴェルノンは二カ月分の家賃を滞納していた。三カ月滞納にならないようにあがいていた。というのも都市伝説によると、三カ月滞納まではまず追い出されないというからだ。ことはまず、そんなふうに始まった。アレックスは三カ月分の家賃に相当する額をヴェルノンの口座に振り込んでくれた。「言っとくが、このことでうれしいのは間違いなくおれのほうだ、おまえじゃなくて」しかもアレックスは出て行くときに「金が必要だったらおれに電話してくれ、金はあるから。ぜったいだよ、約束してくれ」とくり返した。

そしてヴェルノンは本当にそうした。はじめは何かほかの方法で切りぬけようと思っていたが、四カ月の滞納が生じるとアレックスに電話した。アレックスは払ってくれた。すぐに。数カ月たつと、ヴェルノンはまた彼に電話した。言い出しにくかったが、同時に、子供時代に戻ったような感覚もあった。まだこの世に両親がいて当てにできたあの頃、せっぱ詰まれば苦境から救い出してくれたあの頃を思い出した。いつでも友人に頼れるこのシステムには、親に守られていた幼年期に通じるものがある。アレックスは金を送ってくれた。ヴェルノンの口座番号を振込口座リストにつけ加え、クリック三回でヴェルノンの窮地を救ってくれるのだ。ヴェルノンだってそんなことを頼むのは嫌だったから、電話をかけるのを先送りにした。罪悪感と自暴自棄、感謝と安堵のあいだで心が揺らいだ。金銭はアレックスのところにはあり余り、他の者には難題をつきつけていた。ヴェルノンは小切手を家主やって生きのびていた。

ドアをたたく音がする。ヴェルノンは答えない。書留を持ってきた郵便配達人だろう。ヴェルノンは書留に受け取りのサインはしない。行政書類にはもう手をつけない。一度そうなってしまうと、精神的な麻痺が少しずつ進行し、それほど複雑でない手続きでも処理できないことが増えてくる。ヴェルノンは音楽の音量を下げて待つ。相手はしつこい。ドアをガンガン叩き出す。ヴェルノンはベッドに腰かけ、膝の上で手を合わせる。こういうことには慣れている、行ってしまうのを待つしかない。だがいつもと違う音が鍵穴に響き、外側から扉を開けようとしていることにヴェルノンは気づく。何が起きているかぴんときた。声を出さずにあわててジーパンをはき、清潔なセーターをかぶった。ドック・バスの古靴の紐を結んでいると、扉が開いた。質の悪い〈スピード〉が効いてきた時みたいに自分が熱っぽいのがわかる。四人の男が入ってきて、ヴェルノンをじろじろと眺めた。グループの先頭にいる男はこう切り出した。「開けてくださってもよかったのに」彼はヴェルノンの顔を凝視し、値踏みしている。男はエレガントな青いスカーフを首に結び、赤い縁の眼鏡をかけている。灰色のスーツは短すぎる。彼はタブレットの画面の文章を感情のない声で読み上げた。「○○に本部のある○○から来ましたが、あなたは○○さんで、賃貸物件は……」

おれは十年も払ってきたのだ、このクソ家賃を。十年。全部で九万ユーロ以上にもなる。何の努力もせずにその金をポケットに入れるアホのために。家主は財産を相続し、税金が高すぎるなどとぼやいているような男だろう。十年間、アパルトマンの修繕は何一つしてくれず、壊れた湯沸かし器を直してもらうのにだって何度電話したかしれない。九万ユーロ。たった一時間の労働もせず、一度も足を運ばず、何の投資もせずにそれを手に入れる。そして、払った方は追い出される。

ヴェルノンの視線は、執行官のズボンが太ももをしめつけているあたりから動かない。この男たちが家財リストを作って出ていくのをひたすら待っている。なにか手を打つ時間くらい残されているだろう。何年も前に銀行口座が使えなくなっていなければ、小切手を切って、手続きを振り出しに戻すこともできるだろうに。ともかく、なんとかなる。錠前屋らしき男はすごく感じがいい。時代錯誤な灰色の長いあご髭のせいで、組合活動家に見える。鍵をこじ開けた時、壊さなかったことを祈るよ、自分には鍵を取り換える金もないんだから。五分出かけるにも、やっぱり鍵は必要だ。盗まれるようなものはもう何もないけど……金欠のコソヴォ人だって自分がパソコンと呼んでいるものをかっぱらってはいかないだろう。モニターとタワーは重たくて、先史時代のものと言ってもいい。執行官は今後数日暮らすために必要な持ち物をまとめて出て行くようにと言う。誰も、まあいいでしょう、また改めて来ることにしましょう、状況を打開するために十日間あげましょう、またその時に相談すればいいですから、とは言ってくれない。それまで一言も発していなかった体格のいい男二人が部屋の中央に陣取り、怒りも敵意も感じられない冷静な声で、すぐに従うようにと命令した。

ヴェルノンは部屋を見渡す。退去を少し待ってもらうために提供できる物が何かないだろうか？向かいにいる人間たちの間に、不安と苛立ちが生まれるのを感じる。男どもは暴力的な反応を恐れているのだ。彼らは感情の爆発やわめき声に慣れている。ヴェルノンは十五分くれと言う。執行官はため息をつくが、内心ほっとしている。これはそれほどいかれた男じゃないな、と。

ヴェルノンはスツールにのぼって、タンスの上にある一番しっかりしたカバンをつかんだ。引っ張り出す時に灰色の埃の塊が肩に落ちてきた。くしゃみが出た。人は、現実のものとは思えないほど奇妙なシチュエーションに陥ることがある。ヴェルノンはカバンに持ち物をつめる。ヘッドフォン、iPod、ジーンズ、チャールズ・ブコウスキーの書簡、セーター二枚、パンツ全部、リディア・ランチのサイン入り写真、自分のパスポート。怯えてしまい、何も考えられない。アレックスの死を知ったばかりだったから、思いついてクローゼットの奥に手を伸ばし、きちんと積み重ねてあった《マクシマム・ロックンロール》、《マッド・ムーヴィーズ》、《シネファージュ》、《ベスト》、《ロック&フォーク》といった雑誌の山の奥から、アレックスが家に最後に来た時撮った小さなビデオカセット三個を取り出した。売れるかもしれない……。ヴェルノンはドック・バスを脱ぎ、お気に入りのブーツに履き替える。中国人がやっているスーパーで十年前に買った、まだちゃんと動いているプラスチック製の黄色い目覚まし時計をつかむ。カバンは重い。何も言わず部屋を出た。執行官が廊下に出てきて彼を引き止める。家具の保管庫はどこがいいかと聞かれたヴェルノンはどこでもいいと答え、一カ月間、持ち物を引き取る猶予があることを知らされた。「ここに署名して」「わかりました」それから階段を降りたが、あいかわらず、こんなことがあっていいわけがない、また戻ってこられるだろうと信じ続けていた。

建物の管理人のおばさんと階段ですれ違った。管理人は常日頃からヴェルノンに好感を抱いていた。ヴェルノンは理想的な借家人だ。独身だし、会えば必ず立ち止まって通りの工事の騒音や明日の天気について雑談し、冗談も忘れない。罪のない戯れが、この六十代にさしかかる女性の心を温めてくれた。管理人はヴェルノンに「どう、元気?」と訊く。錠前屋が彼の部屋に上ってきたことには気づいていない。そのことを知らせるための言葉も勇気もヴェルノンには見つからなかった。ヴェルノンが十回ほど大荷物を抱えて郵便局に行くのを見ていたから、こんなに大きなカバンを持って降りてくるのを見ても管理人は驚かない。その途端、ヴェルノンは今の状況をどれだけ自分が恥じているか自覚した。追い出された経験といえば、以前、高校から追い出されたことがあった。友達のピエロと一緒にLSDの効いた状態で授業に行き、二人とも校長先生に呼び出されて放校になった。ピエロはそのあと、ある日曜の明け方に、橋の下で首をつった。そのことを思い出していると、両親の家の台所が脳裏に浮かんできた。両親は若くして亡くなった。こうなっても、両親が助けの手を差し伸べてくれたかどうかはあやしい。厳しい親だった。道を逸れてはいけないといつも諭され、ロックンロールをめぐるあれこれを認めてくれたこともなかった。親はヴェルノンに公務員試験を受けろと言っていた。商売なんて必ず最後にはうまくいかなくなるから、と。彼らの予言は正しかったことになる。

通りに出ると、持ってくればよかったのにアパルトマンに置いてきてしまったものがあれこれ思い出され、心に一つ一つ石を投げつけられるようだった。四つ折りにして尻のポケットに入れた市の書類に、指の先でそっと触れる。手は震えていて思うように動かない。どこかに座って頭を冷やし、解決策を見つけないといけない。千ユーロ。相当な額だが、見つけられない額ではない。身の回りの品も、今ならまだ救い出せる。こうなってみると、愛着がある物は思っていたより多いことがわかった。ジャン＝ノーがくれた腕時計。グーギャフ・ムーヴメントのレーベル・マネージャーがしばらく彼の家に泊まっていた時に、思いがけずくれたトゥグスのテストプレス盤、エヴがロンドンに旅行した時にお土産にくれたモーターヘッドのロゴ入りウィスキーボトル。キャロルがニューヨークで撮ったジェロ・ビアフラの写真のオリジナルプリント、マーク・セルビーのサインの入ったレコード。

アパルトマンから追い出される危険はずいぶん前からあったのに、その状態が長く続きすぎ、戦時中のサイレンのように、待っていればいつか終わるような気がしていた。まだアレックスがいたら、やるべきことはただひとつ、アパルトマンから駆け下り、空と地を揺さぶってでも彼を見つけ出すことだっただろう。羞恥なんか少しも感じなかっただろう。あの古い友は、自分を苦境から救えてうれしがっただろう。最後の頃、ヴェルノンがアレックスにしてあげられたことはそれだけだった。つまり、アレックスの金に、現実的な価値を与えること。

もし散発的に丁寧なメールを送って相手の反応を待つかわりに、アレックスに会いにいこうとしたら、ヴェルノンがアレックスの家にもぐりこんでいたら、ことのなりゆきは違っていただろう。誰にもじゃまされず一緒に家でクスリをやり、アレックスがしょうもないホテルで風呂に浸かりに行くなんてことは起きなかっただろう。かわりにレッド・ツェッペリンのライブを日本まで聴きに行っただろう。

金を持たない者にとっての都市、ヴェルノンはそれがどんなものかだいぶ前から経験している。映画館、洋服店、ブラッスリー、美術館を見ればわかるとおり、一銭も払わずに座って暖を取れる場所は少ない。残るは、駅、地下鉄、図書館や教会、自分みたいな人間が長い間ただで座っているのを防ぐために引き抜かれてしまったベンチがまだ残っているところだ。駅や教会は暖房が入っていないし、大きなカバンを引きずって地下鉄の無賃乗車をやるのも気が滅入る。ヴェルノンはゴブラン大通りをイタリー広場に向けて上っていく。運がいいな、この数日ずっと雨が降っていたのに、太陽が惜しみなく通りを照らしている。もう一カ月、追い出されずにいられれば、借家人を退去させることが法律で禁じられている冬がやってきたのに。

ヴェルノンは通りを歩いてゆく女の子たちを眺めて気分を上げようとする。彼の時代には、ちょっとでも陽が射せば、女子たちはうきうきと一番丈の短い服を身につけて町へ出たものだ。今では、女子はスカートをあまりはかないし、どちらかというとバスケットシューズを履き、化粧は薄い。四十を過ぎた女性は、自分なりのおしゃれをし、セールで店に吊るしてあって気に入ったから買ったような服、値段はそれほどしない、形のいい服のまあまあのコピーを着ている人が多い。でも着たとたん、着ている人の年齢しか見えなくなる。そして若い子たち、ティーンエージャーはあいかわらず美しいが、服はだめだ。八〇年代ファッションの回帰が彼女たちにとって裏目に出た。

木曜だから、図書館の扉が開くのは十四時だった。もう外にいるのは限界だ。ショワジー通りを上がり、屋根のついたバスの待合所に陣取った。公園まで行くつもりだったが、カバンが重すぎる。ジャン＝ジャック・ゴールドマンにどことなく似た四十代の女性の隣に座る。彼女の脚のあいだには、ゆるい環境主義者が買いそうな食べ物をつめこんだ巨大な布製トートバッグが置いてある。女性の物腰には、知性、ゆとり、勤勉さ、自信が漂っている。ヴェルノンと視線を合わさないようにしているのは見え見えだが、まずやってきたバスは、彼女が乗るバスではなかった。女は上着のポケットからタバコを取り出す。うっとうしいと思われるのを承知で、ヴェルノンは話しかけようとする。一言でもいいから誰かと言葉を交わしたい。

「オーガニック食品を食べてタバコを吸うのは矛盾してません？」

「ええ、でもあたしの勝手でしょ」

「一本いただけませんか」

女はため息をついて顔をそむける。ヴェルノンに三時間もつきまとわれているかのように。大げさだな、とヴェルノンは思う。とくに美女ってわけじゃないし、若くもないし、百メートルごとに男に声をかけられるわけでもないだろうに。ヴェルノンは引き下がらず、自分のカバンを指してほほえむ。

「今朝、家を追い出されたんです。五分で荷物を作れって言われてタバコを忘れてきちゃったんです」

女は信じていいものかどうか迷っているが、態度を変えた。自分のバスが来たのを見てトートバッグからタバコを一包み取り出し、差し出した。ヴェルノンをじっと見つめる目つきから、心動かされていることがわかる。繊細な人なんだな、涙を浮かべてる、とヴェルノンは思う。

「たいしたことはしてあげられないけど……」

「包みごとくださるんですか？　うれしいな。思いきり吸えます。ありがとう」

バスの窓越しに女性は手で合図を送ってきた。だいじょうぶよ、がんばってというような意味らしかった。軽蔑の混じっていない哀れみは、侮辱の言葉よりも強くヴェルノンを打ちのめした。

タバコの包みを手に取り、一時間で五本全部吸ってしまった。時間の経つのが遅すぎる。どこかに荷物を置きたい。駅のロッカーがまだあったらどんなに助かっただろう（テロ予防のためにコインロッカーの多くが撤去された）。

ついに図書館が開いた。ヴェルノンはこの場所をよく知っている。コミックやDVDをしばしば借りにきていた。新聞がネット上で読めるようになる前には、日刊紙も読みにきたものだ。暖房の横に陣取り、《ル・モンド》紙を開くが、読む気はない。もし自分が女だったら、《ル・モンド》を読んでいる男に話しかけたくなるだろう。特に、集中した様子で、情報を集めているが、書いてあることに簡単にはだまされないといった男に見えれば。

心の中でヴェルノンはAからZまで想像上のリストをめくっている。窮地を救ってくれる可能性のある人のリストだ。急に訪ねていっても、ソファベッドに寝かしてくれるか、一部屋貸してくれる人がぜったいにいるはずだ。そのうち思いつくだろう。

ヴェルノンの隣のテーブルに褐色の髪の女性がいる。髪はまとめてあって、耳には光る石のついた流行遅れなピアスがぶらさがっている。服装には気をつけているようだが、なにかしっくりこないところがある。時代に取り残されているのだ。孤独に見える。女性は机の上に医学書を開いた。もしかするとすごく深刻な病気にかかっているのかもしれない。この女性と自分なら、一緒にうまくやっていけるかもしれないぞ。ヴェルノンは彼女が大きなアパルトマンに一人でいるところを想像する。子供たちはもう大きくなり、外国で勉強していて、クリスマスにしか帰ってこない。彼女はセックスと、未熟な男が好きだ。これまでにずいぶん苦労して、いい男をつかまえたら、手放さないためにいろんな努力をしなければならないことを知っている。とはいえ苦しみすぎて壊れてはいない。で、彼女は今ひとりだ。仕事が忙しすぎるか、最近、自分より金持ちの男にふられたか。その男は若い女の子に一目ぼれし、出て行く時に相当な金を残していった。家に男がいるのは悪くないから、彼女はヴェルノンのために一部屋あけてくれる。ヴェルノンはそこを音楽室にし、家具は寄せ集めでも、音響には金をかけて凝る。時には夜二人でそこに座り、彼女はヴェルノンの海賊版コレクションをやさしくからかったりしながら、彼の高貴な情熱にほだされていく。女性はロック好きな男に弱い。ブルジョワ的な安楽とも矛盾しない適度に汚れた感じが、女を夢中にさせるのだ。

こんな想像は数分間続いて陽気な気分にさせてくれたが、やがて途切れてしまった。ヴェルノンは、乗客のふりをしてホームに残っている人たちを地下鉄で見た時のことをひとつひとつ思い出す。十一番線のアール・ゼ・メチエの駅で、オテル・ド・ヴィル方向のホームに、若い黒人の男性が寝ていた。いつも同じベンチで。頬には巨大な腫瘍があった。二年以上そこにいた。レピュブリックの駅にいた若いルーマニア人の女性は赤ちゃんにお乳をあげていたが、そのうち、その女の子は歩き始め、もっと後になるとお母さんの足元でコカ・コーラを飲んでいた。

誰が泊めてくれるか、あてはまだないが、ヴェルノンは本当のことは言わないと決めている。その話は暗すぎる。もっと軽い話を作るつもりだ。どのみち、誰だって担がれるのが好きなものだ。人間はそうできている。「おれ最近カナダで暮らしててさ、書類の問題を片付けにパリへ戻らなきゃいけなくて、三泊泊めてくれるところを探しているんだ。おたくのサロンを貸してもらえない？」三泊。それ以上は迷惑になる。カナダってのは悪くない。誰も興味を持たない行き先だから、自分が答えられないような質問はされないだろう。メープルシロップを飲んでいて、ヘルズ・エンジェルズ（カリフォルニア発祥のバイカーギャング）はあいかわらずたちが悪く、コカインは安くて、女の子たちはホットだけど、フランス語のなまりは慣れないときつい。

そうだ、エミリーだ！　すぐに思いつかないなんて、ぼくも相当気が動転しているな。彼女の家までなら、目をつぶってでも行ける。エミリーが二十歳の時に両親が買った、北駅の裏にあるエレベーターなしの六階の二部屋。かつてそこでは忘れがたいパーティーの数々が開かれた。十回ほどだろうか、少人数の集まりで、踊り、飲み、吐き、しばしば風呂場でセックスし、夕食を食べ、ハッパを吸い、ザ・コースターズをかけ、スージー・アンド・ザ・バンシーズのアルバムや、レディオ・バードマンを聴いた。エミリーはベーシストだった。彼女はL7やホール、7・イヤー・ビッチ、その他の女の子だけが聴ける変な音楽が好きだった。舞台ではニューヨークっ娘みたいに硬く高慢だった。普段の生活ではやさしい子だった。恋愛面ではあまり幸せじゃなかったかもしれない。彼女はすぐ赤くなり、ヴェルノンにはそれがセクシーに思えた。『アベンジャーズ・秘密捜査員ノート』（一九六〇年代につくられた

（イギリスのテレビ番組）みたいなロングブーツを履き、舞台に上がるとその腰は悩ましげな曲線を描いて奇妙に痙攣した。ベースを膝のあたりにかまえ、ドラマーの視線をキャッチするために頭をのけぞらす様子はグレーハウンドみたいだった。エミリーはいいベーシストだった。グループが解散した時になぜ彼女が音楽をやめてしまったのか誰も知らない。ジャン＝ノーが死んだと泣きながら電話してきた時、ヴェルノンはかわいそうにと思った。まだそんなことをやっているのか、決まった相手のいる男と寝ているのかと。葬儀の後、エミリーは何度も会おうと言ってきたが、ヴェルノンは気がふさいでいて答えなかった。エミリーは攻撃的なコメントをヴェルノンのフェイスブックに次々と送りつけてきた。ヴェルノンは反応しなかった。彼はそのことでエミリーを恨んではいない。誰でも時には理性を失うものだ。

ヴェルノンはバスルームのドアを閉める。エミリーは伸ばした背中を椅子の背につけ、うつろな目をしたまま、親指と人差し指で下唇をはさむ。自分の仕草に気づき、きつくて背中にずり上がるセーターを下から引っ張る。母親がよく一点に目を据えてこの唇をつまむ仕草をしていたのを思い出す。そういう時、母は別の世界に入り込んでいるように見えたものだ。

エミリーは二杯目の白ワインをグラスに注ぐ。ヴェルノンがシャワーを浴びている音が聞こえる。簡単に夕食を済ませたら、iPadとワインのボトルを持って自分の部屋に引っ込むことにしよう。なるべく早いほうがいい。扉の前にヴェルノンがいるのを見た時、今にも爆発しそうな激しい怒りで腹が熱くなった。二年も精神分析医のところへ通っているのに、彼女はまだ思っていることをそのまま口に出せない。非難の言葉は唇から外へ出てこない。エミリーはヴェルノンのことを恨んでいる。こういう場面ならもう十回は想像したことがある。つまりこうだ。あのグループの男の誰かが助けを求めてきたら、顔につばを吐きかけてやるのだ。ところが、一晩泊めてくれないかと言われた時、つばを吐く代わりにエミリーの唇はへの字に曲がっただけだった。雰囲気を変えようとヴェルノンがアレックスの話を持ち出した時、彼女の表情はますます暗くなった。アレックスを思い出すのも、過去のことを持ち出すのもごめんだ。彼女はグラスを取り出し、コースターを放り投げ、素焼きアーモンドを乱暴にボウルに入れた。もてなしの身振りが不快に映るよう、わざと不機嫌にやった。サントゥのバーゲンで六百ユーロほど出して買ったスウェーデン製のローテーブルにヴェルノンが染みをつけないように見張っている。エミリーは潔癖症になり、その点に関しては一ミリもゆずらない。かつてはゆったり構えて何でも大目に見るタイプだったのに、今ではテーブルの下にパン屑が落ちていたり水道栓にカルキの跡がついていたりしたらすごい剣幕で怒り出しかねない。その代わり、すべてが整理整頓されていて清潔なら、言いがたい喜びを覚える。

ヴェルノンはそのぴりぴりした空気を読めない男を演じた。エミリーに「髪を切ってもらえないかな？　昔、みんなの髪を切ってくれていたよね」とねだった。完璧に無視するかわりに、エミリーは「今晩？」と聞き返した。白ワイン二杯目が入ると、エミリーの態度は少しやわらいだ。ヴェルノンがレコードを全部売ってしまった話を聞くと、エミリーは店とつながっていたヴェルノンのアパルトマンのことを思い出した。一気に心が近づき、怒りは崩れ落ちた。エミリーにはよくあることだ。ワインのせいだけではない。どれほど激しい感情も、急に霧散し、その真逆の感情にとってかわられることがある。

ヴェルノンはだいぶ変わった。全身から脆(もろ)さが漂い出ている。でも見かけはそれほど崩れていない。きれいな目をした男は得だ。髪は白くなったが、生え際だけ色が抜けている。運よく、体は細いままだ。問題は歯。こんなに黄色い歯を出して笑うのを見せられると、ちょっとぎょっとする。

でもそんなことはどうでもいい。キスするはずもないし。変わったのはヴェルノンだけではなかった。エミリーは十年で正確に何キロ太ったか……二十キロほどだろうか。数字を口にするとシルエットが変わるかのように嘘の体重を言っているうち、正確な数字は忘れてしまった。はじめのうちはエミリーも努力した。ダイエット、運動、海洋医療、マッサージ、クリーム。そして、途方もなく金がかかり、クラッシャーに入れられているような気がする蜂巣炎除去術。まあ、やってみてよかった。どんなものかわかったから。そのうちエミリーは諦めた。彼女のメタボは明らかにコントロール不能になっていった。鏡に映った姿が自分のものとは思えない。服に体がおさまらない、何を着ても脂肪の塊がはみ出ている。自分がどれだけ変わってしまったか実感するのは、知人のいない集まりに出た時だ。みんな、誰でもいいからその辺りにいるエミリー以外の人に話しかけようとする。太った女と接触したくないのだ。

自分のアパルトマンも変わった。入ってきた時、ヴェルノンの顔に驚きの色が浮かんだのをエミリーは見逃さなかった。驚き、そして失望。コンサートのポスターはもう一枚もない。前はサロンにも寝室にも、壁一面に貼ってあったのに。かつて台所はかっこいい男の写真で埋めつくされていた。フガジ、ジョイ・ディヴィジョン、ハンガリーのディー・トロッテル、ポーランドのデゼルテルなど。今はそのかわりに、額に入ったフリーダ・カーロの写真が一枚とカラヴァッジョの絵の複製が一枚かかっている。壁は白い。中年の知人たちの家と同じだ。エミリーは、親がこうなってほしいと思っていたエミリーになった。学位を取り、設備会社で働いている。奇妙で個性的な女が、分別のある平凡な女になった。自分の体に合うものがあれば、〈ザラ〉で服を買う。オリーブオイルと緑茶が大好きで、《テレラマ》を定期購読し、職場では同僚と、料理のレシピの話をする。両親が彼女に望んだことはすべて実現した。ただ、子供は作れなかった。そのせいで他の成果はカウントされない。家族の食事会に行くと場違いな存在になってしまう。すべての努力が水の泡だ。

シャワーの下で水は流れ続けている。エミリーはヴェルノンが持ってきた巨大なカバンをのぞいてみる。洗面道具を入れたポーチなんか入ってない。かみそりを一本持っているだけだ。シャワーを浴びにいく時に、本物の男は洗面道具なんか持ち歩かないのだと言っていた。カナダから来たなんて嘘に決まっている。ホームレスなんだろうか？　まさか、彼にかぎってそんなはずはない。ヴェルノンは問題にならない範囲でことを収める穏やかな男だ。通りに追い出されるほど派手なことをするあばれ者じゃない。女とめんどうな別れ方をしたのかもね。でもヴェルノンは人気があるから、これほど長いこと会っていない女友達のところへ転がり込むなんておかしい。なにかひっかかるが、彼は話したくないらしい。

ヴェルノン・シュビュテックスは、いつもレコード店のカウンターの後ろでほほえみを浮かべている気のいい男だった。冗談がうまく、おしゃべりではないが、気の利いた答えを素早く返してくる。会話の中の面白い要素をキャッチし、言葉の曲芸師のようにそれを光らせる。子供っぽい競争ばかりしている若者たちの中にあって、ヴェルノンは自分の能力を証明するために背伸びする必要もないクールな男に見えた。たしかに仕事もあり、レコード店の店主だった。ギタリストほど輝かしい立場じゃないが、そこらの平凡な男どもよりはいい位置につけている。ヴェルノンは女の子たちをほほえませるのがうまかった。出会ったらほめ言葉でぐらつかせ、地上七百メートルまで舞い上がらせ、気になる女の子がほかに現れればそこに置き去りにしていく。残された子は、甘い言葉もうっとり見つめてくれる眼差しも失って呆然とする。

エミリーは仲間の中で「男」だった。トラックに自分でアンプを運びこんだ。酒に強いのが自慢で、ユーモアもあり、すばらしいレコードのコレクションを持っていて、舞台では思いきりワイルドになれた。バンドにはすっかり溶け込んでいた。それからバンドは解散した。レコード店は閉店した。それぞれが自分の人生を歩んだ。男友達は彼女に電話するのを忘れるようになった。ライブを観に行く前にビールを一杯飲むことになっても、夜誰かの家で映画を観るために集まることになっても、一緒に夜ご飯を食べる計画を立てる時も、何かのお祝いをする時も、エミリーは呼ばれなくなった。演奏の後、彼女がバックステージについていこうとすると、みな困ったような顔をする。どこかで見たことはあるが、今まで自分に向けられたことはなかった、困惑顔。どっしり体型の太った女にしつこくされ、どうやって撒いたらいいかわからない時、人はそういう顔をする。うまく入り込んでレストランのテーブルに彼らと一緒に座っても、自分の声が前ほど届かない気がした。自分の存在が認められていることを聞いていない。冷たくされているのでさえなかった。自分の存在が認められてはじめて、攻撃もされる。ジャン＝ノーにその話をすると、おまえ頭がおかしいんじゃないか、みんなの注意を独り占めしたいのか、バンドが解散して、まだ心の整理がついてないんだな、と言われた。それもあながち間違っていない。リードギタリストだったセバスティアンは、ヴァージン・レコードの男が契約の話を持ってきてくれた日に、すべてをぶっこわした。無垢でいるために。セバスティアンはメジャーのレーベルで仕事をしている唯一のメンバーだった。だがまさに彼にとって、このバンドに参加しているのは、仕事と同じようなことをやるためじゃないのだ。妥協も、キャリアにつながる展望もいらない。ロックと、純粋さだけがほしい。昼の仕事の後、夜は自分が過激になれる趣味がほしい。テレビも、プロモーターもいらない、プロっぽすぎるものはごめんだ。荒削りな、仲間内のバンドでいい。座席シートのないG7のトラックと、タブレ（クスクスにミントやトマトを混ぜてオリーブオイルとレモンなどで味付けしたレバノンのサラダ）中心のケータリングでいい。セバスティアンは、反抗的な顔をしたがる従順なプチブルにありがちな純粋主義者だった。ガランド通りに両親が買った、しゃれた一部屋のアパルトマンを持っていた。エネルギーのほとんどを、まわりの人間をふるいにかけることに費やしていた。そいつらが結局のところ何者か、裏切り者、偽の仲間、頼りにならない人間、ペテン師だと言うために。セバスティアンはグループに女がいるのをずっと嫌っていた。パンク・ロックは男のスポーツであるべきだと思っていた。二十年後、仲間同士が集まった時、頭が固いわりには仕事上でうまく立ちまわったセバスティアンの姿を見かけた。ケーブルテレビの文化番組の責任者になり、ディレクターはいつも彼を高く評価していた。手に負えないやんちゃ者みたいに面倒はかけないが、男っぽいラディカルさをひとつまみもたらしてくれるからだ。

バンド「ドラゴンにまたがって」の解散後、どこかのグループからエミリーに代役の依頼の電話がかかってきたことはなかった。期待はしていなかった。エミリーはベースがうまく、自分の資質を疑ったことはなかった。ベースをケースにしまい、地下室に下ろして、頭を切り替えた。昔の友達から遠ざかったわけじゃない。他の人間がエミリーを排除したのだ。その二つはまったく違う。ジャン＝ノーだけはエミリーと会いつづけた。それも不思議はない、気が向けばいつでも彼女と寝ていたのだ。ごく初めの頃はとても情熱的な関係で、いつまでも続くように思えた。そのうち、どちらかというと中毒性の関係になった。楽しむために手を出すわけではなく、欠如を埋めるための関係。ジャン＝ノーに一人目の子供が生まれた。別の女とのあいだに。エミリーはその女と友達だった。エミリーは彼女が妊娠したことを最初に知った一人だった。乾杯しなければいけない、ほほえみを絶やすわけにいかない。二人目の時は、生まれて数カ月して知った。ジャン＝ノーのカバンの中にぬいぐるみが入っていたのだ。エミリーは、人に紹介できる彼氏のいない女、やんわりと厄介払いされた女、仕事関係の夜の集まりに一人で来る女、ここまで敗者だと安心できるから女友達がたくさんいる女になった。すでに勝敗は決まった。もう若さは戻ってこない。アホ男が電話してくるか来ないか待ち続け、自分に会いに来るために妻に嘘をついてくれるのを期待し、日陰の女のまま、悪循環を断ち切って別の関係を切り開くこともできずに若い時代を過ごしてしまったのだ。そのことを考えると胸が苦しくなるが、どうしていいかわからない。他の人間はやるべきことをいとも簡単にやってのけるのに、なぜ、ひたすら自分を破壊してしまう人間もいるのだろう。実は、ジャン＝ノーのことで悩んでいない時は、別の男のせいで不幸だった。

ジャン＝ノーが死んだ時、誰かと話をしたくなった。愛人だったからどうだというのだ？　十年以上前から寝ていた相手なんだから。彼女がコンタクトをとった人間の中には、ヴェルノンもいた。でも彼は一度も返事をよこさなかった。まるで、もともとたいした知り合いじゃなく、ジャン＝ノーが死んでからエミリーが電話攻撃をしてくるのがうるさいとでもいうように。今日、ヴェルノンが外で助けを求めながら死んでいったって、エミリーは気にしない。それでけりがつく。ヴェルノンのことなんかもう聞きたくもない。どうせ誰だっていつかは死ぬんだから。

ヴェルノンがシャワーから出てくると、エミリーは椅子を引き、髪を受けるためにタオルを床に敷いた。ヴェルノンの髪に櫛をかけたとたん、エミリーは泣きそうになって唇を噛みしめた。苦い気持ちは一気に消え、予想もしなかった、情け容赦ない物悲しさが襲ってくる。幼い頃、毎週日曜に『プチ・ラポルトゥール』を観ながら祖父の髪を切ったものだ。母は天を見上げ、「この娘はおじいさんを思いのままに操ってるよ」と言った。ヴェルノンの椅子の後ろに立ったエミリーは、襟首にとびだしている髪三本を捉えようと、腕を高く持ち上げる。成熟した男の肌、白髪まじりの細い毛、ある特別な匂い。額が前に傾くよう、指先でヴェルノンの頭のてっぺんに触る。髪束を引っ張って毛先を切り、ボリュームが出るようにするが、もはや細工できる髪もあまり残っていない。背中にラットテール風に垂れているみじめなもじゃもじゃの毛を取る。エミリーの心は、欲望とはまったくちがう優しい気持ちでいっぱいになる。子供をかわいいと思う気持ちともちがう。相手のもろさを見てほろりとさせられる女の優しさ。エミリーは泣かないように自分と闘う。最近やっと、涙をコントロールできるようになったのだ。鬱になってはじめの二年間は、なんでもないことで泣いていた。足に力が入らなくて立っていられなくなる人もいるが、涙をこらえる意思がきかなくなってしまったのだ。涙は抑制不能に流れ続けた。夏が終わって、何かが変わった。ある朝起きて、泣かないと心に決めた。泣かないから苦しみが治まるわけではないが、地下鉄の中で理由もなく泣き続け、仕事場に着いてエレベーターの中で化粧を直す必要はなくなる。泣きすぎて、涙の塩分のせいで目元の肌が荒れてしまった。それはもう治らない。

ヴェルノンの肌は、年取った男の肌だ。年齢相応の肌。昔ジャン＝ノーを見ていて、同じことを感じた。女より男の方が年取っても変わらないというのは嘘だ。男の肌のほうが早く弾力をなくしていく。特にタバコを吸って酒を飲む男は。肌はたるみ、指の腹で押すと粉々になりそうだ。エミリーは年上の男と寝る若い女の気が知れなかった。若い男の柔らかく張りのある肌の方がずっと心地良いのに。自分と同年代の、睾丸が垂れて亀の固い頭みたいになっている男はぞっとする。そんなモノに触らなければいけないことになったら吐いてしまいそうだ。ベッドですぐに息を切らし、五分でもう続けられなくなってごろんと仰向けになり、相手にゆだねて最後までやらせる男は大嫌いだ。突き出た腹、灰色のやせた腿は最悪だ。

女は年齢とともに変わる。自分に何が起きているか理解しようとする。男は偉そうな顔をして同じ状態にとどまり、とつぜん退行する。年を取れば取るほど、愛も性も幼少期に戻っていく。子供っぽい女の子に子供っぽい言葉をかけたくなり、校庭でやっていたような卑猥なことをやりたくなる。老人の欲望など誰も聞きたくない。やっかい極まりないからだ。

エミリーはワインを飲み続けるうちに、ヴェルノンの年の取り方は悪くない気がしてきた。彼はいつだって気のいい男だった。ウィスキーのボトルを開けるだけで、何かが起きるだろう。エミリーにはわかっている。酔っ払うと自分がどんな身体をしているか忘れてしまい、どれだけ魅力ない姿になったか考えなくなってしまうことを。頭の中ではまだセックスに惹かれるが、実際に機会が訪れると引いてしまう。何年も前からすっかりリビドーを失っていたし、じっさい、性的な関係なんかなくてもまったく問題なかった。二人は『トランスヨーロッパ・エクスプレス』（ドイツの音楽ユニット、クラフトワークのアルバム）を聴いている。エミリーは自分のレコードのコレクションから何を選んでいいかわからなかった。かけるものを探しているうちに、自分が情けなくも何年も前から新しい面白いものを何も聴いていないことに気づいた。興味が湧かなくなっていたのだ。

「エディス・ナイロンをいつも聴いてたよね。覚えてる？」

「その後、どうなったのかな。ネット上でレコードを見たことないわ」

「スナップズプロ（動画をキャプチャできるアプリケーション）って知らない？　髪を切ってくれたらインストールしてあげるよ」

「レコードはケベックに置いてきたの？」

「イーベイで全部売ったよ。店を閉じた後、それで食いつないだんだ。今は何でもウェブ上にあるし」

「栗色のカラーならあるけど、白髪を染めとく？」

「おねがい。きみに髪を触られるの好きだよ」

二人はテレビの前に並んで食事をする。髪を切って染めたヴェルノンは顔色が良くなったように見える。アホ男だが、目はあいかわらず同じ灰色で、あいかわらず魅力的だ。エミリーはヴェルノンが食べ終わらないうちに自分のグラスにもう一杯注ぎ、疲れているからと言って彼のためにソファベッドを広げ、自分の部屋に閉じこもった。二十歳の時だったら、ヴェルノンがホームレスになっているのに、自分は部屋であたたかくしていることに罪悪感も感じただろう。せめて、ここに何日かいたら、と言うのが自分の義務だと思っただろう。エミリーは友達を泊めたこともあったが、自分を必要としなくなったら彼らはたちまち背を向けた。しょうもない夢想家には飽き飽きだ。働きに行けないほど繊細な男たち。わたしのもろさなど、誰も気にかけてくれたことなどないのに。時には扉をぴしゃりと閉めることを教えてくれたセラピーに感謝した。そのおかげで今日も、どうすべきかわかっている。ヴェルノンを明日も泊めるわけにはいかない。自分を正当化する必要はないし、罪悪感を抱く必要はもっとない。

バルベス（パリのモンマルトルのサクレ＝クール寺院の下の地区）は朝から人でごったがえしている。ヴェルノンは肩にカバンをかけて雑踏をすり抜ける。あちこちで待ち伏せしている身体が、金を求めている。タバコの包み、香水、偽のブランドバッグ――人の腕をつかんではそういう品物を見せようとする。ヴェルノンは目的地へ急いでいるふりをし、自分を引きとめようとする男や女とけっして目を合わせないようにする。早足で歩く。ピガールを過ぎればもう少し人が減って歩きやすくなるはずだ。日本人や中国人やドイツ人を乗せたバスはまだ停まっていない。ムーラン・ルージュは板紙でできた舞台装置みたいだ。エリゼ・モンマルトル劇場はあいかわらず黒焦げのまま。パリの通りはどれも思い出の引き出しだ。ヴェルノンは騒音にまみれ車だらけのクリッシー広場が昔から嫌いだった。

昨日の太陽は消え、気温は下がり、腹が空いた。胃が空っぽな感覚にも慣れてきた。自分の家にいられた頃は腹が減っても問題なかった。エミリーは朝食に、女の子がよく食べるようなシリアルを食べていた。干し草みたいな味のやつだ。彼もおとなしく二口三口食べたが、大便をしたくなるのが怖かった。便通がよくなる。前日、トイレに行きたくなった時は、マクドナルドを利用できた。だがそういうトイレはだいたい入り口でパスワードを押さないといけない。彼みたいな境遇の人間が入り込んで長居するのを防ぐためだ。

エミリーの恨みは、金属製の板のように彼の胸にぶち当たった。家の鍵を預けてくれるだろうとヴェルノンは最後まで期待していた。少なくとも今日、昼間だけは。居場所がないのを見抜いてたくせに。歩道で二十ユーロ札を二枚握らせ、自分の乗る地下鉄の駅に向かって走るように去っていった。エミリーの変わりようは、ヴェルノンが他に知らないほど惨めだった。エミリーが吸っている空気には、すえた臭い、傷んだ臭い、染みこんできてエネルギーを腐らせていく何かが含まれている。だが年齢を重ねた彼女は昔より色気がある。みずみずしくはないし、丸々と太っているけど、それが似合っている。自信が魅力を与えているんだな、前はもっと間抜けっぽかった。

Ｍａｃブックを貸してくれと、ヴェルノンは夢中で頼みこんだ。朝食をとりながらそんなふうにしつこく言うのは恥ずかしかったが、他に方法はない。ネットを見る必要がある。何度も哀願しなければならなかった。アレックスのインタヴューのカセットをカバンから取り出し、それが石板（聖書における、十戒が記された二枚の板）でもあるかのように振りかざした。「これはアレックスの遺言なんだ、エミリー。わかるだろ。この話をするつもりはなかったけど、パリに来たのはこのためでもあるんだ。担保として置いていくよ。一週間でいいからノートパソコンを貸して。返しにきたときにカセットを返してもらうから。命の次に大切なものなんだ」エミリーはこのノートパソコンなんか使っていない。ｉＰａｄもｉＰｈｏｎｅもあるし、テレビがわりにもなる巨大なやつも持っている。エミリーはだいぶためらったが、ヴェルノンは引き下がらなかった。ヴェルノンの卑屈な姿を見るのにうんざりして、彼女は折れた。エミリーが自分を眺めた時の目つき、あれが何を意味してるかは自分にもよくわかっている。店に来たヤク中の友人に「明日、ぜったい返すから」とやっかいな決まり文句で金をせびられ、返してもらえないことを承知でしまいに紙幣を渡した時、自分もそういう目をしていた。

通りでエミリーが二十ユーロ札を二枚差し出した時、「どういうこと?」と言いたかったが、ヴェルノンは目をそらして金をポケットに入れた。

ジャン＝ノーが死んだ後にヴェルノンが電話しなかったことをエミリーはひどく恨んでいた。正直なところ、それがエミリーにとって重大なことだなんて思いもしなかった。ジャン＝ノーがエミリーの話をしたことなんかなかったんだ。一度も。

スターバックスの前を通った時、いつもながら、パリにどんどん増えていくこの手のカフェには何か特別な魅力でもあるんだろうかと思った。入ってみると、こじゃれたマクドナルドみたいで、フライドポテトの匂いのかわりにスポンジケーキの匂いがする。ウェイターの服から注文のシステムまで、すべてが驚きだ。薬物タバコの楽園にぴったりだな。菓子、大きなソファ、耳をくすぐる音楽、柔らかな光……法律がゆるすなら、すぐにもコーヒー・ショップ（オランダの大麻販売店）になり、人々はそこに入りびたりになるだろう。彼はレジの若い女性を質問ぜめにする。自分の後ろには誰も並んでいない。頬骨が高く、眉毛は剃り過ぎで、暖かい声のきれいな黒人の女の子。二十歳ぐらい。ヴェルノンはメニューにあるコーヒーについてすべてを知りたがる。彼女は、ナンパされていることを意識しているそぶりをみじんも見せず、落ち着いて説明してくれる。そのあたりの施療院から生き残って紀元三千年の世界を発見した変態じいさんを相手にしているような話しかただ。彼女の関心を引き、動揺させてみたい。彼女の家に入り込み、ベッドで冬中過ごしたい。だが女の子の態度からして、それ以上入り込む余地はなかった。グランデサイズのコーヒーを買って引き下がる。二ユーロ六十サンチーム。

ソファに体を投げ出してパソコンを電源につなぎ、ガラスに映った自分の姿を見た。何はともあれ、エミリーは髪はうまく切ってくれたんじゃないかな。この場所をよくよく観察してみる。本物のバーとの場所の根本的な違いはカウンターだ。バーをバーたらしめるものはカウンターだ。そうでなければ喫茶店になる。バーにはカウンターがあるおかげで、一人で入っても自分の場所を見つけられる。自分の店にもカウンターがあった。そこに肘をついて、ほとんど誰も聞いていない話をしながら何時間でも過ごせるように。精神分析医と反対の仕組みだ。立ったまま、相手に対面して、時間の制限もなくしゃべる。二十年のあいだに店でどれほどおかしなことを聞かされたことか。

ヴェルノンは自分のフェイスブックのページを開き、ザ・クランプスの曲をひとつ投稿した。精神病院でのライブで、誰でもしびれてしまう、最高に共感できる大切な記録だ。アレックスの死に関する書き込みが夜のうちに咲き狂っていた。安らかに眠らせてやってくれ。ボボ好みの歌なんか捨てて、虹の向こう側へ行かせてやってくれ。みんなは勝手に自分の写真やエピソードでも書き込み続けていればいいんだ。あるバーでアレックスがノヴァーリスを読んでいるところへ行き合わせたんだ、彼と寝たわ、あの歌のインスピレーションのもとになったのはあたしよ、彼にチューインガムをもらったの、トイレットペーパーを買っていたらちょうど彼がハムを買っててね、ある夜、ひどく酔っ払っていた彼にビールをおごったのさ、自分の汚物にまみれて地面に寝ている彼を見たよ、痛々しかったね、偉大な詩人の死に心がうずく、等々。

友達リストの中から誰かを選び出すのは骨が折れる。友達はたくさんいる。レコード店をやっていれば自然と交遊関係は広くなる。フェイスブックのトップページにハーレイ・フラナガン・Ｊｒのすばらしい写真が出てきた。三カ月前からその話はふくれあがり続けている。ハーレイ・フラナガンは、クロ・マグスの再編で、自分の代わりに入ったやつを刺した。ヴェルノンは取り憑かれたように「いいね」ボタンを押す。コーヒーはまずくない。半リットルも飲んで胃に穴があきそうだ。

モノプリ（スーパーマーケット・チェーン）の店舗に五分もいると、グザヴィエは何もかも破壊したくなってくる。彼の地区のモノプリを管理しているのはクソどもだ。いつもそうだが、わざわざ店が客であふれかえる時間を待って、店員に商品の補充をさせる。客がカートを押して通りにくいように、故意にやっているのだ。朝やったっていいじゃないか、閉店後にやったっていいじゃないか、客の少ない時間にやればいい。それなのにピークの時間帯にやる。「通路に荷台を三つ斜めに置けよ」なんて指示を出しているんだろう。くだらない消費者たちは苦労して買い物すりゃいいのさ、ってわけで。

ガキ向けみたいなパッケージにもいらつく。何週間もかけて、ピクルスの瓶に何色を使うかオフィスで議論している人間がいると想像しただけで呆れる。そんなことに知性を浪費するなんて。マリー＝アンジュにこの最悪な買い物を頼まれたのだ。つらい一日の仕事の後、なんでいつも自分が買い物に行かないといけないのか、などとグダグダ言われて。いつも同じ愚痴さ。スマホに送られてきた買い物リストは細かすぎて、書くより彼女が自分で来たほうが早かったんじゃないかと思うほどだ。食パンのメーカーにこれほどこだわるなんて普通じゃない。アスパルテームが入っていない脂肪分ゼロパーセントのヨーグルトを探して、自分がアホみたいに売り場を行ったり来たりするはめになる。というのもマダムは太らないように気をつけているが、アスパルテームをとるとガス工場みたいにおならが出るからだ。

グザヴィエは、自分の前をくねくね歩いているベールをかぶったアラブ人の太った女の尻に一発ケリを入れてやりたくなる。アラブ人のベール、車のバックミラーにつるしたファティマの手、あいつらの子供たちの粗暴な振る舞いを目にせずに、通りを二百メートルも歩けるだろうか、まったく。ひどい人種だ、嫌われるのも当然だ。自分が今、仕事をする代わりに買い物をしているのは、妻が自分を女中と間違えないでくれって言うからだ。こうしているあいだも、あのどうしようもない怠け者の男どもは何もせず外をのんきにうろついて、女たちが苦労しているあいだ、手厚い失業手当をもらっている者たち同士、カフェにたむろしているんだ。文句ひとつ言わず家のことを全部やるだけじゃ足りないのか、女たちは従属の印にベールまでかぶらなきゃならない。心理的な戦争をしかけられてると思わないといけない。つまり、フランスの男に、自分らの価値が低下したことをわからせるためにそんなことをやってるんだ。

マグレブ系の女に選択肢ができたってことを考えるとさらに気が滅入る。一九八〇年代から九〇年代にかけて、彼女たちはあらゆる職種で働き、なかなかうまくやっていた。たいがい金持ちの夫を探しているのは見え見えだったが。地に足がついてるからな。だがともかく、あの女たちはがんばって仕事をし、出世する例が多かった。ところがわざと後戻りした。労働市場から抜け、ベールをつけて、同胞の男たちを侮辱しないことを選んだ。うちの奥さんは、おれだって男らしいって胸を張れるように気をつかって仕事をやめたりはしない。考えてみれば、そうしたって二人は暮らせなくなるわけじゃないのに……。

グザヴィエは疲れ果てている。昨日の夜の集まりで消耗してしまった。夜のあいだに危険な考えがじわじわと胸の中で発酵してきた。昨夜は、テレビドラマを書かないかと提案してくれたセルジュ・ヴェルグマンと食事したのだった。二人とも、この構想にたいした価値がないことはよくわかっている。何年も前からシナリオは書き進められているが、番組は撮影に踏み切るのをしぶっていて、もしかすると永遠にそこで止まったままかもしれない。初めからテーマ選びが失敗と言わざるを得ない——女性外科医が心臓の手術を担当した麻薬取引人に恋してしまう話。ヴェルグマンは礼儀正しい人間だから、グザヴィエに報酬は払うだろう。グザヴィエは引き受けた。シナリオのボルトをいくつか締めて、会話をちょっと作り直す。あとは、いつ終わるともしれない無駄でつらい会議にしょっちゅう出るのが仕事の中心になるだろう。二十四歳くらいの読み書きもできない金持ちのどら息子たちが、爪の先をかじった太い指の先を、蛍光ペンでハイライトした行に沿って走らせ、「ここはほら、書き直さないと」などと言うだろう。かわいそうに、観衆を惹きつけるこつを少しでも知ってるつもりなのか。そういう若造が重要なポストについているのは、親が一本電話をかけたからなんだ。

だがこれは仕事である。仕事が来るのはうれしい。セルジュがサン＝マルタン運河からすぐのいいイタリアン・レストランに招待してくれたのもうれしい。二人はこんど結ばれる新しい協定のこと、組合がいかにして芸術映画を殺そうとしているか……なんて話をしていた。セルジュも社会的で内面的なドラマを作っていることを知っているグザヴィエは、芸術映画を本当のところどう思っているかは口に出さない。なかなかいい夜だった、エルザが来るまでは。こともあろうにジェフの腕にすがって。グザヴィエは二人がつきあっているとは知らなかった。動揺を人にさとられないようにしたが、食道がひりひりと痛み出し、食べたものを消化できなかった。

ジェフも脚本家だった。だが彼は二年前に監督業に乗り出した。灰色の空とトラクターを映した百二十分、大勢の労働者がむっつりと働く工場、べたべたした肌、うつむく額。音楽はない、金がかかりすぎる。シナリオもない、批評家が好むタイプのきめの粗い映画だ。観る者がうんざりする醜い作品だからこそ、労働者の世界をうまく描いているとあいつらは信じ込んでいる。映画が劇場で公開されると、グザヴィエが新聞を開くたびに、とめどない愚言が目に飛び込んできて、爆発しそうな胃潰瘍が腹をえぐった。負け犬のジェフにゴール間際で追い越されようとは思ってもいなかった。グザヴィエのオリジナルのシナリオは、十五年前から一本も撮影資金がつかない。

ジェフは二本目の映画を作っている。彼はエルザに役を与えた。二人は一緒にやってきて、つき添いのべたついた褐色の髪の女は、監督のアシスタントですと自己紹介した。「偶然同じ場に居合わせるなんて！」とかなんとか、みんなきゃあきゃあ言い始めた。内心では吐き気がしているくせに。ジェフの幸福だけが偽物じゃなかった。そりゃそうだろう、昔よく共に仕事をした人間に再会し、自分のちょっとしたクソ成功で打ちのめしてやれるんだから。ジェフは鼻高々だった。もちろんその喜びに自分で文句をつけるはずはない……彼は豚のように快感に浸っていた。

グザヴィエはエルザと寝たことはなかった。妻を裏切ったりはしない。「わたしはちゃんとしたキリスト教徒です」なんて公言しておきながら、自分のペニスを妻以外の女の中にぶちこみに行くようなタイプじゃない。彼にはぶれない行動指針がある。自分にも若い時代があり、十分遊んだ。結婚して父親になった今は、自制する。でもエルザの場合、ほかの女と違ってそれはやや難しかった。エルザには興奮させられるだけじゃない、何か心の奥底から揺さぶられるものがある。自分の腕の中で丸くなり、寄り添って眠るエルザを守りたい、一日何をしていたか尋ねたい、背中の上から下までキスして「悪魔を憐れむ歌」の歌詞を読ませたい、ブルースを聴き、一緒に電車に乗って、海が見えるホテルの部屋でくつろぎたい、朝、彼女の匂いを感じ、オーディションについて行って、彼女が通らなかったらなぐさめ、いいニュースが来れば抱きしめてお祝いをする。エルザとなんでも一緒にしたい。時間がたってもその気持ちは消えない。女にのぼせ上がることはあるが、普通はその女を見てもう何も感じない日がくる。ひどい時は、女の息が臭い、肌が汚い、声がうるさい、姿勢が気にくわないと気づく。でもエルザと彼は運命的に何度も再会し、終わりがない。その感覚が一方的でないことをグザヴィエは知っている。エルザは彼が一歩踏み出すことだけを待っている。彼と同じことを感じ、彼がどうして我慢しているか知っている。彼を尊重してくれているのだ。というのもエルザはまともな女の子で、自由な女を気取ってあちこちの家庭をかき回す、クズ女とは違う。エルザは女優にしては上品すぎる極上のかわいい子だ。舞台にしゃしゃり出る、だいたい拒食症で男を食い荒らす女たちよりずっときれいで存在感もあるのに売れない。ジェフの豚野郎が「うちに行こうよ、アパルトマンを買ったんだ。ここは席がいっぱいだし、うちに行って食べ物を取り寄せよう」と言った時、エルザのせいでグザヴィエはみんなについて行ってしまった。ジェフはひどいアパルトマンを買ったもんだ。裏に何かあるはずだ。あいつは嘘をついている。遺産相続の匂いがぷんぷんするのに、家族に頼ったりしない男のふりをしている。だがこんなアパルトマン、親から受け継いだに決まってるさ。ジェフみたいなばかだってこんなつまらない物件を買うわけがない。しかし、これでも四十万ユーロはするだろう、つまりあいつは狙った誰からでも金を引き出すすべを知ってるってことだ。ひどい夜だった。ジェフたちはジャン・リュック・ドラリュをけなした。ドラリュという人物は、翌日に炎上しそうな証言を取るためには親も殺すような盲従的なとんまに取り巻かれたクズだと、全員一致で発見したかのように騒いでいた。グザヴィエは黙っていた。怒りをあらわにして、セルジュの前で火傷したくなかった。どれだけ意気消沈しているかエルザに見せたくもなかった。エルザを脇に引っ張っていって、自分の心の中を語りたかった。どれだけ彼女のことが好きか、半年会わなくてもずっと彼女のことを考えていたか。ただ、一度好きだと言ってしまうと、キスしてもいいか聞いてるのと同じことになってしまう。浮気を回避する方法はひとつしかない。身体的な距離を縮めないこと。自分をひきつける身体から三メートル離れていれば、危ないことが起きる可能性はかなり減る。

ジェフは人のよさそうな顔で、集まりのあいだずっとドラリュをけなしつづけた。グザヴィエはなんとか我慢しつづけた。フランス映画界のインテリたちが自分たちの作品の質を褒めたたえ合い、カンヌで再会する喜びを語り合うのを聞いていた。グザヴィエは思った。カンヌなんて、ルブタンの靴を履いた尻軽女たちが来る、寝る相手を探すためのパーティーだ。ルーマニア映画に賞を与えた後、鼻をコカイン詰めにして、腹にはキャヴィアを詰め込む。左派のインテリはロマが好きなんだ。ロマが苦しんでいる姿は見るが、生の声を聞く機会が少なすぎる、なんて言って。愛すべき犠牲者ってわけさ。だがロマの誰かが語り出した日には、左派のインテリたちは別の声なき犠牲者を探し出すに決まっている。グザヴィエは考える。ああいう無能なやつらの集団にとって、ヒーローはゴダールなんだよな。金のことしか考えず、つまらんしゃれみたいな言葉でしか話せない映画監督さ。そういう低レベルから出発し、さらに転落することに成功するとは、まったくよくやるよ。

帰宅したときグザヴィエはかなりラリっていたので、心の痛みをそこまで感じずにすんだ。エルザのことを考えながらトイレで一発抜き、手を洗い、妻の横に行って眠り込んだ。自分が嫌になるが、そうでもしなかったら眠れなかっただろう。朝になってはじめて、昨夜のことを消化するのがどれだけ難しいか実感した。もちろんこれまでにも屈辱的な夜はあったし、煮え湯を飲まされたこともある。

あらゆるひどい目に遭ってきた。グザヴィエは午前中いっぱい執筆に集中できず、独り言を繰り返しては、いや、そんなはずはない、もちろんない、ジェフに嫉妬なんかしてるはずはないと自分に言い聞かせていた。あの道化の身代わりになりたいなんて思うやつがいるだろうか？　グザヴィエはエルザとの想像上の会話に戻り、はじめて長篇映画を作って好意的な批評を三つゲットするなんてどれだけいんちきか説明しようとした。後から思えば、エルザにとって自分のほうがジェフより劣って見えるだろうという考えに苦しんだ。会話の別のバージョンをいくらでも作り出せた。ジェフの悪いところを洗いざらい指摘するために、そして、ジェフが新しい映画を作ろうとしているのを見ても、自分はまったく傷つかないと主張するために。もちろん、おれは傷ついてなんかいないさ。

今モノプリにいるグザヴィエは、バズーカ砲でも持ってくればよかったと思っている。ショートパンツをはいてみっともない太ももを見せつけている金髪の太った女は、牛のような体型なのに、かわいい女の子みたいな服装をしている。頭に一発撃ちこんでやろう。クープルズ（フランスのブランド。細身でシックかつ反逆的な雰囲気の服が多い）風の服を着た、カトリックで極右と見えるカップル、女の方はレトロなメガネをかけて髪を後ろで束ね、イケメンの彼は耳にイヤフォンを入れ、売り場で値段の高い商品ばかり選びながら電話していて、二人とも右派だってことを見せるためにベージュのレインコートを着ている。こいつらは口に一発ずつ。ハラル肉を選びながら女の尻を盗み見ている脂ぎったギャンブラーには、こめかみに一発。乳房がへその上までみっともなく垂れ下がってる、かつらをかぶったユダヤ女——グザヴィエは腹の真ん中に乳房がある女が大嫌いなのだ——彼女は膝に一発。有象無象に弾を撃ちこみ、生き残った人間がネズミみたいに逃げ出して、ケースの下に逃げ込むのを見るんだ。たらふく腹に詰めこもうとここにやって来たクズ人間たち、嘘をつき、ただで何かを手に入れ、ごまかし、人を追い越し、自慢するのが好きな人間たちをみんな吹っ飛ばしてやる。だが自分は父親で、夫で、大人なのだ。だから口をつぐみ、カートをいっぱいにしながら怒りを押し殺すしかない。しかも帰ったら食糧をぜんぶ、棚に整理しないといけない。でないとマリー＝アンジュが怒り出し、自分はまた一行も書かずに一日を終えることになる。歯を食いしばりすぎて顎が痛い。

レジには列ができている、というのもモノプリは消費者を踏みつけにしてもまだ金がなく、レジ係を節約しているのだ。グザヴィエはインド人女性の列を選ぶ。彼女は仕事が早いことを知っている。こういう、ちゃんと仕事をする人間はめったに見られない……この子に限っては、全員のをしゃぶるためにここにいます、とでもいうような笑顔を見せて時間を無駄にしたりはしない。センサーの下に品物を通すのに何か調べていて五分無駄にすることもなく、スピードを落とさない。さっさと仕事をこなしていく。自分の前に並んでいる汚い色のチョッキを着たやつ、髪が汚くて抜け目のない顔をした臭い小男を殴りつけてやりたい。若い髭男は嫌いなのだ。数年前、ベルー帽をかぶって三つ編みにしていたやつらと同じだ。自分たちの方が偉くて、上から人を値踏みする立場だと思っている。白人のちょびヒゲめ、近づけば、そのクソヒゲは臭いに決まっている、見ただけで汚いのがわかる。気色悪い毛は食べたものの残りカスだらけに決まっている、見るからに不潔だ。首に一発撃ちこんでやろう、これからは朝、みだしなみに気をつけるように。グザヴィエは一日に一箱タバコを吸う。この前やめようとしたら、人の匂いってこんなものかと気づいて気が狂いそうになった。腕を上げればたちまち異臭がする。振り返らなくても人がやってくるのがわかる。また、吸い始めずにはいられなかった。

グザヴィエはスマホを取り出し、フェイスブックのアプリを立ち上げる。エルザが何かメッセージを残してくれていないかと期待するが、同時にそうでないことを祈る。なんと答えたらいいのだろう？　会えてうれしかったよとか？　いつも二人が送り合っているたぐいのメッセージ。なんでもない会話だが裏に燃えるような意味が込められている。彼女からのメッセージはない。だがうれしいことにヴェルノンからの便りがあった。シュビュテックス。あれはいいやつだ。あの頃は二人とも若かったなあ……ヴェルノンはかわいい子を追いかけてカナダに行ったがパリに戻ってきていて、泊まるところを探しているらしい。グザヴィエはすぐに、おまえ、ちょうどいいなんてもんじゃない、うちには目が飛び出るほど高い金を出して買ったのに使ったことのない立派なソファベッドがあって、あさってから犬を預かってくれる人を探していたんだ、と返事を送った。犬の毛のアレルギーはない？

　マリー＝アンジュの意見を聞かずにオーケーを出してしまったことが気になる。自分たちの留守のあいだに誰かがアパルトマンに泊まるのを彼女は嫌っている。だがヴェルノンは古い友達だから別だ。家族みたいなもんだ。それに、誰かが犬のために残らないといけない。でないとまた「ローマの週末」をふいにすることになり、マリー＝アンジュは一緒に楽しいことなんか何もできないのね、とふくれるだろう。グザヴィエは上機嫌なＳＭＳを送り、「解決策が見つかったんだけど、どう？」と聞く。マリー＝アンジュから返事がないのでグザヴィエはほっと息をつく。これで、急ぎだったから返答を待たずに進めてしまったと言える。

　ヴェルノンに会えると思うとうれしくなった。ヴェルノンは音楽狂だった。グザヴィエのような男は、ヴェルノンにいろんな音楽を発見させてもらった恩がある。ヴェルノンは、会うと帰りには心が明るくなっているという、めったにない人物の一人だった。二人は一連の大切な思い出を共有し、記憶の最後の守り手になりつつあった。友人同士の夜の集まり、コンサート、フェスティヴァル、貧しかった頃の苦労。くよくよしなかったあの時代。すべての問題は基本的に殴り合いで解決できた。ヴェルノンはそういう生活の一部で、若い頃のグザヴィエがまわりくどい人間でなかったこと、彼を馬鹿にする人間は前歯を失うことを見ていた人間だった。それから、カウンターで一杯ビールを飲みさえすればメーターはゼロに戻り、みんなが満足だった。今とは違う時代だった。違う世界だった。グザヴィエにとってすべては過ぎ去ってしまったのだ。

グザヴィエは男っぽい仕草でうれしそうにヴェルノンを胸に抱きしめた。それから体を離して相手を招き入れ、自分の腹をたたいてみせた。

「見てくれよ、太っちゃってね」

「背が高いからカッコいいよ、大男ってかんじ」

リビングでは、髪を後ろで束ねた女の子が三輪車に乗り、テーブルの周りを興奮しきって回り続けている。小さなその顔はかわいくはないが面白い。いつか鼻のかたちが父親に似てくるとも思えない。ヴェルノンはほほえみかけ、子供に目配せしてもらえた。他人の子供に関心はないのだが、興味があるふりをするのが大切なのはよくわかっている。それからしゃがみ込んで、あいさつしにきた雌犬に手を差し出した。他人の犬にも特に興味はないが、この犬のおかげで週末泊めてもらえるのだ。このリビングではすべてが、奢侈と平和と逸楽（ボードレールの詩『旅への誘い』の一節）の香りを放っている。ちょうどいいところへ転がり込んだな、まちがいない。

「パパ、ゲームやっていい？」

グザヴィエはかがんで、時計の大きい針がここに来たらゲーム機をオフにしてお風呂に入りなさいと娘に示した。女の子はこの時計の話に聞き入って、まじめな顔でうなずく。そして一秒たりとも無駄にしないように部屋へ走っていく。

「あの年でもうビデオゲームをやるの？」

「ミルボーンズ（カードゲームの一種で、二〜六人で千マイルの自動車レースをするもの）はもう古いんだよ、わかるだろう。一人でインターネット上に行かせるわけにもいかないし……」

「ポルノがあるから？」

「いや。ゲームだよ。女の子用のゲームでひどいのがあるのさ。学校で何を覚えこまされるかって心配もあるが、そっちの方がもっと怖い。親にとってインターネットは、読み書きを覚える前に子供を奪われてしまいそうな怖さがある。おまえ、子供はいないの？」

「まだだよ。時間はあるからね……」

「おれにとって一番幸せな出来事は子供ができたことだった」

「まだ運命の人に出会っていないんだ、ぼくは」

子供のいる人間はいつも、子供がいない人間をうんざりさせる。しかも、子供がいない人間に本当のことを言われると我慢できない。たとえば「まったく、おまえを見ると、とにかく何でもいいからおまえと違った人生を歩みたいと思うよ」なんて。ヴェルノンは子供が嫌いなわけじゃない。でも子供についてくるすべてが面倒だ。クリスマスのプレゼント、学校、同じＤＶＤを十回も見ること、おもちゃ、おやつ、はしか、野菜、家族で行くヴァカンス……そもそも親になること。知り合いの多くが、大人の悪戦苦闘の生活に、何だかうれしそうに飛び込んでいった。おむつの入った花模様のカバンを肩にかけ、電熱式の哺乳瓶ウォーマーを口にくわえ、千ユーロもするベビーカーを押して現れた友達も数え切れないほどいた。そういう人間は、ある日突然、どんなに男っぽい男もポニーに乗るんだとか言い出すのだ。そんなはずはない。赤ん坊のいる男は終わっている。せめて、母親抜きに子供を育てられると仮定しよう。父親になっても男らしくいられる道として、それはありかもしれない。森の奥の小屋で子供を育て、火をおこすのを教えたり、渡り鳥の行動を観察させたりする。冷たい小川に子供を投げ込んで、素手で魚を獲るように命じる。ぜったいにベタベタしない。「息子よ、次は気をつけろよ」という意味のこもった視線を投げるだけだ。

だが現状では、分別あるただ一つの作戦は、逃げることのみだ。スレイヤーを聴いていた二十歳の時に間違いを犯したとしよう。あるいは今、人生の選択を間違えるとしよう。だとしても、「人間、誰もが矛盾だらけだ」といった空論はもう聞きたくない。選択することも大切だ。とはいえ、子供がいたら、今日という日には役に立っていただろうな。とくにその子供がもう大きくて、働いていて、アパルトマンを持っていて、ヴェルノンを「大好きなパパ」なんて呼んでゲストルームを用意しておいてくれるなら。

ヴェルノンとグザヴィエはバルコニーにタバコを一本吸いに出る。アスファルトの野獣たるグザヴィエは、家では吸わないのだ。床を汚さないように、人が来ない時にはスリッパを履いているにきまっているとヴェルノンは思う。

入り口のドアが閉まる音がし、マリー＝アンジュがバッグをリビングのソファの上に投げ出し、すねている雌犬をなで、ヴェルノンに遠くから軽く頭を振って挨拶する。その態度はそっけなく、ヴェルノンは気まずい思いをする。彼女は娘の部屋に消えていった。別にきれいな女じゃない。痩せていて表情は固く、唇が薄すぎる。服もすてきじゃない。老婦人の家のゴミ箱からすり切れたセーターを三枚拾ってきて、それをダーツのついたくるぶし上までの短いズボンの上に重ね着している絶望的な女、そんな滑稽な服装をしている。ヴェルノンはそれが金持ちの服装だと知っている。むかし、そういう女友達がいた。もろいところがあるけど面白い子だった。麻布の袋からカッターで切り出してきたかと思うようなカーキ色のワンピースや、ボタンホールがやたら大きい茶色の長いカーディガンを着ていた。ヴェルノンはよく彼女の裸の姿を見ていたから、スタイルがいいことを知っていた。だが服を着ている彼女からそれが想像できるかというと、難しい。良家の子で、クラシックバレエのダンサーで、神経質で筋肉質で、足はおそろしく変形していた。

ある日話しているうちに、彼女がかなりの金を服につぎ込んでいることをヴェルノンは知った。鬱をわずらっているのか、激しい性的なトラウマのせいで体を隠すことにしたのか、などと想像してしまったが、まったく違った。なるべく格好悪くみえるように、わざわざカーテンからカッターで切り出したものを身にまとって楽しんでるわけじゃない。逆だ。それはものすごく高い服で、細心の注意を払って選び、誇りに思っている服、ある種の生活スタイルを主張するために着ている服だったのだ。女の子同士の会話を深めていくと生まてくれる問題がそれだ。彼女たちは良識のかけらもない結論に行き着く。男の欲情に対する深い敵意がそこに隠されていないとは言い切れないだろう。

グザヴィエがテレビをつけるとニュース番組をやっていた。彼はエリザベート・レヴィ（フランスのジャーナリスト）が言っていることを一言も聞こうとせず、彼女が目の前にいるかのように声をかける。

「フランスが嫌いなら、荷物をまとめて出て行け、このクズ女。シオニストたちには飽き飽きだ、おまえらの声ばっかし取り上げられてる。ここはキリスト教国じゃないのか？　おれは反ユダヤ主義だったことはないが、意見を聞かれれば、パレスティナ、レバノン、イスラエル、イラン、イラク、この地域全体をナパーム弾で焼き尽くすべきだって言うね。そこに、ゴルフ場やF1のサーキットを作る。問題は一気に解決。だがとにかく、半分アフリカ人のユダヤ女がフランスのことを自分の国であるかのように話すのはむかつくね」

グザヴィエはつねに右派のアホだった。彼が変わったのではない、世界が彼の妄想に同調するようになったのだ。ヴェルノンは反応しないようにする。自分はエリザベート・レヴィがけっこう好きだ。セックス好きな女性に決まってる。コカインも。だから何か悪いとでも？　ヴェルノンは話題を変えようとする。

「アレックスのこと、知っているだろ？　なんて馬鹿なことしたんだろうね。まだ若かったのに」

「ああ。でもあいつはいつもアホだったよ。あいつがもうおしゃれな左翼の金持ち向けの歌を歌うために口を開くことがないと思うとほっとしないか？　まだ会ってたの？」

「ときどきね」

「あいつが歌わなくても、おれは寂しくないね。あいつはヒップホップはやってなかったし」

マリー＝アンジュが強いアルコールの入ったグラスを手に、さっきよりくつろいだ様子で入ってくる。グザヴィエはラップの話を始めていた。アフリカ出身者をロボットにするためにユダヤの圧力団体が操作しているあの非音楽について。マリー＝アンジュはほほえんでそれを聞いている、あなたがばかなことを言うのを聞いてるのは好きよ、笑えるわ、といった様子で。ヴェルノンは彼女のどこが魅力的でありうるのか、わかった気がした。形容しがたいエメラルド色の緑の目は、動じない、落ち着いた表情を作っている。金持ちの特権だ。手首に宿った優雅さ、頭の位置、ときには高飛車にもなるのであろう意思の強さ。自分たちみたいな男は、この種の女とやってみたいと思わずにはいられない。

彼女はヴェルノンを礼儀正しく歓迎し、「あなたなのね、リヴォルヴァーの方は」と、まるでヴェルノンが四十歳まで電動式のおもちゃの電車で遊んでいたかのように言う。それから彼女は自分のグラスに二杯目のウィスキーを注ぎ、真珠色に輝くスマートフォンで、撮ってきたホームレスと子犬の写真を二人に見せた。彼女は子犬の運命を心配している。大きくなったらどうなるのかしら？　あの人たちに食べられてしまうのかしら？　「あの人たち」というのはあやしい食事療法をすると噂されるロマのことだ。写真には、マレ地区のトレンドの洋服店の入り口に座っている男が映っている。巨大な広告ポスターにもたれかかっているが、そこには、褐色の髪のゴージャスな美女の顔がある。誰かがその女の片目に緑色のダビデの星を貼ったようだ。三メートルの高さのところに貼るなんて簡単じゃないな。そいつは脚立（きゃたつ）を持って散歩していたか、友達が短いはしごの代わりをしてその馬鹿なまねに手を貸したんだろう。

冷たい空気の中、地べたに座って眠っているようにみえる男の年齢を推測するのは難しい。三十歳と七十歳のあいだ。マリー＝アンジュは男には関心がなく、犬に注目していて、画面で拡大してみせる。長い耳をして、小さい狐にも似ている。たしかにかわいい。これほど彼女の心を動かしている子犬について、ヴェルノンは何か共感の言葉をつぶやこうとする。

マリー＝アンジュは時計に目をやり、クララを風呂に入れる時間よと宣言する。会話を切り上げ、グザヴィエの肩に手を置いて言った。「お二人は一杯飲みに行きたいんじゃない？　わたしはクララを寝かしつけるわ、それからロサンジェルスとスカイプしないといけないから、あまりおつき合いできなさそう。男同士の方がいいでしょ?」

グザヴィエは自由時間を与えられた子供のように、一秒たりとも無駄にせず鍵とクレジットカードを取りにいった。エレベーターの中で、毛皮を裏張りした高価なジャケットのボタンをかけながら、休むことなく話し続ける。

「向かいのバーは、引っ越してきた時には常連だらけのぼろぼろのカフェだったんだ、飲んだりしゃべったり、ほんと楽しかった。おれは毎日そこに入り浸りで、マリー＝アンジュはおれが帰ってこないからうんざりして探しに降りてきたもんだ。今やゲイたちが経営するようになって、しゃれたボボ向けの店になった。でも仕方ない、何事にも適応しないとね。だろ?」

「マリー＝アンジュときみの仲は、見ててうらやましいよ。うまくいってるみたいだね」

「長く続いてる夫婦は、毎日が楽勝ってわけじゃない。うまくやっていくためには、不断の努力が必要だよ。おれは、マリー＝アンジュとうまくやっていきたい。妻もそうだ。子供を作ったのは別れるためじゃない。子供がいると責任がついてくる。軌道修正も必要だ。たとえば女は母親になると変わる。妊娠中にホルモンバランスが変化し、出産が終わると、まるっきり知らない女を相手にしているような感じがする。一人目が生まれると追い出される男が多いのも、なんでかわかったさ。女は無慈悲だ、それまでは男に気に入られようとばかり思っていたくせに、子供ができると男なんかまったく必要なくなるんだ。男は端役にされちまう。手出しするな、おまえの領域じゃないんだから、あっちへ行って、ってわけだ。それに金の問題では、向こうの言いなりだ。弱みを握られてる。でなきゃ、あっちはフェミニズムを盾に不快なことを言い出す。子供が揺りかごに入ったら、女はもう、子供の監護権も扶養手当ももらえるって知ってる。男はかならず支払うだろうと思ってる。ちくしょう。おれは、マリー＝アンジュが家で領域を分け始めて、子供部屋に入るための規則を作り出した時、あいつの好きなようにはやらせなかった。おむつの変え方とか哺乳瓶の温度とか学んでたからな。男女間の戦争っていうのはそういうところで起きてるんだ、警戒を怠ると締め出される。子供は大切な陣地だ。クララをはじめに見た瞬間から、おれは自分がいい父親になるってわかった。自分の手に抱いたとたん、そのもろさにぐっときて、別の男になった。おれは譲らなかった。毎日、娘の学校の門の前に迎えに行っている。娘がリセの最終学年になってもまだそこにいるだろう。マリー＝アンジュは二人目が欲しいって言う。男の子が欲しいってね。急がなくていいさ。それにおれは人間だ、くそ、精子の貯蔵庫じゃないんだ。最初のころ、おれたちのセックスは——細かいことは言えないがまったく——すごかった。おれもばかだったよ、彼女をいつもイカせてたからって自分のもののように思えてね。男爵夫人の血が流れてる女がおれのをしゃぶってくれる——ほんと舞い上がってたよ、おれは。妻の家族なんかさ、娘が生まれるまではみんなおれを嫌っていたが、おれたち以外の誰もが離婚する昨今、おれの点数は上がって尊敬の眼差しで見られることもある。がんばりとおした結果だね。妻の両親は働いたことなんかない。信じられるか？　金利生活者なんてまだいるんだね。一度も働いたことがない。パパは一族の財産を管理してて、ママはそれを手伝ってた。金持ちがみんなそうであるようにケチで、一銭も無駄にしない。あいつらが最低賃金生活者のことを話すのを聞いてみな。おれは政治宗教に関してフレキシブルで現実主義だが、おまえも知ってるとおり、コミュニスト的な妄想がこの頭に入り込む隙はほとんどない。あいつらの言うことを実際に聞かなきゃ、誰も信じないよ。『サラリーマンはなんて恵まれてるんでしょう！』だってさ、なんでかっていうと、まず責任が少ないからだって。義父は一度も働いたことがないのに、失業者はシャツに汗の染みをつけたくない怠け者だって言うんだ。心からそう信じてるんだ。というのも人は徳で勝負が決まるからって。論理的に言って、持てるものが少ない人は、それに値しなかったからだと。もし明日失業したとしても、切りそろえた清潔な髪としっかりした意思さえあれば、仕事はすぐ見つかるし、一生懸命働いて徳を積めば昇給していくって。徳しだいだってさ、金持ちはまだそんな考え方をしてるんだ。すばらしいじゃないか。相手がおまえだから言うけど、時には緊張が走るよ——シナリオライターのおれなんか、思ったほど稼げないからね。一年の終わりにぜんぶ足し引きすれば最低賃金にぎりぎり届くかどうかってとこだ。だから妻の両親の資産になってるひどいアパルトマンをもらったのさ。あっちの両親はマリー＝アンジュがもっと努力してマシな結婚をすべきだったと思ってる。義父はマリー＝アンジュによく言う。『女性にとって最悪なのは、格下の男と寝ることだ』と。でもおれがそれを聞いてイラついたら、なんでだって顔をする。シナリオライターは大変なんだよ、わかるだろう。最初は運が良かったけど、新米だったから、その調子でずっといけると思ってた。二十五歳で人生の頂点が来て終わりとは思ってなかったよ。だけど娘が支えになってくれるからね。がんばって続けてくしかない」

グザヴィエはバーの扉を押してカウンターに陣取る。誰にも挨拶せず、話し続けている。ヴェルノンは同じく熱っぽく会話している十人ほどの客に目をやった。言葉で絶え間なく沈黙を埋めていないと、自分が完全に解体されてしまいそうな不安におびやかされている時、人はああいうしゃべり方をする。おしゃべり男になった昔のいたずらっ子は、悪い考えを追い払うためにおもちゃの刀を振り回す子供みたいだ。心を締めつけられ、駆けるように話す。ヴェルノンはひたすら受け身に聞いているのが苦痛ではない。

グザヴィエは何カ月も前からバーで夜を過ごしたことなどなかった。カウンターに肘をつく喜びを忘れてしまっていた。家で一人で飲んでいると、酒を飲むと盛り上がれるとか、飲食は人生の華だなどと自分に言い聞かせることは難しい。何のために飲むのか、その惨めな側面を直視しなければならなくなる。二人は一杯、また一杯と杯を重ね、ヴェルノンは水を得た魚のようだった。テーブルの間を通る体が立てる音や笑い声、自分の家ではけっしてかけないフラメンコの音楽、冷たいアルコールや香水や洗剤の匂いが好きだ。奥にはかわいらしい褐色の髪の女の子がいて、遠くからヴェルノンを見ている。別のことをしながらも、ダンスみたいにまつげの先で誘っている。こちらへ向かう関心はふわふわと移ろうようでいて途切れない。きれいな明るい色の目をした子で、頬骨が高く、肌は透き通るように白い。花咲く枝のタトゥーが首に這い上り、きゃしゃな首筋を強調している。ヴェルノンはいつか彼女が立ち上がってタバコを吸いにいくのを期待しながら、その子を見失わないようにしている。騒音を背景に、グザヴィエはグラスを傾ける時しか口をつぐまない。

「おれは、ゲイどもにはうんざりだ。カウンターの向こうにいる二人が見えるか？　女っぽい背の高い黒人と生意気な小男。ベルヴィルでは、あんなふうに散歩してたっておれはかまわん。何も文句は言えない。時々行きあうだろ、手をつないで歩いてる男たちに。ロシアの、いつも裸でいるフェメンと同じさ。ロシア女は売春婦でなければポルノをやるったって、べつに驚くにはあたらない、胸を見せてるかぎりおれは抗議しないさ。グット＝ドール地区の真ん中で、ベールをつけた女たちに裸になれってわめく。オッケー、おまえら、なかなか勇気がある、尊敬するぜ。ちがうんだ、おれがやっつけたいのは、たとえばカナル・プリュスのロビーやカンヌ映画祭で、まったく、なよなよしたオカマのくせに男っぽく見せようってやつらだ。サロンのバッド・ボーイズ。プロデューサーのところで尻を広げてるくせに、たくましい男みたいな顔をするなってんだ。おれなんか、へつらうことを嫌うからひどい目にあってる……。フランスでは、シナリオライターになるなんて選択肢としてダメさ。監督たちはみんな自分のつまらん作品がテレビで放映されることを望んでて、SACD（劇作家・演劇音楽作曲家協会）の著作権を分かち合おうとはしない。芸術映画、強欲者の映画、いいだろう。あいつらは一行たりとも書けない。バカロレアのフランス文学の試験以来、本を開いたこともないんだ。それなのにシナリオ分の金を人に譲るのはごめん、ってわけだ。映画を作るのに十万ユーロもらい、アンテルミタン（映画やショービジネスの世界で働き、仕事がない時期には失業保険で所得を保証される権利を獲得している不定期労働者）をかきあつめる。テレビで放映されることになったらまた十万ユーロもらえる。でも、それを分配するために誰に電話することもない。あいつらはみんな左派だ、もちろん。それもいつか変わるだろう。みんなスポットライトの方を向く、簡単なことだ。もうすぐ極右から手当が来ることになるって理解したら、何を賭けたっていいが、やつらの態度は変わるぜ。そういうことになればひらりと政治的意見を変えるに決まってる。四、五年待ってみろ、そうすれば、今はサン・パピエ（身分を証明する書類を持っていない人たち。別の立場からは不法滞在者とも呼ばれる）についてお涙ちょうだいの作品をつくってる人間が、ユダヤ人の銀行家とか、泥棒のロマとか、貪欲なロシア人とかについて傑作を生み出すだろうよ。しっかり適応するに決まってる、あいつらのことは心配する必要なしだ。マリー＝アンジュはおれが酔っ払って帰るのをひどく嫌ってる。たしかに、酔っちまうとおれはたちが悪い、自分でもうんざりする。ある年齢を過ぎると、バーでの乱闘もあきあきだ。マリー＝アンジュを裏切ったことはないよ。一度もね。人や物には自分が与えただけの価値があるものさ。自分の娘の母親も、自分が結婚した女も、裏切れない。あれはいい母親なんだ。しっかりしてて、むらがなくて、責任感がある。明日おれが死んだとしても、娘をちゃんと育ててくれる。おれの言葉を覚えておけよ、何より大切なのは母親としての資質だ。自分を勃たせてくれるからって理由でその女と子供をつくっちゃいけない。母親がいいおっぱいをしているからって、おまえの子供に役立つわけじゃない。おまえのカナダ人の彼女はどんな子だ？　子供が欲しいって言ってる？　しっかりした女の子なら、行け、がんばれ。自分の肩にもたれて眠る娘の頭ほど心を和ませてくれるものはない。もう二十歳じゃないんだ、何かを築いていかないといけない。タイ＝リュック（ラ・スリ・デグランゲのヴォーカル）が言うように、おれの人生はもう過ぎ去ったのさ。ラ・スリ・デグランゲで思い出したけど、アレックスに時々会ってたんだって？　あの男は死ぬ日まで珍奇なやつだったな」

「ぼくはショックだった。まだ会ってた、そうだね」

「ケベックで？」

「何度か演奏で来たんだよ。カナダですごく人気があってね」

「おまえには悪いが、カナダ人は悪趣味だな。正直なところ、おれたちの中で、自分の〈芸術〉で成功したのがアレックスだなんて……いちばん才能がなくていちばんいいかげんだったのに」

「でもかっこよかったよ」

「おっきな黒人ね。なんとでも言えるが、白人のメスは、カメルーンの獰猛なライオンに襲われたいって考えに取り憑かれてるんだな」

「アレックスはカメルーン人じゃないだろ、ちがう？」

「黒人だった。アホだった。だって……」

「そうだ、きみの友達の監督の中に、彼についてのドキュメンタリーを作りたい人はいないかな。アレックスが自分で自分のインタヴューをした映像がうちにあるんだ。ぼくが持っていても使い道がないからね。なにかの訳に立たないかと……」

「くさった歌手についてのボボ向けドキュメンタリーかい。おれの連絡先にはないと思うけどね。売りたいの？」

「もし関心のある人がいれば」

「あの大男のアホは地獄でくたばればいい」

そう言ったとたんグザヴィエは、しゃべり方からわかるより酔っていたらしく、自分のグラスを嚙み砕いてしまった。血を細くしたたらせながら透明なかけらを吐き出し、虚空をにらんでいるが、焦点が定まっていない。それからは、グザヴィエがクレジットカードをなかなか見つけられなくて大騒ぎになり、二人のバーマンはあきあきした様子だった。ヴェルノンはがっかりした。きっとすでにそういう光景を見たことがあるのだろう、こりゃだめだという顔をしている。ヴェルノンはがっかりした。もっとここにいて、自分をずっと見ているあの子と言葉を交わし、カウンターの反対の端っこに座っている蛍光色のオレンジのキャップをかぶった男とも話をして、この夜を楽しみたかった。グザヴィエはまわりの人間に少しも注意を払わず、ここから動かせてくれなかった。彼を支えて通りを渡らないとならない。この巨漢はいつもそうだった、感じやすく繊細なのだ。いちど感情を表に出すと、もうコントロールできなくなる。こいつは軽く百キロはある。ヴェルノンは背中の痛みをこらえて松葉杖のように彼を支え、何とかエレベーターに乗せた。


飛行機の時間が早いので、家族は明け方に家を出た。ヴェルノンの頭の中では世の終わりのあらゆる鐘が鳴り響いていたが、よれよれのTシャツとパンツのまま起き出し、マリー＝アンジュが犬の世話に関するメモを説明するのを愛想よく聞いた。彼女がヴェルノンのために作ったそのリストは長く、細かい丁寧な字でびっしり書かれている。思っていたよりずいぶん複雑だ。犬は決まった時間に、生野菜と鳥肉味のドライ・ドッグフードとオーガニックのパテの缶詰を絶妙な分量で混ぜたのを食べる。一日に四回散歩するが、厳格なきまりがある。夜の散歩は朝の散歩とは通る道が違う、等々。犬の名前はコレット。それを聞いてヴェルノンは笑いをこらえた。犬はスーツケースの横に座り、出発の準備を悲しげな目で見ている。グザヴィエは眠っている娘を抱え、黙って健気に二日酔いに耐えている。ドアが音を立てて閉まり、ヴェルノンは出て行った人たちが忘れ物をして戻ってくる場合に備えて数分じっとがまんした後、台所へ駆け入った。腹がすいて死にそうだった。搾りたてオレンジジュースの誘惑に勝てず、すぐに後悔した。嫌な予感はしたのだが、やはり胃が受けつけない。ヴェルノンはチーズでがまんすることにし、コンテ・チーズを一切れ大きく切って、買い置きの食糧を調べながら、立ったままむさぼり食った。優良な飼料で育てた平飼いの鶏。マリー＝アンジュは出発前に言っていた、賞味期限が来ているからすぐに調理した方がいいと。だけどコレットに骨をやってはだめ、ぜったいにだめ、と。肉と皮はオーケーよ、大好物なの。十九ユーロもする鶏だけど、もちろん犬にあげるさ。値段はパッケージに書いてある。十九ユーロだって、くそ。低カロリーの、一グラムたりとも太らないヨーグルト。そして〈キリ〉のクリームチーズ。この冷蔵庫にはサブブランドの商品は一つも入っていない。それから栗のジャム。クランベリーのジュースのガラス瓶についている値段は十二ユーロ八十サンチーム。ヴェルノンはチーズを食べ終えた。

犬は彼を見つめて辛抱強く足元に座っている。「ぼくにつきまとってるな」とヴェルノンが言うと、首をかしげて耳をすます。ヴェルノンははたと、犬はチーズをほしがっているんだと気づいた。チーズの皮の部分をぜんぶ、これで腹をこわしたりしないといいがと思いながらあげた。犬の期待を理解できたことがなんだかうれしくて、はじめてコレットの頭をなでた。それからまたリビングに戻って寝ようとすると、犬はソファに上ってきて、二秒もしないうちにいびきをかき、眠りについた。

ヴェルノンは自分の考えをわりとしっかり吟味してみるたちだ。心は重い大きな船だから、注意深く操縦しないといけない。ヴェルノンはそれをまあまあうまくこなしてきたし、暗礁に乗り上げそうになってやっと気づき、慌てるような男ではなかった。だが何かが不安定になっている。今この静かで平穏な場所にいるせいか。自分を哀れむマゾヒスト的な誘惑に負けないようにしないといけない。状況は危機的でも、運がいいじゃないかと自分に言い聞かせる。友達はたくさんいる。このドッグ・シッターという線は考えてもみなかった幸運だ。アパルトマンは大きくて快適で、腹を満たしながら週末ずっと映画を観て過ごせる。だが何か重苦しい考えが形を取り始め、胸にのしかかってくるのを感じる。もし自分の家にいたら、片付けをするだろう。彼は昔から整理の達人だった。「もし自分の家にいたら」からはじまる考えは何としても追い払わないといけない。胸に雷のような衝撃、引き裂くような痛みがさっと走り、二日酔いとは無関係な灰のようにえぐい味が口に残る。

ヴェルノンはビールの蓋を開け、アパルトマンの中を見て回る。いかにも両親からひきついだ家で、誰も買おうと思わないような、どうでもいいオブジェだらけだ。グザヴィエは人生をどう生きるべきか、完璧に理解した。つまり、金のある女を見つけないといけない。かつて若かったころは、好戦的な女、セックス好きな女、スタイルのいい理想の女を求め、ロックンロールな子、あのことしか考えていない女、超絶きれいな子、自覚的な罪深い女、勝ち気な女——ベッドでおとなしくさせるのだ——が好きだった。年取っていくにしたがって、そんなのはどうでもよくなる。ヴェルノンはそれを理解するのに時間をかけすぎた。必要なのは、こういうアパルトマンつきで、連休には太陽を求めて旅に連れ出してくれ、食糧のつまった冷蔵庫を持っている女だ。

ヴェルノンはそのうちテレビの前で眠り込んでしまった。フランス語吹き替え版の『パリ、テキサス』、サッカー関係のコメディー、犯罪ドラマ、肥満の人にダイエットをさせる番組、みっともない男とマゾの女の保守的な最悪カップルについてのルポルタージュ。犬はヴェルノンの腹にぴったりくっついていびきをかいている。ヴェルノンはじゃまされないように犬をどこかの部屋に閉じ込めないといけないかと思っていたが、犬は寝ることしか考えていないようだ。そのうち散歩に連れ出そうと思いながらまた犬を撫でるが、実行できるかどうか自信がない。

iPodをスピーカーにつなぐにはどうしたらいいのか探しているとラジオがついた。アレックスの声が部屋に響き渡る。「ぼくはきみの腕の中で眠る。きみじゃない誰かがぼくを拒絶したから」あいつはわざと、セルジュ・ゲンズブール風のサディスティックなつまらない歌詞を、感傷的なミーハーのために歌った。スピーカーから、伸びのある低音が水のようにリビングに広がる。ファンクっぽいが、ファズペダルで汚したリフ、指弾きのベースは泡のように丸く柔らかだ。このファースト・アルバムで、アレックスの声は高飛車で攻撃的でシニカルだ。男が聴いてもセクシーだ。アレックスはまだ、何百万もの聴衆に向かって歌っていることを知らなかった。彼は台所で、友人を感動させるために歌っていたのだ。このファーストアルバムにはまったく、天才のひらめきがつまっていた。女の子が濡れてしまうような苦さがあり、男はだれでも彼を真似たくなってしまう。複雑な心を抱え、屈託のないふりをしてる傷ついたジェントルマン。理由なき冷酷さに満ちたさりげない歌の数々。そうしたものもアレックスはキャリアを積むうちに見失っていき、人生においては手に負えない男、歌の中では優男（やさおとこ）に振れ切った。彼ほど人の関心を集め、旅を重ね、うれしいサプライズや幸運に恵まれながらなぜ不幸になれるのか、周りには理解できなかった。しかしよく考えてみれば、自分が建てた城を内部から周到に壊していったロックスターはアレックスがはじめてではない。最後の方は状況にまったくついていけていなかった。二年以上、一曲も作れずにいたのだ。その悲劇の深刻さを、ヴェルノンはちゃんと考えてみようとはしなかった。よい友人だったかといえば、もちろん違った。だがヴェルノンには、自分のような者が、百万長者に違いない歌手を助けられるとは到底思えなかったのだ。脳波の同期についてのアレックスのとんでもない理論が記憶に蘇ってくる。アレックスは音の周波数について長い演説をぶっていた。アルファ、ベータ、ガンマ——両耳性のうなり（近い周波数の重なりによる干渉現象）と神経力学にもとづいたばかばかしい宇宙論。新譜を出せないから、アレックスは人間をプログラミングしようと考えるようになった。話のはじめはヴェルノンも、ヒッピー音楽をつくるのもいいかも、責任は持てないがやってみれば、と思っていた。だが、エジプトのピラミッドの花崗岩が音の力で動いたらしいなどとアレックスが言い出した時、さすがにまずいと思いはじめた。それでもヴェルノンは、アレックスが撃沈するのを防ぐために何もできなかった。

　死んだ。また一人。ヴェルノンの体は硬直し、何かが内面で不気味な声を上げはじめ、心をかき回す。犬が手に頭を乗せてきたが、その優しい感触に、動くに動けず呆然としていた。どの思い出にも地雷がある。不安の上にしっかり張ってあったはずの覆いがずれ、肌がじかに触れてしまう。ヴェルノンが閉じこもっていた世界は防水仕様で、自己完結し、そこにいれば安心だった。彼は過ぎ去った世界の中で、もういない人たちを相手に、ホルマリン漬けの生活を送っていた。地球上のあらゆる場所を歩き、珍しいハッパを吸い、シャーマンの言葉を聞き、謎を解き、星を調べ続けても、死者たちはもうそこにはいない。消えてしまったものたちはもうそこにない。

　ヴェルノンはうめく。自分から出てきた音に驚く。犬は後ろ足で立ち上がり、心配そうに、夢中になってヴェルノンの目をなめる。ヴェルノンは押しのけようとするが、犬はそうさせない。自分の悲しみを気にかけてくれる唯一の生き物が犬なのだ、そう考えてヴェルノンはさらに自分を苦しめようとするが、犬のおかしな顔を見て笑ってしまう。無理だ、コレットはあまりにも道化づらをしている。コレットはソファから飛び降り、玄関の扉の前に駆けていってヴェルノンの方を振り返り、すごい提案でもあるかのようにリードの前で足踏みをする。「外に連れてってよ、ぜったい楽しいから！」とでも言っているように。

　通りに出ると、コレットは気が狂ったようにリードを引っ張って走り出し、ヴェルノンはひたすら後についていった。犬は公園へ向かう道を覚えているのだ。

　ビュット・ショーモン公園の入り口で、一つ目のベンチに男が座り、独り言を言いながらヨーグルトを食べている。何がおかしいのか、笑っていて、ぼろぼろになった靴は足首に紐で結びつけてある。犬は匂いをかぎながら小径（こみち）のそのあたりを調べ、しまいにかがんで便をした。ヴェルノンには拾う気などまったくない。実は自分の犬じゃないんですといった様子でまわりを屈託なく見回す。だいたい、こんなペット犬と一緒にいるなんて、自分の男らしさをおおいに傷つけかねない。犬の主人ではないことを態度で示したい。いくら犬がいいやつでも、外で一緒にこんな姿を見られるのは困る。

三十歳くらいの男が門のところに不機嫌そうに立ち尽くしている。小さい女の子二人を連れた女が彼の方へ向かってくる。大きい方の子は靴底に輪のついた靴を履いて、小さい方はノディのぬいぐるみを胸にかかえている。三人は早足で進んでくる、遅刻なのだ。女性は緑の布製の不恰好なバッグを男に渡す。身の回り品が入っているのだろう。男は子供たちと手をつなぎ、何も言わずに遠ざかっていく。子供たちはそのままついていき、ちょっとだけ振り返って、じゃあねと言う。

ヴェルノンは散歩を続ける。犬に関しては無知だから、この種類が女の子にこれほど人気だとは思わなかった。ジョギングしていても、おしゃべりしていても、草の上でくつろいでいても、ベンチでタバコを吸っていても、女性の誰もが年齢に関係なくうっとりして「きゃあ、かわいい」「ああ見て、フレンチブルドッグよ」「ああいう犬、大好き」「すてきねえ」などと反応することに最初から決まっているみたいだ。ヴェルノンはほほえみ、顔を輝かせ、歩をゆるめ、うなずき、うきうきして進んでいく。暗い考えは消えていく。コレットは媚薬でも発散しているのかな。なぜグザヴィエが犬をあれほど大切にしているかわかった。ヴェルノンは一つのことをいつまでも考え続けることができない性格で、そのおかげで鬱にならずにすんできた。いつもそのおかげで救われてきた。自分の状況がかなりまずいことも、今は忘れてしまっている。


きれいな脚。ショートパンツをはいた褐色の髪の子。あの子だ。髪とタトゥーでわかる。バーで彼を見ていた女の子だ。グザヴィエが酔っ払いすぎて帰らなければならなくなり、ヴェルノンが話しかけられなかった子。昨夜想像したよりも背が高く、若い。彼女は電話中で、視線が合ったのに反応がない。ヴェルノンは歩くスピードを落とす。犬はさすが頼りになる、この時を狙いすましたかのように草の中に転がり、ごろごろと身体を草にすりつける。女の子はそれを見てほほえんだ。ヴェルノンは特に何を期待しているわけでもない、のんびり生活を楽しんでいる男を演じながら、コレットの耳の後ろをひっかいてやる。女の子はあいかわらず電話している。ストーカーみたいにならずに話しかけるのは難しい。会話が終わるまでそこに立ち止まってじっと見つめるしかない。近づくと警戒されるだろう。ヴェルノンはぶすっとして彼女を追い越す。こんなにうまく何度も出会えるなんて、もはや偶然じゃない。バーで見つめ合い、次の日に公園で出会い、そこで見失ってしまうなんて残念すぎる。すると女の子が電話を耳にあてたまま追いかけてきてにっこりし、コレットの脇にしゃがんだ。座ると太ももは横に広がり、その肌はおいしそうで、お菓子みたいだ。電話の向こうにいる誰かの話を聞き続けているが、空を仰ぎ、長くて嫌になっちゃう、話したいことがあるから二分待っていて、というジェスチャーをする。いくらでも待てる、問題ない。ヴェルノンは口に二本指をあて、タバコを持っているかとジェスチャーでたずねた。相手は両手を広げ、ごめんなさい、タバコは吸わないの、あるいは、持ってないの、という仕草をする。ヴェルノンは遠くの木を眺める。長いな。それが彼の職業かと思われるほど、集中して木を見つめる。

女の子はついに「ごめん、後でかけ直していい？　地下鉄の駅の前まで来たから、乗るわ。いい？」と言う。その口調からして、男の子と話しているに決まっている、しかも親しい男の子だ。そいつに嘘をついてるってのはすでにいい印だ。

「昨日、会わなかった？」

「実はあなたのこと知ってたの。こういう犬、大好き。飼いたいなあ。メスですか？　何歳？」

「三歳なんだけど、ぼくの犬じゃないんだ。友達の犬を預かっててね。コレットって名前。前から知ってたって、本当に?」

「ええ、レピュブリックの北でレコード屋さんをやってたでしょ……」

ヴェルノンは軽い幻滅と落胆を感じた。彼女が自分を見ていたのは、ハントしてくる男のカリスマ性にくらくらさせられ、見つめ返したわけではなかったのだ。同時に、一条の希望の光もさした。店のことを覚えてくれているということは、負け犬おやじと思われているわけではなく、ロックの後光がさしている男ってわけだ。それから彼女は、天真爛漫で小悪魔的な声でこう言い、ヴェルノンを骨抜きにした。

「何度もお父さんと行ったことがあるわ。土曜日にお父さんの家にいると、五線紙に書いてあるみたいに決まっていたの、クリニャンクールの蚤の市に行って、レコードを探して、昼食にムール貝とポテトフライを食べて、あなたの店に行くって。父はあなたのことが大好きだった。わたしのことは覚えてなくて当然よ、こんなにちっちゃかったから」

彼女は自分の背丈がどのくらいだったか示してみせる。ヴェルノンは鼻の先を人差し指と親指でつまむ。状況が絶望的とまではいかなくとも複雑になった時、こうする癖があるのだ。その情報をもとに記憶の底を探っているふりをして、彼女の顔をまじまじと見た。ヴェルノンの困った顔を見て、女の子は首をかしげて面白がっている。口説かれるのも悪くないと思ってるに違いないとヴェルノンは思う。

「きみのパパって誰だろう?」

「バルトレミー・ジャガールっていって、警察官。メタルファン」

ああそうか。髭をはやした、陽気なサイエントロジーの信者だ。まったく、ふつうじゃなかった。彼のためにフィンランドのメタルのレコードを取り寄せたこともある。メタルの世界のことなら何でも知っていた。あれもおしゃべりな男だったな。しばらく聞いてると耳をふさぎたくなってきたものだ。墓を荒らすやつの話とか、ロマンティックな死姦だとか犠牲殺人だとかを、なんの屈託もない、にこやかな顔で話すんだから。バルトレミーはセックス・ショップに行くような感じで店に来た。できれば他の趣味を持ち、世界の地政学に関する本にでも金を使いたかっただろう。だが彼には無理だった。『ライオン・キング』の歌を口ずさんでいる娘をよく連れてきたが、その子はベンチの下にうずくまって遊んでいた。ヴァイキングたちが舞台上で楽しそうに殺した動物たちを父親が詳細に描写しているあいだ、背丈がカウンターの高さに届かない娘の頭のてっぺんだけがかろうじて見えていた。

ヴェルノンは女の子の瞳を見つめる。

「そう言われて、思い出した。きみのお父さんはどうしてる？　あいかわらずメタルにはまってる？」

「もう違うの。お父さんの新しい彼女はギターがあまり好きじゃないんだって。かっこつけて、演劇や中世文学が好きだって言ってる。本当のところは、リアリティ番組を見ながらポテトチップスを食べるだけの人生よ」

恋に落ちるのは難しくない。まず、昨日、自分を追いかけていたあの目。彼女の若々しさと、少しも俗っぽくない、ちょっとだけ生意気な感じ、それだけで興味をそそられるには十分だった。すらりとした立ち姿を見ていると、背中に触り、腿の内側にところかまわずキスしたくなってくる。声のトーン、彼に話しかける時のふざけたようなきらめき、少し言い急いでいるような話し方、そこに耳障りなものは何もなかった。それに、彼女が自分でも意識していない、今に自分のあちこちを蝕んでいくダメージなど予想もしない、若さゆえの、気楽なのんきさ。四十歳を過ぎれば誰もが爆撃を受けた都市のようになる。彼女が明るく笑い出すとヴェルノンは恋に落ちた。彼女が欲しいだけじゃない。幸福の兆し、すべてが調和した平穏なユートピアが垣間見える。彼女がこちらに顔を振り向けてキスさえさせてくれれば、ヴェルノンは別の世界へ飛び立てるだろう。興奮すると下腹がぴくぴくするが、恋すると膝ががくがくするという違いを、ヴェルノンはちゃんと知っている。心のどこかを盗まれてしまった。そういう宙吊りな状態は甘美で不安だ。もし倒れる体を相手が受け止めてくれなかったら、もう若くはないだけに、転んだ痛みはよけいに大きいだろう。苦しみは歳とともに増すばかりだ。心の肌は薄く、もろくなってきていて、ちょっとした衝撃にも耐えられなさそうだ。

女の子の名はセレストという。ヴェルノンはなかなか先へ進めない。彼女は若者言葉でしゃべる。滑稽だということもまだ知らず、そんな言葉を使っている。「ぶっちゃけ」、「超イケてる」、「ひえってかんじ」などと言う。人は時に、決まり文句をなんとかして文の中に入れようとする。そういうばかばかしいこだわりが感じられた。彼女はマクドナルドまで歩いていって、ヴェリー・ショコラ・パフェをおごってほしいという。ヴェルノンにはそれがどういう意味だかよくわからない。パパについてレコード店に行く小さい女の子がアイスクリーム一つ買って、と言うように、自分にもそれを頼んでいるのか？　ちやほやされるのがあたりまえになっている魅力的な女性がするように頼んでいるのか？　ヴェルノンは一銭もないんだと答える。アイスクリーム一つ買う金もない、もしあったとしても、マクドナルドでおごるためには使わない。どういうこと、コーヒー一杯払うお金もないって？　ヴェルノンは相手の心が離れていくのを感じる。でも、引きさがらない。失業してるからって、男としての品位を失うわけじゃない、それに交際する人間を購買力を基準に選んでいたら、彼女は大切なことを見過ごして生きていくことになる。セレストは疑い始める。悪いけど、あなたの年でコーヒー一杯も払えないなんて、びっくりしちゃう。彼女は若い、だめなふしだら女だ。ヴェルノンはどうしようもなく彼女に惹かれている。金の重要さをこれ見よがしに言うところなど、挑発するために言っているみたいだ。とはいえその言葉には残酷なほど率直な響きがあり、本気で言っているようだった。ヴェルノンは前世紀の人間なのだ。何を持っているかより、どんな人間かということのほうが大切だと、わざわざ説明する必要もなかった時代の人間。それは必ずしも表面的な理想論じゃなかった。実際ヴェルノンはいつも、自分が銀行口座を持てない男だということを気にしない女の子とつきあってきた。話している間に、八十キロぐらいありそうな毛むくじゃらの大型犬がコレットに近づいてきて、しつこく尻の匂いを嗅いでいる。ヴェルノンは呆然とし、怪物がかわいそうな雌犬をむさぼり食っているところを想像してしまうが、どうやって間に入ったらいいのかわからない。コレットは十秒ほどじっとそのまま相手にやらせておき、とつぜん歯をむいて、ロットワイラーを三メートル後ずさりさせた。まるで相手がそこらにいるプードル犬であるかのように。巨大な犬は敬意を表して距離を保つが、そのうちにふたたび勢いよく近づいてくる。コレットは唇をまくり上げて相手を元の位置まで戻らせる。セレストはポケットに手を入れたまま大喜びし、コレットをほめて、「向こうよりだんぜん強いね」と言う。ヴェルノンはそれを気楽に眺めておもしろがっているふりをする。こんなぬいぐるみのおもちゃみたいな動物がどうやって相手を支配する立場に立てるのかわからないが、犬の世界でも、心の持ちようなんだろう。

セレストは仕事があるから行かないと、と言う。ヴェルノンに携帯電話の番号を聞くが、それは今、彼をやっかいばらいしたいからであって、後で熱い言葉をSMSで送ってくるためじゃないことくらいヴェルノンにもわかってる。「フランスの携帯はないんだ、ここに住んでないから。でもフェイスブックで友達申請してくれれば、連絡取れるよ」「あー、あたしフェイスブックはあんまり好きじゃないのよね」「アカウントはある？　ぼくのはヴェルノン・シュビュテックス」「なにその変なあだ名？　ハリー・ポッターから取ったの？」「わかってないな、まったく。それできみのは？」「セレスト。友達申請するから、思い出してね」

彼女がウィンクしてくれたのを見届けて、ヴェルノンはくるりと背を向け、そういう自分の姿は男らしくきっぱりして見えるだろうか、それとも惨めなだけだろうかと自問する。

公園を出るとき、頭の中には露骨なイメージが鮮やかに浮かんでいた。彼女をグザヴィエのリビングのダイニングテーブルに押し倒し、すばやく荒々しい手つきでパンツを脱がせ、手加減なしに後ろから犯し、セーターをまくり上げてテーブルの上につぶれた子供っぽい胸をはだけさせる。もうやめようかと脅せば、続けてと、かわいい声で懇願するだろう。

さっきから、それとわかる不快な感覚がつきまとっていて息が苦しい。喉と胸の間がざわざわしている。ローランは入り口の受付嬢にコートを渡し、空気の流れがない席に通してくれという。部屋の奥に張ってある大きな鏡に自分の姿が映る。すらりとした姿。六カ月で十キロ近くやせた。自分の姿に自分で驚かずにはいられない。躍動感のある体つきが誇らしく、安心する。このシルエットが自分のものだとはまだ信じられず、空間の中に自分をイメージするとき、最近十年間ひきずってきた体でイメージしてしまう。筋肉をつけないといけない。今までもずっと女っぽい体つきだった。腹が出てくると、女っぽさは少し消える。醜い太り方だが、それは男の太り方だった。でも、またやせてみると、肩幅は狭くなり、尻は飛び出し、全体の風采がなんとも女っぽい。このまえ見たジェームズ・ボンドの映画に出ているダニエル・クレイグを思い出す。タキシードを着たあんな姿に自分もなれるものなら魂を売ってもいい。

ローランは女性をエスコートするのに慣れた仕草で、オードレーにソファ席を示した。もう少しおしゃれしてきたっていいだろうに。化粧さえしていない。だぶっとした丸首のセーター、フラットなバスケットシューズ、髪は根元から三センチぐらい白っぽい変な色になっている。何カ月も美容室に行っていないんだろう。笑顔を作るにも相当苦労するような女だ。彼女はベルトラン・デュロと寝ていて、パリではこのフランス・テレヴィジョンの大御所に逆らう者などいない。ローランも面会を丁重に断ることなどできなかった。彼女の映画を作る気はない。厄介なことしか起きないに決まっている。このつまらない企画で自分に何をしろというのか？　入場者は三十人を超えないだろう。女性監督たちが最近はまってるけったいな思いつきだ――タバコを吸いながら文なしの民たちと語り合う更年期の女の話。正直に言ってやりたい、セクシーさなど微塵もない、口やかましいヒステリー女たちに撮影現場で包囲されるためにこの仕事をしてるんじゃない、と。反証があがらないかぎり、視聴者も彼と同じ意見だ。つまり誰もが夢を見たい。

オードレーはまさにその女性監督というテーマについて話し出した。女性監督はフランスでは明らかに差別されているが、外国ではもっとひどいと彼女はいう。またここでそんな面倒な話か。ローランは、女性であることのさまざまな利点が昇進に有利に働く時は、あなたも別に憤慨しないですよねと指摘するようなまねはしない。オードレーはまだメニューを開いてもいない。ローランは早く注文し、なるべく早くこの面会を終えたい。オードレーの代わりに注文したっていい。一番高いのを注文するに決まっている。

だがローランはこの女性監督のせいで落ち着かないわけではない。一体いつこれが始まったか知るためには、一日の出来事、そして昨晩の出来事にさかのぼってみないといけない。この感覚には覚えがある、だが意識を集中しないと、どんな言葉のせいで、いつ、こんないたたまれない気持ちになったのか思い出せない。一日にかなりの数の人間に会うし、いろんなことが起きるのだから。ローランは神経言語プログラミングでこの方法を習った――心理的な圧迫を感じたら、現実から自分を引き離し、自分の中心軸を立て直す。神経痛がどこから来ているか探す。ドニ・ポダリデスの最新作のパーティーでだ。名前も忘れてしまったが、シャンパングラスを握りしめた、えせ脚本家の男だ——ワイルド・バンチのフレッドがアレックスの死についてしゃべっていると、その男が「実は、友達がどこにも流通していないラッシュプリントを持っていて、事件になりそうな代物らしい。それを何か形にしたいそうなんだが、プロデューサーはまだ見つけてない」と言った。そうだ。そこから始まったのだった。ローランは脚本家に近づいて、アレックスを知っていたかとたずねた。そして、自分は一緒に仕事をしたことがある、プロジェクトは実現しなかったが、まったく桁外れな才能だった、残念だ、本当につらい、大いなる損失だ、メディアは破廉恥だ、本当にアレックスを聴いていた聴衆が彼に手向ける別れの言葉は感動的だけれども、などと続けた。慎重に探りを入れたのだ。脚本家はスキンヘッドでアホ面をした、無教養なぽってり太った男だった。そのラッシュは見てはいないが、アレックスのことはよく知っていたという。自分の話にローランが興味を示しているのを感じとって、告白という言葉まで使い、「友達によると、すごく重い内容だそうだ、アレックスはラリっていたが、言いたいことがたまっていて、多分もう終わりだと思ったのかもしれない、遺書みたいなものだって……」と続けた。ローランはアルコールで頭が朦朧としながらも、関心を示しすぎると自分に不利になるかもしれないと案じ、なるべく脚本家にしゃべらせておいた。「その友達にすぐ連絡をくれるように言ってくれ」とまでは提案しなかった。自分の名刺を渡せば、飢え死にしそうなこの男は自分にうるさくつきまとってきかねない。そういうタイプはよく知っている。だいたいにおいて、進行中のプロジェクトをハードディスクに十五も抱えていて、それが知性と独創性にあふれる傑作ぞろいだと信じているようなやつらだ。自分の作品は斬新だ、それ以上にユーモアがあると、ほれぼれしている。

自分のシナリオに対するネガティヴな反応は、悪意ある中傷者たちの病んだ想像の産物だと考える。五十回同じことを言われても、そのたびに自分を鼓舞し、くだらない作品をやっつけ仕事で作り続ける。だいたいにおいて、こういう人間は才能がないばかりか努力を毛嫌いしている。ローランが友達に伝えてくれと言って自分の電話番号を教えれば、男はなんの遠慮もなく一日に二十回も仕事場に電話してくるだろう。あの惨めったらしい男はもちろん真剣なのだ、そこが危ない。自分のばかばかしい殴り書きと、興行成績上位の作品の違いもわからない。あいつはきっといつも水曜十一時の上映を狙って、自分をむち打つための行事と称して映画館に行き、話題作を選んで観るんだろう。自分だって十年前に、同じのをもっとうまく書いたと信じて疑わない。いや、ぜったいに自分の作品だ、盗まれたんだと考える。だがローランは、四十歳以上で才能が不当にも見過ごされてきた脚本家の例など聞いたことがない。コントロール不能な人間、ヤク中、性格障害はいても、認められていない才能の持ち主なんてめったにいない。ああいうやつらは大規模な傑作とやらを送りつけてくる。プロデューサーにも、売れている監督にも。金をかけるに足る作品が書かれていたら、すぐに知れ渡る。ローランは一晩中がんばって、その友達とやらとアレックス・ブリーチの自己インタヴューについて会話をかきたてようとしたが、男はずる賢く、自分の執筆計画についてばかり話し、ただで映画の授業までしてくれる始末だった。その無能な男は、映画館で観た最近の映画すべてについてレクチャーをしてくれたのだ。映画館に通いつめるほど時間があり余っているらしい。ローランは寛大にそれを聞いていたが、心の中ではこう言っていた。よく考えてみな、おまえの出す糞とおれのかき混ぜる金になんの違いもないとしたら、おまえは三十分前からおれの前で腰ふりダンスなんかしてないはずだ。おれのリストに載っていて、名前を知られており、一緒に働いているはずだ、と。

しかしローランには、遺書のような自己インタヴューのことを思い返す時間がなかった。帰りのタクシーの中で、アメリーが彼にひどく当たってきたのだ。「あなたが彼女と寝てるとは言わないけど、どうしてそんな態度をとるのかってきいてるのよ。あなたがあんなふうになったの、見たことない」彼がプロデュースしている進行中の計画に参加を打診されているしょうもない女優のことを言っているのだった。パーティーのあいだ女優は巨大な胸を彼の鼻先に突きだしていたが、ローランは立て続けにあくびばかりしていた。だがアメリーは思い込んだらきかない。嫉妬して大騒ぎする時、かならず的外れな人物のことで騒ぐ。ローランは安心させるために思い切り女優をけなし、明日起きたらすぐ朝の七時に監督に電話し、あの女優は大根すぎるからキャスティングの件でもう彼女の名前は聞きたくないと言うと約束した。

さびた針が喉につかえているような感覚はそれからずっと続いている。不安に襲われることはよくある。発作が激しすぎて、人前にいられない時もある。別に体のどこが悪いわけじゃない。プレッシャーのせいだ。深く、腹から呼吸する方法も学んだ。精神療法医はときどきスカイプで緊急の催眠療法をやってくれる。ローランはオフィスの自分の部屋に閉じこもり、リクライニングできるソファに横になり、ヘッドフォンをつける。いつもそれでリラックスできるわけではないが、だいたいは効果があり、心臓のリズムは平常にもどる。

女性監督はルクセンブルクでの撮影は断るつもりだと言っている。そういう共同制作はもうやりたくない、最新作ではそれがマイナスに働いたと考えている。ばかばかしい制約を押しつけられたせいで自分の創造性が傷つけられた。彼女はまだ九〇年代にいるつもりなのだ。創造性だってさ。当時はまだそういうことを言っていた、たしかに。ローランがこの仕事を学んだ頃は、監督が新しい構想をだらだらしゃべるのを聞かなければならず、目の玉の飛び出るほど費用がかかっても当たり前と思われていた。誰も観に来ないような映画に金を浪費するのも高級感があっていいんじゃないかと思われていた。今日では、興行成績一位はどの映画かが常に問われ、誰も観ない映画に高級感などない。しかもいい映画でさえ興行的には失敗する場合がある。観衆はくだらない作品しか好まないのだ。だがオードレーは時代が変わったことに気づいていない。凝った技術を駆使すれば鮮烈な印象を与えられると思っているなら、完璧な間違いを犯すことになるだろう。

ローランは自分のことをよくよく分析してきた。自分がなぜこの仕事をしているのかはっきりわかっている。彼は五十歳だ。自分に隠しごとはない。自分は権力が好きだ。この歳になって自分をだます必要はない。勘がよく、勝てるプロジェクトに賭けることができ、金銭的な段取りもうまく、人脈もあり、一度こうと決めたら人に左右されず、交渉では譲らない。彼が求めているのは成功だ。そこについてくる高揚感も好きだ。電話が鳴り止まない時のチームの緊張感に満ちた陶酔、視聴率の跳ね上がり、未知の過熱状態が好きだ。めったに起きないことが起きてもおかしくないという感覚には痺れるし、それが実際に起きるのは最高だ。自分と近づきになる特権を皆が争っているのを感じるのは心地よい。同僚のうわっつらのお世辞にほほえみ、お世辞ばかり言う人間をばかにする。遅く帰宅し、家で一人だけ目覚めていて、ウィスキーの最後の一杯を片手に窓からパリを眺め、「うまくいった」とつぶやき、成功のリズムを自分の体とパリの動脈の中に感じ取る。失敗の痛手とおなじくらい鮮烈に、自分の強さを感じ取りたい。だが彼は負けるのも好きだ、失敗を経験し、怒りにかられ、必ず雪辱を果たしてやると固く決意する。

権力は、行使してみないとそれがどんなものかわかりはしない。権力とは、自分のオフィスに座って、人に指示を出し、逆らう者がいないことだと思っている人もいるだろう。何でも簡単になると。実は逆だ。頂点に近づけば近づくほど、競争は激しくなる。上り詰めていくほどに、何を譲ってもらうにしても高く支払わないといけない。今まで以上に努力しないといけない。権力を持つことはすなわち、自分より強い人間に肋骨をへし折られても微笑を絶やさないことだ。トップにいる人間ほど激しい屈辱を味わわされる。うめいていても誰も聞いてくれない。それが大人のフィールドであり、従順な子羊たちの砂場とは違うのだ。ちっぽけなリーダーだけが権力を行使できる。その上に行けば、背中を刺されそうな恐怖、裏切りへの執念、嘘の約束という毒、そんなのばかりだ。

ローランにとって一番きついのは他人の成功である。映画『最強のふたり』と『アーティスト』の二作がローランの本年度を台無しにした。彼の采配下で生まれた作品はすべてどうでもいいものになってしまった。彼はスポーツをやることにした。一日に一時間、週に五日、黒人のコーチに家に来てもらう。コーチはローランがすごく苦しんでいるのを見た時以外は笑顔を見せない。他人も自分と同じく、次の規則に支配されていることを忘れないことが大切だ。世界王者でいられるのは、車輪が次に回る時までだということを。

昨夜、誰かがアレックスの自己インタヴューのことを話したからといって、そんなに落ち込む必要はないのはわかっている。そんなのは呪術的思考で、風ほども根拠のない直感に振り回されてるだけだ。不安になるべき確固たる理由なんかない。不安を克服させてくれる揺るぎない軸を自分の中に見出さねば。ローランは牡蠣が出てくるのを待つあいだにかごの中のパンを全部食べてしまわないように自制している。しかし、この女といるとなんと退屈なことか……。

アレックス・ブリーチは、傲慢でもろいあほだった。ヘボ詩人の典型だ。金のことしか考えていない嫌なやつのくせに、CDジャケットでは、社会的な発言をする人間のような顔をしていた。芸術家の栄光をすべて体現していた――つまり自分には何でもゆるされていると信じ、あくせく働く人間をばかにする。聴衆や観衆に問題があるとしたら、それはしばしば、もっとも破滅的なリーダーを選んでしまうことだ。人はだまされるのが好きだ。人々は感動した。アレックスはその原則をよくよく理解していた。彼はインタヴューのあいだ嘘をつき続け、人々は感動した。ローランは彼と何度か仕事した。番組で相手をののしって自分の愚かさを暴露しただけでは足りず、アレックスはローランの携帯の番号を手に入れ、完全にラリっていたある時、真夜中に彼を罵倒するために電話をかけてきた。あいつはおかしくなっていた、理解不能だった。ローランはアレックスの死を知ってほっとした。あの手の壊れた人間がどこまでやれるか知らないが、あの種の人間は敵にするに値しない。自分にとっては小さすぎる存在だ。だが心のもやを晴らす必要がある。

「聞いてます？」

「ええ、ええ、すみません……最近どうも、アレックス・ブリーチの死以来……」

「親しかったんですか？」

「ええ、かつて。長いあいだ会っていなかったけれど、亡くなったときいてショックで。でも聞いてますよ、続けてください」

ローランは指先で空気をすりつぶすような仕草をした。女性ディレクターは、心を寄せるふりさえしない。彼女はいつもブルドーザーみたいに行動する。自分の出す騒音に閉じこもり、自分の目的しか見ない。ローランははじめ、若い監督たちは行儀が悪いのだと思っていた。たとえば、会話の相手が何らかの感情につき動かされているふりをしたなら、自分も同情しているふりをするものだと誰も彼女に教えなかったのだろうか？　だが彼はそれが教育の問題ではないことをすぐに理解した。彼の世代は、子供たちが社会性を身につけ、他者に同情できる存在になることが期待されていた。たとえば、話し手が自分の悲しみを表現したら、同情によってこたえる。頭のよい人間なら、同情とひきかえに、なにか利益が得られることもすぐに理解できた——とくに、何かを誰かから手に入れたいなら。だがフェイスブックというものができた今、三十代の人間はほとんどが尋常じゃない自己中心的な精神病患者だ。自分を正当化しようとも思わない露骨な野心家たちだ。オードレーは自分の話を続けた。ある香水店で働く五十歳くらいの女性についての映画を作りたいという。その人物は、大切にしていた母を亡くし、葬儀から三カ月で父が別の女性と再出発するのが許せない。あわれな老人は自分にぴったりの人を見つけたのに。彼は再婚し、娘と義母の闘いが始まる。さてその後どうなるでしょう。オードレーは喜劇を書いたつもりなのだ。三百万ユーロ以下の予算でそれを撮影することなど考えてもいない。ふーん。父親の再婚が許せないアルコール依存症ぎりぎりの五十女は、うってつけの喜劇の題材だってことね。聴衆が映画館の入り口でヌードのスカーレット・ヨハンソンと酔っ払いの五十女を選べるとしたら、チケットを買うのにだいぶ迷うだろうねえ。

ローランはエシャロット入りの酢を牡蠣にかける。このブラッスリーが気に入っている。まるで自分の食堂であるかのようにいつも昼食をとりに来ていて、常連だから店の人にも細やかに気をつかってもらえる。しばしリラックスできる。ローランは物質主義者ではない。金銭そのものには関心がない。ピザ屋に夕飯を食べにいき、キャンプ場でヴァカンスを過ごしたっていい。だがこの店は自分の仕事場の近くにあって便利なのだ。

アレックス・ブリーチにインタヴューでひどい悪口を言われるほど嫌がらせをした覚えはない。冷静に考えてみよう。衝突はあったが、あれ以来、橋の下を流れる川の水のように時間は流れた。あの低脳にとってもそうだろう。とにかく、あんなアホ人間のパラノイア的な妄想など誰が信じるだろうか？

オードレーはメニューを見てデザートを選んでいる。ローランはこのあたりで切り上げようと「時間がなくて、申し訳ない。コーヒーだけ飲みます？」と言った。オードレーはカフェ・グルマンを頼み、失望を隠そうともしない。まったく。ローランは目を細くして彼女をじっと見る。ことの展開が早すぎるからと言って、自分の父親が幸せになるのを許せない美容師の話に興味を引かれたふりをする。オードレーにはまだ、男は一人で生きられないということがわからないのだ。その父親を非難することなんかできるだろうか。ぼくにとっても、昨今の状況がどれだけ厳しいかお分かりですよね、とローランは言う。早く自分のオフィスに帰ってこの途方にくれた五十女の話を読みたくて仕方ないかのように、シナリオを手のひらで何度か軽くたたいた。「質のいい映画を作ることが難しくなってしまった昨今、きびしい目で選ぶ必要が出てきてね。ぼくがいちばん嫌いなのは、期待させておいて結局お断りするってことです。オーケーと言ったら、かならず実現させますよ。でも自分ではこれを制作できないかもしれないと少しでも思ったら、はっきりお伝えします。うちの仕組みは、制作費の比較的安い映画を作るには適していないかもしれない。ご存知でしょう、技術者たちは何も理解していない、ぼくなんかよりもっと……いや、芸術映画をいつも作っているプロデューサーのもとで必要とされる努力を、こっちではしてくれないんです。とにかく、すぐにお返事しますよ」

彼は時計を眺め、大変だといった表情で急いで立ち上がり、クロークの女性に十ユーロ札を渡して冷たい空気の中に飛び出し、ほっとする。オフィスに着いたところで、カスタフィオーレと約束があったことを思い出した。まったく、今日はついていない。水星が逆行しているにちがいない。ローランは配給会社の男のやわらかく湿っぽい手を握った。ゲイがみんなかっこいいわけじゃない。頭から足もとまでプラダで固めたカスタフィオーレは、いつもと同じで、ゴミ収集車から出てきたように見える。体つきが無様(ぶざま)なんだろう。根性もまがっているかも。ローランが自分を出しぬくつもりなのをわかっているのだろうか。ローランは、自分が共同制作者になっているバヨナ（スペイン出身の映画監督。『インポッシブル』などの作品で知られる）を引き受けてくれればカネ（フランス出身の俳優、映画監督）の映画も頼もうと約束したが、カネはもうひそかにマルスに売ってしまった。それは別にマルスの仕事ぶりの方がいいからってわけじゃない、ただ単にカスタフィオーレを困らせるためだ。きみの予想より早い失墜をお手伝いできるなら喜んで、ってとこさ。これまでも、こういう人間は入れ替わり立ち替わりやってきた。ローランは自分の部屋に入り、相手にコーヒーはいかがとたずね、ジュスティーヌに持って来させる。彼女はそういう仕事のためにいるんだ。それから、すみません、ちょっと急いで片付けないといけない件があって、すぐに戻ってきますからと告げる。

ローランはアナイスの部屋の扉を叩く。彼女は画像をビューアーでチェックしている。下手で構図も悪いビデオなのに、若者たちに人気だという。ローランは彼女に、世の中に出回っているその種の作品の全体像を調べ上げてくれと頼んだのだった。四人で作っているような一万ユーロもかからないような映画、だがうまくできていると、若者たちがインターネットで夢中になって観るような映画を扱う価値があるかどうか知りたいのだ。いつだって世の中の動きに先んじなければいけない。家族みんなで観られるような作品、無難な映画を流すことに甘んじていてはいけない。新しい風を吹き込み、人が予想もしなかったところを他人より先に発掘する。アナイスはそういうことにかけては天才的だ。

若者の目と精神を持っている。十日後には、新しい世代の若い監督の作品で一番いい三、四作についてまとめたレポートを提出してくれるだろう。彼女は信用できる。いいセレクションをしてくれるに違いない。ローラン・ドパレは自分の娘が「ビューティー・ユーチューバー」になりたいと言い出した時、同じ年代の女の子を雇うことにした。娘のしていることに関心を持ったのは、何人かの同僚の子供たちがしているように、娘がインターネット上に未成年の男の子たちとのセックスビデオを投稿したりしないか心配だったからだ。そして彼は、若い女の子たちが完璧に自分を演出し、いい角度で画面におさめ、そのイメージを人に見せる術を知っていることを知って啞然とした。それを「メイクアップ個人指導」に投稿し、自分の部屋の映像を流して五千六百万人くらいものヴューを得る。ローランは何か大切なことを見落としていることに気づき、自分のオフィスにもウェブ上の新しい傾向を調べ上げてくれる人間が必要だと思った。五千六百万人の若い女の子全員がそろって間違ってたことをしているはずはない。

ローランはソファの肘かけの部分に座った。二人のあいだには何もない、だが彼はこの近い距離感が好きだ。アナイスの落ち着き、ほほえみ、心を静めてくれる振る舞いが好きだ。アナイスは明るい。他の子よりきれいだというわけではないが、内側から輝いている。ローランはため息をついた。

「人をいらいらさせる天才と食事をしてきたところでね……しかもカスタフィオーレが部屋に来てるんだ、ほんとしんどいよ。自分で血管を切りたくなりそうだ、今日の終わりまで生きていないかも……」

「二十分たったらお迎えにいきましょうか？」

「三十分したらね。憂鬱だが、バヨナの封切りの件で彼と二、三、決めないといけないことがあるから」

「あれはヒットしませんよ。あの映画はハードすぎます。世の中の人はあんなの今求めてません」

「そうだね……昨日のパーティーで若い脚本家に会ったんだが……若いってことはないな、だけど何かひっかかったんだ……彼について報告書を作ってほしい。探し出せるかな。グザヴィエって名前だったよ。苗字は忘れてしまったけど」

「昨日パーティーに来ていた脚本家でグザヴィエという名前の人を探せなんておっしゃってるわけじゃないですよね」

「はあ、まあ、そうなんだ。ジェフによると十年前に一本シナリオを書いたそうなんだけど、その映画はヒットした、けどタイトルは忘れてしまった……」

「わかりました、その情報はありがたいです」

「あれが誰なのかわかればいいんだ、つまり彼の持ってきた計画で、どこかでストップしてるのがあるかとか……肝心な点がつかめればいいからさ。どこに住んでいるのか、誰とつき合いがあるか、働いているのか、そういうちょっとした情報のまとめだね」

「昨日の会には軽く三百人はいましたけどね……」

「うん。そう簡単じゃないことは認める。だがきみにならできる。だからきみはすばらしい」

「でも具体的には、なぜその人に会いたいんです？」

「会いたいかどうかはわからない。ただ……かぎつけたいことがあるんだよ」

ハイエナはバーの奥のサロンに座り、いつもやっているように携帯にメッセージが入っていないかチェックする。午後はだいたいいつもそうだが、〈グローブ〉はすいている。〈グローブ〉はこの地区の人が集まるバーで、日中はジェラバ（北アフリカの男女が着る長袖でフード付きの長い服）を着て蛍光色のスポーツシューズを履いた髭もじゃの若い男たちや、浮かれた酔っ払い女や、近所の商店の人たちが来ている。夕方の食前酒の時間には、とくにハッピー・アワーの頃になると、バーは酔っ払いの若者たちの流行の溜まり場になる。彼らは営業終了時刻まで立ち去る気はなく、路上でタバコを吸って、近所の人が眠れないほど騒ぎ立てる。

ハイエナは携帯電話に表示されている時間にしょっちゅう目をやり、相手が時間に遅れているのでいらいらしている。ローラン・ドパレは自分の住む地区から離れた、ふだん行かないようなバーで彼女と会うのを好む。ローランはスクーターに乗ってサン・マルト通りを上り、ゴロツキみたいな男三人とすれ違っただけで、ニューヨークのブロンクス地区に入り込んだような気分になるのだ。二人はよく、変な場所で落ち合う。ローランは一緒にいるところを人に見られるのを恐れている。

ハイエナはソーシャルメディア畑に転業した。しばらく前からそれで生活している。そもそも、自分でそうしようと思ったわけではない。昔からの男友達のタレックが、アベスのピザ屋で一人で食事していたところへ通りかかり、足を止め、一緒にコーヒーを飲んだ。タレックがポルノの月刊誌に記事を書いていた頃に二人は知り合ったのだが、当時、一九九〇年代には、ポルノ産業は流行の業界だった。タレックはカンヌ映画祭やカナル・プリュスの盛大なパーティーに招かれ、友人の俳優たちに取り巻かれていた。誰もが彼を自分のテーブルに座らせたがった。それは最高にシックなことだったのだ。その後、インターネット上でポルノが急激に発展したせいでこの分野は大きく変化し、タレックは採算が合わなくなって、住所録を繰って友人に相談し、伝統的な映画の広報担当のポストを手に入れた。誰も、一銭たりとも賭けようとはしないような分野だったが、アンダーグラウンド・カルチャーが伸びていった十年間で彼らはうまく儲けた。ハイエナはそういう状況にいるタレックに再会した。元気で、あいかわらずカンヌには行っていたが、ジョン・B・ルートの撮影について長い報告記事を書いていた頃よりもストレスをためていた。

仕事をやめて次に何をするか決まっていないハイエナが日中ぶらぶらしているのを見たタレックは、経済的にしのげるよう、自分が関わっている映画のネット関係で求人をしているのだがやってみないかと提案した。かなりの現金を手にできる可能性もある。作品に感動して自発的に発信する鑑賞者になりすまし、好意的なコメントをウェブ上にあふれさせる仕事だ。面倒ではあるが、架空のメールアドレスを作れば、違う名前で同じサーバーに続けて十二回も登録できる時代だった。ハイエナは任務を適当に片付けたが、タレックはその仕事ぶりに大喜びした。彼には事実が見えていた。つまり映画は熱狂的に迎えられ、実在の観客たちが心から賞賛のコメントを書き込んだのだ。だがタレックはハイエナと仕事をしたかったから、映画が好評だったのは彼女のおかげだと信じることにした。次の映画でも二人は組んで作戦を遂行した。ハイエナはすぐ、これは金になると思ったが、対象をほめたたえるのが一番金になるやり方でないことにも感づいていた。

ハイエナは、しょうもない題材についてしょうもないコメントをつけることに時間を費やすのに飽きた昔の同僚から、偽のアイデンティティーのリストを買い取った。偽名を五十ほど手にした。かなり前からサーバーに登録していて、フェイスブックとツイッターのアカウントを持っているユーザーが署名したメッセージでないと信用がつかない。グーグル上でわざわざ探せば存在が確かめられそうなユーザーでないといけない。あとはIPアドレスを変えることを恐れず、どのコメントでどのユーザーとして何をどんな調子で語ったか覚えていられればいい。彼女は若い子のつづり方の癖はまねしない――いろんな字をKで置き換え、形容詞を名詞の性数と一致させない、といったまねは。個人的なこだわりはそれだけで、あとは言われた通りに仕事をする。コカインの取引をしていた頃のように百ユーロ札を二、三枚こっそり渡されて仕事を頼まれるが、薬物は警察に徹底的に調べられるリスクがあるのに対し、こちらは面倒なことになる危険もゼロで、油をまき散らすだけだ。依頼に応じて、あるアーティスト、ある法案、ある映画、あるエレクトロ音楽のグループをけなす。彼女一人で、四日のうちに、軍隊のようにその陣地に上陸する。ハイエナの偽のアイデンティティーのリストはかなりふくれ上がっていて、自慢じゃないが、彼女が書くコメントはバズっていく。四十八時間でインターネット上での評判を撃沈する。知っている範囲ではパリで自分ほど敏腕な者はいない。あとは放っておけばいい。ジャーナリストはツイッターやネット上のコメントを見て、そこで読んだ戯言を無視できないと思う。だから彼女が何を書き込もうと、それは大理石に刻まれたように残る。肯定的なコメントを広げるキャンペーンを頼まれることもまだ時々あって、昔の協力者たちと連携し、彼らが「既読」のカウントを人為的に上げる。昨今の「いいね」文化の中で、彼女の作戦は信じられないほどの金をもたらす。それはゴールドラッシュだ、誰一人、何ひとつ理解していないが、誰もが金を求めている。今までハイエナが携わった仕事の中では一番くだらない仕事だ。だが、それほど集中力を必要としない仕事だということを考えれば、報酬はいい。彼女は自分に金を払う者たちをしっかりつかんでいる。自分たちのやり方を貫くための予算を持っている者たちは、競争相手をつぶす金に糸目はつけない。

メディア上で誰かを寄ってたかってやっつけるのは、好意的な噂を流すよりもやさしい。ハイエナは両方できると言っているが、この時代は暴力に賛同する時代だ。人をつぶせる力を持った人間の意見が尊重される。誰かを痛めつけるには、かならず男の偽名を使わないといけない。ウェブ上のロビーをうろつくネット中毒者たちをおとなしくできる唯一の物音は、同じ刑務所の囚人の骨が看守に砕かれる音だけなのだ。ある番組の司会者をほめたたえるコメントが三つあったら、ネットユーザーは警戒心を起こし、やらせじゃないかと疑う。狂気じみた批判のコメントが三十あったら、誰も疑念を抱かない。野次馬たちはいつも対岸の火事と思って楽しんでいる。そうなればもう、刷り込みは成功だ。軽蔑は疥癬とおなじくらい簡単に伝染する。

パリという村では、困った時には彼女に頼めばいいという噂がすぐに広まった。ふだん行かないバーや人に見られる心配のない場所でコーヒーを一杯飲まないかとハイエナを誘う。そして、競争相手、友人、敵を失墜させてくれと依頼する。二百ユーロでウェブ上の片足をへし折り、倍の金額でウェブ上の評判を傷つけ、予算さえ許せば、知り合いの人生を台無しにすることだってできる。インターネットは、匿名の密告、火のない煙、出どころの知れない噂をはびこらせるのに最適の仕組みを持っている。昨日から何度も電話をかけてきているあのうるさいローラン・ドパレという男は、信じられないほどの金をかけて、自分の期待に応えなかった女優をつぶせだとか、出世したか、これからしそうな同僚を引きずり下ろせだとか、自分に背を向けたかつての仲間をやっつけろだとか言ってくる。ドパレがブラック・リストに書き込んでいる名前はそうとうな数で、ハイエナは彼にとってヴードゥーの呪術師のような存在だ。彼女に頼らずにドパレはやっていけない。二人は毎月会っている。

ドパレは自分のことばかり考えている。皮肉屋で、明晰で、ときにはユーモアも言えるが、完璧にはずしていたり錯乱していることもあって、とにかく自分のことしか話さない。だが自我が極端にもろくて、ちょっと批判されただけで傷つき、評判にかすり傷ひとつでもつけられれば怒りで固まってしまう。同僚がラジオでほめられているのを聞くと、たちまち、自分が無能だと言外に匂わされているような気がしてくる。ドパレは新聞・雑誌を読み、テレビを見て、インターネット上を調べまわる。そして苦しむ。俳優たちは自分よりも金を稼ぐ。監督たちは自分より尊敬されている。配給会社には大金を搾り取られる。視聴者は自分を破滅させようとしている。みなが公的資金を獲得しているのに、自分だけがもらえない。他人が人生を謳歌し、楽しんでいるのに、自分だけが馬車馬のように働き、人は自分に感謝するかわり足蹴にする。とんでもなく金持ちの女と結婚し、セーヌ川を見下ろす二百平米のアパルトマンで生活しているが、だからといって心慰められるわけではない。彼は苦しんでいる。すばらしい客だ。ハイエナは彼の精神衛生上、不可欠な存在になり、ドパレは途方もない金をつぎこむようになった。ジムのトレーナー、精神科医、睡眠療法士、瞑想の先生、マッサージ師、鍼灸師、催眠術師、整骨医が月々結構な報酬を彼から受け取ろうと争い、週末のお出かけ、愛人との逢引などとのあいだで、いったいいつドパレは仕事をする時間を見つけられるのだろうかと思うほどだ。ハイエナは途方もない額の請求書を彼に渡す。ディーラーだった頃の経験から、麻薬中毒者たちにとって、売人は値切れない存在でなければいけないことを知っている。だからこそ売人はなかば神のような存在になるのだ。

ハイエナは映画に特化して仕事している。もっと努力を要し、報酬の少ない政治的な内容の契約を抱え込まなくていいようにしている。二〇一四年現在、映画に興味を持っているのは映画業界の人間だけだ。あるトラヴェリング（移動撮影。カメラを前後・左右に走らせて行う）について議論したり、あるスリラーを擁護したり、ある心理ドラマをやっつけたりするために十分でも時間を費やす気のある人はもはやいない。ハイエナはよく女優のために仕事をする。その全員が狭量で打算的なわけではない。女優たちは不安定な環境に置かれていて、金はたくさん使える。こちらが願ってもない二つの条件が揃っているわけだ。彼女たちはネット上に、ファンの熱いメッセージや写真、近くのカフェでその女優に偶然出会ったらとても優しくてすてきな人だったといった体験談や賛辞をまくことに金を払う用意がある。ただ大抵、ハイエナの仕事は、女優が狙っている役をやりたがっている競争相手をおとしめることだ。あるいは新星のように現れた若い女優の評判がすぐに高まらないようにすることだ。もちろん喜んでやる。利害が衝突することもある。別の顧客のためにけなしている女優に仕事を頼まれたら、受けられるだろうか？　もちろんそれは可能だ。我々は二十一世紀に生きているのだから、すべてはゆるされる。

彼女は手帳を持っている。サイズがちょうどよく、偽の革のやわらかな手触りが気に入って選んだ小さな黒い手帳。手のくぼみにうまくおさまる。捜索が入った場合に備え、ハイエナは情報をかなり暗号化してそこに書き込んでいる。読み解くには、ことの重要性にまったく見合わないほどの努力を必要とするだろう。偽名の横の数字が〇六なら自分のパソコンからコメントを発信してよい、〇一なら自分のアパルトマンの階下にあるインターネットカフェからコメントを送る、〇四なら違う区に行って送る、という意味だ。三で終わる数字は日刊紙に関するいつものコメント、七で終わる数字はすべて映画に関するコメント。二番目に来る数字はアイデンティティーを作った年、などなど。変化をつけることもある。だがとにかく偽の番号を解読すると、自分がどのアイデンティティーを使うべきかわかる。そんなのは本格的な調査に耐えるほど手の込んだ策略ではないが、目についたとしても、注意深く見なければ何のことだかわかりはしない。

ドパレはいつものように三十分遅れてきた。無礼であることが彼の方針なのだ。まるで今日が日曜で、午後は空き地で子供とサッカーをする予定だ、とでもいうような服装をしている。くたびれたブルゾン、体にあっていないジーパン、でも指はいつものように完璧に手入れしてある。ふだん彼は一人で来る。だが彼は到着するやいなや、「今回はちょっと特別なんだ」と言い、手で二分待ってくれと合図しながら電話をとった。ハイエナの関心を一番ひいたのはつき添ってきた女だ。これはヒットだ、この女の子は。ラジオを聞いていると、ある曲が流れ、聞いたことがないのに、すぐにそれとわかるヒット曲。前からあった曲だが、今や一日中頭の中で鳴り続け、繰り返し聞きたくなる。ああよかった、帽子をかぶり、手袋をつけて、灰色の空の下、わざわざここまでお尻を引きずってきたかいがあるってもんだわ。そのかわいい子は自己紹介した。アナイスです。ハイエナは、わたしは動揺していないと自分に言い聞かせる。

ドパレは戻ってきて不機嫌そうに腰かける。目は落ち窪んでいるが、そこまで奥目でないので表情が野卑になるわけではない。毛の生えた大きな鼻の穴が丸見えで、鼻は反りすぎ、唇は薄くて、全体が締まりのない感じに見える。ずんぐりした小男だ。少しやせている時も、腕を胴体から離して、球が転がるように歩く。アナイスが口を開く。彼女の話を聞きながら、ドパレは虚空を見つめて顎を左へ右へと動かす。聞いている、同意していると示すために、時々少しだけ顔をしかめてみせる。

アシスタントが話すところによると、このプロデューサーは、名前も住所もわからない「ある男」をパリの町から探し出したいらしい。その男は別の「ある男」――グザヴィエという、シナリオライターを自称している男――に、あるラッシュフィルムを取り戻すことができると言ったらしい。ドパレ主任はこのラッシュを見たがっている。そのシナリオライターを見つけ出さないといけない。百キロくらいあり、スキンヘッドだ。そのためにハイエナに電話したのだ。ハイエナは二人をじっと見て、ふざけているのだろうかと自問する。

「そんなの、どうやれって言うの？」

「まさにわたしもそう言ったんです」

とアシスタントの鏡は答え、自分にはどうにもならないことを示すために両手を広げてみせた。ドパレはいらいらし始め、椅子の上で体を揺らす。ハイエナは狼狽を隠そうともせず、まぶたをこすって言った。

「で、どんなラッシュなの？」

ハイエナはこの質問でドパレを落ち着かせようとした。若いイケメンたちと地政学の議論をすることがあるのだが、それを知られたくないとかなんとか婉曲に説明してくれることを期待した。愚民のことは誰もが知っている、彼らは首脳陣の洗練された欲望のかたちなんかまったく理解してくれないのだと。アシスタントが間に入った。

「あるインタヴューなんです。お聞きになったことがあるかどうかわかりませんが、アレックス・ブリーチという歌手のこと。もしかすると、歌手が誰かに操られて行った録音かもしれず……」

ハイエナはアナイスの言葉をさえぎり、ドパレに話しかけて自分の方へ無理やり目を向けさせた。

「いつもやらせていただいている仕事との関係が見えないわ」

「昔はそういうことをやっていたってのは誰もが知っているよ」

「あたしは畑を変えたのよ。だいたい、もしその仕事を続けていたところで、あなたの話は超とんでも任務だわ。パリ中からグザヴィエって男を探し出すなんてごめんよ」

「シナリオライターだってこともわかってるんだよ」

「本当にシナリオライターだったら、しかもパーティーで行き合ったなら、名前を知るためにお金を払う必要なんかないでしょ。誰も知らないの？　その男が誰だか」

アナイスは小学生みたいに背筋をのばし、テーブルの上に手を置いたまま口を開いた。

「パーティーに出席していた何人かに電話はしてみたのですが……何もわかりませんでした。わたしたちの知り合いの交際範囲内で活動している方ではないようです」

「この業界に十五人しかいなくて、わたしがレース編み職人、彼はシナリオライター。それならわかる。簡単に言えば、あなたがたはパリ中から、グザヴィエっていう太っていてハゲの男を探し出したいって言っているのよ。すごいわね。どこから手をつけたらいいかすぐわかるって言ってほしいのかしら」

アナイスはハイエナがこんな調子でドパレに話すのが心配になってきて、眉を動かす。その表情からは、ハイエナの考えを理解していることがわかる。出発点としては情報が足りなすぎるのだ。ドパレは上着のポケットにｉＰｈｏｎｅをしまう。面会をそろそろ切り上げようとしている。

「どこから手をつけていいかわからないかもしれないけど、きみはすごくやる気があって当然さ。きみの言い値をぼくは支払う。それに〝グザヴィエって男〟を町中から探し出すわけじゃない、アレックス・ブリーチと親しかった男を探すんだ」

「その話はまだ聞いてないけど」

「報酬の話？　アレックス・ブリーチの話？」

「両方よ」

「彼らは知り合いだったんだ。ラッシュを持っている男は、死の直前までブリーチに会っていたんだ」

「アレックス・ブリーチ……」

「あいつはぼくを憎んでいた。しつこいやつだった。おかしいほど固執する男だった。なんでかわからない。面倒をみすぎたのかもしれない。何がなんでも、先回りしてそのインタヴューの内容を知りたいんだ、公的財産になる前に。ぼくを助けられるのは誰よりもきみだ、そう考えるにはちゃんとした理由がある……」


アレックスがなぜ自分を恨んでいたのか、ドパレにわからないんだって……ハイエナは彼をじっと見る。ドパレは何度、ブリーチの件で自分に仕事を頼んできたことか。アレックスに敵視されているというのがドパレの被害妄想だとしても、その妄想は一般に広まっていたと言っていい。ハイエナのような立場にいれば、アレックス・ブリーチの評判はまるわかりだ。彼は強姦者、乱暴者、ユダヤ人排斥主義者、イスラム過激派と通じた危険人物、公的資金の横領者だと言われている。ハイエナがそ

うい った噂を流したのだ、何度にも分けて。もしアレックスが生きていたら、新しく立てられるのは、子供に性的乱暴を働いているという噂ぐらいしかない。ハイエナはアレックスのことを調べ上げ、彼をよく知っている。もしアレックスが自分に襲いかかる攻撃的な噂に出資しているのが誰か見破ったなら、ドパレ小帝国の完全な崩壊を望んだだろう。

アレックスは理想的な標的だった。有名人だから、ちょっとした愚行もすぐに噂され、その噂を消すために誰かが何かを犠牲にしてくれるほど庇護されてはいなかった。ジャーナリストたちは大喜びで飛びついた。彼らにとってアレックスは壊さねばならない前世紀の産物で、倫理的な意見やちょっとした寄付によって暴力に対抗しようとする、彼らが「画一的思考」と呼ぶものの体現者だった。そんな考え方は、スペクタクル産業ではもはや誰一人、擁護しようと思っていない。アレックス・ブリーチと同じタイプのビート・ジェネレーションの熱い生き残り三、四人を除いては。片手の指で数えられるほどのそうしたミュージシャンたちは、五年に一度ぐらい新しい録音を出し、人はそれを独裁と呼ぶ。アレックスのイメージを壊しかねないことがあれば、メディアは殺到する。この大柄な黒人が悠々と成功を楽しんでいるのが気に入らないのだ。優しげな顔と低くささやくような声で、あいつはパリ中のどんな編集長よりも多くの女を簡単に手に入れたにちがいない。強姦や暴力で訴えられたとしても、女の子たちはひるみはしない。ヘテロの子たちはそういうのが大好きなんだ。死んでしまうと、人々はこぞってアレックスの才能を褒め称えたが、どの死亡告知の文面にも安堵感が漂っていた。やっとまた一人減ったのだ。業界の人間の息子がアーティストの多くを占めるなか、アレックスはそうでない数少ないミュージシャンの一人だった。

ドパレは相手の目をしっかり見て、証人の前で、嘘をつきとおす。アレックス・ブリーチのことなど今まで彼らのあいだで一度も話題に上ったことがなかったかのように。

「アレックス・ブリーチはよく電話してきて、ぼくをののしり、侮辱のメールを送ってきたよ……被害届を出そうかとも思ったけど、相手は有名人だから、それも面倒で……病的に人に食ってかかる人間だなんてメディアが知ったらさ……」

「それなのに、あなたは彼をけっして見捨てなかったってわけね」

ドパレはたとえ微量でも無礼な言葉には耐えられない。ハイエナは彼の目に「いつか後悔するよ」という言葉を読んだ。とはいえ、当座はハイエナの助力が必要だとドパレは思い直す。ドパレは立ち上がり、彼女の方を振り返りもせずに「急いでもらいたい」と言った。

そしてドパレは金も払わず、さよならも言わずにバーから出て行く。また携帯電話に耳をあてながら。まったく、人間性を疑う。アシスタントに本当のことを言ってやりたいが、この子の目には、自信のあるボスのもとで働く喜びしか読めない。

大きなオフィスチェアの上であぐらをかき、シルヴィはロブ・ブレズスニの星占いや、《ヴィレッジ・ヴォイス》や《ハフィントン・ポスト》や《マダム・フィガロ》のホロスコープ、スーザン・ミラーの占いを読む。同じことを何年も前から続けている。時計の針のように同じことを繰り返す生活。だが今や、すべてを変えなければいけない。六時に起き、紅茶を飲み、パソコンの電源を入れ、小さい音でラジオを聞く。自分のフェイスブックのページ——三つ持っている——を開く。二つのフェイクのアカウントは、本名で書けないコメントを書いたり、愛人たちが浮気していないか調べたり、知り合いを罠にかけたりするためにある。偽のプロフィールの一つは、高校で息子をいじめている悪童たちに復讐するために作った。その作業がうまくいった後も、アイデンティティーを変えられる楽しさを知ってしまったらやめられない。七時三十分になると息子ランスロの朝食を用意する。リコレ（ネスレ社のチコリ入りコーヒー）をいれ、焼いたベーグルに〈フィラデルフィア〉のクリームチーズを塗って、息子を起こしに部屋へ入っていく。カーテンを大きく開け、さあ、一日が本格的に始まる。

ランスロは大学にでかけ、シルヴィはパソコンでゲームを始める。「キャンディー・クラッシュ」、「ラズル」、「クリミナルケース」など。午前中の残りの時間はそれに費やす。午後はピラティス、マニキュア、アクアジム、美容院……。ランスロが大学から戻る時には家にいるようにしていた。息子が誰もいない家に帰ってくることは避けたかったのだ。

その息子は、二週間前に家を出ていった。ちょっとしたことでも、十回頼んでやっと、ため息をつきながら実行する彼が、嬉々としてダンボールに荷物をつめていた。いる服といらない服を分け、本を箱の中に並べ、何年も前から散らかしっぱなしだった紙を捨てた。シルヴィが手を貸す余地もない。てきぱきとかたづける息子の姿を見て、胸を引き裂かれる思いだった。いちばんきつかったのは、ランスロがそれを何ともうれしそうにやっていたことだ。そんなことは当然だし、理解できるし、予見できたはずだ。だがシルヴィにはあまりにもつらくて、受け入れられない。

ランスロが小さかった頃、彼にキスしてもらえばシルヴィの悩みはさっと消えた。その頃の思い出はシルヴィの頭の中で今でも鮮やかだから、台所のドアを開けた時、椅子に上り、戸棚の中に板チョコを探しているランスロを見つけても驚きはしないだろう。甘いものは高いところに隠しておかないといけなかった。でないと彼は病気になるほど食べてしまうのだ。だがもう過ぎたことだ。シルヴィがやさしくキスしたあのかわいい体。ちっちゃな足、ドラゴンボールZの布団カバー。十六歳にもなると、やっかいなことも出てきた。シルヴィは息子をあいかわらず愛していたが、サッカーの話やマッチョで反動的な言動ばかり続くと、しまいに殺してやりたくなることもあった。それまであんなに理解しあえたのに。シルヴィは傷つき、裏切られた気持ちだった。摩擦は三年間つづき、終わった。息子は右派なのだ。シルヴィははじめ、息子が自分を困らせるためにやっていると思っていた。だが最後には認めざるをえなかった。知的な若者が全員左派なわけじゃないということを。

息子は恋している。相手は淑女を気取っているマヌケ女で、ピザ一枚オーブンから出すこともできない。熱心なキリスト教信者だ。あっというまに子供でもつくって、息子の人生のじゃまをしなければいいのだが……二人は十九区に二部屋のアパルトマンを見つけた。誰も住みたがらない、ひどくうらぶれた地区だ。あの若い二人はイスラムやユダヤの問題に敏感だから、クリメがさぞ気に入るだろう。ランスロは恋に落ちてから身につけたあほっぽい陽気さ全開で、母親にアパルトマンを披露した。息子が自分から遠ざかっていく必要があるのはわかっている。母を殺せないなら、遠ざかるしかないのだ。ほかのどんな男も自分をこんなに幸せにしてくれたことはないから、息子ほどシルヴィが優しくした男はいなかった。別れる時こんなに精神的にやられたこともなかった。

ヴェルノンはちょうどいいところへやってきた。彼が家に来てから、思い出が次々と蘇ってきた。シルヴィが店に通っていた頃、ヴェルノンは裏の事務室を開け、中でこっそりクスリを吸わせてくれた。シルヴィは扉を締め、ヘロインを何服もやった。その頃はまだ注入はしていなかった。自分がクスリをやっていることは人には話していなかったが、ロックの世界ではすべてがゆるされた、最強のドラッグ以外は。お腹に子供がいるあいだは遠ざかっていたが、哺乳瓶に移行するとすぐにまた始め、それ以来、本当にやめていたのはランスロが字を読めるようになった頃、スイスのクリニックに入っていた時のみだった。よい麻薬消費者でいるのは難しく、そんなことができるのは少数だ。よい麻薬消費者というのはよい酒飲みと同じで、自分の消費量をコントロールできる人のことである。正気を失わせてくれるから愛している物質を理性的に扱うなんて——適量を見極めるのは難しいに決まっている。シルヴィはそれができる、選ばれた人間の一人だった。だが三十歳で、彼女は麻薬とつきあう難しさを理解したのだった。というのも、彼女は他の女たちよりも早く老け始めていた。シルヴィはクスリと手を切った。十五年たった今でも、小さじ何杯分かの粉や、なかなか来ないディーラーや、現金で払う代金のことを夢に見る。更年期になったら、また考えるとしよう。人が言うほど更年期がつらいものなら、また強いドラッグをやってもいい。ランスロは出ていったし、自分の見かけも衰えてしまった今、そのくらい楽しんだっていいだろう。彼女は自分の療法を選べる介護施設をいつも夢見てきた。MDMA、コカイン、ハシシ、モルヒネ、クラック・コカインなど何でも手に入るところ。どうせ終わってるんだから、好きにやったっていいじゃない？

ヴェルノンの時代か。「リヴォルヴァー」って、店の黒いファサードに赤い字で書いてあったっけ。あの頃の生活は今とまったく違った。自分はまだ母親になっていなかった。もしあの頃、あんたもいつかヴェルノン・シュビュテックスに夢中になるかもよと誰かに言われたら、自分は肩をそびやかせただろう。シルヴィはきれいで、おもしろくて、男の子はみんな彼女にのぼせあがっていた。レコード店の男はいいやつだったが、他に気になる男はたくさんいた。ミュージシャンの方がいい。グルーピーに悪評はつきものだが、それは男の子が夢見ているのになかなかやってもらえないこと——トラックの中で女の子がバンドメンバー全員のをしゃぶること——をやってのけるからだ。

もしアレックスが数日前に死んでいなかったら、おそらくヴェルノンにチャンスは与えなかっただろう。彼の名前を見てもあまり響かなかった。だがヴェルノンのフェイスブックに映画『褐色の髪の女と私』へのリンクがあったので、思わずほほえんで「いいね」を押し、なかなか素敵だと思ったので個人的なメッセージを送った。何日か泊めてくれるところを探していると知った時、最初はうまくかわそうとした。息子が引っ越したばかりで、改装があるからなどと言って。でもヴェルノンはアレックスに会い続けていたから、もしかすると何が起きたのか理解する糸口をくれるかもしれない。

アレックス・ブリーチとのことは、後戻りできない事件だった。あれを機にシルヴィはすっかり変わってしまった。時間がたち、思い出すことも少なくなってはきたけれど。

だがいつかアレックスが戻ってきてゆるしを請い、二人で話し合える時が来ると彼女は信じていた。あれほど親しかったのに喧嘩別れなんてありえないことだ。だがアレックスは死んでしまい、幸せな結末は永遠に不可能になってしまった。もう彼の前で、本当に好きだった、もう恨んでいない、けれど愛をずたずたにされたのはつらすぎる、と言うこともできない。あんなひどい終わり方をして後悔してるよと彼が答えてくれることもない。別の子とじゃ、きみといた時のように幸せになることができなかった、とも言ってくれない。もう永遠に知ることができないのだ。いつ、アレックスが自分に嘘をつき始めたのか。彼が別の女の子とつきあうために自分と別れたわけではないと、シルヴィは信じている。ヘロインをやるため、クラック・コカインを吸うためだ。シルヴィはアレックスが自分で自分を壊していくのを——実際そうなってしまったのだが——放っておきはしなかっただろうから。アレックスの恋人は、身体も、電話番号も、情欲も持っていなかった。彼の愛人は、物質だった。シルヴィはその愛がどんなものか知っている。ドラッグほど不安から解き放ってくれるものはない。その粉ほど、信頼できる優しい女性はいない。

アレックスは、きみの初シングルが一万枚売れたよと知らされて鬱の沼に沈むようなタイプの人間だった。典型的なプロレタリアの息子で、成功に対して深い恐怖心を持っていた。彼には羞恥心があった。自分ではそれを純潔と呼んでいた。あらゆる洗練されたものに不快感を抱いた。豪華ホテルのバーで一杯飲むのも危険だった。アレックスは怒り狂って泣く。すべてが彼を傷つける。シルヴィは自分が知っている処世術のすべてを彼に教えた。どこへ行っても自分の家にいるように落ち着いていること、何を前にしても動揺しないこと、怖気(おじけ)づいていても人にさとられないこと。

シルヴィはアレックスに惜しみなく愛を注いだ。裏切られるかもしれないなどと想像することもなく、自分のすべてを与えた。アレックスの恋人でいると、有利なことばかりだったのも事実だ。いろいろとゆかいなこともあった――列に並んでいる全員を追い越して入場できたり、どこへ行っても人の顔がぱっと変わるのに気づいたり、彼の名前を言っただけでホテルの一番よい部屋を空けてもらえたりする――だがシルヴィがいちばん誇らしかったのは、アレックスが舞台から降りてきて、シルヴィの感想を聞こうと自分の姿を探しているときだ。「よかった?」「ものすごくよかったわよ」。彼女が感想を伝えるまで、他の大勢の意見――ゼニットのホールに響き渡る拍手――は意味を持たないのだった。アレックスにとって不可欠な存在だということ、それは強烈なドラッグだった。立ちはだかるカメラマンのフラッシュ、美女たちの嫉妬、ジャーナリストたちのわめき声、他の場所では嗅げない危険な香りが好きだった。自分の立場を愚痴ったことはない。話題のヒーローのお気に入りになり上がった女性についてみんながたたく汚い陰口など、一つも耳に入ってこないふりをし通した。「公式の彼女」の地位がこれほど敵を作るとは思ってもみなかった。スターの身辺では何事につけても争いが絶えず、意見が一致するのはある一点においてだけだ。つまり、女がスターの活動の邪魔をしているというのだ。シルヴィはほほえんで歯を食いしばり、ささやかれる噂や非難がプリンスの耳に入るのを阻止しようともしなかった。自分の役割はアレックスを支えることなのだ。彼は朝からむせび泣いていた。ボクサーのまわりでせわしなく動き回るコーチのように、シルヴィは力をふりしぼって彼を助け起こした。こんなにもろい怪物は存在したためしがない。フランスのあらゆるホールの壁を打ち破る粗野で傲慢な男が、スポットライトのもとを離れるやいなや、痛々しい幼犬になってしまうなんて、誰も想像できなかった。

アレックスは突然いなくなった。留守電一本で彼女を捨てた。シルヴィはゴシップ誌で新しい彼女の写真を見てしまった。二人は二度と会うことはなかった。何が起きたのかわからなかった。本当らしいストーリーをでっち上げ、頭を切り替える必要があった。良くも悪くも、若い頃はどんな傷もいつか癒えると人は信じている。生き残るためには傷ついた部分を切断しなければいけないことを彼女は学んだ。

そういうことも、最近はあまり考えなくなっていた。アレックスの死までは。ヴェルノン・シュビュテックスが久しぶりに現れるまでは。ことは自然に運んだ。ヴェルノンを家に迎え入れた時から、何が起きるかはわかっていた。だがそれほど早く二人の関係が進むとは思っていなかった。ヴェルノンは最初の夜からシルヴィの寝室に入ってきた。二週間前のことだ。それ以来、二人はずっと一緒にいる。

今夜は、数人の女友達とのホームパーティーをずっと前から予定していた。その話をすると、ヴェルノンはすぐに出ていった。邪魔したくないからと。カバンを持って、友達に会いに行くよ、明日には戻ってくると言って。夜には戻ってきて一緒に寝てよとシルヴィが言うと大笑いして、何時になったら帰ってきてもいいかと聞いた。シルヴィに長いキスをして、ヴェルノンは立ち去った。彼に触れられるとぐったりしてしまう。そういう感覚はずいぶん前に忘れてしまっていた。男の肌と冒瀆（ぼうとく）の味、野性味があって危険な男の香り。ヴェルノンはやさしい。ヴェルノンはうっとりするほど上手に彼女を抱く。ヴェルノンは女をちょっと不安にさせる。ヴェルノンは女にもてるためのすべての条件を備えている。

シルヴィはイエナ方面に向かうタクシーを拾おうと階下に降りる。ソマリア大使館には毎日のことだが多くの人が押しかけていて、列は舗道まで伸びている。エッフェル塔は手を伸ばしたら届きそうなほど近くに見える。車に乗り込んだ時、不潔な男の匂いがして胸が悪くなった。サムスンの携帯から、ヴェルノンにかわいらしいメッセージを送る。彼はすぐに返事をよこさない。シルヴィは心配になってくる。恋すると人はどれだけ愚かになるか、もう忘れてしまっていた。冬の太陽のもと、昼近いマドレーヌ界隈には人気（ひとけ）がなく、通りはがらんと広く、シルヴィはパリという首都の美しさを眺めて飽きることがない。長く別の都市に暮らしたことはない。ニューヨークで数週間、ロサンジェルスで数週間過ごしたことがあるだけだ。アメリカ合衆国が好きだった、誰もが言うように、一九八〇年代は。だが九月十一日の事件が、楽しい休憩時間終了の鐘を打ち鳴らした。ローマが大好きだし、ロンドンもいい、アンダルシアも楽しい。だがパリに勝るものはない。タクシーの窓から遠く、並んで歩いている三人の女の子が見える。ロマの子供達だ。そのうちの一人が日本人女性のリュックサックに手を突っ込んでいるが、距離がありすぎて自分には何もできない。〈ピエール・マルコリーニ〉の前では、ロシア人のグループが写真を撮っている。プランタンでは何台もの観光バスから中国人のグループがぞろぞろと列をなしておりてくる。自分は最近、高級品が並ぶデパートの売り場をぶらぶらと歩くこともなくなった。

シルヴィはラファイエット・グルメで〈パティスリー・サダハル・アオキ〉のケーキを買い、大きな箱に詰めてもらう。今夜、ロールが自制できずこれを全部むさぼり食う時、半分おかしがって、半分呆れて、友達と目配せを交わすだろう。もっと尻を大きくしたいのかしら。ロールが家に食事に来ると、シルヴィは彼女をそれとなくソファの方へ押しやる。彼女の巨大な尻が自分の美しい肘かけ椅子の座面を破らないように。男の話をするとき、ロールはずうずうしくも平気で参加してくる。だがあの顔とトラック運転手みたいな立ち居ふるまいでは、アルコール漬けのパーティーで、ごくたまに男を捕まえられればいい方だろう。どんなダイエット、筋トレ、美容整形も魅力的にできない身体を引きずっているなんて、きっとつらいだろう。

マリー・シュザンヌはベルナールからもらったSMSを読み上げ、今夜の会話のかなりの部分を乗っ取ってしまうに決まっている。彼女はだいぶ前からこの年のいった美男と不倫関係を続けていて、すべてのメールやメッセージを携帯電話に保存し、女友達にあれこれ面白い解釈をしてもらいたがっている。友達は、共通の見解をマリー・シュザンヌにだけは言わないようにしている。それを文字にすれば「かわいそうに、あの男は動くものすべてに手を出してるのが一目瞭然でしょ」となる。

シルヴィがヴェルノンに女友達の面々を描写してみせた時、彼は話をさえぎって「ストップ！　イン・ザ・ネイム・オブ・ラヴ」と歌い、「その中に大切な友達はいるの？」とたずねた。シルヴィはお人好しじゃない。パリジェンヌなのだ。女友達の何がいいかって、相手が背を向けたとたん、ぼろぼろにけなせることだ。会話なんて、辛辣でなければ面白くない。ともあれ、ヴェルノンが家をあけてくれるのはありがたい。新しい愛人ができたの、今のところケベックで暮らしているから、こっちでは自分の家になかば住んでいるの、と友達に話したいから。友達にはそれを信じているように言うつもりだが、ヴェルノンが嘘をついているのはわかっている。カナダのことなんか何も知らないじゃない。たぶん前の彼女のところを追いだされたんじゃないかと思う。泊めてもらうために、そんな話をでっち上げたんだわ。でもそのうち心を開いて本当のことを言ってくれるだろう。どうでもいい、男はみんな嘘つきなんだから。

女友達はみんな、ドアを開けるやいなや「顔色がいいじゃない！」と言うに決まっている。そういうのは人にもすぐわかるものだ。足の大部分を宙に浮かせている姿勢はタラソテラピーよりもくすみ改善に効くし、十五日間の熱狂的なセックスで十歳若返ったにちがいない。おかげさまで、乱れていたチャクラが整った。友達には、ヴェルノンはほぼ同い年と言うつもりだ。というのも、ご親切にもこっそり忠告してくれた友達によれば、あの女どもは、シルヴィは成熟した男が怖くて若い男にばかり手を出していると噂しているらしい。話は簡単だ。もし彼女たちのうち誰かがブラッド・ピットと寝たら、他の女はみんな顔をしかめて、あんな男、もう昔の面影はないわ、と言うに決まっている。いや、今晩は、ロック好きで飼いならせない感傷的な恋人の話をして、他の女たちを嫉妬の炎でじりじり焼いてやろう。

全員集まるのを待って、ロールの目の前に素焼きのアーモンドを出すとしよう。女友達が待ちきれなくなって「ねえ教えてよ、そんなにきれいになっちゃって、何があったのよ?」とき始めたら、二十年前から彼は自分のことを好きだったのに、告白する勇気がなくて、今になってやっと打ち明けてきたのだと話す。会ってみたら、すごくいい年の取り方をしてたのよ。ランスロが出ていったから、一人気ままな人生を楽しみたいと思っていたところなんだけど。ちょっと言っていいかしら、こんなにセックスのうまい男に会ったことないわ、彼に夢中にならずにいるのは難しいわね。

それはまったくの作り話というわけではない。ベッドでのヴェルノンはまあまあうまくやっている。経験はある。だが、女の子とやりすぎた男の欠点もある。情事を重ねていくうちにフィーリングが鈍ってくる。テクニックは上達しても、情熱が欠けてくる。そういう欠点のことは話さないようにしよう。生物学的な時間の理論でも話そうかな。身体がもうあと数年しか輝きを保てないとわかると、最後の花火を打ち上げる準備を整える。つまり、経験したことがないほどの快感を感じるんだと。事実はともかく、そういうことにしておくのだ。

ヴェルノンが出かけてくれてよかった。数時間いないだけで、これほど彼のことが恋しくなるとわかっただけでも。ヴェルノンを歯医者に行かせてこっそり歯石を除去させる時間があれば、安心して誰かに紹介できる。それ以外はだいじょうぶ。容姿は人に紹介しても問題ないし、話し方にも魅力がある。次に女子会をうちでやる時は、あいつをみんなに紹介しよう。

だが警戒を怠ってはいけない。シルヴィは自分自身、女友達の彼のほとんどと寝た。よっぽどみっともない男か、健康上の問題がある男でもないかぎり、遠慮はしない。気の合う女の子の彼ほど興奮させられる相手がいるだろうか。特にカップルが二人で幸せそうにしている場合。他人の幸福でかきたてられた嫉妬の発作は、エレベーターの中でのちょっとしたフェラチオで治ってしまう。

シルヴィはエレス（フランスの下着メーカー）のショーウィンドーの前で立ち止まる。刺繍のついた黄色いサテンの上下セットをじっと見る。別に欲しかったわけではないが、今こうやって考えてみると、別の男のために身につけたことのない新しい下着を買うべきだという気がする。四六時中、一人の男のことを考えているなんて。セックスの時の仕草を思い出すなんて。実際の行為そのものよりも、記憶のほうが心を乱す。いつもあの興奮がどこかで続いている。みだらなイメージは、通りを歩いていて脳裏に浮かぶ時、ますますみだらになる。決まった相手のいない魅力的な男とつきあうのは、いったい何十年ぶりのことだろう？　息子以外の男性とヴァカンスの計画を最後に立てたのはいつだろう？　シャトー・マーモント（ロサンジェルスにある著名人や映画人がしばしば宿泊する高級ホテル兼レストラン）のプールサイドで一週間過ごすのはどう、と提案してみよう。ヴェルノンにはその言葉の意味くらいわかるだろう。レンタカーを借りて、アメーバ・ミュージック（ロサンジェルスのレコード店）を彼とぶらつこう。男たちはヒモになりたくないと人前では言うが、彼女の経験では、真相はまったく逆だ。寝ている相手にあれこれしてもらうのを男は喜ぶ。男の幻想なのだろう、きっと。甘やかされるのは好きなくせに。

シルヴィは下着の上下セットをいくつか選び、試着室に入った。一カ月前は、試着もそそくさと済ませたものだが、ヴェルノンの欲望が自分の容姿と和解させてくれた。こうして今日、サテンの上下をつけて鏡を見ると、美しい女の子がそこに映っているではないか。努力したかいがあった。三頭筋と胸筋は引き締まって、ちゃんと乳房を支えている。お腹は出てないし、尻の形は美しく、ふくらはぎにはある程度筋肉がついているから、足首の細さがきわ立って見える。シルヴィは体の向きを変え、自分の姿を見る。美しい獣ってとこね。顔をじろじろ見る心の準備はない。ボトックスをはじめて何度か注射した時は驚くほど効果があったけれど、長くはもたなかった。エクステをつけた髪が、たるんできた顔の輪郭をなんとか隠してくれている。まだ本格的な整形はしていない。あと十歳年取るまで待つつもりだ。

若い頃は、寄る年波の非情さなど理解できない。わかっているのに、直視できない。若い女の子はみんなそうだが、シルヴィも自分の美しさは自分の手中にあると思い込んでいた。年を重ねたって、自分は美しくいられるだろうと。自分の肌に閉じ込められていることは悲劇になり、それがおそろしく不当であっても誰にも文句は言えない。長いあいだ、シルヴィは手入れさえしていれば大丈夫だと考えていた。

ある夏、すべてが終わった。シルヴィは、日焼けした肌の熱をさまし、海の塩を落とすためにシャワーを浴びていた。身体を拭いていると、乳房の下に少し砂がはさまっているのを見てぎょっとした。そしてはたと思い当たった。見えない矢で心を刺し貫かれ、呆然と立ち尽くした。そうだ、一度下がってしまった乳房は、洗う時に持ち上げなければいけないのだ。鉛筆テストのことを思い出した——

小さい頃、まわりの女の人たちがその話をしていた。乳房の下にはさんだ鉛筆が落ちないようになったら、もう終わりだと。目を上げて、くもった鏡に映る自分の姿を見た。しばらく前から、自分の裸の姿なんか眺めたこともなかった。見るのはいつも下着姿か水着姿だった。ことはそうして始まった。しかもその出来事は昨年のことではない。

だが今、彼女は自分の身体を楽しむことができる。若かった頃、急いで若さを楽しまなければいけないことをまだ知らなかった頃とは違った激しさで求め合える。

シルヴィはいつもいつもヴェルノンと一緒にいたい。しまいには、女子会のディナーをキャンセルしなかったことを後悔し始めた。独身者は「年がら年中相手と一緒にいるなんて」とか、「一体感？なにそれ」などと言うが、他人のことだからそんなふうにばかにするのだ。違った下着をつけては、きれいに撮れる角度から何枚か自撮りした。照明も今日は味方してくれる。会計に行く前に、フェイスブックのプライヴェートメッセージで、ヴェルノンにだけ一番よく撮れているのを送った。そして「今夜もあたしのベッドで寝てほしいの、鍵を渡しとけばよかった。ほんとに帰ってこられない？」と打って送った。彼のモノ、手、冗談が恋しい。一緒にテレビを見たい、彼の匂いをかぎたい、身振りをたしかめたい……自分にこんな大恋愛ができるなんて思ってもいなかった。

彼を離してやってくれ！　頼むから離してやってくれ！　ヴェルノンはビールを飲みながらジョニー・キャッシュを聴いている。深呼吸する。十日間も彼女という荷物を背負って過ごしたのだ。あの女は片目を開けるやいなや話し始める。喉声で話す。最初の晩だけはそれもかわいいと思ったが、肩にもたれてこちらの動作を見張りながら文句ばかり言うことにすぐ気づいた。好きなだけのしらせておいて、自分は他のことを考えているわけにもいかない。上の空でいればゆるしてくれない。彼女の許容範囲はものすごく狭い。タバコを吸いすぎる、食べ方がきたない、ユーモアのセンスがない、腹が出てきている、浴室に長くいすぎる、読書量が足りない……それから、何本ビール飲んだの、まあずいぶんタバコ吸うのね、窓あけてちょうだい、ほら早く、その窓閉めてよ、寒いじゃない、ががたうるさいわね、寝られないじゃない、食べ終わったらお皿を流しに運んでくれない？　え、こんなくだらないもの聴いてるの？　ほんとにストロマエがいいと思ってるの？　息子を紹介するわ、一緒につまらない音楽を聴けるわよ。あれするのを手伝って、これするのを手伝って、食事を用意するから急いでこれを台所に戻して、この野菜の皮を剝いて、ゴミを捨てに行って、タンス直せる？　だめなの？　そしてあざけるような笑みを浮かべる、ああ男ってみんな同じね、何の役にも立たないわ。そしてキスしにくる時の子供みたいな顔。ああ頼むよ、百七歳にもなって、キスする時、ガキみたいに飛びつくな、だいたいそんなしょっちゅうキスしてくれるな、おれはぬいぐるみじゃないんだぞ……

はじめヴェルノンはすべてをポジティヴに解釈しようとした。この家でうまくいくと信じたかったのだ。シルヴィの家のドアを開けた時、パニックになりかかったほどだ。シルヴィは美しく、上から下までヒッチコックのヒロインみたいな格好をしていた。膝下丈のクラシックな黒のドレス、高いヒール、結んだ髪。二人がこれからそういう関係になるんだなとわかったし、相手の期待に添えないんじゃないかと不安になった。シルヴィは若い頃、誰にでもいる、ああした大いなる妄想の対象だった。アパルトマンはどっちかというと、残念な感じがした。厚い絨毯、時代遅れの金の枠どり、風景画……。八〇年代中頃に金持ちの叔母の家に行った時のようだ。だがソファは座りごこちがよく、テレビの画面はとてつもなく大きい。金銭は女性に似合うし、時の経過で少し崩れた美貌はもろさを感じさせ、ヴェルノンをよけいに興奮させた。シルヴィはヴェルノンを上目づかいに見ながら足を組んだりほぐしたりし、彼が何か意見をいうたびに楽しそうに笑い、身を乗り出して熱心に聞いていた。これから何かが起きるとわかっている時、一つ一つのジェスチャーがその印象を裏づけていく時、生きている実感をどれだけ強烈に味わえるものか。ヴェルノンはその忘れてしまっていた感覚を思い出した。あのなんともいえない幸福感、一つ目のキスに先立つ甘美な陶酔感に血管が満たされ、膨れ上がるのを感じた。

シルヴィは記憶力がいい。二人がそこで行き合ったパーティーやコンサートのことを覚えていてくれてうれしかった。ヴェルノン自身、どれだけ深刻か自覚していなかった悲しみをなぐさめてくれた。このところどれほど孤独だったか思い知らされた。二人はジョン・リー・フッカー、カサンドラ・ウィルソンを聴いた。アレックスの話になって、シルヴィが彼の死を悲しんでいるのを見た時、ヴェルノンはあの関係がまだシルヴィにとってつらい思い出なんだなと理解した。アレックスはほとんどシルヴィの話をしていなかった、アレックスに影響を与えた女性の中にシルヴィは入っていないなんてことは言わないようにした。それからシルヴィは、遅い時間になっちゃったわ、お腹空いているでしょ、台所に何があるか見てくるわと言った。ヴェルノンはｉＰｏｄに入っているジー・オー・シーズの曲を探しにいこうと立ち上がった。気づくと二人は向かい合って立っていた。シルヴィは一歩前に出た。ヴェルノンは相手の方へ体を傾けた。二人は朝の四時になるまで夕食のことなど忘れていた。

最初の夜はすばらしかった。ヴェルノンは一度終わってからシルヴィの服をゆっくりと脱がせた。その手つきは官能的で、スローモーションのようだった。シルヴィのへそと恥骨のあいだに黒ヒョウのタトゥーがあるのを発見した。二人の肌は呼応し、暗がりでシルヴィの声はいつもより低くしわがれた。ヴェルノンは何年も前からセックスしていなかった。タバコを探しに立ち上がった時、玄関の鏡に映った自分に出くわした。その男は無意識に間抜けな笑いを浮かべていた。いちばんおかしかったのは、この笑いがどうやっても消えなかったことだ。昔の力が自分の中にふたたび湧き上がってくるのを感じた。

二人はうまくいっていた。この家にはヴェルノンの居場所もあった。シルヴィは彼のために料理するのが好きだったし、ヴェルノンは途方もなく大きなベッドや、ハッパの入っている金属製の赤いハート型の箱が好きだった。ヴェルノンが音楽を選んだり、リモコンを取ってどの番組を観るか決めたりするのを、シルヴィは楽しそうに眺めていた。二人のテレビドラマの好みは同じだった。何日間か、カーテンを下ろしたまま抱き合って過ごした。ヴェルノンは、シルヴィが自分の傷をなめてくれ、自分も彼女の傷を癒せる気がした。やさしく荒々しく、シルヴィの体を思うがままに操った。シルヴィが感じているふりをしているだけでなく、ますます深く感じていくような気がした。だがヴェルノンは経験から、男が好きだと一日に十回も公言する女には注意してかからないといけないことを知っている。そういうのには、だいたい面倒な何かが隠れている。

まもなくヴェルノンは、シルヴィがネガティヴな意見を爆弾のように落としてくるのに辟易とした。シルヴィの批判精神は、最初こそヴェルノンを笑わせたが、楽しい雰囲気をぶち壊してしまう。古典的なもの——ビリー・ワイルダーの映画やジョン・コルトレーンの音楽、フローベールの小説だけが、シルヴィの憎しみをまぬがれていた。高いブランドのいくつかも。そうでなければ、シルヴィは話題がなんであろうと遠慮なく、ペテン師、偽善者、ばか者、はったり屋、どアホ、言われているほど才能がない人間、などのリストを作る。ヴェルノンはトイレに閉じこもるようになったが、シルヴィは扉にはりついてうるさく声をかけ続ける。ヴェルノンはもう自由に身動きさえできなかった、怒られるのではないかという不安に怯えて。シルヴィが現れる前に、せめて静かにコーヒーを一杯飲めるよう、朝六時に起きた。

シルヴィは、一日中降り続け、人を凍えさせてしまう小雨のようにネガティヴなだけでなく、逆らうとこちらを威嚇してくる。ある午後、新しいアパルトマンに落ち着いた息子を訪ねた後、息子に他人のように扱われたのがつらすぎると言ってむせび泣いていたので、ヴェルノンはわざと軽い調子で言った。「わかるけど、思い出してもごらんよ、彼と同じ年の頃、ぼくらだって両親にそんなに会いたかったかどうか」シルヴィは憎しみに歪んだ顔をヴェルノンに向け、思う存分ののしった。母性についてて何がわかるっていうの？　何の権利があって介入してくるの？　そしてヴェルノンを何度か激しく足で蹴った。部屋を出ていけということだ。彼女が落ち着くまで待とうと思い、浴室で薬が並んだ棚を見ていると、中に抗不安薬が入っていた。この日から、ヴェルノンは毎朝一錠、シルヴィが起きる物音が聞こえるとそれを飲むことにした。前に、ある女の子のブログで、精神安定剤を半錠、肛門性交の前に飲む話を読んだのを思い出し、自分もそれに似ていると思った。もう何に関しても、自分の意見は言わなかった。シルヴィは自分のリズムを取り戻した。やさしい愛の言葉は、狂ったかのような激しい攻撃の発作でたびたびさえぎられ、そのうちにまた何もなかったかのように愛撫とセックスを求めてくる。ヴェルノンは相手の要求に応えたが、面倒なことを避けるために愛想よくしているのみで、実際どんどん自分が縮こまり、内側に閉じこもっていく感じがした。腰椎を守らなきゃと考えながら、腰を振った数を数えていた——彼女とのセックスは苦役になったが、それは五分間黙らせておくための唯一の方法だった。

今、一泊四十ユーロのホテルの部屋に閉じこもって、やっと息がつける。自宅にパソコンがあった頃みたいに新聞のサイトに行き、時評欄で扱われている音楽をすべてメモして、ビールを飲み干しながらそれを聴く。今日は何本ビールを飲んだのとか、あんたの汚い靴でベッドに上がらないでなどと、誰にも言われずにすむ。

所持品の引き取り期限が近づいている。シルヴィにその話をしそこねてしまった。最初はいいタイミングが訪れるのを待っていたが、そのうちに、もしそんな金額を払ってもらったら、シルヴィは子犬でも買ったような態度に出て、二度と首輪を外してくれないだろうと理解した。執行官が自分の持ち物をダンボールに入れ、すべてゴミ袋に捨ててしまっただろうかと考える。自分の人生の物的証拠、そんなに多くはない所有物——母親が死んだ時、実家から持ってきたラギオルのナイフ、誰かに車で連れていってもらった時にイケアで買った鍋いくつか、三十代からずっと使っている本物のガチョウの羽毛ぶとん。自分が洗ってはしまい、使ってきたもの。そしてあれほど時間をかけて選り分けた書類や紙。何枚かの写真。一度も役に立たなかった選挙人カード。大切にしていた手紙。そのすべてが、別に冷たくも優しくもない見知らぬ人の手に渡る。借金だらけの人生を清算するのが、その手の仕事なのだ。過去を取り上げられること、それは生きながら死を迎えることだ。心が弱っているヴェルノンには、過去の証拠品と自分が見えない糸でつながっているような気がし、その糸が切れて散っていったら、自分も空間の中でばらばらになってしまいそうな気がする。

もし誠実に自分の状況をシルヴィに話したら、千ユーロぐらい、カフェオレをおごるような感じで出してくれただろう。千ユーロ、それは彼女の世界では靴一足だ。ハンドバッグはもっと高い。彼女はよく「わたしはお金にはこだわらないの」と、まるでそれが他の人にはめったにない長所であるかのように言っていた。だが彼女は金に困ったことなどないのだ。離婚した時にもらったアパルトマンに住みつづけ、養育費として最低賃金の二倍の額を受け取り、両親が管理している物件からあがる金を浪費しつづけている。そんな状況にいたら、ふつう人は金にこだわらない。ヴェルノンだって、家賃を払う必要が一度もない人生だったら、筋金入りの夢想家になっていただろう。

フェイスブックに書き込まれている「大切な人、早く会いたいわ」といった言葉に返事を書き、待たせておいて、明日クロワッサンを二つ買って戻り、恥じ入った態度で、実は嘘をついたんだ、もう住むところがなくて、それをきみに言えなかったんだと告白することもできるだろう。その後は、彼女に任せればいい。シルヴィは問題をすべて片づけてくれるだろう。持ち出したプレイヤード版（フランスのガリマール社から出ている作家全集）数冊を、そっと元の場所に戻そう。息子のものとおぼしき金時計も。シルヴィが浴室にいるあいだに、目に入ったものを手にして飛び出してきたのだ。できるだけ早くすべて買い戻そうと心に誓い、自分をなだめる。意図してやったことじゃないと、自分を正当化する。シルヴィから女子会の話を聞き、出ていかなきゃいけないと思い、一銭も持たずに通りにいる自分を想像して、二、三の品をかっさらってきただけだ。つまらない復讐さ。だが実利的な復讐ではあった。ヴェルノンはジベール・ジュンヌでプレイヤード版のスタンダール二冊とカール・マルクス三冊、合計五冊を売って現金百ユーロを手にした。それが卑劣な行為だとわかっていても、久しぶりに安らかな夜を過ごそうと小さなホテルを探してサン・ミシェル通りを下りながら、幸せな気分が曇ることはなかった。状況に応じたことをしたまでだ。

ただでネットを使える一番安いホテルの部屋は、バスティーユの裏にある。ヴェルノンはこの通りを知っていた。セリーヌがこの通りに住んでいたのだ。「グルーヴ・イン・ザ・ハート」（アメリカのハウス・ミュージックのグループ、ディー・ライトのデビュー曲）の夏だった。セリーヌはおかしな子で、酒が飲めないくせに毎日飲んでいた。自分の前で別の女の子を誘惑するなんて、とののしって――事実だったがヴェルノンはけっして罪を認めなかった――彼女がヴェルノンを追い出すまで、二人は一緒になかなか素敵な夏を過ごした。バスティーユの界隈はまだ工事中でごたごたしていた。毎日二人で映画館に行った。セリーヌは映写技師で、どの映画館にも同伴者とただで入れるカードを持っていた。とても暑かったから、冷房の効いている映画館を探した。大きなスクリーンのあるイタリー広場の映画館は悪くなかったが、いい映画がかかっているのはそこじゃなかった。彼女はレオス・カラックスやアンドレ・テシネが好きだった。ヴェルノンはマーティン・スコセッシやブライアン・デ・パルマが好きだった。ヴェルノンは別れて以来、一度もセリーヌのことを思い出さなかった。すごい胸をしていたっけ。

リディア・バズーカというジャーナリストからフェイスブックにプライヴェート・メッセージが三通きている。アレックスの伝記にとりかかるのに、喪があけるまで四十日間も待つのは得じゃないと思っているらしい。強欲な鷲たちはまだ温もりが残っている死体の周りをめぐって目星をつけ、完全に荒らされる前に一番いい部分をさっさと独占してしまう。その女はアレックス・ブリーチを知っていた人間全員に、ネットを通じてコンタクトを取っているらしいが、ヴェルノンはもう自分まで見つけたのかと驚かずにはいられない。自分はアレックスの公式なポートレートに顔を晒したことはなかった。同年代の人間には珍しいことじゃなかったが、アレックスはカート・コバーンの彗星のような人生に影響を受けていた。ディスク産業では、死んだ歌手を材料にするのが一番理想的なんだとよく言っていた。だから嬉々として歌手を死に追いやるのだと。リディア・バズーカは、アレックスがインタヴューで時々リヴォルヴァーのことを話していたのを覚えているという。店がまだあった頃、そういうのはありがたい宣伝になった。効果は一時的なものだったけれど。アレックスがどれだけ自分を援助してくれたか、今になってやっと本当にわかるなんて奇妙なことだ。これまでそれを親切とはとらず、むしろアレックスが自分の力を誇示しようとしているように思ってきた。このジャーナリストはしつこい。なんとか厄介払いしたいものだ。死がヴェルノンの中に、しばらく感じたことのなかった優しい気持ちを呼び起こす。ヴェルノンは返事をしないことにする。だがその判断を翻して、「彼の墓に小便をひっかけても、はした金しかもらえないよ」と打って送った。どうせ、本の表紙に自分のつまらない名前が印刷されることを期待してやってるんだろう、たまたま手に入ったものを利用するのが当然みたいな顔をして。

ヴェルノンは彼女が怒ったり自己正当化したりするのを待つ。すぐに返事が来た。「低賃金はいつものこと、よけいなお世話よ。とにかく会いに来なさいよ、移動費がわりにコーヒーおごるわ」ヴェルノンがなかなか反応しないので彼女はまたこう送ってくる。「写真に写ってるあなたの目が好き、本物を見たい」おもしろい女だな。ヴェルノンはグーグルでリディア・バズーカの写真を探すが、二枚しかない。胴長で、大きすぎる丸い鼻をしていて、髪はさらさらで肌が白い。身なりで体型をカバーしようとしている。深いデコルテの服に、長い爪、かなり短いスカート。自分の持ってるものを総動員してがんばったって感じのピンナップだ。まあ、この努力は可愛らしくもあり、不細工とも言える外観はかえってポイントをかせいでいる。ヴェルノンはどこに住んでいるのとたずねる。

彼女がアレックスについて書いた記事がネット上でいくつか見つかった。彼女のやり方はせっかちすぎるが、思ったよりまっとうな仕事をしている。初期から本当のファンだったらしい。調べていると、死んだ歌手を讃えているさまざまな記事にぶつかる。多くの人はもう別の話題に移り、ソーシャルメディアにアレックスをめぐる最近の書き込みはない。死の三日後まで、彼のことを書き立てていたのに。アレックスは、虚空でかちかち音を立て、誰も読まない言葉を吐き出す無数の顎の餌食になった。

それからヴェルノンは、かつて店の客だったルイが送ってきた友情のこもったメッセージに目を留める。こんなに親しかったっけ？　ルイの語りかける調子には妙に熱がこもっていてうさんくさい。ヴェルノンが覚えている範囲では、陽気だけど怒りっぽい男で、その二つの性格は同時に現れることもあった。GBHやジ・エクスプロイテッド、コルタトゥのクリップや写真を自分のページにいっぱい載せているのがやや気になる。今いったい何歳だろうか。四十歳くらい？　ルイが今セルジー・ポントワーズに住んでいるとわかると、ヴェルノンは愛想よい調子でさりげない会話を始めた。自分に泊まるところがない話は抜きで。ルイは本屋をやっているという。大胆なスリラーが好きで、世界の現状を論じたがっている。シリアには大いに興味があり、西欧ではバッシャール・アル・アサドが、かの有名なユダヤ＝フリーメーソン共同戦線の主導でイスラエルとワシントンの間に組織された卑劣な対抗プロパガンダの犠牲になっていると信じている。ルイは激しい極左の一員で、あの勢力の怪しい部分にはまり込みかけているようだ。ヴェルノンが驚くのは、グザヴィエも、シルヴィも、ルイも、共通点はほとんどないのに、みな、自分の考えに疑いを持っていないことだ。同時に彼らは、何に関してでも、人間は一人として同じ意見でないこともわかっている。その点を考慮して、てんでバラバラな理性的意見の絶望的不一致をどうすべきか、そこのところを考えてもいいんじゃないだろうか。あの人たちは逆に、意見が合わないと、自分こそ正しいっていう確信がかえって強くなるみたいだな。

フェイスブックは、ヴェルノンが十年くらい前に参加していた、陽気ではちゃめちゃな世界ではなくなっていた。それは巨大な愛の密室なのか、ナイトクラブなのか、この国のあらゆる感情の記憶を共有する場なのか。インターネットは現実に類似した時空をつくり、歴史はそこにほぼ催眠状態で書き込まれる。心がノスタルジックな要素をそこにつけ加える暇もないほどすばやく書き込まれてしまう。現実と別の景色の中にいるんだと理解する暇もない。ヴェルノンは自分に結びついたフェイスブックの網の中を、墓場をさまようようにうろついた。その最後の住人たちは猛(たけ)り狂うゾンビで、小部屋に閉じ込められ、生きたまま皮を剝がれ、傷に塩をこすりつけられた実験動物のようにわめいていた。

この身の毛もよだつギャラリーで唯一、多少とも楽しいのは、リディア・バズーカだ。ヴェルノンはポテトチップスの袋を破り、ビールの栓をあけて、どのテレビ番組を見ようかなと探す。こういうことは弱火で煮詰めていく必要があるとヴェルノンは知っている。もし相手を待たせずに飛びつけば、二人を結ぶエロティックな緊張はあっという間に古いゴムのようにゆるんでしまうだろう。不安に駆られ、クレッシェンドでメッセージ攻撃をかけてくるシルヴィをブロックする。ポテトチップスを食べながら、かけらをあたり一面に散らす。彼女はののしったり脅したりし、しまいには幼い女の子のように自分のことをまざまざと思い出す。それを見たらすごい金切り声を上げるに違いないシルヴィに寄り添って、愛していると言ってもらいたがるだろう。いいな、一人でいられるのは。まだ売っていない時計をとっておいても、二泊目を払う金はある。数日は屋根の下で眠れるだろう。リディア・バズーカにはもう少し待ってもらわないといけない。

"I fink u freeky and like you a lot..."――ダイ・アントワードのあの音楽がざわめきの奥にかすかに聞こえている。バーは人でいっぱいだ。修理から戻ってきたばかりなのに落として割ってしまったスマホの画面上で、リディアはインスタグラムとフェイスブックとツイッターの更新を同時に見張っている。強迫神経症的だ。情報の肥満症だ。今晩は何より、ヴェルノン・シュビュテックスからのメッセージを待っている。これは仕事なのだ。彼は会うことをもう半分承諾してくれたようなものだ。でも、仕事のせいでこれほどうきうきしているわけじゃない。リディアは彼が欲しい、欲しくてしかたない。それにこれは彼女の妄想ではないのだが、向こうもリディアと戯れたがっている。リディアは四十八時間前から彼のページにくぎづけだ。彼の「いいね」の一つ一つが腰の一振りで、一つ一つのコメントはオーガズムをくれ、プライヴェートなメッセージが来るたび興奮は高まる。二人のやりとりであけすけなことは何もないが、彼が同じ波長に乗っているのは誓ってもいいが本当だ。つまり、セックス、セックス、セックス。ところが昨日の土曜以来、ヴェルノンはフェイスブックにたまに顔を出して、ちょっと「いいね」を押すくらいだ。リディアは彼のフェイスブックページを見つめ、何をしているのだろうといぶかる。気が変わってないといいけど。彼には、そそられるだけじゃない。自分の本のために会わないといけない。というのも仕事の方は、それほど見通しがよいわけではないのだ。

　彼女と同じテーブルでは、電話通信会社のコールセンターの話が続いている。それぞれが悲惨な体験談を語り、技術系の人特有の話し方で毎度の冗談を言う。このテーブルのメンバーは理想的じゃない。リディアはあまりぱっとしない人たちと一緒にいるところを見られるのは好まない。パンプスよりナイキがいいとする考えに同意できないのと同じで、人間関係の安楽さなんてものは信じない。スニーカーの方が腰にいいのはわかるが、ピンヒールの方がエレガントにきまっている。人間づきあいも同じだ。外から見て人が羨ましがらないなら、自分は間違ったテーブルに座っている。たとえば今の自分は、ださい服を着たどうでもいい人たちと一緒にいる、マダム・ノーバディでしかない。自分の価値を高めてくれそうなものは何もない。

　カッサンドルからメッセージが来た。みんなでメカノ・バーにいるよ、と。そんな情報だけではリディアが重い腰を上げてやってこないのをカッサンドルは知っている。リディアがコカインか、少なくともディーラーの連絡先を持っていると信じているから、二度目のメッセージを送ってくる。「今、ポールが来たわ。一人で」

　オーケー。リディアはｉＰｈｏｎｅにロックをかけ、いつも膝の上にのせているバレンシアガのバッグにしまう。持っている唯一のブランドバッグで、とても高かったから、染みをつけたり盗まれたりしたら憤死しそうだ。

　リディアは今、コカインは持っていない。ディーラーはまだヴァカンス中だ。誰かの結婚式でノルマンディーに行っていない時には、南仏の母親の家にいるか、アムステルダムに買いつけに行っているか、友達に会いにベルリンに行っているか、トゥールーズで結婚式に出ているかといった具合だ。

しかもクリスマスには休みをとるし、復活祭には旅行に行くし、夏は六週間のヴァカンスに出かける。この前買った時は、一グラム百十ユーロもした。ディーラーがドラッグ合法化のためのデモをけっしてやらないのは驚くにあたらない。半年で値段を三倍にするのが、今より難しくなるだろうから。一グラム百十ユーロ――買ってきてあげたのに、その夜の集まりから追い払われそうになった。本当のところは一グラム百ユーロで売っていたのだが、サン＝トゥアン（パリの北の郊外にある町）まで自分が車で行き、その後十グラムを身につけて歩いたんだから、友人たちは金を出し合って自分の一グラム分を払ってくれてもいいと思ったのだ。だが、百十ユーロという値段に、みんな眉をひそめた。そのコカインはあまりよくなかったから、なおさらだった。ジョークでコカインと言っていたようなもので、実際は〈スピード〉だった。朝の三時にはティッシュの大きな箱を取り出さねばならなくなり、みな鼻が壊れてしまいそうだった。中に何が入っていたか、推して知るべしだ。とにかく今夜、リディアはディーラーに会えるあてがない。

　リディアはタバコを吸いに行くかのように、誰にも挨拶せずにバーから出た。彼女が泥棒みたいに出ていったことなど、明日になれば誰も思い出さないだろう。もし、じゃあねと言って出たら、メカノ・バーまでお荷物を引きずっていくことになりかねない。

　バスティーユからオーベルカンフまで、夜の十一時すぎに膝上のスカートと高いヒールで一人歩いていくなら、ある程度、近寄りがたい雰囲気を醸し出さないといけない。あらゆるいかれた人間がそこらへんで活動している。警察は、一人で通りを歩いている若い女の人生をぶち壊すことが自分の任務だとでも思っているようだ。ぜったいに目を合わせないことだ。早足で歩くことだ。姿勢良く、ベアトリクス・キドー（タランティーノ監督の映画『キル・ビル』の登場人物）みたいに、自分のバレンシアガの中に剣を入れているつもりで。口を一文字に結び、前へ進む。リディアの注意を引こうと、ピーピーと口笛を吹いている男がいる。侮辱の言葉も飛んでくる――あばずれ、アホ女、デブのくず、そこの女ちょっとこっちに来な、寄ってけよ、どこへ行くんだ、来いよ人種差別主義者、気取ったブルジョワ女だな、やっちまえ、でかいケツが見えてるぜ、気をつけなお姉さん、おれのを上手に吸ってくれそうな口してるね、などど。歩をゆるめてはいけない。リディアは男の子が好きだ。実践的に、肌全体で、腹の内側から、強く愛している。けれど何人かの男は、殺せたらいいのにと思う。許可さえあれば……正当防衛なんだから。あんたたちは集団でわたしについてきて、脅してる。だからわたしは剣を取り出して首を切る。もう慣れている。セクシーで挑発的な女でいるためには、気骨もいる。この地上では誰も助けてなどくれない。つきあってる男も、女友達も、そいつのモノを吸いたくないような男たちも。ある日、セバストポールで、ゴツいがっちりした体格の男が彼女の手首をつかみ、引きずっていこうとした。リディアはなんとか手を離させようとしながら「ちょっと、やめてよ」と言ったが、男は真っ赤になり、激昂して殴りかかってきそうになった。男は謝れと言った。リディアは謝り、急いで立ち去った。その間ずっと、彼は口で脅しながら彼女の手をつかんで離さなかったが、まわりで立ち止まったり近づいてきたりする人は誰一人いなかった。悪くすれば歩道の上で蹴られて死んでいたかもしれない。それでも人は別の方向を見ていたにちがいない。

リディアはバーに入る。スピーカーからタイ・セガールが流れている。カッサンドルのいるテーブルが見えた。ポールは彼女を見てほほえむ。テーブルのまわりに空いている椅子がないので、ポールはベンチの上で隣の人に少し寄ってもらい、リディアが座れる場所を作った。リディアは喜びを隠し、彼にくっついて座る。ポールは美男子じゃない。だがセクシーだ。どこからその違いは来るのだろうか、寝たいと思う男とそうじゃない男の違いは。ポールの粋な口説き方が好きだ。ポールはアグレッシヴじゃない、無理強いしない。だが遠回りもしない。リディアの上半身は彼を無視しているようにカッサンドルの方を向いていて、エル・チャカルのライブの報告をしている。サウンド・システムは話にならないし、ゴーゴーの後発世代みたいなダンスを踊ってるおかしな若者たちがいたの、悲惨だけどかわいかったわ、サウンドはどれも似てるけど、最初の曲にはパンチがあったの、演奏はインパクトあるから、そこでうまいこと盛り上げて軌道に乗せたんだけど、六曲目でその効果も消え失せて、ビールでも飲みに行くか、ってなっちゃった。テーブルの下の人目につかないところで、リディアの脚はポールに触ったままだ。太ももぴったりくっついているが、表情には何も表さない。リディアはほほえみを浮かべ、落ち着いてあたりを見回す。体の中は熱くたぎり、興奮と感謝がごちゃ混ぜのまま、彼のを口に入れたくて仕方ない。彼も同じことを欲しているなんて、なんて運がいいんだろう。ちらちらとiPhoneを見張ってはいるが、ヴェルノンからはなんの連絡もない。心配になる。ポールは気づいて声をかける。

「誰か待ってるの?」

「ううん、一応見てないといけなくて。あたし、アレックス・ブリーチの伝記を書くんだけど、彼と友達だった人からの返事待ちなの。会って話をしなきゃいけないのに、逃げられそうなのよ……」

二人は足首を絡ませた。手はテーブルの上に置いたままで、それには参加しない。リディアはポールの笑い方が好きだ。目で笑う。何カ月も二人はお互いのまわりを回っているのに、機会がない。彼女は自分が濡れているのを感じ、そのせいでよけい興奮する。こんなに露骨にしてくるとは思わなかった。リディアは内気な男も許容できる。最初の一歩を踏み出すのを助けてあげるテクニックならたくさん持っているから。だが男が何を求めているか自分ではっきりわかっている時は、くらくらしてしまう。カッサンドルは二人を見張っているが、外から見れば、枠をはみ出るようなことは何も起きていない。つきあってるオリヴィエをリディアがしょっちゅう裏切っているのを、カッサンドルはひどいと言っている。だがまず、カッサンドルはきれいだから、誰とでも寝るわけではない。相手を選んでいるけれど、それは彼女の容姿あってのことだ。それでもしまいには、カッサンドルだって損したと思うだろう。十分楽しまなかったと。もちろん彼女の言い分は正しい。ただ、近づきがたい崇拝の的を演じるのもいいが、会社幹部のかっこいい彼氏がしょっちゅう外国出張しているあいだ、貞節な女でいるために夜ベッドで一人退屈しているなんて。それより、寝る価値があって、体が空いている男の全員と寝て思いきり楽しめる、まあまあの女でいる方がいい。どのみち若さは続かないし、セクシーな女を演じて惨めにならない年齢は今しかないからだ。

ポールは耳元に何気ない会話の調子でこうささやいた。

「ごめん、しばらくフェイスブックで話せなかった。彼女が女の子との会話を見張ってるんだ」

「嫉妬深いの？」

「地上の地獄ってとこ」

「わかるわ。うちの彼氏も嫉妬深いから」

テーブルの下で、お互いの脚を押しつけ合い、ゆっくりとこすり合わせる。触れ合っている肌の一ミリ一ミリが、二人はこれから激しく抱き合うことになるんだと告げている。このカウントダウンに、神経がどうかなりそうだ。リディアの膝は相手の膝を探す。自分の膝を今までこれほどはっきりと意識したことはなかった。カッサンドルがテーブルの上に身を乗り出し、小さな声で「あんたあれ持ってる？……ファルロパ（スペイン語でコカイン）」と聞く。

バルセロナで六日間の休暇を過ごしてからカッサンドルは、「シー」、「ホワイト」、あるいはふつうに「コカイン」などと言えなくなった。今や「ファルロパ」だ。今度はリディアが身を乗り出してノーという合図をする。

「ぜんぜんないの。欲しい？　この地区に知り合いがいるかも。通り二つ向こうのバーに出入りしてる人。見てこようか？」

うん、お願いとカッサンドルは言う。今夜、なしで過ごすのはきついわ。カッサンドルはいつも、時々吸うだけだと言っている。けれどなくなると、手に入れるためには地球上全体の人間を呼び出しかねない。ともかく、うまい言い訳が見つかった。ポールは上着をとる。

「きみに案があるなら、ぼくも興味あるな。一緒に行くよ」

カッサンドルは鼻に粉をすりつけたいあまり、だまされていることに気づかない。いつもはもう少し鋭いのだが。クスリが欲しすぎて、何が起きているか勘づかない。

ゴシップの最近のライブの話をしながら外に出て少し歩き、通りの角を曲がったところで、カップルが建物の中に入っていくのを見たポールは、リディアと話を続けながら閉まらないように扉を押さえた。二人の片方がアパルトマンに帰ろうとしていて、エレベーターを呼ぶあいだ、きりのいいところまで話を続けているかのように。カップルは二人のことを気にせず、振り返りもせずにエレベーターに乗っていった。ポールはリディアを玄関ホールに引き込んだ、エレベーターの後ろの人目につかない隅に。二人がキスするのは初めてだった。二人ともかなりアルコールが入っているのでジェスチャーはなめらかだが、浅ましいことをするほどには酔っていない。明日、リディアはこの瞬間を隅々まで思い出すだろう。人生で興味があるのはそれだけだし、心の底から関心がある。この人とはじめてキスし、はじめてセーターをたくしあげられ、ブラジャーに手をかけられ、指先がブラジャーをのけようとさぐり、それがはずれる。はじめて手の平をズボンの上から相手のペニスに当てると、あまりにも固くて気が遠くなりかける。彼は手首を曲げて外陰部に触れたかと思うと指二本をさっと中に入れ、彼女が経験したこともないようなやりかたで巧みに動かす。立ったまま、骨盤を彼の方へ傾け、受け取っている感覚が相手に伝わるよう目をまっすぐ見つめたまま、あっという間に頂点に達した。玄関ホールで彼のものを吸いたかったが、相手は「きみの家に行ってもいい?」とささやく。リディアはええ、うちの彼は今いないから大丈夫よと答える。二人はタクシーを拾おうと通りへ出た。夢と日常がふたたび混ざり合う。道中、ポールは彼女の記事の書き方をほめる。リディアはポールがもっとひねくれた人かと思っていた。自分のベッドに招き入れても、優しい言葉なんかかけてくれない男かと。かわいい人なんだわ。家に着き、服を脱いで続きを始めると、その印象は当たっていることがわかった。ポールは優しく、がまんづよく、思いやりがある。リディアはがっかりする。前戯が長すぎる。彼の仕草や匂いは好きだし、触れ合う二人の肌はしっくりきて、完全に失敗というわけじゃないが、今夜はそういう無難なことをするのが目的ではなかった。バーを出てすぐキスしてすませ、それぞれ家に帰った方がよかったのかもしれない。リディアが自分の婚約者でない男とのセックスで好きなのは、危険な匂い、何か自分のコントロールできないことに運び去られる感覚だ。リディアは寝る相手に対しては礼儀正しい。つまらないからといってため息をつくような小娘とは違う。だから彼女はじっと「ふり」をし続ける。時にはそうやっているうちに自分が騙されることもあるが、時には無理だ。

幸いにも、ポールはわりと早く帰っていった。彼も退屈したにちがいない。彼とだったらもっと面白いことができると思っていたのに。ちくちくするナイティーを脱いで、ラモーンズの古いTシャツに着替え、厚手の靴下をはく。パソコンの前に座る。シュビュテックスから何の連絡もない。リディアは所在なくネット上をさまよう。

ジェラール・ドパルデューがロシア人になったって。はあ、そこまでいっちゃったわけね、お見事。フランスって国は腐ってるかもしれないけど、フランスのパスポートをロシアのと取り替えるなんて。インタヴューを受けてるジェラールを見ると、特に興奮した様子もなく、自分はフランス人で、ロシア人で、もうすぐベルギー人にもなるかもしれないなどと言っている。頭はだいじょうぶかな？　家族全員を映画産業に転身させて世の中の人をうんざりさせただけじゃ足りないとでも言うの？　たしかに、あんたのヤク中の息子は、独裁政治の国でならもっとちゃんと治療してもらえるでしょうよ。フランスの特権階級に属しているだけじゃ特権が足りないのね。だけど自分だって、そういう階級の娘に生まれたかったと思う。ベド一族、イグリン一族、サルドゥ一族、オーディアール一族、レノン一族、コッポラ一族、そんなのばっかりだ。それでいて、親は子供の努力が足りなかったなどと言う。そろそろ別のものをクリックしないと、むせび泣いてしまいそうだ。うん。プーチンはセクシーだわ。絶大な権力を持った生まれの卑しい男だからだけど、それでなくたってセクシーだ。馬に乗って上半身裸、いかしてる。馬の上でお尻をきゅっと締めて。見ているといろんなイメージが湧いてくる。リディアはあらゆる女と同じく、不謹慎な話題に弱い。ロシア人と寝たことはないし。まだまだやるべきことはたくさんある。

リディアはいつものように、パソコンの画面にかがみこんで一人で小声でしゃべっている。ポールからすでにメッセージがいくつか来ている。彼がそんなことをする人だとは思いもしなかった。しつこいやつ。

立ち上がって台所の棚を見にいく。ミルクチョコレート、ポテトチップス、塩味のロースト・ピーナッツ、スーパーマーケット〈ディア〉で買った六人用のガレット・デ・ロワ、ヌテラの類似品。そういったものに給料の半分が飛んでしまう。脂肪分が必要なのだ。甘いものでも、脂肪分があるものじゃないとだめ。リディアはまずチョコレートを食べ始める。パソコンの画面を前に、一枚、ゆっくりと、だが休みなく食べる。過食症の発作の方が、コカインの吸引より安いだろうし。一カ月前まではこういうことがあっても、食欲のちょっと病的な暴走ぐらいにしか思っていなかった。夜中に何度も自分で吐きに行くのが、食べても細いままでいるための唯一のメソッドだと思っていた。リディアはやせている。ほかに選択肢はない。とくべつ美人なわけじゃないから、見かけを保つためにはやせていないといけない。

過食症という言葉をはじめて自分の前で発したのは、ファッション誌《グラジィア》の記事を書いている、同年代のソフィーだった。プレス関係の仕事で一緒にシアトルに行った時、すてきなホテルの朝食のビュッフェで一緒になった。リディアが何度もお皿に山盛りに食べ物を取るのを見て、ソフィーはわかってるわといった顔でほほえんだ。「吐くのよね？　わたしもよ」リディアはその質問にびっくりして、否定する暇もなかった。「あたしたち二人、過食症の女がセルフサービス。思いきりやりましょ」二人は正々堂々と攻撃を開始し、クロワッサン、マフィン、チーズ、ハム類に襲いかかった。髪をつかまれ、食堂から引きずり出されるまで食べていたと言っても大袈裟ではない。トレイ一つ分食べるごとにトイレに行って吐いた。過食症。過食症患者か。リディアは自分がこっそりやっていることと、その言葉を結びつけたことはなかった。ああもう、最悪だわ……

リディアは三十秒ごとにRosaliethatslifeのタブをクリックし、フェイスブックに目をやる。ヴェルノン・シュビュテックスがいつ戻ってきて「いいね」を押してくれるか、自分のページにコメントをいくつか残してヴァーチャルなオーガズムをくれるか、それだけを見ている。四日前からそれしかしていない。ネット上でヴェルノンが反応しそうなことを探すことしか。無線の沈黙。つらくなってくる。

悔しまぎれにワードを開いた。本を書き始めないと。それから自分の口座明細を調べ、支出を確かめていたが、ゴッド・イズ・マイ・コーパイロットのある曲を探すために中断し、ツイッターでのわけのわからないやりとりの続きを始め、タロット・ドット・コムで占いをやり、家賃を払わなければいけないことを思い出して小切手に記入して封筒に入れたが、不動産屋の住所を探しにいくのが面倒で、封をしないまま放り出す。彼女の集中力はメキシコとび豆（蛾の幼虫に寄生されて跳ね回る豆）みたいだ。白紙のワード文書にまた戻る。

この本に取りかかってから、仕事の計画を練ることにほとんどの時間を費やしてきた。自分に依頼をしてきた編集者には、アレックスが誰だったか、これっぽっちの知識もない。リディアはなぜ自分に仕事が来たのかも理解できない。約束に出向く前にグーグル検索して出版社のサイトを見たが、『ロック・ザ・カスバ』って感じじゃない。編集者には十五歳の娘がいて、耳にタコができるほどこのザ・クラッシュの曲を聴かされたという。趣向を変えるために、娘も読んでくれるような本を出したいのだと。

その男と昼食をとったリディアは目を疑った。すっかり時代遅れなスーツを着て、足りないのはネクタイだけ、第一次世界大戦前のような物腰だった。男は、リディアにコンタクトを取る前に調査をさせてもらった、つまりネットで写真を見たという。そして気に入ったと。それを聞いて恐怖に震えたわけじゃないが、彼なりの懲りすぎた方法で誘惑しているのだと気づいた時、リディアは冗談でしょと思わずにはいられなかった。こんな男と寝る人もいるのだろうか？ どんな靴下を履いているのか、それさえ考えたくない。

この編集者はへんなやつだ。テレビも見ないし、ネットも閲覧しない。リディアにデジタルコンテンツの著作権について説明し、「デジタルの著作権を紙の著作権と同じ条件で譲りたくないとおっしゃるのですね？ 著者は、在庫管理も、書店や出版社まで発送する必要もないからより多い支払いを期待されるようですが、先進技術を開発するのにどれだけかかるかおわかりですか。われわれは研究の重要な一端を担っているのです」と言う。アップルやアマゾンは、出版社や、そこから本を出す著者たちの連帯をあてにできるってわけね。知って安心するわ。こういう小さな企業が自力でなんとかやってかなければならないなんて、想像しただけでひやひやするもの。すばらしいわ。この男はレコード産業のことなんか聞いたこともないのだろう。そうでなければ、この産業をぶちのめすことに本当に参加したいのかどうか、立ち止まって考えるんじゃないだろうか。

というわけで、この男はポップもロックもファンクも聴かないが、アレックス・ブリーチについての本を出したいのだ。状況は曖昧だが、リディアは執筆契約へのサイン時に三千ユーロを前金としてもらう約束を取りつけた。翌日、契約書を郵送で受け取った。雷光のような速さで署名した。この時ばかりは、封筒が二週間も机の上に置きっぱなしということはなかった。原稿を送れば、残りの三千ユーロをもらえる。急いで書かなければいけない。

彼女にやり方を教えてくれたのはケマールだった。彼に言われなければ、そんな額を要求する勇気は出なかっただろう。編集者に会う前日、ケマールが電話してきた。ケマールはニュメリカーブル（フランスのケーブルテレビ会社、インターネットプロヴァイダー）で技術者として働いていて、その分野に詳しい。リディアは彼のことが気に入っている。自分の愛人のトップテンを決めるとなれば、彼はやすやすと三位以内にランクインするだろう。長いあいだこっそり会っていて、ずっと好きでいられる例は他にあまりない。だいたいは、つきあうか、三、四回会ってやめるかで、その中間は難しい。それに、楽しくない。ケマールとの場合は違った。彼は機転がきいて、一秒に二個も当てこすりを言えて、死ぬほど笑わせてくれる。巨漢と言ってもいい体格なのに、モノは生春巻きぐらいで、年取った小人みたいに見苦しいけど、ベッドでの実技は世紀の衝撃だ。あまりにも上手だから、他の男と何をしていたのか思い出せなくなるくらい。そう思っているのはリディアだけじゃない。男たちも、ケマールが女をどう扱うのか知りたがっている。それもそのはずだ。女の子たちも彼が何をしたのか自問する。彼が家から出て行く時、リディアはビクラム・ヨガを二時間やった後よりも調子がいい。体の活力がうまく流れ始める。次の日まで空中を漂っているようだ。ケマールはしょっちゅう会いにくるわけではないが、完全に忘れているわけでもない。セックスの才能があるだけでなく、いい助言もしてくれる。たとえば誰かと会う前にマインド・トレーニングをしてくれる。一万ユーロ要求しろと。アレックス・ブリーチに関して、リディアは専門家なんだ、誰も持っていないパイプを持っている。アレックスはとんでもない怪物だ、熱心なファンがついてた、あいつらは本を買うだろう。一万ユーロは最低線だ。一万五千ユーロ求めてもいい。リディアはうつ伏せになって、組んだ手の上に顎をのせ、布団の上で服も着ずに半信半疑でそれを聞いていた。ケマールはベッドの周りを回りながら、一万五千ユーロ要求しろ、ぜったいに一万より下で受けてはいけないと忠告していた。リディアは一万要求した。六千で合意した。ケマールの貴重な助言がなかったら千ユーロで受けていただろう。

彼女はピエールの机の前に座った。二人で分け合っている三十平米の中に、なんとか二つの仕事場をつくっている。残りは、ベッドを使い回してなんとかするのだ。ベッドの端に座り、テレビの前で食事する。それが終わると二メートル後ずさって壁にもたれ、布団の中にもぐりこんでテレビを見る。人が来た時には、机の前の椅子をベッドの前のローテーブルの方へ向け、自分たちはいつもの場所に座る。三人以上の来客はあまりないが、もしそうなれば二人の仕事机のあいだに場所を見つけて座る。リディアはピエールの机の前に座るのが大好きだ。机の上は散らかっていて、それがインスピレーションを与えてくれる。赤い帽子をかぶった変な太った小鬼。バンドが壊れているアイスブルーのごつい時計、AC／DCのロゴが入ったジッポライター。

彼は二週間留守にしている。ディジョンのダンス・フェスティヴァルで仕事だ。音響を担当する。それがピエールの仕事だ。リディアはよく一人でいる。彼なしでいる。彼がいない時に自分が何をしているかは言わない。彼は疑っているかもしれないが、問題じゃない。これでうまくいっているのだ。以前、別の男たちと同時につきあっていた時には、リディアが一晩、予告なく帰ってこないこともよくあって、大騒ぎになった。ピエールはしょっちゅう三カ月もツアーでいなくなるから、リディアには外で寝る機会はいくらでもある。彼がいる時には、彼といたいから、よそで遊んだりはしない。リディアはフリーのロック・ジャーナリストだ。紙媒体の出版業界は斜陽で、ディスク産業もそうだ。彼女はリディア・バズーカとサインする。はじめて自分の記事が世に出た時、何カ月間も夢見心地だった。だがそれも終わった。ロックに関わってる女。何をやろうが書こうが、バカ扱いされ、才能がないと思われる。

アレックス・ブリーチと寝たことはない。彼が死んだ時の衝撃は大きかった。彼の声。彼のコード。神だ。アレックス・ブリーチと寝ようと思ったことはない。それは冒瀆になってしまう。アレックスには限りない感謝の念を感じる。彼のレコードを聞く前は、自分にこれほど深い感情があるとは思ってもみなかった。アレックスのおかげで自分は開花できたのだ。アレックスはもう一人の自分を呼び覚ましてくれた。未知の精神的な力とつながらせてくれた。その力が強すぎて苦しいことがあっても、リディアにとっては大切なものだった。それは予想もできないものへとつながる扉だった。アレックスには、さまざまな新聞の仕事のために何度も会った。彼には気に入られていた。ある日、とある音楽サイトに、行き過ぎた記事を書くまでは。皆の怒りを買って、リディアは自分が暴走したことを認め、自分はアレックスの音楽に魅せられていると控えめに表明するにとどめた。アレックスはその記事を読んで、二度と彼女には会わないと言った。

誠実で献身的な仕事を続け、完璧な記事を書くために徹夜し、ホテルのバーで何時間も歌手を待ち、カンペールで、あるいは世界の果てでコンサートを聴くために飛行機にさんざん乗った年月。

そのおかげで《マッチ》誌がアレックスの新しいアルバムの録音の取材に派遣してくれた。リディアは鼻歌を歌いながら出かけた。紙媒体の雑誌《マッチ》の記事の執筆は、フリージャーナリストなら誰もが目指す夢の仕事だ。そこへとどめの一撃がきた。その欄の責任者から、約束の日を前に電話が入ったのだ。マネージメント会社が「二度とリディア・バズーカはよこさないでくれ」と言ってきたという。リディアが担当者とその会話をしたのは、ボディー・ミニュット（脱毛や美容のクリニック）で順番を待っていた時だった。世界が崩壊した。自分のアイドルに見放されたロック批評家の苦しみは誰にも想像できない。

二年間、その状態は続いた。他の人が行ったインタヴューを読み、コンサートのチケット代を自分で払い、さまよえる魂のようにアーティストの楽屋の脇をうろつかないよう、自分を抑える。闇の中の二年が過ぎ、ある日、プレス担当者が、アーティストのオフィシャル・ウェブサイトに上げる予定の公式ウェブカム・インタヴューに自分を推してくれた。映っていなくても、質問をしているのはたしかにリディアの声だった。誰もが、彼女がこの世界に戻ってきたことを知った。かつてのようなアレックスとの会話が復活したのだ。

それは彼の最後のアルバムになってしまった。リディアが想像もしなかったことに。

知り合いに、自分がアレックス・ブリーチの伝記を書くといっても自慢にはならない。自分の年代の幼稚なファッショたちにとっては、あの音楽はあまりにブルジョワ・ボヘミアン的なおめでたい空気を持ってるから。アレックスの音楽、あんなのもう流行らないよと彼らは言う。リディアは気にしない。自分の立場を貫く。

《ヴォーグ》誌のジャーナリストとの対談で、死の二年前にアレックスはこう言っていた。「白人をつめこんだ船が、荒れ狂う海の上をなんとかエジプトにたどり着こうとしているのを想像しても、おれは別に楽しくない。そいつらは、アラブ首長国連邦の方に仕事があると聞きつけた。その白人たちが、打ち上げられた砂浜で民兵に襲撃され、イスラム教徒たちに、白人はくさいし、金髪女は売女だ、といって石を投げつけられるところを想像しても、おれは別に興奮しない。楽しくもなんともない。だがそうなるよ。ヨーロッパは終わりだ。明日にも、難民とは、きみたちのことになる。おれだって、もっと違う世界を想像をしたいさ。だがそうはならないだろうね。汚染水の唯一のありがたい効能はそこだ。癌は、相手がちゃんと膝をついて祈ってるか、巨額の銀行口座を持っているかなんて気にしない。腫瘍に脳をやっつけられればそれで終わりさ」

「根っからのフランス人」（フランスのナショナリスト・グループ）のサイトで、この対談は大成功を収めた。

リディアはアレックスのインタヴューを仔細に調べる。今のところ何も書けないが、素材にどっぷり浸かる。アレックスの声をヘッドフォンで聴く。こうして彼と時間を過ごすのが好きだ。会わなければいけない人のリストに毎日手を加える。連絡した人は全員、語ることを拒んでいる。早すぎる、と彼らは言う。リディアがジャーナリストとしてあまり知られていないせいだろう。自分はこの件に精通しているし、ヴェルノンがアレックスにとって大切な人物だったことも知っている。ヴェルノンとアレックスは三歳しか違わないが、アレックスがロックに出会ったのはヴェルノンの店、リヴォルヴァーでだったし、歌手はそのことを決して忘れなかった。

ヤフー！　のトップページの記事のタイトルを全部なぞなぞみたいにすることを決めたおばかさんを見つけ出してやりたいものだ。「シカゴ空港での信じられない発見」？　記事に何が書かれているかわからないようにしておいて、無数のインターネットユーザーにクリックさせようと、最高にイラつく言い回しを考え出した精神異常者め。

リディアはもう一度フェイスブックを開く。やった。ヴェルノンからプライヴェート・メッセージが来ている。もしどうしてもというなら、コーヒーを一杯飲みながら、その計画の説明を聞いてもいい。もちろん、リディアはどうしても会いたい。ぜったいに会いたい。

パメラはダニエルが大好きなパンを買いに、マルセイユ通りに寄った。急に寒さが増してきたから暖房を強めに入れると、一部屋のアパルトマンは暖かいお腹みたいになる。いつものように緑茶をいれてから、イェーガーマイスターのボトルを開け、マリファナを巻く。「身体にいい」遅めのアフタヌーン・ティー。パメラ・カントはすばらしいことを思いついたとダニエルに話す。子供のためのポルノの手引書を書きたい。字が読めるようになる前にインターネットでポルノをかじる子供も増えているから、ちゃんと説明するのが道理というものだろう。

「だって、アニメシリーズをダウンロードしているあいだに、女性がフェラチオしている画像が出てきてしまう。子供に説明しないといけないじゃない？　本の挿絵は、かわいいのにする」

「でも具体的に何を子供に説明するの」

「たぶん、最初は歴史から入るわ。一九七〇年代、国による検閲、一九八〇年代、ビデオカメラ、一九九〇年代、小型のカメラ……インターネットの登場まで。そして、たとえば、古典的な作品のタイトルを載せておくの。ソフトな映画から見始められるように。それから、シーンをどんな風に撮るか説明する。どんな化粧をするか、撮影現場に何人ぐらいいるか、とか。偏見を取り払って現実を見せるのよ」

　ダニエルは茶殻を丁寧に取ってゴミ箱に捨て、フィルターを洗う。彼には昔からそういうこだわりがあった。けれどそうやって時間をおくのは、正直に答えるのを避けているのだと、パメラにはわかっている。パメラは何年も前から、どんな本を書くべきか考えあぐねている。ポルノ映画のスター女優たちはみな最低一冊は本を書いている。本屋にしばしば現れて自分の本にサインする。フランスのポルノ女優の中で、自分だけが例外になるのは嫌だ。ジプシー・ローズ・リーの伝記を書く計画を長いこと温めていたが、その題材にはどうも気乗りせず、諦めてしまった。ダニエルはこう意見する。

「いいアイディアだけど、一般の人にはまだ受け入れる用意がないんじゃないか。ポルノ映画に出ていた女性が子供に語りかけるなんて、困惑すると思うよ。知っているだろう、一般人がどんなか」

「ええ、だからこそよ。親は子供を救えないんだから。わかるでしょ、みんなポルノの話題になると、あたりが真っ暗になったみたいに、頭が働かなくなる。理性が長い休暇に出ちゃったみたいにね。Ｙｏｕｐｏｒｎのサイトに行くことある？」

「まったくないね」

「そうだろうと思ったわ。自分はポルノに出てたことなんかないって主張することにしか、あなたは興味ないのよね」

　パメラは攻撃的な態度をとりたくなる。ダニエルに対してさえ、うまく説明できないからだ。パメラはよくＹｏｕｐｏｒｎのサイトを訪問する。『白雪姫』の意地悪な継母のような気持ちで。ポルノ映画のダウンロードサイトに行き、自分が出演した映画がまだ人気作品の上位に入っているかどうか調べるのだ。ネットよ、ネットよ、女の中でわたしが一番美しいと言ってちょうだい……十年前に出演はやめたが、人々の記憶には、どの女優より長いあいだ残り続けている。だが最近は落ち目だ。もう自分でもわかっている。終わったのだ、本物のポルノスターの時代は。最近はフェイスブックでそこらの普通の女の子が、アマチュア映画三本にも出ていないくせに、自分はポルノスターだなどと言っている。このあいだインターネットをチェックした時、ある映画を偶然見つけた。その女の子はハンガリー人にちがいない。彼女はベッドに縛りつけられていた。一人の男が無理やり強い酒を飲ませていた。女の子は嫌がっていた。頼むからやめてくれと言っていた。字幕がなくても何を言っているかはわかる。輪姦の映画で、彼女を犯す男たちは匿名でいるために、みんな顔に紙袋をかぶっていた。女の子は泣いていた。観客を興奮させるためにふりをしていたわけじゃない。始まったばかりでもう女の子はすでにパニックになっていた。場面のはじめから彼女は拒否し続けていた。パメラはダニエルにそのことを話したい。自分が感じたことを理解してくれて、しかも仕返しに恥をかかせようとしない人、それはダニエルしかいない。パメラはその動画を見て自分がひどく汚されたような気がした。そのことを言葉にできない。それが羞恥という感情の特徴だ。言葉が出てこなくなる。

パメラはむかつくフェミニストたちが手をこすり合わせて喜んでいる姿を想像する。ほらね、あなたも聞いていたでしょう、セックスってのはどんな場合でも女性にとって良くないものなんですよ。出産の時しか自分の性器を感じない、すましたご婦人たち、よき母たちは気が触れたように喜ぶだろう、ポルノスターであることと陵辱されることの違いを絶対に認めようとしない、ああいう女性たちは。だがパメラはそれが同じことじゃないのを知っている。あんな場面を見たのははじめてだし、自分がやっていたこととはまったく違う。

パメラがポルノの世界に入ったのは二〇〇〇年代初頭だった。運が良かった。この仕事の最後の輝きを体験できたのだから。金は問題なく稼げた――想像もしなかったほど稼げた。どこにもいるが、とんでもない人間もいた。けれど雰囲気はよかった。まだポルノスターが世間の話題になった頃だった。女性同士うまくやってはいたが、競争は激しく、誰もが一番になろうとしていた。パメラは有名になりたかった。それは誰にでもできることではないが、それほど複雑なことでもなかった。競争を勝ち抜き、市場の大部分をつかみ、誰にも負けない自分の長所をアピールする――パメラは高校の経済の先生に影響を受け、その言葉を覚えていた。一番需要が多い存在になるには何を活用したらよいのか、はっきりわかっていた。結果はついてきた。

パメラにとっても、ほかのポルノ女優たちにとっても、この仕事をやめるのは難しかった。通りを歩いているとあいかわらず、あの女優さんだと思われる。それに、撮影現場の雰囲気、写真の撮影など、注目の的になっている時の陶酔感、期待されたことを実現できるという充実感を奪われたのはひどくこたえた。彼女は創られた存在としていることが好きだった。映画スターとしていることが。

そして何より恐ろしいことに、ポルノ女優でなくなることはできないのだと自覚する時が来る。出身環境から切り離され、友人を失い、ざくざくと稼いだ金はあっという間に手を離れていく。だが一生、押された烙印は消えない。ポルノ映画に出ていた時、パメラは同じ業界の人たちとしかつきあっていなかったから、何をとがめられることもなかった。だが日々、一般の人たちの間で毎日ポルノというマークをつけて歩くとなると、話はまったく違う。それがつらいと声高に認めるよりは死ぬ方がましだが、「善良な市民」が最後には必ず勝つのだ。そういう市民は元ポルノ女優が生きにくくなるよう圧力をかけ、パメラのような女性でもしまいには、自分のテリトリーから出ない方がよかったと認めざるをえなくなる。やめて十年たっても、パメラがスーパーマーケットで買い物していれば、必

ずあの女優だなという顔で睨みつけてくる女がいる。女性は厳しい裁判官だ。やられるままになっている女は、闘う女を好まないのだ。そういう女は可能ならば、夫のオカズになっている女優を焼き殺すだろう。自分の彼や夫がパメラ・カントを見て勃起することをみな知っているのだ。ポルノは一般の女たちの病的な願望どおり、惨めな産業になってしまった。

パメラはある映画のメイクと髪型の担当を二カ月前に引き受けた。その機会に、女優たちの写真も撮りたいと思っていた。撮影は朝の八時に始まるから、女優たちの支度は六時に始めないといけない。次の朝の三時になってもみんなまだセットの中にいる。五人の女優のうち二人は、体型をキープするためにに緩下剤をたくさん飲んでいて、一日中お腹が痛いとうめき、肌はざらざらだった。女優の一人がつきあっている男は、撮影中の裸の写真を送れというメッセージを立て続けに送ってきていた。女優は実際に送っていた。別の女優の彼は最初、男たちのモノが自分より大きいことに嫉妬して電話で騒いだそうだ。話しているうちに、彼自身がその女優をポルノの世界に導き、最初の撮影を見つけてきたことがわかった。その男は彼女よりちょうど三十歳上だ。残りの一人の子は問題なかったが、五年前から映画に出ていて、ポルノ業界は彼女に見切りをつけていた。あらゆる映画監督、あらゆるプロデューサーと仕事した今、引退すべきなのだ。この仕事では、引き際を見極めないといけない。パメラはそれをコラリーやオヴィディーやニナ・ロバーツやエロディーたちから学んだ。引き受けるべきでない撮影を引き受けることになる前に引退した方がいい。パメラが一番驚いたのは、女優たちがみなアナルのプレイを怖がっていることだった。この仕事はソドミーを嫌っていたらできない。小麦粉アレルギーですがパン屋になりたいですと言っているようなものだ。ちょっとお姉さん、だったら分野を変えたほうがいいですわよ。

ダニエルは栗の箱に手を伸ばす。彼は豚のように食べるが一グラムも脂肪が身体につかない。パメラは彼なしには生活できない。四六時中一緒だが、時々いらいらさせられる。彼もそれを知っている。ダニエルは性別移行した。ＦｔＭ、女から男へ。パメラはそういうことに関する用語を何も知らなかったが、ある日、親友のデボラがダニエルになると決めたのだ。選んだその名前を聞いただけで、ひどく当惑させられた。デボラはまるで小便に行きたくなった時のように性転換を思い立った。彼女はパメラと同時にポルノ映画に入り、同時にやめた。二人は仲のいい友人だった。楽しいこともつらいことも一緒に生きてきた。そしてある日、ばーんと、「テストストロンを注射してるの」という。何ですって？ パメラは最初、何のことかさえわからなかった。月経痛をおさえる薬か、ダイエットの薬かと思った。その頃デボラは太りやすかったから。この決断には、前触れになるような事件も、決断を正当化する理由も見あたらなかった。ただ、男に変わりたいだけ。パメラは情報を集めたが、ふつう、そういうことをする人はだいぶ前からそうしたいと願っている人だ。「自分はずっと、女の身体に閉じ込められた男だと感じてきた」といった話だ。そういう場合ならわかる。なぜそうしなければいけないか、意味がわかる。だけどデボラは……まったく、人を困らせるためにやっているとしか思えない。「どうしてそうしたいのよ？」「やってみたいの。タトゥーはいっぱい入れてあるし、ポルノもやったでしょ。コカインもたくさん吸った。今度は男になってみてもいいじゃない？」おばかさん、それってレベルの違う話じゃない？ 経験してみたいからというだけで、テストストロンを毎日注射するって。パメラはただちに、地上で地獄を見るわよと忠告した。いろんな病気、鬱、後悔、奇妙な感覚……きわめつけに、道徳的ないざこざ。あんた、男ってどれだけアホか知っているでしょ？ ああいうやつらの一人になりたいの？

だが一番気に入らないのは、ダニエルがダニエルになれてどれだけ満足しているかってことだ。病気、鬱、後悔やなんやかんやも、いつかは襲ってくるかもしれないが、今のところは、蝶ネクタイ、短いジーンズ、目を引く靴下、堂々たる筋肉、ヒップスターみたいな薄髭。ダニエルは達成感に酔っているふうで、そのふりがあまりにうまいから、疑ってかかるのも難しい。何の迷いもなく乳房切除の手術を受けたが、その行為を説明するにも「前は豊胸手術を受けたんだから、今度は取ってもいいじゃない?」というばかばかしい論理を持ち出した。可能なことをすべてやり始めたら、終わりなんかないじゃないかと思うのだが。今日、彼はフレッド・ペリーのポロシャツの上に男物のディオールの上着を着ている。肌に刻まれたタトゥー、繊細な顔立ち、大きな緑の目、撫でつけた髪。それなりに気品がある。金の匂いもする。パリで一番大きな電子タバコの店に雇われたのだ。その件でも、パメラは偽タバコのビジネスが成功することに一銭も賭けはしなかっただろう。誰が万年筆みたいなタバコを吸いたがるだろうか。だがそれは、あり得ないほどの大成功をおさめた。そしてダニエルは、一店員にとどまって最低賃金をもらい続けるどころではなく、パリ中に取り扱い店を展開する部署のマネージャーになったのだ。誰もがうらやむような仕事だ。それを考えるとパメラは頭がくらくらする。性転換をしなかったらそんなことは起こりえなかったはずだ。ポルノ映画卒業者であるデボラは、販売員になることはできなかったはずだ。雇われても、元の職業がばれたらすぐ首になり、労働裁判所に駆け込んで、「三人のアホ男のモノを立て続けに吸っている映像がネット上にあるからって理由で雇用主から差別を受けました」と訴えなければならなかったはずだ。デボラの顔が変わり、鼻を手術し、髪型が変わり、体重が二十キロ増え、もう見かけからデボラだとわからないことは認めよう。こういう電撃昇流行のビジネスの取り扱い店拡大のプロジェクトを、人は女性に任せたりはしない。

進は、自分自身その世界を発見して驚いているダニエル自身がこと細かに語ったところによると、背中を叩き合う関係、男同士の冗談、男の連帯感、葉巻を吸う夜の集まりなどから生まれるらしい。

パメラはダニエルの現実主義に打ちのめされている。だが一番大切な友達であることに変わりはない。彼なしには生きていけない。きわめつけに、ダニエルは女の子が好きなのだ。最悪だ。デボラだった時は浮気性で、どんなタイプの男も次から次へと好きになり、仕事のパートナーに夢中になってしまうことさえあった。だがダニエルは状況に順応した。というのも、彼は女にもてすぎるぐらいもてる。褐色の髪のかわいい子が、彼のためにシャツにアイロンをかけ、買い物をしたいと言ってきた時、ダニエルは思った。自分はこの時代でいちばんセックスの強い男たちに雌犬みたいにやられてきたんだから、基礎はできてる、そういうのが好きな女の子を開花させる方法もわかってるはずだと。マッチョなアホ男みたいに、自信に満ち満ちてそう思ったのだ。パメラは彼の、第一級の高級娼婦のような傲慢さに傷つく。ペニスバンドなんか使ったことはない、持っていない。ダニエルはいまやセックスに関して、パメラが知らないことを知っている気がする。それを思うとやるせない。

ダニエルといると、信じられないことばかり見せつけられる。彼は地下鉄の中で気取り、カフェのテラスでかっこつけ、パーティーで踊りまくる。顔にどこか見覚えがあるとしても、どこでも、誰一人、彼が何者だったか思い出せない。いくら元有名人でも、ポルノ女優が乳房をとり、ちょび髭をはやしていれば、手がかりは消えてしまう。このムッシューは町で遊びまわっているのに、パメラは郵便局に営業開始すぐの誰もいない時間帯に行き、インターネットで買い物をし、ストリーミングした映画を家で観るしかないのだ。

ダニエルが数カ月前から準備してきたことがこれほど華々しい結果に結びつくのを見て、パメラはこっそり嫉妬しているわけではない。はっきりと嫉妬している。ダニエルはそれに反応して大笑いし、パメラが手のつけようのないほど攻撃的になってもがまんしている。二人の間には、片方が性別を変えても変わらない何かがある。お互いに、なくてはならない存在なのだ。ダニエルが食器を洗っているあいだにパメラはソファに身を沈める。パメラは家事が好きだったことはないが、ダニエルは片付いていない部屋で夕べを過ごすのはがまんできない。

「そういえば、スクープがあるの。いったい誰が、フェイスブックでコンタクトしてきたでしょうか？」

「フェイスブックのメッセージなんか読むようになったんだ？」

「読まないけど、開くことはある。ラッパーのブーバがコンタクトしてきて気がつかなかったら困るもの」

「ブーバからコンタクトがあったの？」

「スクープだって言ったでしょ。自分が人生の岐路に立ってます、ついに結婚します、なんて言ってないわ」

「じゃ誰？」

「ほんと、びっくりよ。メッセージを見ていたら、ベールをつけた女の子の写真が出てきて、その子、四十五回もわたしにコンタクトしてきてるのよ。最初はハラルのポルノでもやりたいマグレブ系の困った女の子が業界のコンタクト先を知りたがっているのかとでも思ったの。無視しそうになったんだけど、何度もメッセージを送ってきてうるさいじゃない、悪態をついてやろうかと思ってね。誰だったと思う？」

「パム……わかるわけないよ」

「サタナの娘よ。アイシャって子」

「サタナに娘なんかいた？　何歳なの？」

「十八歳になったところ。サタナはしょっちゅう娘の話をしてたわよ。一緒には住んでなくて、お父さんのところにずっといたの」

「たしかに。思い出してきた」

キャリアの頂点にいたウォッカ・サタナとパメラ・カントは、オアシスかブラーか、ビートルズかローリング・ストーンズかというほどの二つの巨星で、人気を二分していた。片方が月曜にセバスティアン・コーエの番組に出て胸を見せつけ、競争相手をけなせば、もう一方は翌日に〈グラン・ジュルナル〉に胸が大きく開いた服を着て現れ、ライヴァルに対する当てこすりを言った。一緒に映画に出たことはない。サタナはパメラがその映画に出ていると知ればギャラを倍も要求し、プロジェクトが流れてしまうまでつり上げた。お互いに礼儀は保ちながら心底嫌いあっていたが、ある夏、ロサンジェルスで金欠に陥り、同じアパルトマンに住むはめになった。その時から、短い間ではあったけれど、二人は離れがたい仲良しになった。サタナのキャリアはひどく短かった。彼女は百二十センチもある細い完璧な脚で有名だった。レバノン人だと自分では言っていたが、家族はアルジェリアのオランへの入植者だった。パメラは撮影現場で、自分よりも横柄な女優はサタナ以外見たことがない。男優たちは彼女と撮影するのが好きじゃなかった。サタナは彼らに不愛想で、どんなに我慢強い男優でも萎えてしまうのだった。そうやって去勢コンプレックスを引き起こすかと思えば、つぼにはまると甘えた可愛らしい姿を見せる。彼女にはお気に入りの男が何人もいた。

サタナは歌手のアレックス・ブリーチと特別な仲だったことがある。ゴシップ誌《ヴォワシ》のトップページに載った。パメラはそのショックから二度と立ち上がれなさそうだった。ライヴァル関係は終わり、サタナは別の次元に飛び去ったのだ。ブリーチは当時、おそろしいほどかっこよかった。彼が登場すると、女の子はみな同じ感覚に襲われた。つまり完璧に降参だった。額は広く、丁寧に手入れした細い顎を短い髭が縁取っていた。舞台ではよく上半身裸になり、腹筋や背筋がくっきり見えたが、それは何もかも捨ててもいいと思わせるほどの身体だった。パメラがどぎまぎするなんてことはめったにない。彼女の前で、男は軽蔑されるためにいる。だがアレックス・ブリーチには女のような美しさがあった。彼は自分が相手に与える衝撃を意識していたから、簡単に誘惑されなかった。

サタナは出演をやめ、プライヴェート・サロンを始めたと噂されていた。その名前を使って、途方もなく高い来場料を取っていると。アマチュアが何を考えているかは知らないが、娼婦業はポルノ女優業とはかなり違う。女優はカメラやライトや自分の姿勢に気を配っていればよいのであり、相手役などまったくどうでもいい。だが娼婦は調教師だ。目の前にいる動物をよく研究し、反応を見越して、相手をどうしたいか考えなければならない。支配する立場にいないと、少しでもミスを犯した時、腕をもぎ取られてしまう。サタナは野獣好きで、恐れなかった。パメラは逆で、男に興味が持てなかった。男はすぐに屈従する。買収されない男など一人も知らない。悪徳ゆえに男たちを軽蔑しているわけではなく、男が情けないから軽蔑するのだ。サタナのように美しい子が男に夢中になれるなんて、いつも理解できなかった。けれど、きっとサタナはどこかで踏み外したのだろう——あんなに若いうちに自殺してしまった。

ダニエルは新品に見せかけたいとでもいうようにコーヒーポットを熱心に磨いている――パメラは顔をしかめるが黙っている――コーヒーから洗剤の匂いがしてきそうだ。ダニエルは質問する。

「サタナの娘はどうして話をしたいんだって?」

「お父さんに会いにきた女の人がいるんだって。アイシャはその会話を聞いてしまったらしいの。自分の部屋で宿題をしていて、お父さんは客間の話がその子に聞こえないと思ってた。来客の女はある調査をしていて、アレックス・ブリーチのことを話していたって。なぜか知らないけど、わたしの名前が会話に出てきたんだって」

「サタナとあなたの仲がよかったからじゃない?」

「とにかくアイシャはわたしの名前をグーグル検索して、誰だか調べたわけ。それでメッセージを送ってきて、こう言うの。『お母さんとあなたがどういう関係だったか知りたい』って。反応に困ったわ」

「なんて答えたの?」

「ちょっと、今までの話、わかってる? その子は母親が何者だったかも知らないのよ。父親は話してないらしくて」

「ほんとうに? 父親の立場だったらたしかに自分もそうするかも」

「あたしは腹が立った。もうその子は大人なんだから。知る権利があるでしょ。あの子のお母さんは別にヒトラーの親衛隊だったわけじゃないのよ」

「ほら、さっき言っていた子供のためのポルノ・ガイドの本の話につながるじゃない。もしもその本が書けてたら、父親はそれを台所の机の上にでも放り出しておいて、子供に『お父さん、乱交ってどんなの？』と聞かれたら『お母さんの得意技だったよ』って答えられたのに」

「今日はずいぶんきつい冗談を言うわね」

「真剣に言ってるんだよ。自分の娘に、お母さんはポルノに出てましたって教えるのは微妙でしょ。きみのお母さんは自殺しました、だけだって重すぎるのにさ。具体的に伝えるとなると……わかるな、お父さんが先延ばしにしたのも」

「子供のいるポルノ女優なんて四十人はいるし、子供はみんなちゃんと育っているけど」

「うん、でもその女優たちは死んでない。フェイスブックでその子に、お母さんは別の名前を持ってたって教えた？」

「ううん。子供の写真を見てて、自分の心がなぜ疼くかわかったわ……遅くまで宿題をやっている感じの子で、ベールをかぶってて、いつもむすっとしてる。あの子に話すのはわたしの役割じゃない」

「ベールをかぶってる？　サタナが見たら喜んだだろうね。彼女にはユーモアのセンスがあった」

「世間は変わったのよ。わたしたちの時代には、周りを困らせるにはポルノに出ればよかったけど、今はベールをかぶるだけでいいんだわ」

「ただまあ、同じ給料がもらえるわけじゃない。じゃ、ごまかしておいたわけ？」

「うん、お母さんとは知り合いだった、踊るのが大好きだったし、わたしもそうだから、よく夜、一緒になったって言っておいた。その子は、お母さんが踊りに行ってたって知っただけでショックを受けているみたいだった。わかるでしょ、まだ心の準備なんかできてないのよ。あの世代は面倒だわ。温暖化と干ばつのせいでみんな死んじゃえばいいのよ」

モルモン教徒の服装の子やベールをかぶった若い女の子たちを見るとパメラはだいたい気が滅入る。こういう子の関心は、宗教でなければ家族の話、あるいはどうやって結婚まで処女を保つかという話だ。冒険の香りなんかゼロだ。シチューやリンゴタルトを作ることに一生を費やすつもりなのか。

ダニエルは、パメラのアパルトマンの乱雑さに慣れる日はぜったいに来ないだろうなと思う。そこで夕べを過ごすたびに片付けるが、戻ってくると、またごたごたになっている。

パメラはテレビを見ながら彼に話しかけてくる。手の平にはゲーム機を乗せ、オンラインで韓国人たちとテトリスをやっている。ダニエルが彼女と知り合ってからずっとやっていて、恐ろしく操作が速い。

お互いに、まるで二人の関係が最近まったく変化していないかのようにふるまっている。前とひとつだけ大きな違いがあるとしたら、今の二人はカップルであってもおかしくないということだ。ダニエルは女性と寝るようになり、パメラを見る目も変わった。必ずしも前のようにパメラを見ているわけではないと口にしてしまわないように、よくよく気をつけている。パメラはそれを裏切りと感じるかも知れない。テストステロンの効果をパメラに話すわけにはいけない、四六時中、セックスしたくなるのだ。しかも仕事の後、夜の時間の大半を二人で過ごしている。人生の終わりまでずっと一緒にいるだろう。自分が男だろうが女だろうが、二つ頭のあるカンガルーだろうが、パメラが三日間以上一緒にいて耐えられるのはダニエルだけなのだ。パメラが何年も前から独りで、ダニエルは誰にも自分の立場を譲る気がない、その事実の意味をパメラが理解してくれるまで待とう。パメラは自分の選択に納得するまでに時間がかかるたちだから。

それは突然のひらめきだった。リディア・ランチのコンサートでアートセンター「104」に行った夜だった。音響はひどく、寒かった。デボラは中庭に出てタバコを吸おうとした。外に温水のジャグジーが設置され、闇の中で湯気を立てていた。壁には映画が投影されていた。マリファナ・タバコを回しているグループを見つけたので話しかけるそぶりで近づき、タバコを持っている男のすぐ後ろに立った。そして右側にいた、タトゥーのある背の低いかわいい男に話しかけた。女の子が男の子になる性転換の話は聞いたことがあったが、男装・女装とトランスジェンダーの違いもわかっておらず、関心もなかったから、男のかっこうをしている女の子なんだろうなと思った。自分にはまったく関係のないことだった。その後、夜も更け、マリファナ・タバコ五本とビール三本の後、ダニエルはまだ彼としゃべっていた。すっかり相手に惹かれていたが、相手の彼女が睨んでいるので一歩踏み出すこともできずにいた。コンサートの最後を観ようとデボラがその場を離れた時、女友達の一人が声をかけた。「あの子のこと、前から知ってるの？　あたしはまだあの子に胸があってコリンヌっていう名前だった時から知ってる」

デボラは瞬時に理解した。自分もそれをするしかないと。その夜ただちにインターネットで調査を始めた。もうすぐ二十七歳になる。自分の身体はもう何度も変わってきた。十歳までは普通の女の子だったし、特に変わった思い出もない。その後、ぽってりしてきたが、プールに行っても人に何か言われるほどではなかった。若い女の子はよく、まだ周りの人は気づいていないのに、自分の身体は醜いと嘆く。デボラだった頃のダニエルもそのように自分はデブだと感じていた。ところが思春期に変化が訪れ、身体がいきなり巨大になった。四年間そのままで、日々、つらいことばかりだった。太った人間に対して、世間は容赦しない。食堂で教訓をたれたり、食べながら歩いているのを見るとののしったり、ひどいあだ名をつけたり、自転車に乗っているのを嘲ったり、仲間はずれにしたり、ダイエットのやり方を説明したり、口を開けば黙れと言ったり、誰かに好かれたいと言えば大笑いしたり、やってくるのを見れば顔をしかめたりする。こづいたり、腹をつまんだり、蹴ったりされても、誰も助けてくれない。きっと、あの頃にもう、自分の性別に見切りをつけることを学んだんだろう。男でも女でも、太った人間は同じように疎外される。みんな、太った人間をバカにする権利があるかのように思っている。その扱いに不平を言えば、誰もが心の底で同じことを考える。「このデブ、食べる量を減らせよ、そうすれば仲間に入れるんだよ」と。デボラは砂糖に依存し、何年か後、次はコカインに依存するようになった。完全に。そのことしか考えられなかった。夜、甘い食べ物が自分を呼んでいた。彼女はそれをふざけてこう言ったが、誇張じゃなかった。「台所の棚から心とろかすような歌が聞こえてきて、起き上がっていって、たらふく食べずにはいられない」と。それは自分の意思で決められることではなく、抑えられない衝動だった。誰も戻っていないうちに、できるだけ早く家に帰った。両親は働いていた。自分はソファにもたれて食べ続けているすごくかわいい大きなパンダなんだとイメージした。テレビばかり見ていた。テレビドラマのビデオをセットで買ってもらい、どっぷりとつかっていた。『アリーｍｙ Ｌｏｖｅ』、『セックス・アンド・ザ・シティ』、『バフィー〜恋する十字架〜』などのドラマの方が、中学での生活より、自分の現実の世界だった。画面の前に座ると、アメリカのエレガントなほっそりした女の子になったような気がした。

十七歳の時、有無を言わせない高圧的な性格の栄養士が、彼女に厳格なダイエットを命じた。駅のプラットホームに五年間立ち尽くしていた人が、なぜ今回はうまく電車に乗れたのか自問するように、デボラもその電車には乗りこめた。そして六ヵ月で別人になった。その年齢では、身体はふくらんだ時と同じ速さでしゅっとすぼむ。また身体つきが変わった。まだあどけなかった頃に肥満体になったが、その脂肪の塊から、かなりきれいな若い女が現れ出てきた。雑誌の写真を眺め、自分と比べて、あたしも美しい女なんだと思った。きれいな肩、盛り上がった形のいい乳房、めりはりのある腰つき、長い脚、細い足首。四年間、鏡を見ないようにしてきたが、今はその前に何時間もいて自分の姿を再発見したくなる。けれどそれが本当に自分の姿と思えるかというと、難しかった。鏡の中の女の子は、一度もデボラと一致しなかった。実は、人生で一度たりとも鏡はちゃんと自分の像を表してくれなかった。ある身体が自分と向かいあっている。肥満体でも、髭面でも、美女でも、それは別人だった。

彼女は半年で十八キロやせた。骨の周りに何キロ分の肉がついているかで、相手の態度がこんなに変わるんだと知って怒りがこみ上げてきた。あわれな子、いじめられっ子、殴られたりこづかれたりする子、みんなが周りを笑わせるために侮辱する対象、地下鉄の中で臭い匂いがするとみんながそちらを振り返るような人間――太っていた時には、喜んでそういう人の代わりになりたいと思った。自分もそういう部類の子だった、太っていたから。ユーモアがあり、人の話に耳を傾ける女の子の立場に甘んじてきた。それに慣れてしまっていた。だが、あっというまにすべてが変わるのを見て怒りが爆発した。今では、みんなが自分をきれいな女の子として扱ってくれる。男どもが群がってくる。服を選ぶのは昔は苦行で、自分のサイズがあるかどうか、申し訳なさそうに店員にきかないといけなかった。今では、腕を広げて袖を通せばいいだけだ。しかも似合う。対人関係も同じだ。前は人から非難されないために、周りの人よりも丁寧な態度を取るくせがついていて、香水売り場の店員よりも愛想がいいくらいだった。すべてが変わった。どこへ行ってもぺこぺこされる。きれいなワンピースを着ているから。世間の基準にかなっているから。

パーティーがあれば招かれ、カフェに行けば混んでいても席をあけてくれ、男の子はメッセージを送りたいからと電話番号を恐る恐るたずねてくる。デボラの怒りは、骨をむしばむ腫瘍のようだった。はじめはクルミの実ぐらいの大きさだったのが、しだいに成長して握りこぶしぐらいの大きさになった。その化膿した腫瘍は息を詰まらせ、すべて破壊しかねない。彼女はシリルに出会った。感情を外に出さない男の子で、ほとんど笑わず、彼女にだけ明るい顔を見せた。今になって思えば、自己中心的すぎて堕落した田舎者だが、出会った時は、自分もおとぎ話のヒロインになれそうな気がした。シリルはハンサムで、みんなが見とれ、尊敬するような若者だった。デボラに、黒いごくシンプルなワンピースを着させたがり、ヒールの高い、値段もべらぼうに高い靴を履かせたがった。彼女にまたがって背中をマッサージしながら、自分が一番影響を受けたスリラーの話をした。口がうまく、少し偉そうな口調で彼女をほめ、デボラは舞い上がった。デボラの怒りは熱烈な恋に変わった。陽が降り注ぎ、車で小旅行に出かけ、田舎で週末を過ごし、夜は彼がＤＪをつとめてパーティーをした。女の子たちはシリルにつきまとったが、シリルは見向きもしなかった。デボラとつきあっていたのだから。時のどのかけらも、黄金のようにかがやいていた。シリルに知り合う前とは、状況ががらりと変わった。喉を棘で貫かれてしまう童話の鳥のイメージがたびたび脳裏に浮かび、消し去るのに苦労した。陽だまりでの無重力状態のようなこの生活が本物でないことを彼女は知っていた。シリルはお姫様のような生活をさせてくれた。収入の十倍も浪費していた。高級ホテル、電車の一等席、海の幸のレストラン、タクシーでの移動、朝食からシャンペン。ときどき彼が嘘をついているのにも気づいた。いろんな人にたくさんお金を借りているに違いなかった。辻褄が合わなくなってきている。シリルは自分のロマンを満足させるだけの金を持っていなかった。デボラはそのことを考えないようにしていた。

撮影の話を聞かされた時、デボラはすぐに折れた。シリルの窮地を救うためなら、と。かわいそうに、シリルは金の問題で困り果てていた。助けてほしいと言ってきた時の彼は真剣で、嘘をつくつもりもなかったに違いない。一度だけでいいんだ、本当にごめん、その後はどうするかちゃんと考えてある、自分は変わるからと。一度だけでいい。自分のものになった魅力的なこの身体、どうもなじめないこの身体を、シリルのために使っても別に問題ないと思った。一度だけなら。彼のためだ。二人で一緒に演じることになっていたし、それほど厄介なことには思えなかった。他の男にはけっして触れさせないとシリルは約束してくれた。彼は、サン＝ジェルマン＝アン＝レーで一軒家を撮影のために貸している男と知り合いだった。彼らは一緒にポーカーをやった。そこでその話が出たのだ。ところがいざ、朝の九時にそのシーンを二人で演じようとすると、シリルは勃たなかった。専門家たちはすぐに最終判断を下した、「勃たない」と。業界の人たちにとってはよくあるケースらしく、解決策はないという。ポルノ業界には、かならず勃つ男、長く持続させられる男がいることを、デボラはまだ知らなかった。その両方を備えた男は、すぐに失業する心配はない。他の男と撮影せざるを得なくなった。監督は結果に満足していた。デボラはライトに映えると言っていた。シリルはがっくりしてはいなかった。自分の彼女がうまく仕事をこなしてくれたことを誇りに思っていた。

二つ目の場面はもっとリラックスして撮れ、スタッフにほめられた。その時、自分が見知らぬ新しい人物になり、これから何年もその役を演じ続けることになるとは、まだ予想していなかった。変化する、それはどんな場合でも、自分の一部分を失うことだ。新しい自分に慣れていくうちに、剝がれていく部分にも気づいていく。喪の悲しみを感じると同時に、どこかほっとする。それが彼女の旅だ。旅路を続けるしかない。

帰路の車の中で、シリルは気をつかっていた。くらくらするようなテクノ音楽を大音量でかけ、片手を彼女の腿に置いていた。デボラは流れる景色を窓から眺めていた。一週間後、シリルは別の撮影計画の話を持ってきた。やばい状況なんだ、金を返さないと鼻をへし折られる、大好きだ、助けてくれと。この時から二人の関係は逆転した。スターは彼女の方だった。

ポルノ業界では、他の女優の激しい敵意を見て、自分の成功の大きさがわかった。誰もが自分と一緒に仕事したがった。それはまた新たな変身だった。シリルはお得な値段で豊胸手術をしてくれるところを見つけてきた。一度目の豊胸手術。それはまた新たな変身だった。デボラがどこかへ現れれば、誰もがセックスのことを考えずにはいられない。誰もが彼女の胸しか見ていない。でも彼女は自分の頭の中にある完璧な身体を実現するための最後の二キロを減らすことができずにいた。

撮影現場にはコカインを吸っている人たちがいるのに気づいた。デボラはすぐには手を出さなかった。彼らは白い紙の小さな包みを受け取ってはトイレに行っていた。一度はまり込むと、彼女はまっさかさまに落ちていった。まさかそんなに痩せられるとは思わなかったほど細くなった。鏡で自分の姿を見てうっとりした。こんな女の子の身体の中で生きられるなんて、信じられないほど幸運だ。

粉に鼻をつっこんで二週間も経たないうちにシリルを追っ払った。マゾヒスト的なロマンスなんかもういらない。自分が寝に行ってしまうと、いざという時のために取ってあるコカインにシリルが手を出す、それも耐えられなかった。彼にはうんざりだった。おれはおまえのエージェントだ、などと言いながら、何もしていない。撮影の予定も入れてくれないし、ギャラの交渉もしない。現場に行くと、その辺の人たちと冗談を言いながらビールを飲んでいる。何か必要になると買い物に行くくらいはしてくれるが、直前に監督がこんなシーンを撮ると発表した時、彼女を守るためにその場に出てきてくれるつもりなんか、からっきしない。あたしは輪姦のシーンを撮るためにきたわけじゃない。クラシックなシーンだって言ったじゃない。四人の男のを次々尻の穴に、なんてのも、冗談じゃないけどごめんよ。ノンと言ったらノン、あたしを新米女優だとでも思ったの？　あそこの四人の男どもから一人選びなさいよ、そいつでフェラチオ、アナル、射精、全部のシーンを撮って、なんとかしなさい。それって同じじゃないのよ。ああ、そう、あたしのキャリアをめちゃくちゃにしようっていうのね。そんな目にあったことないわ。シリルは必要なくなった。カバンにコカイン一グラム入れておけば、誰も必要なかった。厄介払いできてよかった。

そのうち、デボラは地方のエロティックサロンでパメラに出会った。サタナが自殺したすぐ後だった。二人はコカインを吸いながら一晩中サタナのことを話した。日が昇った時、パメラは言った。

「やめるわ、コカイン」

「あたしも」

「ほんと？」

「決まりよ」

二人は一緒に電車に乗った。二日後、パメラは電話してきた。「まだやめられてる。そっちは？」「あたしもよ」最初は深い考えもなく、お互いにプレッシャーをかけ合っていた。どちらもしばらく中断するだけだと思っていたのだが、次第にそれは奇妙な競争になった。「やめられてる？」「こっちも大丈夫」その話をするために二人は会った。最初は、よかったわ、簡単だったねと語り合った。すぐに二人は、どれだけつらいか打ち明けあうようになった。けれど、どちらも先に脱落したくはなかった。自分の強さを証明するため、そして連帯を示すために、もうクスリには手を出さなかった。しかし、自分たちをだまそうったって無駄だ。明らかに、コカインのある人生の方が、ない人生より楽しかった。それは、そうと意識せず、お互いがお互いに贈ったプレゼントだった。二人はコカインを卒業したのだ。二人とも、あれほどどっぷり浸かっていたのに。

パメラは欠落感を上手に埋めていった。スポーツを始め、トレーニングのDVDを買って、テレビの前で腕立て伏せ、腹筋、V字バランス、有酸素運動をやり、記録をつけた。彼女は生き生きしていた。デボラの方はそうはいかなかった。仕事とコカインの両方をやめた後の自己管理は難しかった。また太り始め、そのことばかり考えてしまう。出会う男たちには警戒心を抱いた。タクシーで移動するお金ももうなく、一人で地下鉄に乗らなければならなかった。よく泣きたくなった。

それから、あのコンサートの日。リディア・ランチ。性転換した小柄な男は本当にかわいらしかった。デボラは、今の状況から脱け出す方法はそれしかないと悟った。今までの体を脱ぎ捨てるためだけにテストステロン注射を始めると言えば、トランスジェンダーのコミュニティーで反発を買うに違いないことも感づいた。内分泌科医には嘘をついた。なぜ豊胸手術をしたか、自分をずっと男性だと感じてきたのかどうかなどの点を説明しなければならない時、それは面談というよりもはや尋問だったが、インターネットで読んだことすべてを吐き出して問題を回避した。幸いにも、担当医はポルノを見ていなかった。うまくだませた。ジェル、注射。内面までこれほど変化するとは思っていなかった。性格は変わらなかった。だが感情の強さが変わった。ドラッグほどくっきりした効果ではないが、バランスは奥底から回復していった。もともとは逃げの手段で、自分に制御できなくなってしまった状況から抜け出すための絶望的なあがきが、人生でもっとも冴えた決断だったことがわかった。他の性転換者には、ネット上で嘘をついた。彼らの言っていることをコピーペーストした。「ダニエル」という入れ物に入って行動すればなんでもうまくいったから、なぜ自分はこれほど運がいいのかと自問するほどだった。ポルノスターのデボラとして楽しんだ後、誰にでも愛される、かわいくて感じのいい小柄な男のダニエルになれるなんて。高級車を乗り回しているようだ。今や、店に入っていけば丁寧な対応を受け、他の男たちに話しかければ感じよい反応が返ってくる。男たち同士はこんなに仲がいいんだってことがはじめてわかった。

そして今、ダニエルはパメラに恋している。ダニエルになる前、デボラだった頃から恋していた可能性もある。一緒に過ごした最初の夜から。とにかくダニエルは自分でそれを認めている。次のステップは、パメラに告白することだろう。今、二人はテレビの前に座って『ゲーム・オブ・スローンズ』を観ている。話についていけていないダニエルは「ちょっとこれ、めっちゃ複雑じゃない？」と声をあげる。パメラはテレビ画面を見ておらず、テトリスのゲームを続けているが、すぐに言い返す。「あんたの頭が固いのよ、話は明快じゃない」ダニエルは携帯電話に着信したメッセージを開いて、パメラにきく。

「サタナの娘の家に調査で来た女性、なんて名前だっけ？」

「名乗らなかったらしい。アレックス・ブリーチのことを話したいって」

「ハイエナっていう女の人がサタナのことで話せないかって言ってきてるけど」

「まさか？　見せて、ありえない——あなた、名前も変えて、性別も変えて、携帯の番号を七百五十回も変えたのに、どうやって見つけられたの？　アレックス・ブリーチ関係だと思う？」

「いまさらサタナに矛先を向けるとは思えないよ……だいぶ前に死んでるんだから」

「もちろんそりゃあまりに不当だわ。なんて答える？」

「ハイエナを名乗る女に？　何も。何も返事しないよ」

ダウンジャケットを着てフューシャピンクの布製トートバッグを脇に抱えた金髪の女の子が、手すりにつかまってスティーヴン・キングの最新作を読んでいる。眼鏡をかけた褐色の髪の女の子は黒地に白い水玉のシャツの襟元のボタンをはずし、真珠色のイヤリングをして、チューインガムを噛んでいる。黒人のスキンヘッドの若者は赤いスタジャンをはおって黒い太縁の眼鏡をかけ、携帯電話でメッセージを打っているが、何か不愉快なことでもあるらしい。リュックサックをしょって黄色の蛍光色のイヤフォンをかけている四十歳ぐらいの男は足を開いて座っており、この町をよく知らないようだ。ヴェルノンは五番線をずっと下っていく。パリの奥に入り込むにしたがって、人間は多様になる。東駅を過ぎると車両はぎゅうぎゅう詰めだ。顔を見つめすぎないように気をつけつつも、ヴェルノンは乗客を観察している。人をかきわけて車両の中を移動していく一人の女性は、キャリーに赤いケーブルで小さなアンプを固定してひきずり、きれいなしゃがれ声でフラメンコを歌う。

リディア・バズーカの家では結局ひどいことになった。まだ衝撃がおさまらない。二週間はあそこに落ち着いていられると思ったのに。音響専門の彼氏が仕事でMのツアーに行っていて、しばらくオフの日もないと聞いていたのだから。ようするに自由にできる状況で、ヴェルノンはあっというまに自分の家のようにくつろいでしまった。リディア・バズーカは思っていたよりも感じがよかった。ヴエルノンは約束どおりアレックス・ブリーチのことを話すために扉の呼び鈴を押した。キッド・ロコの「ヒアー・カム・ザ・マンチーズ」が、ぬいぐるみだらけの部屋に大音量でリピートされていた。女は時々へんなことを思いつく。この子はなぜおもちゃのコレクションをしようなんて思ったんだろう？　入るやいなや、ヴェルノンはソファがソファベッドでないのを見てとった。しかもソファの上には服が山のように積んである。この家に泊めてもらおうと思ったら、ベッドを共有しないとならない。彼女は小柄できれいな体つきをしていた。タトゥーの入っていない肌はとても白く、人間の肌でないようだった。ヴェルノンのためにビールを冷やしてくれてあった。ネット上でリディアはしつこく猛烈に彼を誘惑しようとしていたが、顔を合わせてみると少し恥ずかしがりですぐに赤くなり、そこが魅力的だった。ヴェルノンは最初の五分間こそ警戒していたが、すぐリラックスした。彼はピンときた、そういう子は何人も知っている。ジェーンズ・アディクション、ピクシーズ、ハスカー・ドゥ、ザ・スミス、オアシスなど、時代遅れの折衷主義的な趣味で、ヴェルノンが熱狂的に好きなものはないが、絶望させられるほど嫌いなものもない。リディアはロック・マニアで、この音楽ジャンルを知り尽くしていた。環境に順応できずレコードの世界に逃げ込んでいる女の子。仕事机の上にはアレックスの写真が鋲で何枚も留めてあった。本物のファンだったのだ。ヴェルノンは別にそれに文句をつけるつもりはない、ロックにはそういう聴衆も必要だ。ファンはアーティストのことをうまく語れないというが、逆にヴェルノンは、地方公演の日を一つたりとも間違いたくないから二晩続けて徹夜したりできるのはファンだけだと思っている。

ヴェルノンは腹がすき、自分で目玉焼きを作った。台所はゴキブリだらけで、リディアはゴキブリにあだ名をつけていた。彼女は好奇心旺盛で次々と質問をし、注意深く聞いている印象を相手に与えるすべを知っていた。ヴェルノンがアパルトマンに居すわるのも当然のように思っていた。

ヴェルノンはリディアが本の計画を話すのを聞いていた。計画を実行に移すことのできない人間のしゃべり方だった。店のカウンターに肘をついて、書きたい本のことを話す人間をどれだけ見てきたことか。ヴェルノンは、実行に移す代わりにその話ばかりしている人に独特な、熱っぽい饒舌を見分けられる。リディアはいい本を書こうとしている。いつだって、それが問題なのだ。「サラブレッドが駆けているところを描くんだ」と言ったからといって描けるわけではない。だいたいは、うまくいっても、轢かれたネズミみたいにしか見えない何かを書きなぐることになる。この子は空にそびえ立つカテドラルのような本を書きたいという。ベニヤ板でつくった小屋みたいなものしか納品できないだろう。

ヴェルノンは彼女にアレックスのことを語った。自分でも驚いたことに皮肉な調子にはならず、前置きとしてこういう言葉が口から出てきた。「最後に会った何回かは、あいつが明らかに助けを求めていたのに、ぼくは気づかないふりをしていた。周りの人間もみんなそうだったと思う。アレックスのことは大好きだったのに、何か行動を起こそうとはしなかったんだ。あいつは変な状況にはまり込んでいた。どうしてあんなに調子が悪そうなのか、ぜんぜん理解できなかった。しまいには自分を見失っていたな。アレックスはまだ目の前にいたけど、内側の彼はどこかへ連れ去られてしまっていた――死体泥棒に盗まれたように。きっと自分に見切りをつけたんだよ。ぼくはそれがまったく当たり前のような顔をして話を聞いていたんだ」リディアは「放っておいてあげるのも友人としての態度のひとつだわ」と言った。リディアは無名のグループで演奏していた頃のアレックスのことをまず話してほしいと言った。ヴェルノンは考えをまとめようとした。「昔からかっこよかった。女の子にはもてたな。それだけが他のミュージシャンとの違いだった。歌う時だけ目を覚ます感じで、ほかの時はぜんぜん目立たなかった。タッドやマッドハニーが来ると思っていたのにニルヴァーナが大ヒットした時みたいだった。ゴールに一番先に飛び込んでくると人々が思ってたのは彼じゃなかったんだ。ただ、ニルヴァーナの成功にはみんな納得した。アレックスの場合はそうじゃなかった。一番才能があったのはアレックス・ブリーチじゃない、だから彼が賭け金をかっさらっていくのは不公平だと考える人たちがいた。誰からも愛されるというのがまた彼の評判を傷つけた。なんだか耳当たりのいいポピュラーミュージック歌手みたいで。違う音楽が聴きたくなってしまう。けれど成功は、美と同じく、有無を言わせない。いろんなものを引きつける。しかもいつどこにやってくるかわからない。昔の彼を知っていた人にとって、黒人だってことは問題だったのか？　いや、そんなことはない。アレックスがインタヴューでそのことを前面に出し始めた時、彼に不利に働きだしたんだ。あんなに成功しておきながら、黒人だから苦労するなんてべそをかくのはふざけてるって思った人がたくさんいた。でもはじめ、肌の色は髪型くらいの重要性しかなかった。彼にとっても、ぼくらにとっても、たぶん」

ヴェルノンはアレックスが自分の家で撮った映像のことも話した。きっと出版社がお金を出して取り返してくれるわとリディアが言うのを期待して。アパルトマンから追い出され、千ユーロないと持ち物を取り戻せないのだと、自分の本当の状況さえ話した。リディアはヴェルノンがホームレスだって別にいいと思っている自分の気持ちを隠せなかったが、アレックスの未公開の自己インタヴューがあると知ると、興奮して足を踏み鳴らした。ヴェルノンがちょっとでもそのインタヴューを聞いてみなかったなんて信じられない。でも金の件については聞く耳を持たなかった。「それ自体にはまったく価値はないわ。アレックスがその中でオルトフー（フランスの政治家、欧州議員）の愛人だったと打ち明けているなら、何か引き出せるかもしれないけど。でも出版社はあれ以上一銭たりとも出さないから、諦めて。わたしの本にとってはすごくプラスになるわ、誰も公開していないインタヴューの抜粋が入れられたら」

ヴェルノンは、常識的に考えて、パソコンを返さないことにはエミリーに電話してカセットを返してくれなんて言うわけにはいかないと説明し、リディアの熱をさまそうとした。リディアはがっかりしたが、何か方法があるはずだと信じて疑わない。彼女は友達に電話し、そいつがコカインを一グラム売りにきた。それから二人はアレックスのことや過去の話をして夜を過ごした。ヴェルノンはセックスのことも考えたし、二人とも相手がそのことを考えているのはわかっていた。ただ、彼女の家に泊まるためにセックスしなければいけないと思うと、ヴェルノンは冷めてしまった。朝方になってから、二人とも服を着たまま一つのベッドの上に倒れこんだ。何分かしてリディアは彼の方へ近寄ってきたが、ヴェルノンはもう眠ったふりをしていた。

翌日、二人はアパルトマンに閉じこもったまま、コカインを吸った翌日の穏やかな幸福感に包まれて過ごした。リディアはまったく面白い子だった。ヴェルノンが彼女に触れなかったことにも機嫌を悪くしなかった。アレックス・ブリーチのアルバムにどうやって出会ったか話してくれた。姉の友人が教えてくれたのだが、あまりに夢中になり、そのことを誰にも話せないくらいだった。歌手にはじめてインタヴューした時のことを話す彼女は、マリア様に会った話をしているみたいだった。

それからリディアは急に話をやめ、ヴェルノンに飛びついた。文字通り、はねて背中から絡みついたのだが、不器用すぎてかわいらしかった。最初、ヴェルノンは彼女のキスのしかたが嫌いだった。興奮しすぎて自分の歯を彼の歯にぶつけてくる。十分もしないうちに、リディアは彼にまたがってベルトを外しにかかっていたが、その焦りようは、ヴェルノンを興奮させるより戸惑わせた。ポルノ世代の子らしく、気づまりなほど情熱的な演技をし、どんな体位でも抱かれた。しまいにはヴェルノンも興奮してきた。体操選手のような小さな体は、ヴェルノンのどんな気まぐれにも応じて動いた。フェラチオの名手で、舌と唇をどんなふうに使い、他の人の知らない何をしているのか、具体的に知ることなど不可能だった。たぶん、生来のリズム感覚なんだろう。でも射精する瞬間、ヴェルノンはたいして感じなかった。

リディアとは一緒に暮らしていて楽しかった。彼女はしょっちゅう、小さな女の子みたいにいきなり笑い出した。ヴェルノンは彼女の家でくつろいでいた。自分のフェイスブックのページに行ってくだらない書き込みもした。リディアの彼氏がいつかは帰ってくるだろうから、撤退後の場所を確保しておかなければならない。シルヴィは怒り狂っていた。それを見てヴェルノンは消耗した。怒り狂って精神がやられてしまっているも同然のシルヴィは、ヴェルノンと友人全員のページに挑発的な書き込みをしていた。嘘つき、泥棒、横領者、変質者、テロリスト、未成年を暴行した男、娼婦と寝ているやつ、など。シルヴィは家から物を盗まれたことよりも、ヴェルノンが急に彼女の前から消えたことに腹を立てていた。さいわい、自分の知り合いの大半には揺るがぬ女性蔑視の傾向があったから、シルヴィの誹謗中傷はよくあるヒステリーの発作と思ってもらえそうだった。それでもシルヴィの派手なやり方は心配だし、とりわけ、静まる気配がまったく見えないことにぞっとした。彼女のメッセージをブロックし、友達に見られないようにして、シルヴィの怒りを解くために何か屈託のないメッセージを送ろうと思った。ガエルが彼にコンタクトしてきていた。「ちょっと、あなた、彼女ができたみたいね?」と。ヴェルノンが事情を説明しようとして「一緒に寝ただけなのにその気になっちゃったみたいなんだ」と書くと、ガエルは「気にしないことよ、あんな女がまんできない、いつも、相手かまわず嫌なことしかけてくる人よ。ヴェテラン君、だいじょうぶ？」と答えてきた。そしてヴェルノンが泊まるところを探していると知ると、自分の電話番号を残してくれていた。彼女が住んでいるところに空き部屋が一つあるという。リディアにメッセージを読んできかせると、いつも女の子のところに泊めてもらうことに驚きを隠せずにいる。ヴェルノンは彼女を抱き寄せ、リディアはキスを拒まなかった。

「妬かないで。ガエルとはそういう関係になる危険はないんだ。いつもバイセクシュアルだって言ってるけど、男といるところは見たことない」

「わたしには、嫉妬深いっていう欠点はないの。人はみなそういう欠点を持てるわけじゃないのよ。でもどうしていつも女の子のところに泊まるの？」

「結婚した男には、男友達を家に連れてくる権利がない。家族や子供がいない男には仕事がない。そういうのは自分の生活を思い出して嫌なんだ。女の子の家の方がいい」

ある日、リディアはヴェルノンの写真をインスタグラムに上げた。別に物議を醸すような写真ではなかった。ヴェルノンはパソコンに向かって身をかがめ、イヴ・モンタンのカバーをしているイギー・ポップの録音を探していた。光のせいで頬がこけて見える、美しいポートレートだった。じつはヴェルノンも自分のこんなにハンサムな姿は見たことがなかった。後ろにはところどころコカインで白くなった鏡、横には切ったマクドナルドのストローがあり、楽しげな雰囲気を醸し出していた。

どういう経緯でシルヴィはその写真に行き当たったのだろう。どうやってリディアの住所を見つけたのだろう。一晩中インターネット上を探したに違いない。たいしたものだ。

次の朝、ヴェルノンとリディアは一緒にひっくり返っていた。クスリをやりすぎてセックスする気にもならず、かといって眠るにはハイになりすぎていたところへ、誰かが入り口のドアを強く叩いて揺さぶった。しらふの時でも驚いたろうが、そういう状態だったので、スコセッシの映画に放り込まれたような気分になった。警察のヘリコプターが舞い降り、血の海が見えてくるようだった。しかも、リディアがドアを開けても事態は収まるどころではなかった。

こんな小さな存在が、これほどの騒音と物的な損害をもたらせるとは。ヴェルノンはこのアパルトマンに来てはじめて、醜いぬいぐるみのコレクションの有用性を知った。つまり、壁に投げても壊れないし、音もしない。だがそのせいでシルヴィの破壊的な怒りはよけい増したようだった。

シルヴィはパソコンを二つ壊し、ベッドをずたずたにし、ソファに穴を開け、皿を割り、レコードを踏んで粉々にし、次は窓に取りかかろうとしているのが見て取れた。その先は、家の構造部分そのものがやられる。憑かれたようにヴェルノンをののしる言葉を叫んでいたが、その内容は二人の関係から大幅に逸脱したものだった。二十年あまりの歳月にたまった欲求不満と失望のすべてを彼に投げつけていたのだ。ヴェルノンは彼女をつらい目にあわせた男全員の代表になっていた。

ヴェルノンは手のつけられない猛獣を落ち着かせようとしているかのように、恐怖心を抑えてシルヴィにささやきかけながら近づいた。やさしく話しながら近寄ると、シルヴィはおとなしくなった。ヴェルノンは「おいで、コーヒーでも飲みながら話そう、ここにいる人はただ泊めてくれているだけの人なんだ、ぼくたち二人の話を聞かせてもしょうがない、行こう」と言っていた。シルヴィは抵抗しつづけ、「この女からは何を盗んだのよ？　この人とも寝たんでしょ？　マドモワゼル、誰を泊めたかわかってるの？　この人間がどんなやつだかまったくご存知ないのよ！　ヴェルノン・シュビュテックスがどんなやつだか！」と叫んでいた。だがしまいにはヴェルノンと一緒に外に出た。

ヴェルノンはシルヴィと二人でカフェに入るのかと思うとぞっとした。シルヴィは警察に行って、委託品横領、盗難、隠匿の件で被害届を出したと何度も言った。はったりなのかどうか、ヴェルノンには判断できなかった。あまりの度を越した事態に、もしシルヴィがピストルを取り出し、頭に一発撃ち込んできたとしてもヴェルノンは驚かなかっただろう。シルヴィは完璧に何かに取り憑かれていた。しかもすぐにヴェルノンは気づいた、シルヴィが望んでいることはただ一つ、自分が一緒に彼女の家に帰ることだと。こんな大騒動を起こしておいて？　ヴェルノンは少し迷っているふりをし、先に帰って待っていてくれと言った。リディアの家に行き、謝り、持ち物を引き取ってこないとならない。シルヴィはその言葉を信じたが、ついていくと言った。自分のしたことを後悔しているから、弁償したいと。ヴェルノンは手をかざし、だめだ、一人で行くという合図をした。シルヴィはヴェルノンが嘘をついていることに気づき、怒りは再燃した。ヴェルノンに飛びかかって殴ろうとし、ヴェルノンが殴り返さずに身を守ったので肩にがぶりと嚙みついた。ヴェルノンは相手を押し返し、走って逃げた。シルヴィは高いヒールを履いていたのでついていけず、「そいつを止めて！」とわめいたが、誰も注意を向けなかった。ヴェルノンは走り続け、地下鉄のオッシュの駅のあたりでついに地面に倒れこんだ。

歩道に座り、息が整って立ち上がれるようになるまでには何分もかかった。脚はまだ震えていた。何も持たずに出てきてしまった。リディアの住所も持っていなかった。尻のポケットにはｉＰｏｄと二ユーロとタバコを巻く紙に書いたガエルの電話番号しか入っていない。出てきたアパルトマンを探してパンタンの町をさまよった。まだ自分を探しているシルヴィに出くわすかもしれないと思うと身の毛もよだつ思いだったが、通りをぜんぶ端から端まで歩いた。リディアの家の下にはヴェリブ（パリのシェア自転車）の駐輪場があるのを覚えていた。朝、リディアは窓から駐輪場が悲惨な状況になるのを眺めていた。「黒人たちは自転車に恨みでもあるのかな、どうしてだろう」とつぶやきながら。というのも、毎回、誰かがやっきになって自転車を壊そうとしているのが見え、それはいつも黒人の男の子だったからだ。「自転車に火をつけようなんて思いつく？ 何か意味でもあるのかな」

探している道がどれなのかわからなかった。ヴェルノンはしまいに、通りがかりの若い女の子に二ユーロを渡して電話を貸してもらい、ガエルに電話した。その女の子は電話を差し出し、持って走り去らないようにヴェルノンを壁に押しつけていた。ヴェルノンが驚いたことに、ガエルはすぐに電話に出ると、もちろん大丈夫、来てよ、すぐ会いましょ、サンマルタン運河のカフェで待ってる、それから一緒にアパルトマンに行けばいいと言った。

ヴェルノンはレピュブリック広場を横切る。若いロマの男女がマットレスを折って銀行の壁に立てかけ、座っている。二人は恋人らしいが、何か心配事があるらしく、物乞いもせず、もたれあって何か大切なことを話し合っているようだ。

ガエルは変わっていなかった。首も手首もタトゥーだらけだったが、それ以外は顔もほぼ昔のままだった。彼女が好きなのはバイクとヘルズ・エンジェルズ、潤滑油で手を汚さなければいけないことのすべてだった。まだ少女の面影を残していた頃に店にやってきた。ヴェルノンは「ブッチ」という言葉をそれまで聞いたことがなかった。八〇年代の終わりに、トラック運転手みたいな外見をした女の子をそう呼んでいたのだ。だがガエルはブロンドで子供っぽくきゃしゃな子で、その呼び方は似合わなかった。彼女はクレイジー・キャヴァンやイージービーツやデイヴィッド・ボウイを聴いていた。ガエルはセーターの下に隠して一気に何枚もレコードを盗んだ。『クリスチーネ・F～麻薬と売春の日々～』でそういう場面を見たらしいが、ガエルには犯罪者の才能がまったくなかった。盗みをやってみようとする動じない心は持っていたかもしれないが。ヴェルノンは彼女を叱ったものの、店の出入りを禁じることはできなかった。ガエルは興奮しきった子猫にそっくりだったから。

ガエルはヴェルノンを「あたしの古いお友達」と呼んで、ヴェルノンの肩に両腕をかけ、胸を張ってバーマンに紹介した。「見て、この人よ。一緒にヴェトナム戦争に行ったの」ガエルは面倒な質問はしない。彼女はアレックスのことをよく知っていた。コースターを細かくちぎり、かけらで同じ高さの山を作りながら彼のことを話した。

「遅かれ早かれ、そういう電話はかかってくるはずだってみんなわかってた。『アレックスが死んだ』ってね。でも心の準備があっても、実際にそれが起きた時の衝撃が軽くなるわけじゃない。あたしはああいう男になりたかった。大胆不敵で、かっこよくて、才能があって、手のつけられない男。思い出すじゃない、コンサートの時の彼の体の動き。最後の何年かはもうできなかったんだね、危ない跳躍はしなくなったけど、前はさ、覚えてる？　舞台で見た一番かっこいい男の一人だな。最後の方のコンサートでは、ミュージシャンたちを舞台に残したままいなくなることがあって、バックステージに何か取りにいってたみたい。悲しい光景だった。あなたも彼にまだ会ってたの？　死んだ人たちの振るまいはそれぞれ違うわね。死だけを待ちかねていたようにさっと消えてしまう人もいる。まだあたりに漂ってて、夢に会いにきて、何か求めている人もいる。アレックスは夜中にわたしを起こして非難するの。助けようともしてくれなかったって。そういう時は言い訳するよ、こっちだって沈没しそう、誰も助けられる余裕なんかないって。でも後味が悪い。すごくつらい」

「きみにはアルファ波の話してた？」

「あなたにも？」

「一晩中聞かされたよ。あれは耳鳴りがしたね」

「その件ではしつこかった」

ヴェルノンは、鍵を中に入れたままアパルトマンのオートロックの扉を閉めてしまい、スーツケースが中に入っていて、友達が明日にならないと戻ってこないので困っていると嘘をついた。ガエルは信じられないほど理解があり、「今夜のことなら問題ない、うちには着替えのTシャツと髭をそるためのものぐらいはあるから」と言う。パスポートを更新して保険証の問題を解決するまでパリにいるつもりだとヴェルノンが言うと、ガエルは同情を示した。保険証？　そんなの何週間もかかるんだから、すぐになんとかなると思っちゃだめよ。「あいつら、仕事が多すぎるなと思ったらどうするか知ってる？　書類を捨てるの。ほんとだってば、医者をやってる友達が言ってた。フランスを離れてたからわからないんだね、ここは変わったのよ……ううん、自分のアパルトマンは持ってない。もうだいぶ前からないわ。あたしだって保険になんか入ってない。あたしは病気になんかかからないからどうでもいいの。でも今いるところはなかなかいい感じよ、見ればわかる。すごく大きくて、八区にあるの。お役に立ててうれしいわ。リヴォルヴァーでどれだけ盗んだか考えたら、借りがあるもの。でも迷惑はかけないでよ。もし、少しでも変なことしたら、見つけ出して歯を全部へし折るからね。そのつもりで。親切でやったことを後悔させないで。でもそんなことにならないかぎり、お役に立てるのがうれしいの。ついに一緒に寝たっていいわ、あたしの彼女は別のところにいるから。もちろんうそよ、ここはアブデラティフ・ケシシュの映画の世界じゃないんだから。彼女はあたしより二十歳も若いの。年がら年中、人を呼んで大騒ぎしたがるのよ、こっちは疲れちゃう、あの年頃の子のエネルギーってすごいから……。あたしが若かった頃は、レズビアンであることは大変だった。今の若い子たちは毎日のようにパーティーもあって、自分らしく生きてる。そういうところで二千人も集まって踊り狂ってるの。今の女の子たちがどんなふうにセックスするか、あなたには想像もつかないわよ。すぐにディルドやおっきなリアルスキンやなんかを取り出して、それが完璧に普通なことなの。あたしが何年も迷ってからやり出したところから、若い子は始めるんだからね……」そしてガエルは柔らかい手触りとか新しい張り型の使いやすさなどを説明し、自分が何をしているかわかっていないふりをしてヴェルノンを熱くした。

ガエルがどんな仕事をしているのか、ヴェルノンには理解できたためしがない。決まったアパルトマンに住んでいるわけでもなかったし、子供もつくらず、二十歳の時から暮らし方を変えていない。実際の年より十五歳は若く見え、それはファンデーションを塗らないからだと自分では主張している。ガエルは金持ちの家に生まれた娘だ。現金はあまり持っていないらしく、ビール一杯の値段をヴェルノンと同じくらい気にする。だがガエルは王女様のメンタルを持っている。彼女の心理に、負けと言う言葉はない。途方もなく密な濃い生活を送っている、ボヘミアン、芸術家の一人だ。彼らは文無しではない。失業手当を支給されていても、監獄に入れられても、皆と同じように苦しみを味わわせてやろうと内臓でも取られないかぎり、物質的なつまらないことを超えた上空をただよっているのだ。何も持っていないおかげで、飄々（ひょうひょう）としていられる。

ガエルは三階分からなるアパルトマンにヴェルノンを連れていった。全部で三百平米はあるはずで、一回りしただけで疲れてしまう大きなスーパーマーケットにいるみたいだった。最上階には長いテラスがあった。眼下にはパリの屋根が見渡すかぎり灰色の単彩画のように広がり、空は途中で切れ、日が降り注ぐのは一日のうち何時間かだけだった。町におおいかぶさる蓋のようだ。テラスは高すぎて、通りを行く人の輪郭はぼんやりとしている。視線はどんよりした空の方へ誘われるが、見えるのはたえず行き来している飛行機の影だけだった。ヴェルノンは寒さに震える。ガエルがビールの缶を開け、プルタブのカチッという音と吹き出すガスの音がヴェルノンの気持ちをたちまちほぐした。ガエルはどんなありふれたことをするにもライダーの仕草でやるから、妙に官能的な感じがする。

「だれがこんな大きなアパルトマンを考え出したんだろう?」

「子供の多い家族よ。あたしたちのいる階は使用人たちの階だったの。下の階は、四人子供がいれば全部の部屋が埋まってしまうし、上はレセプションのための階」

「こんな家って、いくらで借りられるの?」

「買うのよ。これは思いつきで買ったらしい。この界隈だし、三百万ユーロは下らないね。買った人は現金を持ってたから、少しまけてもらったはず。そのくらい痛くも痒くもないのよ。トレーダーで、恋人は勉強を続けてる。二人ともほとんど外にいるから、これからわかると思うけど、誰もいなくて静かだわ。だけど、気をつけて。冷蔵庫の中にあるものを飲み食いしちゃだめよ。あの人たち、そういうのは我慢できないから。喉が渇いたりお腹がすいたりしたら、降りて買ってきてね」

「だいぶ前からここに住んでるの?」

「ちょっと前から。でも家にあまり長くいないようにしてる。うんざりしてくるの。初めの何日かは面白がってられるけど、朝コーヒーを飲みに降りていけば、おかしくなってる人間が台所に十人もいて、もう自分で何を言ってるかもわからずに、キリストの本当のメッセージとは、なんて同じことを繰り返してる。しばらくいると、気が滅入ってくるわ。でも十日間ぐらいなら、王様みたいに暮らせるよ」

「助かるよ、ほんとに」

「今晩、音楽を流してくれるだけでうまくいくわ。ここの主人がちょっとしたパーティーをするの。ＤＪだって紹介するね」

「ｉＰｏｄは持ってるよ。Ｍａｃがあったら貸してくれる？　プレイリストを作ればその方が簡単だから。ネットも見たいんだ、スーツケースを置いてある部屋の持ち主に連絡しないといけない」

アパルトマンが見つからなかったとリディアに説明するためにメッセージを書こうと思うと、今日の午後の光景が思い出されて喉が締めつけられ、血も凍る思いがする。

最高じゃないか、今日の音楽は。この男は天才だ。ガエルはやっぱり信用できる。一目見た時は、このつまらない中年男は誰だよとみんな思ったが、iPodをつなぐやいなや、こいつは神だ、耳に聖水が染み込んでくるようだと感じた。クリプシュのスピーカーからロッド・スチュワートが流れてくる。こいつは普通じゃない、ぎりぎりのところを狙って、ピタリと着地する。プレイリストのナディア・コマネチってとこだ。今夜から、この男を住み込みDJにしよう。レッド・ブルとコカインを携えて女の子たちがぞろぞろやってくる。ほろ酔いの尻軽な俗っぽい女たちだが、日が暮れてからおれたちが好むのはそういう女だ。どこかのあほが観葉植物の中に吐いている。キコはそいつの肩をつかみ、「すぐに出て行け、うちから出て行け」と耳に叫ぶ。男は何かぶつぶつ言っているがキコは耳を貸さず、扉の方へ押しやる。酒でつぶれるみっともない男は大嫌いだ。透き通るような金髪で骨と皮だけの女が奇妙なヒールを履いてよろめいている。鎖骨がくっきり見え、キコは一本、骨をへし折ってやりたくなる。クスリづけの神経細胞。彼はベランダの手すりをまたいで飛び降りたくなる。ただちょっと肝を冷やさせてやるだけさ。今朝起きた時キコは、今夜はおとなしくしていようと思った。休息も必要だ、日本料理を食べ、映画でも観て、寝て、疲れを取る。しかし家でパーティーがあることを忘れていた。キャンセルしてもよかったが、予定通りにやるよりも中止させるほうが面倒だった。

クラウディアが訪ねてきた。《ヴォーグ》誌の表紙を飾る写真の撮影のためにパリに来ている。めざした道で成功している人間が彼は好きだ。いいエネルギーを発散しているから。撮影で一緒の女友達を連れてきたが、すでにああいうスーパーモデルたちは前世紀のイット・ガールだ。完了形だ。たくさんいすぎるのだ。使い捨てだ。負け組の男たちさえ最近はランウェイから下りてきた女をベッドに招く。彼はその言い回しが面白いと思ってツイッターに投稿する。彼は上海にいるジェーとツイッターでバトルをしている。あっちでは今何時だ？　あいつ、こんな時間に「自分が吐いた緑のやつを研究中」なんて投稿をするなんて。証拠写真つきで。気色悪い。気持ち悪くなること以外に、あっちで何をやっているんだか。ジェームズ・ボンドの最新作を観て以来、キコは上海に行こうと心に決めている。仕事でじゃない——もし行けたら、せめてホテルから出る時間があるといいんだが。街を感じたい。だが休みは少ない。すごくややこしいのだ。できる限り多く金を稼ぐことに時間を費やしているが、金を使うには労働時間の短縮が必要だ。だがキコの仕事では時短なんてものはない。彼の仕事ではスピードが神だ。同じ畑でない人間は理解してくれない。みんな、キコが企業の研究をしていると思っているが、キコはスプリンターだ。百分の一秒単位で反応し、機械のように正確なリズムで動く。ブラックホール。株価の暴落は一秒半で起きる。利益を得る人間は十億ユーロ単位で儲ける。失う人間も同じくらい失う。そして自分はその責任を負っている。超不安定な世界。キコは地面に足をつける暇もない。アルゴリズムの波長に応じて方向転換する。地下の脈動に耳をすませ、普通の人間には聞き取れない音を聞いている。音速で反応するのだ。一兆単位の金が、一秒単位で動く。彼はいつも身構えている戦士中の戦士だ。ブリトニー・スピアーズの「ワーク・ビッチ」がかかっている。彼はいシュビュテックスはもう友達だ。自分の考えを読んで、場内を踊らせるために何をかけたらいいかわかってくれる。ジムのワークアウトの音楽。

ジェレミーは今すぐ髪を切ってくれとしつこくマルシアに言っている。キコはもうジェレミーの存在ががまんならない。前は面白くて魅力的な男だった。親友だった。でももう見ていられない。二人は子供の頃からの知り合いだ。ジェレミーはもはや歓迎されていないことが理解できない。居座っている。彼は文無しなのだ。クスリにはまってから、父親が生活費を送ってこなくなった。諮問委員会もやめさせられた。当然だ。ジェレミーは椅子を何度も投げつけて会長のオフィスをずたずたにした。その時はみんな笑ったが、しばらくしてみれば、別に面白くもなんともない。物事はきちんと分けて考えないといけない。お祭り騒ぎや破壊は、夜やる。昼間は鼻を掃除し、波風を立てすぎないように気をつける。ジェレミーにはうんざりだ。昨年の夏、ジェレミーが「カルヴィ・オンザロックス」に来たがって以来だ。一銭も持たずに現れやがって。恥ずかしいにもほどがある。キコは彼に言ったのだ、家には十人も泊まっているし、プールはオリンピックのプールじゃないんだと。それでもあいつはやってきた。失礼きわまりない。キコはそういうのが大嫌いだ。ドラッグとうまくつき合えないなら、解毒治療に行けばいい。長い間、二人は何につけても意見が合い、分かち難い友情で結ばれていた。でももう無理だ。ジェレミーは波乗りの感覚を失った。彼は今やキコが道端に捨てていく群衆の一部になった。キコは人殺しになっても罪悪感など感じない。誰にでもできることじゃないのはわかってる――リングの上に留まり、冷静さを失わないのは難しい。知り合いのほとんどはもう使い物にならない。試合は長く、厳しい。多くの馬を乗り潰さねばならない。キコは皆が消えるまで競技場に残るだろう。ジェレミーは終わった。父親が完全に見放すことはないだろうが、もうあいつは壊れてる。彼の脳みそは中国の古い揚げ菓子みたいになってるに違いない。揚げて、冷たくなった菓子みたいに。もうリングには上がれない。ジェレミーがマルシアの方へかがみこんでいるのを見るとむかつく。マルシアはまだキコを勃たせる。その効果は信じられないほどだ。もうそんなに若くもないし、自分のタイプでもないのに。マルシアは自分でよくわかっている。身体の動かし方が独特なのだ。呼吸がセックスになっている。全身からセックスの匂いをただよわせている。本物の女は男なんだ。その表現をツイッターに投稿する。彼は高速道路にかかった橋の上に身を乗り出している。ツイートが次から次へとやってくる。"Boule2Kriss"は、人形に似たいがために整形をしたバービー人形女のとんでもない話を書いている。かなりえげつないポルノ話だ。デペッシュ・モードの曲がかかる。ヴェルノンて男は天才だな。次にどんな曲がくるか想像もできないが、目もくらむような選曲だ。あいつの大脳皮質にはBPMが刻み込まれているんだ。ギアが上がってきた。肌で感じる、来るぞ、来るぞ。ジャネット・ジャクソンの「オール・ナイト」。部屋の隅の方は混沌としてくる。宇宙的で汚くて、彼の好きな世界だ。今夜は、クスリと酒が入りすぎていると女の子たちは乾いている、抱く時に痛い、男どもは包皮に気をつけな。キコはそれをツイッターに上げる。包皮のない、もう何も感じないペニスのやつは残念だね。今夜は、自分のをどの女の子に入れたっていい。女の子たちはそのために来たんだ、アパルトマンの大きさを見て熱くなり、その気のある男のを吸いたがっている。すべてお見通しだ。キコは敏感な感光板だ。ドラッグのせいだが、それだけじゃない。脳が巨大な熱交換器なのだ。東京の中心みたいに。一日中、彼は八つの画面を見張りつつ、電話で注文をする。複数のキコになるのだ。訓練の末、彼の脳はふつうの会社社長の百倍は速く回転するようになった。銀行の取締役がロバに乗って山に登るとすると、キコはロケットで移動する——巨人の足取りで毎日、世界を三周、市場から市場へと、だが地球の中心部を抜けて。情報を総括し、関連する情報を捉え、つなげる。発信者にして受信者。銀河間の情報分類センター。世界時間に接続している。シチリアの村もインドの大都市も、ツンドラからアマゾンの森まで、どこにも市場時間が流れている。我々の価値は速さで、同時偏在性こそ才能だ。隕石の動きは速すぎて、その軌道を変えることなど誰にもできない、フィーリングだけが頼りだ。キコは時間を感じ取れる。彼は時計の大きな針だ。地球時間をはかっている。彼は誰より速く、力強い。それはドラッグと何の関係もない。彼はちゃんとコントロールできている。朝は少量だけ、そして十四時の休憩まで働いて、一本目を吸う。完璧にコントロールできている、昼間は、波の頂上に留まるために必要な分しか吸わない。崩れ落ちてくる波の下には絶対に入らない。彼はすばらしいサーファーだ。このアパルトマンにふさわしい、このサロンで尻を動かしている女の子たちにふさわしい、きついドラッグにふさわしい男だ。身につけているベルルッティの製品にふさわしい存在だ。彼には影響力がある。求心力が生まれ、高まっていく。キコの代わりになるためなら誰だってすべてを手放すだろう。おっと、まさにこの瞬間にトレントモラーがリミックスしたエルヴィス・プレスリーが来た。まさにこの曲が必要だったんだ、この瞬間に。こういう粗野なのが女の子たちは大好きさ、激しく腰を振れるから。この男はほんとに天才だ、気に入った。自分のビジネスで、おれと同じことをやってる。キコは超絶技巧の持ち主だ、隕石のパイロットだ、自分の体そのものが隕石だ。こめかみに打つ血が聞こえる、自分の血の音が激しく聞こえる、気持ちいい。力強い音だ。慎み深くしているやつは、おれみたいになれなくて悔しいからそうしているだけさ。おいしいスープにありつけないから、そこにつばを吐くが、スープ皿を渡してやれば態度を変える。貧者が好きな人間なんかいない。あのヴェルノンていう年取ったアホも、もう少しで追い出すところだった。この家の敷居を越える資格のない人間を連れてこられるのはごめんだ。あいつのホームレスみたいな顔を見た時、スーツケースがないとかいう理由でシャツを貸してやらなきゃならなかった時、キコはいら立ちかけた。ガエルをじろっと見ると、彼女はキコの好きな、問題ないぜといった老カウボーイ風の顔をした。ガエルは自分が何をしているかちゃんとわかってたんだ。この男はいい仕事をしてる。昼間、客間にいた時は冴えなかったが、今この時間はプレイリストに身をかがめた姿がさまになってる。体はほとんど動かさないが――ほんものの男は踊らないものだ――音と一体になっている。一八〇度方向転換して、今度は熱くキッチュな音楽をかけるが、またもパーフェクトだ。キコはiTunesにちらりと目をやる。キャンディ・ステイトンの「アイド・ラザー・ビー・アン・オールドマンズ・スウィートハート」か。どうやったらここにこの曲を持ってこようなんて思いつくんだ？　まさに必要だった曲さ、コカインが入ってても女の子が熱くなれる曲。いかした夜だ、こんな男は見たことがない。どうしておまえは貧しいんだ、そんな汚い貧民のままなんだ？　紙の皿に載せた落花生で育ち、冷凍のクレープや抗生物質だらけの肉を食べて育ったにきまってる。貧者の文化、吐き気がするぜ。塩の入りすぎたものを食べ、公共交通機関を使い、月に五千ユーロ以下しか稼げない仕事にあくせくし、ショッピングセンターで服を買うのがせいぜいだ。飛行機に乗るとなれば、飛行場で固い椅子に座って飲み物も新聞もなしに搭乗を待ち、ひどい扱いを受け、ばかみたいに二等席で膝を折り曲げて旅行し、隣の席のやつの肘が脇腹に食い込んできてもひたすら耐える。蜂巣炎にかかった動物の肉をがつがつ食べる。一週間働いた末に家の掃除と買い物をする。自分に買えるかどうか調べるために、ものの値段を調べる。キコにはそんな生活はできない、銀行を襲うか、自分の頭に一発ぶっ放すか、何か解決策を見つけるだろう。そんなのはがまんできないのだ。そういう生活をしている人間はそれに見合ったやつらだ。キコみたいな人間に耐えられるはずがない。金持ちは貧者より何を多く持っているか？

与えられたもので満足しない気概だ。キコみたいな人間は奴隷のような行動はしない。何が起きようと二本の足でしっかり立ち、ひざまずくくらいなら死んだ方がましだ。他者に支配されるに任せる人間は支配されるだけの人間なのだ。これは闘いだ。キコは貪欲だ。転んで額を打ってもべそをかいたりしない。闘うためにそこにいるのだ。ジェローム・ケルヴィエル（フランスのトレーダー。二〇〇八年に不正取引でソシエテ・ジェネラルに巨額の損失を負わせた）が三日前にテレビに出ていた。相手の男が彼に「原料に投資なさっていた時は自分で何をしているのかおわかりでしたか」とか何とか、仕事とは何だか理解しようともしない人間のあほな質問をした時、キコは笑い崩れた。人は自分の尻の穴を調べて、それがいいものかどうか自問したりする時間があるだろうか。いちばん強く、いちばん速いのは誰か。それだけが問題なのだ。答えを感じ取れば、行くしかない、飛びつくんだ。テレビの司会者は市場の状況を嘆き、ケルヴィエルを招いて、自分にすべての責任があると言わせたがっている。いや、正しい質問をするべきだろう。誰が番組を売っているのか？　そこに世界の支配者がいるのだ。産業の世界のことはもう何もわからないと泣きべそをかくかわりに、グーグルが何を作っているか考えてみるんだ。おとなりさん、電車十二本分は乗り遅れていますぞ。誰がアルゴリズムを作るか、それだけが意味のある質問なのだ。下の住人は極右の台頭を怖がっている。後戻りなんかできない。そんなことをしたって市場は何も変わらない。まだ三〇年代に生きているつもりなのか。キコは権力の源泉につながった唯一の本流に乗っている。金は脈打ち、膨れ上がり、後ろ足で立ち上がるが、キコは鞍から振り落とされない。爆撃機の操縦士に、自分の気持ちを探るように指示したりするだろうか。人はまだ学校教育や社会保険を救おうとしている。時代遅れなやつらだ。失業者が自由な時間に本を読む必要があるだろうか？　金を生み出さない人間に金を受け取らせるのか？　古い世界は終わったんだ。労働市場でもう必要とされていない人間を教育する必要があるだろうか？　ヨーロッパの貧しい民衆に次に声をかける時、それは戦争のためだろう。戦争のために文学や数学を勉強する必要はない。経済を活性化させる手段はそこにある。戦争。文字の読める失業者なんて――正直、ばかばかしいにもほどがある。証券取引所では、反体制派の動きを片目で見張ってるとでも人は思ってるらしい。そういう場所にいる人間が、パンを買えない四人のホームレスを見て心を痛めるとでも思っているのか。いつだって貧しい人間はいた。生きることはきついんだ。戦争なんだ。ケルヴィエルが失墜しても誰も助けに来ない。キコの番が来た時――その時も誰も来ない。キコは欲得ずくの人間だ、誰にも頼れないことはよく知っている。戦争は、勝たなければいけない。生き延びなければいけない。いい道具を持っていないといけない。正しいアルゴリズムを。そのほかは詩（ポエジー）みたいな霞だ。あてにならない約束だ。もちろん陶酔ってものはある。おめでたいやつめ、ゼロが五つついたボーナスを手にした時、勃たないとでも思ってるのか？　シュビュテックスに、今日、数十万ユーロがおれの資本につけ加わったって言いにいったら、あいつだって自分が勃ってるのがわかるだろう。もちろん、とことん興奮するさ。競技場にいる闘牛みたいに、闘ってるんだ。四十歳で仕事から手をひいて悠々自適の生活に入った人間を知っている。誰も人権の問題に口出しなんかしない、進んでいる国で、税金にわずらわされずに広い御殿に住み、きれいな女たちと遊んで暮らす。黒人の国では食べ物がまずいなんて目に涙をためてるやつはひとりも知らないよ。おれがやってるようにやってみろ、おまえにもわかるから。おれは他人をまき、先を読み、追い越し、先回りし、狡猾に近道を行く。いつも警戒を怠らない。フランス人たちよ、悪いニュースだ。浮かれ騒ぎは終わりだ。そこにいてもだめだ、もう売るものはない。冷蔵庫やコンピューターは清算済みだ、在庫をひっ抱えてよそに売りに行くよ。じゃあどうする？　べそをかく以外に、おまえは何をする？

お互いに殺しあうのか？　いい考えだ。フランスは武器を持ってるからね、人に売るほど。この国の人間はばかで、恩知らずで、傲慢だ。自分たちが重要な存在だと思い、通りでスローガンを叫んでる。何も、ここからは何にも聞こえないよ。おれたちの耳には、ちょっとしたざわめきさえ上ってこない。もう敗北は決まってる。勝負はついた。きみたちの抗議文書でも振り回すがいいさ。少しも聞こえやしない。

今夜は遅くならないうちに寝ないといけない。クスリをあと一本、シャンペンを一杯で寝るとしよう。アルバート・キングの「ブレーキング・アップ・サムバディーズ・ホーム」。いいぞヴェルノン。キコは「リヴォルヴァー・ディージェー・イン・ダ・プレイス」と叫ぶ。おやじっぽいかもしれないが、自分の家なんだ、いいだろう、好きに羽目をはずさせてくれ。このヴェルノンて男は第六感を持ってるな。レバーを握れば、彼の宇宙船が離陸する。すべてぴったり息があってる、ここにいる人間と、その身体と、光と、音楽とが、すべてぴったりと。キコはヴェルノンのところへ行って肩を抱く。すごいな、おまえの音楽は完璧だよ、信じられないくらい、うっとりする、音がまっすぐ入ってくる。マザーファッカーめ、最強だよ。部屋に必要なものすべてあるかい？　なんでも言ってくれよ。かわいい子を探してきてやろうか？　音楽をかけてくれる男は七十五万人もうちに来たけどみんな同じスタイルだった、おまえは違う……くそ、最強だね。雌犬たちを見てみな、お前のせいでどうなってるか。客間はもうすぐとんだ乱痴気騒ぎになるぜ。ヴェルノンの顔つきさえ、前よりましに見える。おどおどしてはいない、謎めいてる。最初見た時は臆病な男に見えた。キコは臆病者が嫌いだ。マザーファッカーはだいたい怒りっぽくて口数が多い。怖いものなしだ。臆病なのは陰険なしるしだ。中流階級、ボボたちだ。無能以下なのに偉そうな顔をする。臆病さはコンプレックスの証で、コンプレックスは卑劣さの印だ。ここの軽快な雰囲気を保つためには、入れていい人間かどうか注意して見ていないといけない。人を選ばないと。アパルトマンってのは、国と同じように管理する必要がある。望ましくない人間は情け容赦なくブロックして、楽しむ術を知っている人間だけで過ごす。パーティーに金を出しているのはおれだから、おれが会員も選ぶさ。このヴェルノンは謎めいてる。音楽をかけはじめてから変貌したな。アーティストだ。アーティストって感じがする。ここには常に何人かアーティストが必要なんだ。たとえば今夜は女優が足りない。彼女たちは必ずちょっとした何かを付け加えてくれるんだ。テレビの人間はだめだ。重苦しい。あいつらがいると気が滅入ってくる。息苦しくなってくる。喜劇役者と同じだ。“So weit wie noch nie”、古いテクノ。みんな踊ってる、トランス状態だ。まったくあの男は天才だな。どこからくるのかわからないが、感情のちょっとしたさじ加減が違うんだ、みんなそれを感じてる。キコが寝にいこうとしていると、またちょうどそこに必要な音楽がかかる。褐色の髪の女がさっきからまわりを回っている。キコが気づいていないと思ってか、ますますまとわりついてくる。もうすぐキコの視線を求めて裸で踊り出すだろう。鼻がとても細く、粉を入れたらすぐに溶けてしまいそうだ。どうやるんだろう。人工の鼻かもな、おれのを吸う前に鼻をはずしてゾンビの顔をあらわにするかもしれない。踊れ、もっと体を動かして。後でかまってやるから。今夜は疲れてるからおまえとはやらないが、ベッドには連れてってやるよ。くっついて眠ろう。ビアンカは踊っていて、マルシアはその背中に張りついてる。ちょっとしたレズビアン・ショーだ、その調子で、サロンを熱くしてくれ。ここは地獄だ、まったく、おれはこれが好きだ。キコは褐色の髪の子の手を引く。十六歳くらいに見える。毛を剃ったきみのあそこに指を二本入れたまま寝るよ。でも今日はきみとはやらない、そこまでは元気がないからな。きみはしゃぶってくれるかもしれないが、射精できるかどうかもわからない。キコの家では、ポルノというものは彼のベッドの上で演じられる。キコは神だ。彼の部屋はサロンと離れているから、楽しんでいるみんなはそのまま勝手にやってていい。彼は王子だ。あいさつなんかしない、女の子についてくるように合図すれば女の子はその通りにする。どんな女の子もそうだ。もしこっちが口笛を吹いても、遊んでて寝る気がない子は好きにすればいい、いつだっておれを温めてくれる賢い子は見つかるから。明日、もしかしたら、きみのことを思い出してプレゼントを贈るかもしれない。それはきみ次第、きみのやり方次第だ。

このコカインにはコカインが入ってない、歯茎にこすりつけても何も感じない。頭が痛い。まだクスリは抜けていないが、トリップから戻ってくる途中で負荷が腰にくる。明日の朝が思いやられる。マルシアは明日、十五時に撮影があるが、それまでは休める。今夜のパーティーはたいして面白くないから早く寝に行けばよかった。いつも同じ人ばかり、会話も同じことの繰り返し。部屋に戻りながらタバコの箱を開けたが、もう入っていない。アルコールやドラッグよりも、ニコチンのせいで体が参っている。朝いつも呼吸が苦しい。やめないといけない。タバコを吸いすぎると肌は荒れるし。増粘剤の入っていない電子タバコを吸ってみた。ガエルは違いがよくわかると言ってたけれど効果ゼロだった。ああもう、この頭痛。一時間前から同じ場所にいて、次々とクスリだけのタバコを巻いているフランボワーズの横に座っている。一時間前から寝に行こうと思っている。なんとも不快な歯茎のホワイトノイズ、いつものことだ。明日は体を休ませないといけない。

曲の最初の音で、意識が二つにぱっかり開いた。ビグリエッティによる「コンストルクシオン」のスペイン語バージョン。いくつものイメージが次々と、匂いや音とともに浮かんでくる。あの瞬間に自分の体が感じていたものが蘇ってくる。本のページをいきあたりばったりにめくり、何が起きるか選ばない。「あの時、それが最後のように彼は愛した」(「コンストルクシオン」冒頭の歌詞)。彼女はレオという名だった、イザベラ・ロッセリーニの髪型を真似していた。ベロ・オリゾンテ。南国によくあるように、町中の樹々はたくましく、濃い緑色で、コンクリートを押しのけ空まで一気に伸びている。フロレスタ地区、低層住宅、シルヴィオの両親の家にあったレコードプレーヤー。両親は留守で、この曲がずっと繰り返しかかり、頭の中でも鳴っていた。彼らは映画館に『ベティ・ブルー』を観に行った。一日に何度も、そして翌日も。通りでビールを飲み、夜香花の官能的な香りを嗅いだ。レオは大好きなラッドリーのスニーカーを履いていた。町中にフォルクスワーゲンが走り回るようになり、彼らには車がなかった。いつも同じ仲間、五人組。全員、明るい青のジーンズをはいていた。「ただ一人の女であるかのように彼女にキスした」。仲間のうち誰一人あそこには残らなかった。暁の光はまぶしく、目がやられそうだった、彼らはポンデケージョを貪った。キャッサバの味、子供のような疲れを知らない身体。ソニーの青いウォークマンでカズーザの「時間は止まらない」を聴いていた。彼らにとってエイズの恐怖はまだ存在しなかった。ルラ（ルイス・イナシオ・ルーラ・ダ・シルヴァ。ブラジルの政治家。二〇〇三年から二〇一一年までブラジル大統領）が選挙で負けた。自分は若すぎて投票できなかった、十六歳になっていなかった。自国でのはじめての直接選挙。そしてもう、ヨーロッパ、どうしてもヨーロッパ。アメリカ合衆国じゃない、ヨーロッパに行くのだ。町で一番上流の高校で教える文学の先生に恋していた。「彼の目はセメントと涙でかすんでいる」。この歌に憑かれていた。スペイン語で聴くのはスノッブだった。五人組で“W”なしの「ブロード（ウ）ェイ」をぶらぶらし、ハシオナイスMC'sなどのヒップ・ホップのライブに行った。白人はいなかった。そこにいる興奮、男の子たちの体、ワルい男の子たち。「フリー」（ブラジルのタバコ・ブランド）のタバコ、青か赤の二つの波が交錯するエレガントな白いパッケージ。そういう遊びの小道具すべてが、自分たちのアインデンティティーを作っていた。パリの黄金三角形（パリ中心地にあるシャンゼリゼと八区の一部）の中にある八階のテラスつきのこのアパルトマンに、マルシアのような十五歳を過ごした人間は誰もいない。彼女は自分の一部を切り離してしまった。ヨーロッパへ行きたかったのだ。その頃、誰かが、これからどれほどすばらしいことが待っているか予言してくれたら……待ちきれない思いは、どこか変わっただろうか。「いつか俺たちをなきものにして唾を吐きかけるあの嫌な女のせいで。俺たちを覆い尽くしにくる蝿とキスのせいで」この歌が好きだった。その悲劇的なスパイラルが。国全体が劇的な展開に向けて緊迫し、スウィングしていた。

パーティーのはじめから、音楽をかけている男のことを話してはキコはうっとりと「あの男、すごくないか？　いいねえ」と言い続けていた。キコは気まぐれで、すぐ誰かのことを気に入る。友情を大切にすることもある。今夜、マルシアは楽しめなかった。どんよりした雰囲気が漂っていた。いつも同じメンツの集まりにうんざりし、陽気なふりを下手に演じるために鼻の穴を酷使している。外はまだ完全に明るくなっていない。闇が消え、太陽がまだ昇ってこない不思議な時間だ。二十分もすれば暁が訪れるだろう、この町の匂いがいちばん心地よい時間だ。曲は終わりかけ、マルシアの全身の骨が鮮やかな記憶に揺さぶられた。彼女はくるりと回り、両腕を突き上げる。「すごいわ、リヴォルヴァー・DJ、おかげで今夜最初のオーガズムが来たわ」彼女はまだよく見てもいなかったヴェルノンに注意を向ける。DJは控えめなほほえみを浮かべて彼女に目配せを送り、プリンスの「セクシー・マザーファッカー」をかける。うまいわ、DJ。また別のイメージが記憶に上ってくる。すでにパリにいた頃だ――、もう誰も彼女のことをレオとは呼んでいなかった、超ミニの短パンにライクラの光る黒タイツ、シャトー・ドーのエルネストの店で選ぶ赤いピンヒールというでたちで、美容師の仕事を始めていた。人生をレコードのディスクに喩えるなら、そこにはもういくつかのトラックが刻まれていた。心の中のイメージは広がっていき、彼女はそこに立ちもどる。パリに来て、最初の何年か、毎日雨が降っていた。南アメリカ人が抱いているパリのイメージどおり。灰色の建物が灰色の空と溶け合っていた。九〇年代のパリはブラジルに憧れていた。フランス人は踊り方を知りたくてうずうずし、何も理解できていない音楽に合わせ、自己流で激しく体を揺すっていた。足を動かし、肩を動かしても、腰が使えていない。パリに到着して彼女がはじめてテレビで見たのはジョニー・アリディだった。これから先も自分にはわからないことがたくさんあるだろうと感じた。ここで生まれなければ、すべてを理解することなどできない。それでもパリはブラジルが好きで、モード界では彼女みたいな子の訛り、腰つき、エキゾティックなところがみんなの憧れだった。トランスジェンダーの貧しいブラジル人女は即、ナシオン行きとほぼ決まっている。行き先がはっきり矢印で示されているわけじゃないが、ほぼそうなのだ。出会った女の子たちは、マルシアが「でも、あたしは町で客引きするために来たんじゃない」と言うと、かわいそうにという顔をした。街娼になるのは選択の一つではなく、運命だったのだ。ＨＩＶに感染した女性がブラジルから大挙してやってきていた。フランスではより良い治療が受けられると知っていたから。でもマルシアはスカーレット・オハラのイメージで頭をいっぱいにしていた。スカーレットは違ったやり方で苦境を切り抜けた、と自分に言い聞かせ、通りで客引きなどするつもりはなかった。スカーレットは貧しい階級ではなかったから条件は違ったが、そのことは無視した。マルシアは金はなかったけれど運がよかった。ある夜ジビュス（パリ十一区にあるクラブ、コンサートホール）で、ボゴタから来た、マルシアと同じようにエストロゲンの注射をしている女の子に出会った。その子は美容師兼ディーラーで、髪を切ってもらい数グラム買っていく人がぞろぞろと家にきていた。マルシアはそうやって覚えたのだ、髪の切り方を。はじめは風呂場でヘアカラーをやっていた。

別に難しくない。ファブリツィオという女から部屋をまた借りしていたが、彼女は会ったこともないマフィアが後ろについていると主張する唯一のいかれ女だった。ファブリツィオはマルシアのことが大好きで、ダリダ（エジプト出身のイタリア系フランス人歌手）と同じくらいきれいだと言っていた。彼女を業界に引き入れたのはファブリツィオだ。髪の切り方も習った。そしてモード関係の撮影に誘われた。マルシアは周りのみんなを笑わせたが、それを期待されてもいた。場を陽気にすることを。パリに着いてはじめに知り合った子たちは死に始めていた。エイズのせいで醜くなりすぎる前に自殺する子もいた。疫病はパリのホモセクシュアルの男たちも殺していった。はじめて一種の平等が成り立ったと言ってもいい。病気は、みんなを同じように襲った。この病気のせいで、みな同じ階級に属しているような奇妙な感覚が生まれた。生活は続いていき、身のまわりで休みなく死が襲いかかっていた。しかしみな気にしないふりをし続けた。「アクト・アップ・パリ」（パリのホモセクシュアル・コミュニティーから出発したエイズと闘う団体）はダイ・インを組織したが、人々は自分にも関係があるとわかってやっと、エイズのことを真面目に考えるようになった。つまり異性愛者（ヘテロ）の人たちがエイズにかかってはじめてこの病気の存在は認識されたのだ。マルシアはなんとか災疫を免れた。仕事はあり、あいかわらずエイズにはかかっていなかった。だんだんと、生き残った人間に特有の悔恨に襲われたが、同時に猛烈な感謝の気持ちが湧いてきた。人生はなんと彼女に優しかったことだろう、幸運はとどまるところを知らなかった。ちやほやしてくれる愛人たちにも恵まれた。旅行、宮殿のような家、自家用ジェット機。九〇年代のモード界はまさに魔法の国のようだった。リンダ・エヴァンジェリスタ、ナオミ・キャンベル、シンディ・クロフォード、クラウディア・シファー、レティシア・カスタ、アレック・ウェック、エヴァ・ハーツィゴヴァ、タイラ・バンクス……。マルシアは贅沢に慣れ、自分では永遠に属すはずのない世界に足を踏み入れた。ブラジルに帰ることなど一度も考えなかった。驚異的な経済成長の話を聞いた時も。ヨーロッパが好きだった。古い大陸の豊かさ、下層階級さえ楽に暮らせるこの世界が好きだった。貧困や独裁に虐げられる苦しみを忘れ、自分たちがより優れていて、働き者で、頭がいいから守られていると信じている人々ののんきさが好きだった。どこでも暖房が入っていて、郵便局さえも清潔なのが好きだった。誰もがフランス人に生まれたいと思っている。フランス人だけがそれをわかっていない。だがそれも、他の永遠に思えることと同じく、いつか変わる時が来るのかもしれない。

何年も考えたことのなかったベロ・オリゾンテのことを思い出した。昔を振り返ってみたくなったのはほんとに久しぶりだ。少年というか少女というか、若かったあの自分をつかまえて耳打ちし、心配ないわ、いつかあなたに起きることは、今は信じられないようなことよ、贅沢と安楽な生活に飽き飽きし、退屈だと文句を言うほどになるから、と言ってやりたい。本当の王女さまみたいになれるんだと。

シュビュテックス。キコはその名前を一晩中叫んでいた。さっきまで気にもとめていなかったが、マルシアはこの男をじっと見つめる。たしかに、何か気になる。きれいな手。落ち着いた物腰。成熟した男の顔。その表情じわは、たくさん笑った人のしわだ。きっと人生を楽しんできたのだろう。彼女はシュビュテックスに近づく。「この曲はなに？」相手の肘の内側を指の先でさっとかすめながらその質問をささやく。彼は視線を上げてマルシアを見つけ、ほほえみもせずにじっと見つめた。マルシアは腹のくぼみに一発、カウンターブローをくらったような衝撃を感じる。彼は「フレディ・キング」と答える。きれいな深い声だ。「プリーズ・センド・ミー・サムワン・トゥー・ラヴ」とタイトルを耳にささやく。フランス人にしてはまともな英語だわ。わざとらしくない。自信があるのね。気に入ったわ、ちょっと。ヴェルノンは音楽に浸っている。曲を変える。ノワール・デジールの「トスタキ」。灰色の朝がサロンに少し光を広げる。彼女は頭の上に手首をかざし、目を半分閉じて、ギターを追いかける。ある男に狙いを定めて踊ったら、どんな男でも彼女についてくる。「トスタキ」、このフランス的な重めのリズム——知っているわ。腰はギターに合わせてうねり、背中はドラムを捉える。「トスタキ」。ヴェルノンはすてきなワルに違いない。腹の内側がそう感じている。男が欲しくなる時、それはその男にどこか妖しいところがあるから。マルシアの血にはドラマが流れている。危険な男としか快感を得られない。女を殺そうとするような男はかならず、この上なく優しい恋人なのだ。そうでなければ女は相手の好きなようにやらせるわけがない。最初の平手打ちをがまんしてしまうのも、その後にすばらしい言い訳や約束をとめどなく聞かされ、きみを失いたくない、失うなんて考えたくもないと熱くささやかれるからだ。自分を殺せるのは、いちばん自分に執着している人。

マルシアが男を一番欲しくなるのは、その男が自分を殺すかもしれないと思った時。目を見なくたって、男が自分を見つめていることぐらいわかる。踊る時、マルシアは身体の動きを抑えている、自分を見せびらかすような年齢は過ぎたのだから、勢いをセーブしないと。手首は折れ、指は音一つ一つに伸び、腕は首の後ろに反って、腰のあたりから何かを地面に落とすような動きをする。「トスタキ」。このフランス人歌手の美しさ、誰よりもラテン的だ。マルシアのヒールは次第に強く床を叩く。ちょっと、気をつけて。パリでは控えめに、踊る時も我を忘れず、ほほえみを絶やさないようにする。上品な地区のサロンで、ノワール・デジールを踊る時も。暴走しない、身体で表現しすぎない。パリでは身体は仮面をつけている。ヴェルノンは続けてリアーナをかける。他の影が彼女のまわりに集まってくる。マルシアは無視する。ヴェルノンのために踊っているのに、彼はマルシアを無視し、マルシアを悔しがらせる。マルシアを興奮させる。彼女はどんなタイプの男も好きだ。どんな年齢の、どんな体つきの男も。どんな人種、どんな仕事、どんな宗教の男も、どれだけ金持ちでも貧乏でも、どんな性格でも。みんな好きだ、そして自分の腰の振りに抵抗できるならその方がいい。あの男は落としてみせる。

マルシアはタバコを吸いにテラスへ出た。冷たい空気が皮膚を撫で、心地よい放電が起きる。空気を肺いっぱいに吸う。やっとドラッグが効いてきた。早朝のエネルギーが今になって感じられる。ジェレミーとビアンカはサルコジがいなくなった後の国民運動連合(UMP)(フランスの保守・中道右派政党)の問題について話している。わずかな理性しか残っていない二人は十回も同じことを話し、どうでもいいことをしゃべり続けている。そういう朝の会話がマルシアは大嫌いだ。〈スピード〉は切れてくる。MDMAをやったほうがよかった。最近はみんなあればかり使っているが、酒も飲み足りなかったし、耐えられる気がしない。部屋の中に戻ると、ヴェルノンはさっきから一歩も動かず、音楽に没入している。自己完結している。マルシアは彼に惹かれる。出て行きながらマルシアはそっと彼をかすめて「また明日ね、DJ。ここでは誰も眠らないから、好きな時に上に上がって寝ていいのよ。もう聞いてないわ」と言った。ヴェルノンは答えずにほほえんだ。ますます好きになってくる。今夜、何か出来事らしい出来事があったとしたら彼だ。それを思えばこの夜もまるっきり無駄だったわけじゃない。

翌日、撮影に降りていく前にヴェルノンには出くわさなかった。ガエルはずっと起きていて、テレビの前でボウルに入れた玄米茶を飲みながらまだクスリを巻いている。マルシアはヴェルノンが何時に寝に行ったか聞かない。とつぜんそんな質問をしたら疑われるだろうし、ガエルは口が軽いから。キコは、自分のところに泊めてやっている男にマルシアが近づけば、いい気はしないだろう。マルシアとキコの間には数年前から何もないが、マルシアはけっしてキコの家に愛人を連れて来ない。そこには暗黙の了解がある。マルシアはパリに小さな部屋を確保してあって、セックスは別の場所でする。ガエルがメッセージを読もうとして画面を近づけたり離したりしているのを見ると妙な気持ちになる。年取った証拠だ。人に寄生して生きている彼女たちにとって、老眼は笑い事ではない。魅力と若々しさを保とうとしても成功する人は稀だ。みな、自分は人の役に立つ心の広い人間だと思いたがるが、しなびた体や老けた顔や過去の栄光の悲壮な面を見ると後ずさりする。彼女たちも廃墟のようになるだろう。過去には崇高だったけれど、もはや石の堆積でしかないものに。こちらの考えを読み取ったかのように、ガエルはしなやかな動作で伸びをして姿勢を正し、彼女には特に似合ういたずらっぽい笑顔をこちらに向けた。優雅なさりげない仕草でゆったりとタバコに火をつけ、まっすぐマルシアの目を見つめて言った。

「昨日の踊り、すてきだったわ」

「適当だったけれど……気が乗らなかったの、早く寝に行けばよかった」

「あたしを清らかな処女だとでも思ってるの。頼むからシュビュテックスの話はしないで。あなたがヴェルノンをひっかけようとしてみだらな踊りをしてたのは誰の目にも明らかじゃなかったから大丈夫よ」

マルシアは表情を変えないように努力する。うれしくて仕方ない。恋をしているのだ。ヴェルノンの名前を聞きたい、彼に関することならなんでも知りたい、ガエルが、ヴェルノンは明らかに彼女のことをすごく気に入っていたと言ってくれればいいのに。そういう何日間か、実際に何か起きる前の数日ほど心躍る時間はない。

　ガエルは天井に視線を向け、失望したふりをする。

「これだけつきあいが長いんだもの、あんたがその気になっているのがわからないとでも思っているの？」

「なんの話かしら」

「悪いチョイスじゃないわ。いい人よ。もしわたしも男が好きだったら、彼と寝たい。唯一の問題は、あんた、あの人の心をずたずたにしてしまうわよ」

「きれいな手をしてるけど、そこまでよ」

「その手ってのは、正確にはどこで終わるわけ？」

「あたしは愛が好き……それって罪なの？」

「愛、愛っていうけど、どっちかっていうとあんたは自分の中にまどろむみだらな雌犬と同じく、激しくやってもらいたがってるように見えるけど。まどろんでないかも……とにかくもう一度言っておくけど、ヴェルノンを傷つけることになるわよ」

　マルシアは彼が欲しい。ひとつの扉が開いたのだ、向こう側を見てみたい。「いけないことかもしれないけど、楽園で迷子になりたい」（リアーナ「ロスト・イン・パラダイス」の歌詞）。ヴェルノンが特別にハンサムに見えたわけではないが、彼に欲されたい、抱かれたい、壊されたい。彼が欲しい。不意にわいてきた気まぐれだが、待てない。

ボケリア市場（スペインのバルセロナにある公設市場）に沿った工事現場の上で、とてつもなく大きなクレーンが歩行者の頭上にコンクリートミキサーを吊り上げている。ハイエナは長いあいだパソコンの前に座っていすぎたようで、背中の下の方が硬くなって痛い。体をほぐそうと散歩に出た。

短パンでウェッジヒールの靴を履き、リュックサックを腹の前に抱えた二人の女の子が町の地図を見ながらサント・アグスティ広場を横切っていく。二人とも肩にタトゥーがあり、奇妙な言語を話している。存在しない言語を作り出しているのだろうかとハイエナは思ってしまう。髭をはやした男が肉をのせた荷車をひいていく。旅行者たちは色鮮やかなヘルメットをかぶり、自転車で通り過ぎていく。ホームレスの人たちが泉の周りに座っている。みな五十歳ほどで帽子をかぶっている。渋滞に巻き込まれたタクシーがクラクションを鳴らしている。多くの家の正面にはカタロニアの旗がなびき、「自分たちの誇れる地区を」と横断幕が掲げられている。歩道の隅の人が通らないところにカモメがいて、死んだ鳩の皮をむいている。

ハイエナは昨日バルセロナに着いた。テレビでは、いよいよアパルトマンから追放されるとなって窓から飛び降りた六十代の男の話をしていた。

ガエルがパリから電話してきた。いら立っている。

「なに、じゃあ、すぐ来られないの？」

「パリにいないのよ、あたしは」

「なんでそれを教えておいてくれなかったのよ？　どうしたらいいの、今、あたしは？」

「引き留めておいて。三日で戻るから」

「今夜戻ってきて」

「無理」

「あたしをからかってるの？　やるって言った通りやったのよ。もし明日、ヴェルノンがいなくなっちゃっても約束の額を払ってよ、いいわね？」

「いくらって？」

「二百ユーロ」

「お金の話はしてないよ」

「頭をアルツハイマーにでもやられたの。あなたが倍の額を提案したけど、友人価格にしてあげたんじゃない」


たしかに相手に一理ある。ハイエナは表面上、反論するが、ガエルに感謝し、なるべく早く戻ると約束した。電話を切った後、ハイエナは電話を手にしたままだ。ドパレに電話しようかどうか迷っている。彼が探している男の居場所をつきとめたのだから。ドパレは「もう？」と叫び、ほめてくれるだろうし、安心するにちがいない。すぐに戻ってこいと言うだろう。

ハイエナは電話をジーパンのポケットに戻す。パリを離れたのは久しぶりだ。違う景色に溶け込む必要をどれだけ感じていたか、今になってわかる。人に使われる忠実な人材でありたいとは思わない。この件ではドパレは真剣で、毎日どうなったかと聞いてくる。ハイエナはあまり情報を与えないようにしている。

二人の男が一緒に仕事をしたという言及はネット上に見つからなかった。ドパレはもともと怒りっぽい性格だが、だいたいは少し探せば、その激しい憎悪の対象になっている人物との関係が見えてくる。今回に関しては、そうはいかない。

アレックス・ブリーチの若い頃の知り合いを見つけなければいけないと気づいた時、ハイエナはすぐにセリムのことを考えた。

若い頃、ハイエナとセリムはリラ地区で同じ建物に住んでいた。セリムにはさとられていなかったが、ハイエナはセリムの彼女が気に入っていた。その子はコカインが好きで、ハイエナは当時いつも持っていたから、夫が戻る前の食前酒の時間に一本分けてあげるぐらいお安い御用で、しょっちゅう彼の家に出入りしていた。あまり自慢できたことではない。その子はまだ二十歳前だったから。ただ、みな彼女に、健康についてお説教をするより、楽しませてあげたくなるのだった。彼女はとても若かった。年齢の問題ではなく――セリムもハイエナも彼女より七歳ぐらい年取っているだけだった――経験値の少なさからだろう。彼女は田舎から出てきたばかりで人生を何も知らなかった。ぶっきらぼうだったが、台所に閉じ込められた雀のように軽やかだった。彼女の魅力は、そのエネルギーだった。セリムほどクールな男は想像しがたいが、どうしたって男だ。きわめて繊細というわけにはいかない。セリムはこの女の子に夢中になって結婚したのに、彼女のために築いた生活の中でなぜ彼女が退屈してしまうのか、理解できなかった。彼はロラン・バルトやロシア映画やバルバラのアルバムが好きだった。彼女は二十歳で、出かけたり踊ったりしたかった。セリムは子供ができればすべて解決するだろうと思っていた。だが彼女は追い詰められてしまった。ある日、彼女は出て行った。近くの団地を縄張りにしている不良のボスに恋したのだ。セリム当人だけが、なぜだかわからないと言っていた。さすがにみんなは彼に教えてやりたくなった、あの子は台所であれだけ退屈していたんだよ、と。母親がいなくなってから、セリムは小さなアイシャの面倒をそれまでの十倍もみるようになった。ハイエナとセリムの仲が近づいたのはセリムが子供と二人きりになった頃だ。買い物に行くとき、隣人の家にゆりかごを預けて行けるのはセリムにとってありがたかった。彼は女子だけで構成される世界でもくつろいでいた。その頃のセリムは面白くて開放的だったから、よろこんで受け入れられた。

彼女が出て行って何カ月か経ったある日、いつも行くビデオ・レンタル店で、セリムはあるポルノ映画のカバーに偶然目をとめた。ハイエナは、その棚のあたりで彼が何をしていたのかは一度も聞けなかった。セリムの伴侶だったファイザは、ウォッカ・サタナという名になっていた。ハイエナはブリーチの件を頼まれるまでウォッカ・サタナのイメージをしばらく見かけなかったが、彼女の写真は当時、至るところで目にしたものだ。

ドパレに会ってすぐ、ハイエナはセリムに電話した。一緒にコーヒーでも飲みながら話をしようと誘っても、彼はあまり乗り気でなかった。家に寄れば、と言ってはくれたが、冷たかった。

セリムはすっかり変わっていた。ほとばしるような情熱が彼の性格の特徴だったのに、それは跡形もなく消え失せ、開放的だった分、今では辛辣になっていた。それを隠す気がないどころか、むしろ見せつけていた。若い頃は出会った人全員を魅了しようとしていたが、あの頃テンションが高かった分、今は暗く、自分が不幸せだということをまわりに強調していた。このセリムは優秀な男で、どこへ行っても人々の関心を独占し、会話を盛り上げ、集まりに独特な熱気を与えたものだ。かっこよく、エレガントで、すらっとしていた。今やはげた太鼓腹のおじさんになり、怪しい色のスーツを着ている。人がなるべく避けて、話しかけないようにするタイプの男だ。怒りが饐(す)えた悪臭を放つようになっていた。

家具すべてをイケアで選び、あえて殺風景にしたような彼の客間にハイエナは座った。ぼくたちはいい思い出をたくさん共有している、何だかんだ言って会えてうれしいよ、といった意味の合図をセリムがしてくるのを待っていたが、そのうちに諦めた。三十分で立ち去るのが礼儀と見積もった。彼の家に何をしに来たのかは自分でもはっきりわかっていなかった。でもセリムの話を聞けば、ドパレに頼まれた任務を引き受けるのかやめるか決めるのに役立つだろうと思っていた。しかし彼の前に座るやいなや、来たのが間違いだったことがはっきりわかった。

セリムはパリ第八大学の教授になっていた。そのことを少しは誇りに思っていてもいいはずだ。大学教授というのは、会食の場で顔を赤らめずに口にできる肩書きだ。とにかく、ハイエナはそう思っていた。セリムによると、今日では誰もが大学教授をばかにするという。知的階級はばかにされる。彼みたいな人間はばかにされる。

昔はまわりの人間のことをあれほど気にかけていたセリムが、ハイエナは今何をしているか、なぜ会いに来たのかもたずねない。ハイエナはこう言ってみた。

「アレックス・ブリーチが死んだ時、あなたのことを考えたの……。当時はその話はしなかったけど、彼女がアレックスといるのを見るのはつらかったでしょう」

「あいつがした決断の中で、あれが一番こたえたわけじゃないよ」

「その話をするのはいやかしら？」

「そんなことはない。彼が死んだ時、ぼくも昔に立ち返って考え直してみようとした。彼女は恋していたんだ。もちろん、その時は傷ついたけど、ほっとしたところもあった。あの男は、彼女が人生をやり直すのを助けてくれるかもしれないと思った。彼も本気で恋していたと思うよ」

「だけど彼女の力になれるかっていうと、最適な人物じゃなかったわよ。ほんともったいないことをしたわ、あの男は」

「きみがフランスの歌唱界に興味を持っているとは知らなかった」

「アレックス・ブリーチって歌手は好きだったのよ」

「ファイザと彼の話を聞きに来たんなら、無駄足だったよ。ファイザの当時の友達だったパメラ・カントかデビー・ダシエにでも会いに行った方がいい。ぼくはまったくきみの役に立てない」

「パメラ・カント……その名前は忘れてたわ……そうね。ファイザと友達だったの？」

セリムは身を乗り出し、ハイエナの目をじっと見て沈黙した。古い犯罪映画の俳優みたいな仕草だった。

「その話のためにぼくに会いにきたのかって質問したんだ」

「まさか。あなたの近況を聞きにきて、そんなに嫌がられるとは思わなかったわ。たしかに喧嘩別れしたけど。でもひとつ質問したかったの。あなた映画界をよく知っているから……名前がグザヴィエっていうシナリオライターを探しているの」

その質問はあまりに突飛だったから、セリムは驚いて片方の眉を上げたが、答える前にアイシャが客間に入ってきた。彼女はぶすっとして挨拶もせず、「今夜、ピザ頼んでもいい？」ときいた。遺伝子は彼女に有利には働かなかった。アイシャは父親のようにがっちりした体格で、父親ゆずりでも母親ゆずりでもなく、家系に時々出現するに違いない大きな鼻をしていた。その鼻のおかげで表情が個性的だとも言えなくはないが、鼻のせいで、均整のとれた顔立ちにはなりえない。アイシャはベールをかぶっていて、それも彼女に魅力を添えてはいなかった——ベールのせいで鼻しか見えなかったから。

セリムはピザはだめだと答えた。夜は小麦粉はなしだと。それは家に根づいている方針らしく、アイシャは抗議もせず、納得できないというしるしに頬をふくらませたがそれ以上何も言わなかった。セリムは娘にハイエナを紹介した。

「覚えていないだろうけど、この人はおまえがちっちゃかった時にぼくたちの家の上に住んでいたんだ。よくおまえを預かってくれたんだよ」

ハイエナはうなずいて、相手が赤ちゃんだった時、お尻にベビーパウダーをはたいてあげた大人の目でアイシャを見つめた。「こんなに小さかった頃のあなたを知っているわ」とか「時間がたつのは早いわね、こんなに大きくなっちゃって」などと言うのは控えたが、彼女の表情からはそういう思いがすべて読み取れた。というのも大人にとって、四つん這いで動き回り、おしゃぶりを吸っていた生き物が、あっというまに二十六センチの靴を履く半怪獣になるというのは、やはり謎でしかないからだ。アイシャは数分間、客間に不機嫌な顔をさらしてから、「やることがあるから」と言ってまた自分の部屋に戻り、閉じこもった。

「大学に行ってるの？」

「税法を勉強してる」

「まじめに勉強してる？」

「その点では言うことなしだよ」

「あなたは運がいいわ。ほとんどの子は何をしたいのかもわからないんだから」

「問題は、『預言者』なんだ」

「なに？」

「一日中、預言者の話をするんだ。頭がおかしくなりそうだよ」

「時代の流れの中で生きるしかないのよ」

「自分の娘のことじゃないからそう言えるんだ」

「そんなことないわ……娘がいて、男の方が好きな人種になったする。そりゃ悪夢だわ、どうやって受け止めていいかわからない」

セリムは彼女の言葉にはじめて少し笑った。父親が一人で娘を育てることがどれだけ難しいかとセリムがこぼすのをしばらく聞いてから、ハイエナはお暇した。

セリムは翌朝もう電話してきた。

「昨日、話の腰を折られたね。きみの言っていたシナリオライターだけど、グザヴィエ・ファルダンていう男は調べた？」

「知らないわね」

「九〇年代に『ぼくの唯一の星は死んだ』っていう映画があったじゃないか。その後忘れられてしまったけど、封切りされた時はあの駄作にみんな夢中だった」

電話を肩と首のあいだにはさんで、ハイエナはグーグルに「グザヴィエ・ファルダン」と「アレックス・ブリーチ」を入れて検索した。あった、彼らは知り合いだった。ハイエナは、すごいわというふうに口笛を吹いた。

「耳寄りな情報だわ」

「わからないことがあったらパパに聞かないとね。ねえ、若い女の子の心理って得意？」

「あら、それってわたしの専門じゃない」

「ふざけないでくれよ。娘のことなんだ。ちょっと会えるかな？」

「また？　昨日はあたしとコーヒーも飲みたくないって言ってたのに、今度は結婚したいとでも言うの？」

話を聞きに行くと、セリムは娘と一緒に一週間バルセロナに行ってほしいという。「鑑定をしてほしいんだ」ハイエナは彼がそんな予想外のことを自分に頼んでくるとは思わなかった。だがセリムは真剣だ。困り果てた年寄りの赤ん坊のように電子タバコをくわえたまま、折れようとしない。

「あなたの娘を？　どういう基準で鑑定するの？」

「テロリズムだよ。武装した闘いだよ」

「娘さんはイラン行きの飛行機のチケットでもネットで探しているの？」

「いいや。何をしているかは知らない。スパイはしたくないからね。する気になっても、どうやっていいかわからない。そこなんだよ。何かおかしいのはわかっている。娘が二重生活を送っているんじゃないかと恐れてるんだ……」

あなた、パラノイア的な妄想を育んでいるわね、とセリムを非難するわけにもいかなかった。時代が時代だし。この上なくかわいい内気で面白いアラブ系の女の子と結婚したのに、捨てられて翌日には、その子がロシア系悪魔主義的な芸名のもと、華々しい二穴セックスで有名になるとは……この男にはもちろん、女という種族はなんでもやりかねないと疑う権利がある。ハイエナはその理屈を口には出さず、セリムを落ち着かせようとした。

「五分会っただけだけど、娘さんは陰謀に身を捧げる殉教者って感じじゃないわ。ベールをしているから気になるの？」

「いや。宗教にとり憑かれてるんだ」

「コカインでも始めたほうがましだったわね」

「どうだか。まさに、どこまでが許容範囲なのかわからないんだよ。親子の会話がないからね」

「なるほど。そういうのは治るって。彼女は若いし、そういう年頃なのよ。どうやってバルセロナまで追っかけていけって言うの？　いくらなんでも尾行はできないよ……」

「いやいや、娘と一緒に行ってよ。アイシャが思いついたんだ。ぼくは一人で行かせたくなかったんだ。昨晩きみが帰ってからさ、あの子がさっきの人にまたベビーシッターしてもらうのはどうかって言い出してね。『それならお父さんも安心でしょ』って。いやまったく。きみはへんな仕事をたくさんやってきたからね……それになんだかんだ言って、きみはきみなりに女性をよく知っているからね……娘と何日か過ごしてみて、あの子の態度をどう思うか教えてくれよ。ただ注意深く観察するだけだよ」

「どうしてあの子はそんなこと思いついたのかしら」

「まわりに自分とつながってる女性があまりいないんだよ」

「あたしはちょっと特別な女性だけどいいの？　レズビアンだけど。あの子はそのこと知っているの？」

「きみの人生を娘にぜんぶ話すつもりはないよ……」

「残念だけど、セリム、あなたの提案はとにかくすごくおかしい」

「ファルダンの件で助けてあげたじゃない？　ぼくの頼みもきいてよ」


ハイエナはどうやって具体的にことが決まったのか自分でも説明できないが、一時間以内に折れた。セリムの娘とバルセロナに行くことになった。世の中ではしばしば、最高におかしなことが、落ちついた理性的な議論の成果のように決定される。

たしかに、シナリオライターの件ではセリムが助けてくれた。グザヴィエ・ファルダン。その男の電話番号は、二本電話しただけで見つけられた。グザヴィエはその日のうちに自分の家の向かいの店で会ってくれた。頭が固いヘテロの男、自己満足し、つまらない考えを自慢げに話し、まあまあ頭がいいつもりで超古い紋切り型の考えを並べ立てる。ハイエナはその鈍重でみだらな眼差しが遠慮なく自分を裸にしているのに気づいた。男は自分の件を取り上げてもらえることにすっかり興奮していた。あるプロデューサーのために仕事をしているとハイエナが言うと、グザヴィエは自分の貧しい履歴書を披露し、よろしく伝えてくれ、アレックス・ブリーチについての映画でぜひ一緒に働きたいと言った。ただ、ラッシュフィルムを持っているヴェルノン・シュビュテックスがどこにいるかは自分にはわからない。フェイスブックで見ても、ヴェルノンは前つきあっていた極めて恐ろしい女との間にいざこざが起き、隠れているようだった。長い間、パリでロックのレコード店をやっていた感じのいい男だという。

ハイエナは家に戻るとガエルに電話した。ガエルは、うん、シュビュテックスなら知ってる、リヴォルヴァーって店の男で、いい人よ、もちろん彼と連絡が取れるかやってみるわ、と言った。

ここまでくるともう、この件はうまく運んでいるなんてものではなく、ヘリウム気球みたいに飛び立っていく。ハイエナはドパレにまだ何も言っていなかった。電話では、はぐらかしておいた。「これはとても難しい件よ、おわかりでしょ、でもいくつも手がかりがあるから、進捗があったら必ずお知らせするわ」などと。努力しなくてもうまくいったなどと思われたら、その後、なぜそれほど料金が高いのか顧客に説明できなくなってしまう。しかも、彼が消耗している様子が伝わってきて、いい気味だという気もした。ああいう支配階級の専制君主が苦しむのを見るのもたまにはいいものだ。

ハイエナは大学広場を横切り、ダリバウ通りをアパルトマンの方へ戻っていく。バルセロナはあいかわらず愛すべきふしだら女のようだ。チップをはずまれればにっこりする。観光客も服の広告も、現代建築のコンクリートの塊も、何ものもその美しさを損なうことはできない。ゴミ箱が歩道に並んでいて、男たちは定期的に開けて中をのぞいている。彼らはお互いに似ても似つかない。アルテルモンディアリスト（弱者を迫害する新自由主義とは異なり、民主主義、環境保護、平和、社会的公平の構築などに基づいた発展をめざす諸運動の支持者）の男は自分のサイズのジーパンを見つけ、カートを押している東ヨーロッパから来たらしい男は電線の一巻きを取り出し、年取った男は何も気に入ったものがなく、アフリカ人は柳細工のバスケットを引っ張り出してそこに本や新聞を入れる。

ハイエナは夜行列車に乗るために、二十一時以降は人気がないオーステルリッツ駅のカフェでアイシャと待ち合わせたのだった。ハイエナは飛行機には乗らない。アイシャは着いたらへとへとになっているんじゃないかと心配していた。

「一日早く出なきゃいけない上に、疲れ果てて着くなんて。向こうでセミナーに出るのに、休んでいる暇もないじゃない」

「イスラム派の人はみんなこの電車に乗るって知ってる？　有名なのよ」

アイシャは会話が変な方向に向かったことにげんなりしてそっぽを向いた。でも、たしかにそうだった。この電車はいつも、髭をはやした、激しい祈りでおでこに跡のついた男たちでいっぱいだった。アイシャのトランクはとても重く、武器が入っているのではと疑われてもしかたない。でも中身は書類と本だった。彼女は、そうだ、一週間バルセロナで過ごすから、本棚の本を全部持って行こう、とでも思ったにちがいない。

アイシャは父親に似ていない。たしかに勉強家なところは受け継いでいる――セリムは勤勉で才能ある学生だった。その二つの特徴が結びついたなら、しばしば類いまれな学生が生まれる。セリムが人生の困難に直面しだしたのは、学業を終えてからだった。大学の規則はよく理解できた彼だが、実生活に難題が降りかかると手をこまねき、そのうちに気力を失った。アイシャは父の気まぐれな性格は受け継がなかった。まっすぐな目をして、しょっちゅう眉をひそめる、決然とした感じの女の子で、いつも少し怒っているように見える。誰かになぐりかかりそうなヒステリックな印象はないが、集中力がありすぎてきつく見える。

アイシャは頑固なまでに礼儀正しく、冷たいくらい遠慮深い。見たとたん、ハイエナは彼女が気に入った。言葉の古典的な意味で、この子は美人ではない。あまりにずんぐりしているし、いつもしかめっつらをしている。しかし、まさにそこが彼女の魅力なのだ。女性らしい愛らしさなどひとかけらもない、力強く知的な印象。ベールをかぶってもあまり現代的な感じはせず、ひと昔前の女の子のような顔をしている。七〇年代の女性の顔といったところか。鼻のせいかもしれない。だが実際、そんなのは、慣れてしまうものなのだ。

電車に乗るまで、二人はまったく口をきかなかった。プラットホームはこの時間がらんとしていて、乗客たちは幽霊のようだった。ハイエナは十回くらいこの列車で旅したことがある。時代錯誤な雰囲気が好きだ。車両は別の時代から出てきたようで、何も変わっていなかった。最後にこの電車にもう一度乗れて満足だった。夜行列車はもうすぐなくなってしまう。コストがかかりすぎるから。

「あなた、もう二十歳になるのに、スペインに行くのにお父さんが心配してだれか一緒に来させるって、どう思う?」

「情けないでしょ」

「お父さんを恨んでる?」

「いいえ。お父さんですもの。大好きよ。ほかのどんな男性もけっして同じようには愛せないほど」

その言葉はなんの迷いもなくすらすらと彼女の口から出てきた。頭の中でも明確にそう考えているのだろう。ハイエナはアイシャの父親が心配する理由が少しわかった気がした。こんなに決然とした人間は今まで見たことがない。その言葉には強い悲しみが刻まれていた。アイシャも、自分の語っている愛の深刻さがわかっているようだった。

「でもこんなふうに見張られていたら、少しは反抗したくならない？」

アイシャは驚いたようだった。目をそらして、はじめてほほえんだ。

「反抗なんかしたくないわ」

そしてその顔の背け方がすべてを語っていた。そこにはこう書かれていた。権力に対する反抗、そういうのはずっと昔、あなたたちの若い時にはあったかもしれない。そのせいであなたがたがどうなったか見てみなさい。あたしたちの年代には、別のやり方があるのよ。


二人は小さなコンパートメントに並んで座った。そのうちに女性の車掌さんが検札にきて、寝台を広げるあいだ廊下で待っているよう指示した。ますます狭くなり、スーツケースやカバンをうまく並べ直さねばならなかった。アイシャは講義ノートと企業税法の指導つき学習教材——彼女はそのことを、英語の授業であるかのように、誰でも知っていることのように話した——を取り出した。ハイエナはスマートフォンでその日の主要ニュースをすべてチェックしてから、話しかけた。

「あなた、大学でなんの勉強してるの？」

「税法の二年生」

「自分でやりたかったことなの？」

「誰にも指図はされなかったわ」

ハイエナは沈黙し、自分がここでなにをしているのか自問した。とはいえ、かなり長いあいだ旅行していなかったから、この電車に乗っていること自体にうきうきしていた。

「お父さんのことを知ったのは、まだあたしのお母さんがいた時なんでしょ？」

「ちょうど上の部屋に住んでいたの」

「お母さんとは知り合いでした？」

「ええ、近所だったから。お母さんのところでコーヒーをいただいたり、お母さんがうちに油をもらいにきたり」

「なんですって？」

「先週、あなたがうちに来るまでは、お母さんが娼婦だったなんて知らなかったんです」

「お母さんがポルノに出ていたなんて誰も言ってくれなかった。お父さんと話していた時、パメラ・カントっていう名前をあなたが口にしたのが聞こえて。それがどんな人だか調べたんです。吐き気がしたわ。パメラ・カントにメッセージを送って、お母さんのことを知っているか聞いたの。とんでもない返事が返ってきて。画像をもっと検索してみたけど、あれがお母さんだってわかるには時間がかかったわ」

「お父さんにはそのこと何も言ってないの？」

「言いにくすぎる」

「あたしと話せるのを待ってたわけ？」

「そう。あなたのせいで知ってしまったんだから、あたしの知りたいことを教えてくれるだろうと思ったの」

ズバーン、ズバーン。それは扉を揺すぶる現実のいやらしい音だ。ズバーン。といっても日々の現実でも、昨日の現実でもない。慣れきった日常ではない。恐ろしい事件とか、ありえない知らせとか、地震とか、すばやい反応や決断を迫られるような出来事でもない。ズバーン、ズバーン。それはむしろ狂気のようで、影のようにつかみどころのないもの――ただ、その影をつくっているのはぎらぎらと照りつける陽光。それは塗り替えられた過去、その中に書き込まれると、もう変えることなどできないもの、今を境に、すべてが変わってしまうもの。

アイシャは、クローゼットの中身をぜんぶ床に放り出した部屋だった。荒らされた部屋。過去を止められるものなどない。過去は頑固だ。母は娼婦だった。みんながそれを知っていた。自分には何も言ってくれなかった。娼婦の娘。公娼。娼婦という公衆便所。お父さんは娼婦の伴侶だった。自分が知った今、父は堕落してしまった。なんてことなの、パパ。ひどい、ひどい、ひどい。どうしてお母さんを殺さなかったの。

アイシャは父親を愛している。これほど愛するのはつらい。血管の下にかみそりをあてられているようだ。血を流さんばかりに父を愛している。二年前から二人の間に壁ができてしまったのは不当だ。イスラム教に出会った時、他の何より父を愛していることを、宗教を通じて表せると思った。家では宗教について何も教わらなかった。祖母は早く亡くなってしまった。通っていた高校ではそのことを話せる相手がいなかった。ある日、指導者（イマーム）の話を聞く機会があったが、その内容はすべて自分が慣れ親しんでいたことだった。やっと納得がいった。消費の殿堂にすべてを捧げるのとはちがう人生の捉え方がそこにあった。父が教えてくれたことは、イスラム教の至るところで讃えられていた。父が軽蔑していたこと、父が闘っていたことのすべては、コーランの教えでも正しくないこととされていた。父が尊重していたこと、つまり他者への尊敬、善に向けての努力、物事に振り回されない泰然とした態度、慈悲、自己尊重などは、コーランも正しいことと教えていた。

六月のある夜、テーブルから立ち上がって「お祈りをしてくる」とはじめて言った時、父は青くなり、「なんだって?」と聞いた。アイシャは父親に反対されるとは思っていなかった。話し合えるだろう、父は自分の信仰を受け入れてくれるだろう、自分を誇りに思ってくれるだろうと考えていた。自分を律するための正しい選択なのだから。父は話させてくれなかった。歯を食いしばり、背を向けて流しにつかまり、アイシャの部屋の方へ頭を振って「あっちへ行ってくれ、もうおまえなんか見たくない」と合図していた。

そんなの不当だ。父を恨んでいるわけではない。父を苦しませてしまっているのがつらい。でもアイシャは忍耐づよい。敬虔な信者であることが、父にふさわしい存在になるための自分なりの方法なのだと、わかってもらえる日がいつか来るだろう。

祖母が死んだ時、身の回りの品を大きなダンボールに入れた。その中には、アイシャの見たことのなかった写真が何枚もあった。父がとても若かった頃、大笑いしている写真も見つかった。頭をのけぞらせ、目を細めて、身体中で笑っている。そんな父は見たことがなかった。アイシャはダンボールの中から、ベルイマンの映画について父が書いた修士論文や《ル・モンド　ディプロマティーク》から丁寧に切り抜いたクロード・ジュリアン（一九二五―二〇〇五、第二次世界大戦中はレジスタンスに参加したフランスのジャーナリスト）の社説、ヴィクトル・セルジュ（ロシアの革命家、作家）についての博士論文の計画などを見つけ出した。大学時代の女友達はみんなフランス人で、髪は短く、ジーン・セバーグ風のジーパンをはき、ほっそりして、体の線が見える服を着ている。

この若い男は誰だったのだろう？　顔の表情も今と違う。視線には自信と意志がみなぎっている。その頃の彼はまだ悲しみを、あの深い傷を抱えていなかったのだ。その亀裂からこぼれ落ちた喜びの記憶はすべてどこかへ消えてしまった。

フランスは父に、世界に通ずるフランスの教養を持てば、フランスのどの子供とも同じようにあたたかく迎えられると信じ込ませたのだ。耳に心地良いが偽善的な約束ばかりだった。高学歴のアラブ人は、いつになってもフランス共和国で差別され続け、大学や研究所への採用はそれとなく妨げられていた。娘にとって、父がだまされていたと知ることほど歯がゆいことはない――父がそれを信じたという事実も、同じくらい耐えがたいにせよ。父はだまされていたのだ。フランス共和国では、人は純粋にその資質で評価され、優れた仕事は報われる、ライシテ（政教分離、国家・教育の非宗教性、宗教的中立）のもとですべての人間は平等だと信じさせた。そうしておいて、扉を一つ一つ顔の前でぴしゃりと閉め、文句一つ言わせてくれなかったのだ。ここには多文化共存なんかない。自分の名前を書く段になると、「開けゴマ」と反対の働きをもつ姓のせいで、アパルトマンが借りられなくなったり、立候補できるはずのポストがなくなっていたり、歯医者の予定が混みすぎていて予約が取れなかったりする。同化しなさいと言っておきながら、その努力をした人を、あなたはわたしたちの同胞ではないとはねつけるのだ。

アイシャは写真に写った父の手を眺めていた。キセルをもてあそんでいる、完璧に手入れをした知識人のきれいな手。空中に父の考えを描き出している手。宗教だけが、娘の臓腑を焼きつくす怒りの防波堤になれる。アイシャは、憎しみの塊、傷つき威嚇する動物になるのはごめんだ。市場で自分の身体を売るのはごめんだ。人間愛を失うのはごめんだ。信仰だけが自分をなだめ、考えをまとめ、尊厳を持って生きさせてくれるのだ。

父親との関係はぎくしゃくしてきて、アイシャにはどうにもできなかった。父は、娘の信仰のこととなると「お父さんを困らせるためにしているんだろう」と言う。父には話し合う気はまったくない。娘のことが大好きだったのに。

勉強のためでさえ、バルセロナに一人で行かせてくれない。アイシャはそのことで怒ってはいなかった。父が心配しているのは知っている。誰かが父を安心させてくれればいいのだが。アイシャが信仰しているイスラム教は、新聞が人々の関心を引くために騒ぎ立てているイスラムとはなんの関係もない。

年とったレズビアンがパメラ・カントと母の関係を話しているのを聞いた時、誰のことかわからなかったが、その名前はおもしろかったから覚えていた。グーグル検索にかけてみた。フェイスブックでパメラ・カントにコンタクトした時には腹が立ったが、別のことを考えようと自分に言い聞かせた。ただその件は頭から離れず、母がよく一緒に踊りにいっていたというパメラ・カントを、嫌悪感を抑えてさらに研究してみることにした。ウォッカ・サタナだって。すぐには頭の中で結びつかなかった。

肩甲骨の上に入れたホルスの目のタトゥーがなければ気がつかなかったかもしれない。

自分の好奇心に用心するべきだった。自分のなしたことと関係ない真実は見過ごすこともできたはずだ。自分は非難されるような行為をしたわけでもなく、自分には責任もない。アラーはわたしたちの行いをすべて見ておられる。それにしても、ひどい……。こんなものを見ることになるなら、目を縫ってしまえばよかった。

自分の世代より前の女性たちにとって、フランスで生きるのがもっと大変だったことは知っている。彼女たちは利用され、叩きのめされた。きれいだねと言われ、他人の欲望に身を捧げるよう背中を押された。アラーを忘れなさい、先祖から受けついだものを踏みつけなさいと。彼女たちはその通りにしたらどうなるか、当座はわかっていなかった。洗濯機、報酬のいい仕事、みだらな服、安楽な生活の約束。自分の友達の母親にも、髪をブロンドに染めて尻を見せつけ、バーに出入りしている人がいる。アイシャも自分の母親に関係なかった間は、世の中の流れを現実的に受け止めていた。とんでもないことになった。どうして自分がこんなハズレくじを引かねばならないのか。

アイシャは男の子たちと頬を触れあって挨拶することもない。いつも慎しみ深い。男女が入り混ざる場所は避けている。人目につけば、予想外のことも起きかねない。


ハイエナが話を逸らそうとしなかったのでアイシャはうれしかった。アイシャがそのことを知っていると言うと、相手はしばらく黙ってから消してあったランプをつけた。

「あんた、面倒な子ね。その話はお父さんとした方がよかったんじゃない？」

「そんなこと、お父さんにはぜったいに話せない」

誰にも話せないだろう。友達にも、イマームにも。それを知ったから自分が変わるわけではない、自分が汚れるわけじゃない――距離を置いていればいいだけの話だ。

何がいちばんむかつくかって、その人だ。母だ。母が関わりあったクズたちだ。母にそういうことをさせた文化だ。それをゆるすだけでなくて助長するような文化。そういうのはみんな、自分のベールをみてせせら笑うふしだら女たちと同罪だ。何がいちばんむかつくって？　母は危険を感じた時、なぜ父のところへ逃げてこなかったのだろう？　自分の家族がそれほど嫌だったの？　父なら助けてくれただろうに。母はどうして自分を守れなかったのだろう？　自分の口を借りてしゃべっているのは誰なのか？　考えているのは誰なのか？　そういう矛盾した考えが次々と湧いてくるが、結論などない。

ハイエナって女は完全にいかれてる。でもおかげで、単刀直入に質問できる。

「あんたのお母さんはすばらしい人だったのよ」

「すばらしい人はもっと別の仕事をするんじゃない」

「状況によるわ」

「殺してやりたい。まだ生きていたら、あたしが殺したわ。お父さんの復讐をするために、自分のために、お母さん自身のために」

「よく言うわ。お母さんに甘えたでしょうよ、大好きになったはずよ。お母さんのこと、みんな大好きだったのよ」

ハイエナのそんな軽薄で破廉恥な言葉をアイシャは軽蔑した。あの異教、君臨する金銭を崇める一神教をひたすら信奉しているハイエナは、自分で何を言っているのかもわからないまま、呼吸するのと同じくらい無自覚に神を冒瀆している。とはいえアイシャは、誰かが一歩も引かずに「あなたのお母さんは愛すべき人だった」と繰り返すのを聞くのがうれしくないわけでもなかった。だれもそんなことを語ってくれたことはない。ゆるせないと同時に心地よかった。

アイシャは上の寝台に寝転がったままだったが、二人はほとんど夜じゅう話をしていた。下のスペースにいるハイエナは、相手が自分の気に食わないことを言うとマットレスを思いきり蹴った。この年取ったレズビアンはいかれてるけど面白い。無宗教の人には時々あることだが、すべての道徳的な問題をあっけらかんと無視する。快楽主義者を気取り、規則に反した楽しみにふけってもその贖いをしなくていいと思っているのだ。アイシャは母が尊敬されるべき人のように語られるのはおかしいと言い張ったが、反論されてうれしかったのもたしかだった。

二人はぼろぼろな状態でバルセロナのフランサ駅に着いた。陽光は目も眩むスクリーンだった。二人はもう、その話をしなかった。

その日はスペインで大きなストライキが予定されていた。ラジオもテレビもなかったので、朝、二人はバルコニーに出た。いつもの日曜より車が少ない。タバコ屋もバーもレストランも、ほとんどの店は閉まっている。アイスクリーム屋だけが店の鉄のシャッターを半分下ろしたまま営業している。大学も開かないから、アイシャは授業に行けない。カタロニア人の学生たちから、すべて閉まるから前日に買い物をすませておくようにと連絡が来ていた。できれば仕事をしたいと思っている商人も、復讐されるのを恐れてあきらめた。前にもデモが解散するとき、町中が燃えたことがあるという。スクーターやゴミ箱や車や、燃えるものにはすべて火がつけられた。

通りには重い雰囲気がたちこめ、灰色の空のせいでますます息苦しい。アイシャは外を歩きたくなった。ハイエナは一緒に映画を観にいこうかと思ったが、映画館も閉まっている。午前十時ごろ、交差点に警察が陣取り、装甲車が通りを上ってきた。ハイエナは、こんなぐあいだから宿題をやってしまえば、とアイシャに言う。「今日でかけるのはいいことかどうか、自信がないわ、お父さんにあなたの見張りをするように言われているんだから」ハイエナはソファに座り、パリのレストランのサイトに評価の書き込みをしていて、時々《ラ・バングアルディア》（バルセロナに本拠を置く新聞社）のサイトでその日のニュースを追っている。

遠くで一つ目の爆発があった。警察がゴム弾を撃っているのだ。バスが一台、通りを上ってくる。二人のいる窓の下の停留所で、バスはデモ隊に囲まれた。三十秒で、バスの窓はシールで覆われてしまう。降りてきた乗客の中には、不満げな人、飽き飽きしている人、デモに共感している人、面白がっている人、どう考えていいかわからないふうな人、いろいろいる。警察がやってきて運転手に、前も見えないのに、誰も乗っていないバスを発進させろと命令する。

西側の、見たところランブラス通りとおぼしき場所の上にヘリコプターが一台、待機している。交通が麻痺した町いっぱいにその翼の音が響いている。歩行者たちは下で生活を続けている。はげ頭の老人は部屋ばきとジョギングウエアでパイプをふかしながら独り言を言っていて、ベビーカーで赤ん坊を散歩させているカップルもいる。警察のアメリカン・スタイルのサイレンが規則的に響き、医師の黄色い車が通りを走ってくる。目の不自由な人が片手でキャスターつきのカバンを引きずり、もう片手で白い杖をついている。外国人はトランクを転がしながらタクシーを探している。

アイシャは開いている薬局を探しにいくと言う。アーティチョークのジュースが欲しいと。ハイエナはパソコンの画面から顔を上げる。「アーティチョークのジュース？　昨日は黒大根カプセルを買ったじゃない、着いてすぐに」たしかに買った、でも数日前から脂っぽい食事ばかりで、胆囊（たんのう）が受けつけないのだ。ハイエナはため息をつく。「あなたくらい若い人で消化にそれほど関心のある人って見たことないわ。四十歳になったら、どうなってしまうのかしら」

ハイエナは顔を洗うようにこする。「どうしても出かけたいの？　町には誰もいないわよ。十八時にデモが始まるから、今はみんな寝ているわ」「薬局を見つけるだけでいいから」「一緒に行くわ」

歩きながら二人は会話しない。別に怒っているわけではない。二人ともその方がいいのだ。

スターバックスを過ぎたところでアイシャは肩を突かれ、よろめいた。男が自分のバッグを盗んだことに気づく前に、その男が壁に押さえつけられているのが見え、パカンという音が聞こえた。ハイエナが男の膝をヒールで蹴ったのだ。別の男がハイエナに飛びかかっていった。アイシャはその男の肩をつかんで振り向かせ、顎にストレートをお見舞いした。男の体がぐらついた。ハイエナはかがんで泥棒を助け起こそうとし、ひどい訛りの早口なスペイン語で言った、「あらごめんなさい、でもびっくりさせられたわ。歩ける？」そして彼の肩を叩くと、心配そうにあたりを見回した。男は怒り狂ってぶつぶつ言うが、ハイエナはまだふらついているその仲間の方を振り返り、「早くこいつを連れて行きなさいよ、警察だらけだし、人がこっちを見ているから。何をぐずぐずしてんの、病院にでもハイエナは言った。

行きたいの？」と言った。助太刀にきた男がアイシャの顔をじろじろ見て地面につばを吐く。野次馬にフランス語で「何かあったんですか」と聞かれると、ハイエナはほほえみ返すが、顎がこわばっていて、そのゆがんだ顔を見た相手は怯えてしまう。「いいえ、なんでもありません。ちょっと巻き込まれちゃって」「何も盗まれませんでした？」「いいえ、たいしたことじゃないの、だいじょうぶです……」まだ地面に横たわっている男を、もう一人が無理やり起こそうとしているのを振り返ってハイエナは言った。

ハイエナとアイシャはその続きを見届けずに立ち去った。アイシャは今の出来事を誇りに思うわけにもいかないのはわかっている。だがヘリコプターが舞い、爆音が聞こえるこの日の状況に興奮して口笛を吹き、「年にしてはすばやいわね。あたしがカバンを盗られたと気づく前にやっつけちゃうんだもの」と言った。ハイエナは立ち止まる。「年にしては？　マイク・タイソンくん、あんたも一発やられたいの？」眉を上げ、指を鳴らす。進むわよという印だ。「急いで、サツだらけなんだから」「身分証明書を見せろって言われるのが怖いの？」「まさか。なんでそんなこと言うのよ」「どうしてそんなに急がなきゃいけないの？　なんで電車で来たの？」「警察には気をつけた方がいいのよ。拘束されたりしたら、お父さんになんて説明したらいいの？　どこで右フックを覚えたの？」「ボクシングで」「ボクシングやってるの？」「小さい頃にやってたの。でもそのうち、お父さんの友達の女の人に、そんなの女らしくなるのにプラスにならないって言われて、お父さんにやめるように言われたの」「女らしくなる？」「うん、小さい頃、あたしちょっと……乱暴だったの。今は変わったけど。でも時々癖が出そうになる。ちょうどいい距離だったから、考える間もなく、ズバンとやっちゃった。誰かに手をあげるのは久しぶり。小学校以来かな」「女の子が殴るのは宗教的に問題ないわけ？」「ぜんぜん。人に襲われたら、身を守るためになら、女でも問題ない。知らない人だし」「知っている人だったら違うの？」「その人を尊敬しないといけないかどうかによる。でもあれは泥棒だから尊敬する必要もないし。あいつの母親が、歯車の狂った世界にあいつを産み落としたのはあたしのせいじゃないし、あんな弱々しい体格だったら、正直言って、犯罪以外の仕事をした方がいいでしょうに」「あんたが成長して前より乱暴でなくなっていてよかったわ。検閲の入ってないバージョンだったらどんなだったか知りたくもないから」

その時から二人のあいだで何かが変わった。グラシア地区の方へ向かっていると、カタロニアの旗を振っている人たちとすれ違った。デモの黄色い旗を持っている人もいた。本格的なデモが始まる前の、デモ隊の切れ端だった。

「まだ歩く？　ごはん作るから家に戻る？」
「ごはん作るのほんと下手じゃない？　作ってくれたもの消化するのに何時間もかかるんだけど」
「あたしに料理が下手だなんて言った人、今まで誰もいないけど。でもいつもは料理しないからね」
「そのせいだわ」

その夜、アイシャは講義ノートを読み返し、ハイエナは油分なしで野菜をゆでて、そのゆで汁を二人で飲むことに決めた。アイシャの「肝機能」にいいだろうということで。ハイエナはテーブルに近づき、どきなさいと合図する。「食事よ、その紙を片付けて。食事のあとでまたやって」アイシャが言うことをきかないので一歩下がり、足を振り上げ、底のはがれたスリッパを見せつけて、それが話しているように「やあ、スリッパだよ、急いで。野菜スープが飲みたい」と声色をつかった。アイシャは思わず吹き出した。あまりにばかばかしくて、面白いじゃない。二人はテーブルにつき、一ロスープを飲んで大笑いした。ひたすらまずい。

だがアイシャはすぐに罪の意識を感じた。時計を見て皿を片付け、軌道修正するために急いで祈りに行こうとする。アイシャは黙りこくっているが、ハイエナは大きな声でコメントする。「ばかばかしい。二分間一緒に笑ったからって、女どうし、引き返せないほど仲良くなるわけじゃないのよ。何考えてるの？　心配することないわ、どっちみち、レズビアンってうつるわけじゃないんだから」アイシャはまじまじとハイエナの顔を見る。あなた魔女なの？　人の考えが読めるの？　でも相手の女は動じない。洗脳しよう、道を踏み外させてやろうなどという下心がないのは確かだから、こちらがむきになっても仕方ない。

パトリスは二日前から鼻水が止まらない。鼻の入り口の皮が剝け、鼻をかむのに痛くて仕方ない。一袋一ユーロ九十サンチームの塩化マグネシウムを飲んでいる。薄めた液の匂いで気分が悪くなり、すぐに下痢するが、二十四時間後には治る。内臓がおののき震えるのが感じられても、痛みと引きかえに自分の内部を空にするのは嫌いじゃない。しかもトイレは彼の家でいちばん装飾を施してある場所なのだ。壁にあらゆる種類のチラシが貼ってある。あらゆる種類といってもほとんど裸の女の子の写真で、トイレに入ると、乳房と、たいらな腹と、焼けた肌と、やわらかな唇の洞窟に潜りこめる。なんて落ち着くんだろう。雑誌もすべて整理し、全部そこに並べてある。他に誰もいなくて、客間にかかっている音楽が聞こえるようトイレのドアを開けっ放しにしておける時はとくに、一日のほとんどをそこで過ごす。

目が覚めてもまだ調子が悪い。ヴェルノンがソファベッドで眠っているのを忘れていて、もう少しでパンツもはかず、大切なところをあらわにしたままトイレに行くところだった。便器を前に、彼はやや迷う。吐くのが先か下痢を出すのが先か？　どちらか選ばないといけない。よく、もっと文明化された世界のトイレは、前にかがんだ姿勢で座れて、体の向きを変えずにすべてを出し尽くすことができるんだろうなと考える。トイレを設計する人間はアルコールを飲む量が足りないから、日常の重要なシーンを考え落としているのだ。

前日、ヴェルノンはラムを一瓶持ってやってきた。二人は翌日のことを考えずに飲み、今や、体内器官が無理やり与えられたものに反抗している。風邪をひいているところへ二日酔いがきたらどうにもならない。だいぶ前からパトリスの身体は悲鳴を上げている。一年前も腎盂腎炎で緊急入院した。高熱が出て、動物関係の譫妄にとり憑かれ、あらゆる怪物、腹ばいになったワニが見え、そのねばねばした熱い肌を感じ、巨大な蛇が脚に巻きつくのが見えた。メキシコのキノコでトリップした時に似ていた。熱は一週間続いた。夜中に点滴をはずしてわめく年寄りと同室で、その老人は逃げ出したがっていたが、廊下の端に着くまでに自分の名前を忘れてしまい、うんざりした看護師たちが連れ戻して、反抗しつづける彼をついにはベッドに縛りつけてしまった。医者たちはパトリスがこんなになるまで不安を抱かなかったことに呆れかえっていた。病気だってことがわからなかったんですか？　彼は、いいえ、朝はいつも二日酔いがひどいだけだと思いましたし、ビールを一本飲めばなおったんです、と答える。透き通るような目の医師が、おそらくレバノンかそのあたりのなまりのある話し方で、あなたはアルコール離脱症状が出て、振戦譫妄の状態に陥っていましたよ、と言う。彼は酒はやめたほうがいいと説く。なんのために？　病院に入る時期を遅らせるため？　もっとよく寝られるように？　アルコールは肝臓をだめにし、タバコは舌と喉と肺をだめにし、脂っぽい食べ物は動脈をだめにしつつある——よぼよぼにならないうちに死ねるだろう、少なくともそれが自分の人生で唯一の勝ち点になるだろう。

ヴェルノンは横向きに寝転がり、いびきをかいている。あいつだって、現実に引き戻された時さわやかな顔じゃいられないだろう。パトリスはボトルに水を入れる。頭の中で解体工事でもしていて、大脳皮質を殴られているかのようにこめかみが痛い。ああ、若い頃は酔っ払っても、翌日けろりとして跳ね回っていたのに。

パトリスはラジオをつけ、パソコンを立ち上げる。毎朝この動作を繰り返す。いら立つだけだとわかっているのにやってしまう。新聞を買ったりラジオを聞いたりし始めた八〇年代は違った。腹の立つこともあったが、個人的にその記事を読みたいと思う新聞記者や、コメントを聞くのが楽しみなジャーナリストもいた。政治的な発言が面白いなと思うアーティストもいた。メディアとの関係は、今のように不信と敵意のみで作られていなかった。ベルリンの壁の崩壊、天安門事件、キリストを撮ったスコセッシ（一九八八年にニコス・カザンザキスの小説をもとに作られた『最後の誘惑』では、キリストが悩める人間として描かれ物議をかもした）などについてのくだらないコメントだってバーのカウンターでやり取りされ、人々は顔を突き合わせ、反応し合い、けんかし合っていた。今のように、匿名ゆえに猛り狂って言いたい放題、なるべく短い愚言を吐き、反響といえば、自分の無力さを表す耳も破れんばかりの静寂のみ、そんな状況ではなかった。少しは秩序を回復させてやりたいものだが、パトリスにはできない。彼は当時ぜったい買わなかったような新聞を開く。それは毒のある触手のように頭に忍び込み、怒りを誘うだけで、何の分析も生み出してはくれない。一まとめにすべてをぶちのめしてやりたくなり、死ぬほど吐き気がする。この一団と自分の声を合わせたいなんて思えるはずがない。自分のいら立ちを吐き出すためにブログを開きたいとも思わない、愚言の波に自分の妄言のかけらをつけ加えたいとも思わない。だがこの開いている窓から自分を引き離すことができないのだ。毎朝、そこに座り、世界が腐っていくのを見ている気がする。各界を率いるエリートたちの誰一人として、すぐさま後戻りする必要に気づかないらしい。逆に、彼らは最悪の事態に向かって全力でアクセルを踏むことしか考えていないように見える。

パトリスは、アメリカの学校に乱入して子供二十人、大人十人ほどを殺したアダムくんの話を読む。そんなことをやらかす勇気があったらいいなと思う。学校ではやりたくない。自分の年代は子供に銃を向けるようなことはしない。ニヒリズム、あるいは愚劣さがちょっと足りないのだ。親ならみなそうだろうが、事が起きた時、パトリスも自分の子供の学校が目に浮かんだ。パトリスの子供は二人とも同じ学校に行っている。もし誰かが子供の髪一本にでも触ったなら……。アメリカ人の父親の一人は昨晩、犯人をすでにゆるしたと言っていた。感動的かもしれないが、けしからんことでもある。

父親になった日、それはパトリスの人生でいちばん素晴らしい日じゃなかった。いちばん恐ろしい日だった。夜もランジス（パリの南の郊外にある大規模な生鮮食料品市場）で臨時労働をやっていたところへ、セシルから病院へ向かっているとSMSがきた。話せないほど痛がっていた。当時はSMSができたばかりで、それははじめて受信したSMSの一つだった。

作業班のチーフは感傷的なO脚のポルトガル人で、間違いなく嫌なやつだったが、父親だったからその時だけはまともな反応をし、うるさいことを言わずに仕事を離れさせてくれた。出産する女性とはどんなものか、誰も語らない。誰もそういう話をしてくれないから、いざ現実のこととなると、自分が何も知らないことに気づく。知らぬが仏だ。パトリスが着くと、どの部屋からもうめき声が聞こえた。満月の夜だ。助産師たちはしたり顔でそう繰り返していた。「あたしには無理」と。もういいです、できません、部屋から出てって、あたしが言ったことはすべて忘れて、もうやめにして、あたしには無理、と。全員が「無理」そして「お願い、助けて、死にそう」。セシルも他の女と同じだった。パリの環状線が渋滞する時間に入ってしまったので、パトリスはSMSをもらって二時間後に着いた。子供の頭の影さえ見えない。自分の言葉も耳に入らない状態の妻がそこにいるだけだ。汗まみれになり、三日前から二つの紫がかったボールみたいに腫れてきた足をバーの上にのせ、苦しんだ末、もういきむ元気もない。すでに十分ひどい目にあった。しかし、それは始まりでしかなかったのだ。出産は五時間もかかった。医療チームはうまくいきましたねと言う。出産のことなんか知らないほうがいい。女性というのはうまくできている。女は忘れてしまうのだ。男はそうはいかない。またその場面に立ち会わなければいけないとなったら、かなり戸惑う。「本当にそうすべきかどうか」と考える。セシルは第一子を産んで一年後、もう次の子のことを話し始めた。自分の記憶からあの地獄のような五時間を抹消し、あの殺戮のような場面からたった一つのイメージだけを記憶に残したのだ。赤ちゃんをお腹の上に乗せてもらって、彼女自身の言によると「はじめて他者とは何かわかった」時の情景だけを。

でも彼は何も忘れてはいない。自分の愛する人が苦しむのを見るのは、他の何より恐ろしい体験だった。第二子は養子をとったほうがよくないかと妻にきいたくらいだ。妻は耳を貸さなかった。パトリスは指を弾くくらいのパンチを繰り出すだけでがまんした。半年後、まだ彼女は仏頂面をしていたが、腹を割かれるのはまたやってもいいという。ああ、男と女は似ているなんて言わないでほしい。子供を通すために開くとき、骨盤は音を立てるのだ。ぱかっと。誰もこのぱかっという音の話などしない。二度目はパトリスは待合室にいて、出産に立ち会うのはやめておいた。セシルは理解してくれた。立ち会わないのは、排泄物や血のせいではないし、お腹から出てくる時の赤子が、叫び続ける怪物みたいだからでもない。セシルが苦しんでいるのを見るのがいやなのだ。その他は問題ない、へその緒を切りにくるくらいならやろう。そいつは陰唇を押し開いて叫び出す……子供は呼吸し、もうだいじょうぶだ。助産師たちは有能で、理解の遅い子に話すかのようにパトリスに話しかけた。彼のためにだ。セシルにもまあ、よくしてくれた。それはむしろ彼女たちの身のためだった。セシルにつらくあたった助産師が一人いて、あまり長引くからというので「さあもうそろそろ行かなくちゃ、一気にね！」と、泣いているセシルに圧力をかけたのだ。パトリスは文句を言いにいこうかと思ったが、助産師は一日中そうやって働いているのに自分はまるっきり無知なんだから、と思いとどまった。彼は想像してしまった――妻は死にかけている、おれたちは悪魔みたいな子供を作ってしまったんだ、頭に恐ろしい棘のついた子で、どこかに引っかかっている、そのせいで彼女はその子を押し出そうとしてこんなに苦しんでいるのだ、と。

二人とも疲れ果てていた。パトリスが壁時計を見ると九時だった。それまで二人とも一睡もせず、彼はこの経験がどれほどつらいものかあらためて思い知った。セシルは手を彼の手に預けたまま眠ってしまった。どれだけ彼女を愛していたことか。今や思い出すのもつらい。どれだけあの女性を愛したことか。自分の妻、自分の目。彼女の顔を見るとなぜかノックアウトされた状態になり、魂が抜けていくようで、かかとから髪の先まで恍惚感に浸されるのだった。セシルは眠っていて、パトリスはトニオを見つめていた。何秒か信じられずにいたが、パトリスの人生は変わり、二度と元には戻らなかった。恐れ。恐れというものを彼はまだ知らなかったのだ。それが臓腑にからまり、もう引き剥がせなかった。この小さな存在に何か起きたら、という恐れ。この「何か」が際限なく広がっていくのに一秒とかからなかった。病気、怪我、襲撃、事故、感染、暴行、拷問、飢餓、虐待、痴漢、強姦、誘拐、監禁、火事、テロ、砲弾、戦争、疫病、津波、台風、窒息……。「自分の瞳のように大切」という表現は、親と新生児を結ぶものを十分言い表してはくれない。自分の瞳など、えぐられても自分は倒れない。骨の髄とでも言った方が近いだろう、自分の存在全体を貫いているものを指すのだから。

まだ自分の子供を他の子たちと区別することもできない時にすでに生まれる絆のことだ。この子は存在し始めたばかりなのに、パトリスはもう恐れでいっぱいになっていた。

トニオが生まれてから、パトリスは自分の軸が前よりぶれなくなった気がした。でもセシルは泣いてばかりいた。妊娠中、出産後、赤ん坊がはじめて歩いた時も。落ち込み、涙に濡れ、しゃくりあげているセシルの顔しか思い浮かばない。第二子の時、出産を手伝いにやってきた医療チームは何か怪しんでいるような目で彼女を見ていた。日曜だった。この時はパトリスは家にいて、妻を病院へ車で連れていった。病院の人たちはセシルの身体にあざを見つけ、パトリスの方をちらっと見た。すぐに疑いは消え、そんなはずはないと彼らは思い直し、みな愛想よくなった。パトリスは人と波長を合わせるのがうまい。人を安心させるすべを知っている。彼とセシルの関係は複雑だった。それは「乱暴な男が妊娠中の妻を殴る」というような単純な話ではなかった。もっと入り組んでいる。パトリスは彼女を気も狂うほど愛していた。女王さまのように大切にしていた。でも時々殴りもした。

彼女が出て行ってしまった時は悪夢だった。人が自分の代わりに書いた文書にサインし、二人の関係はそういうものでした、と決めつけられてしまうなんて。よくある家庭内暴力、ある種の過ちの物語にしてしまうなんて。セシルは自分を裏切った。裁判所の通達、おぞましい手続き。セシルは二人の愛を汚いやり方で裏切った。彼女のまわりでいかれた女たちがぎゃあぎゃあ言っていた。セシルの母親、姉、友達の頭が弱い太ったマファルダは、この情痴犯罪にやっとけりをつけられると大満足だった。マファルダなんて、まともなソドミーだって経験できないだろうに。この魔女たちはパトリスを追い出せる機会を辛抱強く待っていたのだ。

セシルは七年前に出て行った。息子のトニオは三歳、ファビアンは二歳だった。パトリスはまだ立ち直れない。今になんとかなるだろうと思うこともある。じたばたしないことだ。自分でも心の底では、こんなに苦しむのはもうたくさんだと思っている。だがまたそのうち始まるのだ。あのことを考えてしまい、人と一緒にいるときも、仕事中も、そのことを思って絶え間なく苦しみ続ける。酒を飲んでも何ひとつ改善しない。酒を飲まないと、眠れないからもっと悪い。

ヴェルノンが書類の更新のためにケベックから戻ってきているなんて嘘だとすぐにわかった。三カ月前からフェイスブックでフランス人たちと毎日ちゃらちゃらやっていて、コルベイユに住む、最近つき合いのない男のところに転がり込むなんて。ホームレスになったに決まっている。ともかく、どこから見てもホームレスっぽい。セシルに捨てられた時、パトリスは半年以上、人の家を転々としていた。知り合いの家に泊めてもらうかわりに掃除と買い物をさせられていたこともある。子供のシッターを毎晩させられていたこともある。泊めてあげるんだから、なんであたしのベッドで寝ないのという女の子たちもいた。衛生観念がない男たちもいて、そいつらの食器で食べたり飲んだりすると吐きそうになり、ごまかすのが大変だった。パトリスは、いつかセシルが思い直してくれるだろうと思っていたから、すぐにアパルトマンを借りようとはしなかった。前に一度、そういう危機があったのだ。二人はありえない額を無駄にした。金をどぶに捨てたようなものだ。二度目もセシルが思い直してくれることを期待していたが、半年もたつと他人の居間のソファで寝るのはいいかげん嫌になってきた。昔の学校の友人で、コルベイユの低家賃住宅公社で働いている男がいた。パトリスは彼に電話し、こんなお願いをして気が引けるが、アパルトマンをなるべく早く斡旋してもらえないだろうかと言った。つれなく断る代わりに——自分だったらそうしただろう——友達は、役に立ててうれしいと言う。二カ月以内に問題は解決した。パトリスはコルベイユに引っ越してきた。なかなかいいアパルトマンに落ちついた。地区自体は、シャベルを買って穴を掘り、もう二度とそれを見なくてすむよう自分を葬りたくなるほどだったが。問題はいかれた若者たちの存在ではなく、滑稽なほど大きな牢獄に住んでいる気がする点だった。だがアパルトマンの中に入ってしまえば、居心地はいい。天井はまあまあ高いし、向かいには木立があり、空と緑が見える。窓はたくさんあった。居心地は悪くない。パトリスがこれほど不幸せでなければ、ここでの暮らしに慣れることもできるだろう。地区の景色は気が滅入るが、老人が多く、犯罪者も乱暴する気力がなくなってくる。不良たちは通り何本か向こうの、こちらほど老人ホームっぽくはない界隈でやりたいようにやっている。

フェイスブックで交換した六つ目のメッセージで、ヴェルノンは自分に泊めてくれと言ってくるだろうなと思い、それもいいじゃないかと思った。警戒はしていた、シルヴィが、あいつに家から物を盗まれたと苦情を書きまくっていたから。あのアホ女に、よくやってやった。あんな女、そういう目にあって当然さ。でも一応、ヴェルノンを家に迎え入れた時に警告はした。ようこそ、歓迎するよ、ただし、問題に巻き込まれるのはごめんだぜ、許可なくうちから何か盗ってったら、お前のきれいな青い目をくりぬいてやるからな、と。

パトリスはこういうことを言いそうな体格をしている。とはいっても、外から見て若い頃と変わっていないのはタトゥーだけだ。スーツとタートルネックを着ても、タトゥーは見える。お気に入りのチームの色の服を着るのもやめ、バイクもしまって、コルトレーンやデューク・エリントンを聴いている。マルクシストのヘルズ・エンジェルズを演じるのに疲れたのだ。辻褄を合わせるのが面倒になった。ただしマルクシストではあり続け、ヘルズ・エンジェルズの件は放り出した。でも、そのルックスは変わらない、もちろん。服を変えても、あいかわらず囚人みたいだ。首や手首までタトゥーが入っているが、小娘たちが最近入れているホモっぽいタトゥーなんかじゃない。行く先々で怖がられるのに慣れっこだ。ロングヘアもそのままで、大きな指輪、手首にはじゃらじゃらとブレスレットをつけている。髪は薄くならず老紳士風に白くなった。ジェラール・ダルモンみたいに。人生がこういう贈り物をくれたなら、髪を切りに行くなんてばかげてる。

ヴェルノンも髪は薄くなっていない。あの歳になると、青い目は得だ。その顔の中の何かが、汚れずに残っていた。ヴェルノンはいつも控えめで、誰にも迷惑をかけず、よろこんで人に尽くす男だった。ロックをやってる人間によくあるように皮肉を言ったりすることも一切なく、脳みそはえんどう豆なみに軽かったが、背中にナイフを突き立てるようなやつじゃない。

他の人たちとちがって、パトリスは音楽をやっていた日々をまったく懐かしく思わない。ナチ・ホールズでベースを弾いていたが、それも元のベーシストがやめたからで、表向きには彼女がツアーにもう行かないでくれと言っているからとのことだった。実際は、パーカッションの男が自分の女ぜんぶ、公式な彼女にまで手をつけるのにうんざりしたからだ。アレックスのアイディアでパトリスは代役をし、必要な三つの音を続けて弾くのを教わった。その後もいい音楽家に成長したわけじゃない。才能なき使命で、いくら練習しても身につかなかった。でも舞台でショーをやるのは好きだった。彼の猿のような身振りは、欠けているフィーリングを補ってくれた。注目を集めるのは好きだった。そういう年頃だったのだ。二年間は楽しくG7のレンタルのトラックに乗って走り回り、ばかなことを言い合ってテンションを上げた。二つのライブの間に八百キロも走らねばならないこともあった。マネージャーの女の子は現実感覚が完璧に欠けていて、彼らがタブレ以外のものを食べ、人の家の床以外の場所に眠れるよう頼むなんて論外だと思っていた。そういうのもまた旅の一部だったし、そういう覚悟がないと舞台も成立しない。パトリスはそれも楽しんでいた、飽き飽きする時がくるまでは。一週間に少なくとも三回のリハーサル。ロックンロールは真面目なものだと言い、それしかやることがないくせに一時間遅刻してきて、休憩は三十分取り、曲と曲の間に騒いでいる人間たちと一緒だった。規律のなさにはすぐに嫌気がさしてきた。しかも週末はいつも地方でのコンサートでつぶれ、クスリで荒廃しているイタリアのおんぼろ小屋で弾かされれば、コンサートをちゃんと聴けるだけしゃんとしている人間など誰もいないような始末だ。一年目は思い切り楽しみ、二年目はうんざりし、三年目にグループを去った。解散の何カ月か前だった。グループが解散に至る道は三つある。うんざりした末の自然消滅、メンバーのあからさまな衝突、そして例えばメンバーの一人の死といったトラウマになる事件。

パトリスの場合、ある夜地下に降りていこうとして、もうこれっぽっちも楽しくないことに気づいた。土曜の夜はテレビを見ていたかったし、金曜の夜にバンドとブール＝カン＝ブレスまで演奏しに行けるかどうかなんて考えずに、定期的な仕事をしたかった。そこで他のメンバーに、おれはやめる、誰か代わりの人を探してくれと告げた。一番傷ついたのはアレックスだった。それを見て、うすうす感づいていたことが確信に変わった。同じ活動をしていてもアレックスだけにはその意味が違ったのだ。アレックスには選択の余地はなかった。他に何も持っていなかった。家族も、仕事も、ほかにやりたいことも。そして音楽的な耳があり、曲はどのように作られるものかわかっているのは彼だけだった。

パトリスはあの活動を懐かしく思ったことはない。やめたことを後悔するどころか、ほっとした。ロックにも、ハードコア・ロックの舞台にも、すべてにうんざりだった。そういうのを人が「サブ」

カルチャーと呼ぶのは偶然じゃない。アンプのいろんなモデルやファズペダルやシャツの襟についてなら一晩中話していられる情けない間抜け人間たち。一番進んでるやつでもケーブルについてはどんな質問にも答えられる程度だ。そんなの、職業適確証の試験も受けなかった自動車修理工くらいの教養だ。パトリスの人生は、もっと大人にふさわしい趣味を軸にして変わっていったから、その頃の知り合いに再会すると、そいつらがどれだけ変わっていないか見て驚いた。

ヴェルノンは頭が切れるやつじゃない。でも彼には魅力があった。イージー・ゴーイングで、つきあっていて楽しい男だ。脳の神経細胞が少なすぎるから、どんな場面でも怒ったりしない。ヴェルノンを家に迎えた時、パトリスは格別楽しい夕べを過ごせるとは期待していなかった。彼を受け入れたのは、一人でテレビの前にいるほうがいいからという理由で昔の仲間をもてなせないほど気難しい人間になったわけじゃないと自分で思ったからだ。

ヴェルノンはラム酒の瓶を抱えてやってきた。疲れ果てた様子で、早く酔っ払いたがっているみたいだった。二人は膝にポテトチップスを一袋ずつ載せてテレビの前に陣取り、『コランタ』（フランスのTF1局で放送されている、実際のアドベンチャーをもとにしたサバイバルゲーム番組）を見た。ヴェルノンは一緒にテレビを見るのに最適な友だということが判明した。島ではいつものように脱落者を決める集会が進められていた。そしていつもどおり、マイノリティーは不利だ。パトリスとヴェルノンは参加者や番組の方針に文句をつけた。キャンプで、男たちはみな免除の首輪（キャンプのどこかに隠されているもので、排除される人を投票する際に、これを持っている人に対する排除の投票はすべて無効になる。譲渡も可能）を探していた。女の子たちは火のまわりに残り、食事を作っていた。

「フェミニストの視点てのはないのかね。たとえば今、女の子たちはなんで自分を救おうとしないいんだ？　『コランタ』はよく見る？　女の子が免除の首輪を差し出すのを見たことあるか？」

「知ってる、この番組は何度も見たよ。女の子たちが協力して男どもに対抗する場面なんかないよね？」

「ない」

「ここだけの話だけど、もし女だったら、協定を結ぶとき男を信用する？　ぼくはしないね」

「まさにそういうことだ」

『コランタ』のすぐ後に放映された『うちの息子と結婚したい人？』は、フェミニズムが後退しているという彼らの確信を覆してくれそうになかった。二人は同じ結論に達した。理論上は、両性の平等にみな賛成している。だが女性たちは自らの尊厳を回復しようと急いでいるように見えない。そう言わざるを得ない。


セシルがそこにいて二人があれこれ批判しているのを聞いたら、鼻の穴を少しすぼめただろう。そのハムスターみたいな動作にパトリスはキュンとなるのだ。セシルは二人を「現場監督」みたいと言っただろう。労働者の家に生まれた人間にとって、それは侮辱の言葉で、彼女なりの批判を表している。

パトリスはいつも女友達に手をあげてきた。つきあったすべての女に。一夜だけの関係なら平手打ちせずに終わることもあるが、つきあい始めれば、遅かれ早かれ必ず一つ目のパンチが飛び出す。しまいには、一発目はパトリスの方がショックを受けるようになってきた。相手はまだそれが始まりでしかないことがわかっていない。十回もめごとがあって、十回とも殴られても、彼女たちはどういうことか理解しようとしない。女の子はそれが成り行き上の偶発事だったと思いたがる。愛は暴力より強く、暴力的な男を優しいパートナーに変えてくれるだろうと。ぶつかりあうたびに、自分を知り、相手を知ろうとし、お互いを見つめ直す。パトリスはもう子供じゃない。新しい恋人候補が見つかるたびに、素晴らしい未来を約束し、プレゼントをし、甘い言葉で相手を讃えたいという気持ちがあふれ出すのを感じる。でも時間の問題だ。自分で自分をだまし、相手もだまされる。今回はだいじょうぶだ、自分は変わった、と。でも時間の問題だ。一つ目の平手打ち。恐れに見開いた目が、パトリスにはそんなことできっこないと言っている。パトリスはいや、できるんだと自分に言い聞かせる。怒りがこみあげてくる。いつものことだ、怒りは道筋を知っている、いつだって戻ってくる。この子に体罰を加えないといけない。パトリスがもう殴らないと言えば、彼女は信じる。パトリスは心からそう思って言っているのだ。片隅に追い詰めて何度も殴り、彼女が出て行くまで打ちのめす。出ていかなければ、殺してしまうだろう。後悔していると言う時は、本当にそう思っている。その繰り返しを止めてくれる何かを、自分をコントロールできるようになるきっかけを、彼は絶望的に探している。

セシルにはじめに手をあげたのは、つきあい始めて十カ月後だった。パトリスはついに運命の相手に出会ったと思っていた。彼女とは、他の場合とまったく違った。パトリスが彼女に抱いている愛は、信頼と興奮が混じり合った、安らかでいて燃えるような愛だった。セシルといると心が落ち着いたし、同時に退屈しなかった。あれが起きる予感はなかった。しかし、また同じシナリオだ。それはある朝、パトリスの攻撃的な独り言から始まる。二人の関係や毎日の生活の中で、セシルがきちんとやらない点についてぶつぶつ言う。ばかばかしい理屈だが、その時は正しいように思える。自分がそれにだまされるまで、同じことを繰り返し言い続ける。ある日それが始まり、セシルは泣いた。毎日、愛しているよとばかり言っている男が、そんなに不満を募らせていたことを知って驚いていた。彼女は泣いて謝る。セシルが泣き始めると、パトリスは怒っていた理由がよく分からなくなってきてしまう。なぜそれが正しいと考えたのか思い出せなくなってしまう。だが何かが、破壊的な思考のシステムが、確実に動き始める。どうやったらそのレールから外れられるのか、パトリスにはわからない。

ある夜、帰ってきたパトリスがピザの宅配を頼もうと言うと、セシルは機嫌が悪くなり、ヴェトナムフォーでも食べにいかない、と言うのでパトリスはそれでもいいよと答えた。セシルはさらに、日本料理を注文するのはどう、その方が高いけど食べたいって言ってたじゃない、そのくらい払えるわ、と言うのでパトリスは、いいね、じゃあ外に日本料理を食べに行ってもいいよ、と答えた。それなのにセシルはまだ、ピザね、確かにそれもいいけど、節約したかったらスパゲッティをゆでてもいいのよ、ソースを作る材料ならあるから、でもフォーもいいわね、食器も洗わなくていいし、と言う。セシルはよくそれをやるのだ、単純な選択肢から、解きほぐせないほど混み入った状況を作り出す。パトリスはしょっちゅう神経を逆撫でされてきたが、理性を失ったことはなかった。その夜、パトリスは十分間ほどその戯言をがまんした末に「やめろ、疲れるから。ピザを二枚頼んでだまれ」と吠えた。セシルはまだ相手のことをよく知らなかったのでひるむことなく、いら立って「そんな言い方やめてよ、毎回あたしの言うこと聞いてくれないのね、誰もそんなふうにあたしにどなったことなんかないわ、なにその攻撃的な調子は?」と言った。そこでブーン、と派手な殴打がきた。平手打ちじゃない、しっかり握った拳(こぶし)がこめかみを狙ったのだ。何が起きているかセシルが理解し、頭を整理し、口喧嘩が始まるのだけでも防ごうとする間もなく、二発目が飛んできた。相手を殴ることのない人間には、その原理がわからない。それは腹のなかにうずくまっている動物で、理屈より先に動く。始まってしまうと、波と同じだ。意思の力では波が砕けるのを止められない。砕け散るしかないのだ。ただ、それが動き出す決定的な瞬間はもっと前にある。パトリスはそのことを理解した――波が唸り出すのを聞き取れるようになり、波がふくらみ始めるずっと前にそこから離れないといけない。だがこれから自分がいら立ちそうだぞと感じた時にはもう遅い。無能なやつらはよく、スニーカーを履いてそこいらを一周してくればいいなんて言うが、そんな時間はないのだ。火山に向かって、溶岩を出すのはもうちょっと待ってくれと言うようなもんだ。そのまま続けるしかない、やるしかない。相手は黙るしかない。従うしかない。

のちにグループセラピーで――彼はセシルを手放したくないという思いが強すぎて何でもやる覚悟があったからそんなところへ行ったのだが――自分の母にされたことを再現してみるようにしつこく言われた。そう言われてみればたしかにそうだった。母はパトリスを殴っていた。弟も殴られた。男の子二人を女手一つで育てていたし、二人ともなかなか言うことを聞かなかった。彼らはきつい体罰を受けた。しつけのためにハンマーを持ち出しても、倫理的な問題に発展しなかった頃のことだ。母親はベルトで殴った。パトリスはそれとこれと関係があるとは思ってもみなかった。親が体罰を与えた子供がみんな暴力をふるうようになったら、みんなそういうものだと知るだろう。母親はアルコール依存症ではなかったし、理由もないのに叩くことはなく、家の規則がぶれることはなかった。母は自分の言うことをきくようにしつけをしただけだ。

それは胸にひそむ蛇、血の中を流れる何かだ。過去とは関係ない。そういうふうに生まれてきたのだ。もしパトリスが父親を知っていたら、生物学的な説明が欲しいところだ。とりあえず必要なのは力を思い切り投げつけることだ。相手の目の中に敬意を、恐れを読み取ることだ。女の子が怯えきるまで、男は殴り続ける。完全に服従している態度を見せないと、暴力は終わらない。

怒りがおさまると、全部出し尽くした気がした。部屋の片隅にうずくまっている妻を見て、今起きたことを消してしまいたい、太陽の光のもとに連れ出して一緒に歩き回り、何ごともなかったかのように楽しい時間を過ごしたいと思うのだった。全部なかったことにしたい――食いしばった歯のあいだから出た言葉も、扉を二つに割った拳も、振り上げた手も、じっと彼女の目を睨み、顔に少しでも抵抗の徴しが残っていればもっとエスカレートするから神妙にしろよと揺れていた自分の体も。

最初はたいしたことじゃなかった。げんこつ二つぐらいで終わり、仲直りできた。それは少しずつ進行していく。二人がそれぞれ自分の役割を習得しないといけない。もし女が反抗し、すぐに怯えず、服従しないと事はエスカレートしていく。恐怖を与え、相手を這いつくばらせないといけない。完全にひれ伏させないといけない。パトリスは自分の過ちがわかっている。彼は空虚な人間だ、げんこつで直すしかない迷惑な存在だ。

セシルはそんな仕打ちを受けるように作られてはいなかった。彼女はすぐに扉をぴしゃりと閉めて出ていかなかった、愛していたから。二人は一緒にいて幸せだった、パトリスの中にいる荒れ狂う男がおとなしくしている間は。

パトリスは彼女が泣いているのを見るのも、床にくずおれたその身体を見るのも大嫌いだった。陽気で溌剌として、好奇心旺盛で軽やかな女性だったのに。パトリスはまさにそういう女性が好きだった。目の周りに隈ができ、活気を失い、苦い思いばかりして口の端に皺のよった女、ただのパトリスの女になり下がったセシルを見て、パトリスの心はすさんだ。女をぼろぼろにすることが一種の歓びをもたらしうるとは。

パトリスと別れてからセシルは前より調子がいい。見ただけでわかる。髪だってきれいになった。恐怖に怯えることもなくなった。パトリスのことは今でも好きだ。でも戻ってはこない。パトリスはこの状況に慣れることはできないが、この方がいいのだ。

トニオが生まれた年、パトリスは彼女に手をあげなかった。もう大丈夫かと二人とも思っていたところへ、それはまた始まった。セシルは「子供の前ではやめて」とあらかじめ言っていた。だが無理だった。暴力は魔物で、パトリスが自分は変われたんだと思えるくらい、しばらく隠れていた。だが魔物はそっと爪を出した。夜になると時々、パトリスは妻を殴った。子供の前で。息子はまだ二歳にもなっていなかったのに、体を丸めてベッドの下に隠れることを覚えた。息子は泣かず、何日間も牡蠣のように心を閉ざしていた。怯え、打ちのめされ、何も聞きたくないと耳に手を当てていた自分の子供ほど、パトリスに自分が何者か教えてくれるものはなかった。セシルとの関係では、まだ自分のどこかにこう言ってくれる声が聞こえた——そんな深刻なことじゃない、セシルはおれに罪の意識を与えようとして話を大げさにしているんだ、女ってみんなそうだ、フェミニズムのせいで、男は必要なくせに、それについてくるしばきはごめんだってわけさ……。パトリスは声に出してそう言ったわけではないが、心の中では思っていた、セシルが言っているほどひどいことが起きているなら、あいつは出ていくはずだと。でも自分の息子、このほがらかでいつも気丈な小さい巨人が、恐れおののいた動物のように丸まってベッドの下にもぐり、発作の後、落ち着くまで数日かかる。何を自分に言い聞かせれば、あの姿を忘れられるというのか。息子にはまだ男らしさが足りないのだ、それもいつか身につくだろうさ、とでも？　二歳で？　そう、二歳の息子はまだ十分男らしくなかったから父親がげんこつで母親を殴るのを正視できなかった。男らしくなったら、カラビン銃を手に入れ、そんな地獄を経験させた情けない男の首に弾を撃ち込むだろう。

それでもパトリスはまたやってしまった。セシルがカフェの鈍いウェイターとばか話をしていた。このアホは自分の目の前で、妻とやることを想像している。それを放っておけるだろうか？　セシルは、女と男が冗談を言い合うだけでは、重大なことなど別に何も起きないと思っている。女には睾丸がない。たしかに。あれば、男が冗談を言いながら何を考えているかくらいわかるだろう。いくらセシルがすばらしい女でも、女だから理解できないこともある。女はユートピア的なことを求めているんだ。男との友情とか、気が合う関係とか。そんなの存在しないんだ。男はいつだって女と寝ることしか考えていない。そうでなければ男同士で会話するさ。パトリスはウェイターを殴り、続いて家では妻を殴った。

セシルは二人目の子供を妊娠した。家にふたたび愛と喜びがあふれ、これなら怒りも遠慮して立ち去るだろうと二人はかたくなに信じていた。だが怒りはずうずうしい。ひるむことなどない。パトリスはあの騒動をやめることはできなかった。ただ、セシルの妊娠中は、腹をあまり叩かないように気をつけてはいた。

ある日、セシルはパトリスが仕事に出るのを待って荷物をまとめ、子供を連れて出ていった。妻が、暴力を受けた女性の収容施設に入っていることを知ったパトリスは愕然とした。二人の関係はそんなじゃない、家庭内暴力の典型なんかじゃない。だが結局のところ、そうだった。よくある話だった。その戯画でさえあった。

パトリスはグループセラピーには吐き気がした。自分はそんなところにくるような男ではない。父親はアルジェリア戦争に行ったわけじゃないし、母親に捨てられたわけでもないし、妻にもふつうに話せないわけじゃない。いちばん耐えられなかったのは、他の人間が、自分では明晰に話しているつもりで、まるっきりその逆だった点だ。口調を聞けばもうわかる。グループ討論を司会している男は幼稚園児みたいな話が大好きだった。とんでもないでたらめをしゃべりちらす。だがパトリスはだまされない。そこに来る男たちは全員が全員、嘘つきだった。人に期待されていることを話した。ほぼ全員、うまいことを言える人間だった。悪魔は巧みな踊り手だ、そうでなければ誰もついて行かない。テーブルの周りに集まった男たちは常連で、自分の行動の言い訳や理由を探しており、自分の感情を表現できてほっとしている男を演じていた。だがその人間のクズたちが心から涙を流すのは、自分の運命を自分で憐れんでいる時だけだった。パトリスは彼らの心の底が透けて見える気がした。

パトリスはノートに書きつける方法を試した。声を荒らげるたびに、抑制できないくらい怒りがこみあげるたびに、ばかみたいにノートに書くのだ、その直前に何があったか、何時だったか、その発作の激しさは十段階のどのあたりだったかを。このクソノートを毎日取り出した。だが、パトリスは衝撃を受けた。自分の目で、自分がどれだけダメな人間か見てしまったのだ。怒りの頻度と、怒った理由をつなげてみると、想像もしなかった情けない人間の肖像が浮かんできた。

セラピーはくだらなかった。問題の核心には決して迫れない。怒りがなかったら、自分はどうなるかだって？　十分前から空くのを待っていた駐車場所を横取りされて、むっつり黙っている男になれっていうのか？　十五歳のガキに通りで自分の女をののしられた時に反応しない腑抜けになれっていうのか？　同僚が、自分の仕事なのに、配らなきゃいけない袋を十もこちらに押しつけてきた時、黙ってる情けないやつになれっていうのか？　一日中、でたらめを聞き流さねばならなかった。どういう態度をとればよかったと言うのか。おまえなんかパンチング・ボールや玄関マットや公衆便所みたいな社会階級に属しているんだと教えられた時、口笛を吹けっていうのか？　グループのリーダーはいつもこう言っていた、何もかも混同してはいけない、政治、個人的感情、ちょっとしたフラストレーションを同じ次元においてはいけないと。分類が大切だと。

ある日、パトリスはグループで発言した。暴力をやめたら、おれにいったい何が残るのか。おれはクソ歯医者なんかじゃない——そう言ったのは、集団の中に歯科技工士がいたからだった。そいつは後悔にさいなまれてる優男を演じるキモいやつだったが、弱いものいじめする卑劣な人間であることは目に明らかだった。パトリスは言った。おれには社会的地位もない。仕事にも明日はない。暴力を諦めたら、どんな時に人を支配している感覚を得られるんだ？　正直言って、従順な労働者を尊敬するやつなんかいるだろうか？

パトリスはバーでのけんかが好きだ。ガキの頃から殴り合いが好きだった。去年、地下鉄でひ弱そうながりがりの黒人の子が隣に座っていた。まだほんの子供だ。扉が開いた時、同じくらいの年だが、もっとがっしりした二人のガキが車両に入ってきて、まっすぐその子のところへ向かっていった。金を巻き上げ、殴ろうとして。でかい二人のガキがチビをやっつけようとしているのを見て、パトリスは説明を求めようともしなかった。二人をひっつかまえ、代わる代わる殴った。効果はてきめんだった。その日、地下鉄の中で、パトリスはヒーローだった。彼の周りの人間はみな、目の前にサイコパスがいることに大満足で、誰も彼をグループセラピーに送ろうなんて思わなかった。彼に拍手を送っていた。車両の中はスタンディングオベーションだった。怒りがなくなったら、自分らしく生きられる瞬間はいつ持てるんだ？

支援グループに来ているアホ男どもはみんな妻を殴る情けないやつらだったが、大多数は男を殴る勇気がなかった。パトリスは、他はなんと言われてもいいが、そんな卑怯な選別はしない。彼は相手かまわず殴った。それが好きだったし、誰も怖くなかった。それが始まったら誰もがひれ伏さねばならない。負けるくらいなら死ぬ、パトリスにはそれでまったく問題ない。

この記念すべき二日酔いがちょうど土曜でよかった。今日仕事に行くなんて無理だ。今の仕事は三カ月続けている。三カ月以上もつことはあまりない。郵便局の有期労働契約で、郵便配達をしている。このクソ仕事はやっかいだ。これまで自分が配達人につけてきた文句を撤回したいくらいだ。まず、何も盗まないでいるってのが難しい。そしてなんと言っても、歩く量が半端ない。しかも、人々がどこに郵便受けを置いたか見つけるには、まじで兵士みたいに探さないといけない。自分の意見を聞き入れてもらえるなら、すぐさま新しい規則を作るだろう――アホどもはみなただで配達を受け取る権利を持っているんだから、少なくとも基準に合った同じ郵便受けを同じ場所に置けって。もっと迅速に配達できるように。それは一例で、あいつらはもはや公共サービスをありがたがりもしない。甘やかされすぎたのだ。全員、自分の郵便受けはちゃんとした場所にあるか、そこへ行くのに危険な犬に邪魔されたりしないか、調べてもらわないとな。自分の家まで配達人が毎朝来てくれるなんてありがたいって意識が必要だ。そうでなけりゃ、混乱ばかりだ。みんな文句ばっかし言ってるだけだ。

配達一回りはすごく長い。昔からの配達員は郵便の現状をひどく嘆いている。どこでも同じだ。機能していたことがすべて機能しなくなった。しかも、エリートのビジネススクールを出たアホどものおかしな議論を聞かされる。やつらはそのおめでたい勉強の一環として実際に郵便物の整理棚を見に来たことなんか一度もないのに、郵便の配達はどうあるべきか説明してくれるのだ。何をしたって、彼らはスピードが足りないって言う。雇い人の給料が高すぎると言う。うまくいっていたことをぶっこわす方が、むしろ手っ取り早いさ。あのゲスどもは物事を腐らせるのがなかなかうまい。

ヴェルノンはソファベッドを元の位置に戻し、持ち物を部屋の隅にまとめ、バスルームに何も置き忘れないように気をつけ、タオルをきれいにたたんで、風呂場の石鹸跡をすすぐ。できるだけ邪魔にならないよう気をつかえる男に見えるように。コーヒーを二杯飲んだところで、友達に会わないといけないから出かけてくると切り出し、何時に戻ってきたらいいか聞く。ここで夕飯を食べるかい？　食前酒の時間に戻ってこいよ、どうだい？　雨が降っている。やることがなければ、映画に行ったり、ショッピングセンターをうろついたりするのにちょうどいい日だ。自分でなんとかするさ。ヴェルノンが家に泊まっているからってパトリスが母親の役を引き受ける必要はない。

パトリスは土曜日に掃除をするのが好きだ。『ウォーキング・デッド』の全シーズンをダウンロードした。第二シーズンをプロジェクターで映す。家の中のどこにいてもその壁がちょっとは見える。プロジェクターについては、MUJIの棚卸しの臨時労働で一緒だったサンドリーヌから教わった。サンドリーヌの姉は情報処理会社で働いていて、プロジェクターを処分するのに、市場の六分の一の値段、百ユーロで転売していた。ともかくパトリスは土曜に掃除をするのが好きで、だいたいは英語を忘れないために字幕版のテレビドラマをつける。若い頃には、英語の修士号も取った。大学は好きだった。授業、カフェテリア、組合、パーティー、試験も。

そうだ、ほかにも例はあるぞ。もし暴力をふるわなかったら、どうやっておれは大学都市（パリの南部にある学生寮群）の部屋をもらえただろうか？　その頃、自分ももらえるはずのものは、みんなをこわがらせることで手に入れていた。そうでなければ他の人間と同じように踏みつけにされ、諦めていただろう。セラピーグループを仕切るゲイの男は、金があれば暴力をふるわなかっただろうというパトリスの議論を受けつけない。暴力と社会階級とはなんの関係もないとか、経済的利害の対立の中で自分がどこに位置するかは影響しないとか、べらべら言ってのけるのだ。お前の顔に一発お見舞いしてやろうか、汚い嘘つきめ、フルタイムで働いていないから自分が貧しい労働者だとでも思ってるのか？　何も変わらないって？　朝、今日はどんな速達をいきなり担当させられるのかと考えずにすみ、毎日それをなんとか配達するために飛び回らずにすみ、あれこれの支払いをどうしたらいいか考えずにすんでも、おれの気分が変わらないって？　金がいっぱいあっても、自分がもろい存在だと感じる？　ほんとにそう思っているのか？　そうなってもおれの心配は減らないって？　おれをばかにしているのか？　一日中酷使し疲れ果てた体を引きずって黙りこくり、それでも息子たちをスキーに連れていく金も入ってこない。そういう状態を脱してもおれは変わらないんだって？　変わらない、いや、そうは思わないよ。逆におれは、乱暴に追い越そうとした車の運転手の窓を叩きに行くために自分の車から降りたりしないように気をつけるだろうね。そいつがバカであるまま放っておき、自分はもうすぐやってくる週末や、新しいスーツや、テニスコートにいる自分の子供やらのことを考える。百平米もあるアパルトマンを譲った前の妻のことを思ったり、交渉中の契約のことを考えたりね。おれの分もぜんぶ取っていっておめでたい生活をしている金持ちの喉をかき切ることなんか、今ほどには考えないだろう。おれからも家族からも、ぜんぶ取り上げられたんだからね。

パトリスは年末年始に、アフリカの動物についてのドキュメンタリーを見た。一つのオアシスの中で、あらゆる動物が一緒に水を飲む。シマウマも、キリンも、ダチョウも、カバも、みんな一緒に、ライオンが群れをなしてやってくるまでは。みんな逃げ去る、あっというまに事態は変わる。ごろつきたちがその場所を占拠する。パトリスは、自分はむしろオオカミだなと思う。孤独なやつ。だがまじめなやつらが助けてくれと一目散に逃げ出す時の感覚も好きだ。金を持っていたら、自分を動物になんか比べないだろう。自分の分野で重要な人物になり、自分のアイデンティティーに十分確信が持てない日には、素敵なホテルのバーにくつろぎに行く。そこのスタッフは彼が重要人物で、その場所よりもっといいものを持っていることを思い出させてくれるだろう――つまり時間と快適な暮らし、ちやほやしてくれる取り巻きなど。かなり前、パトリスは〈クローズリー・デ・リラ〉で客の車の車庫入れ係をしていたことがある。お客には媚びるような態度をとらないといけなかった。パトリスは、屁や汚い足や冷たくなった灰の匂いがする彼らの車に乗り込む前に、客をそっと眺めた。客たちが付き添いなしに二百メートル歩かなくていいように、車で駐車場まで送る。チップは客の裁量にゆだねられている。ものすごくケチなのから度を越したのまでいた。肝心なのは、その額だって、客のお気持ち次第だってところだ。お好きなように、ご機嫌次第で、気の向くままに。つまり裁量権。そんな境遇にいて途方もない怒りを抱えていたら、かならずや目立つことだろう。一年に一万何千ユーロも税金を払っているアホウどもが、誰かれかまわず殴りたくてうずうずしてるなんて、すごいことだ。モーリシャス島で女どもにマッサージでもしてもらいに行くがいい。その方がみんな平和でいられるから。

弱者にたかるそういうジャッカルどもが、民衆から盗んだ金を返してくれるのを死ぬ前に見てみたいもんだとパトリスは思う。郊外が炎に包まれるのを見たい。だが緑と白の旗があがるのを見るためじゃない、黒い旗を見たい。自分の怒りを何かの役に立てたい。もし明日にもバリケードが築かれ、不当に儲けたやつらに対する内戦が始まったら、自分はヒーローとみなされるだろう。年取ってきたし、力も衰えてはいるが、まだまだ蓄えはある。血が流れるのが見たい。銀行家や会社の社長たち、金利生活者たち、政治家たち……。くそ、自分みたいな人間は戦争があれば英雄になれるのに。だから、暴力問題でこんなにうるさく言われるのが我慢できないんだ。もし大きな暴動でもあれば、妻になんか手をあげないに決まっている。パトリスはそう確信している。セシルはすばらしい戦士の妻になっただろう。あれは我慢強い、肝のすわった女だから。

パトリスはいつもの週末の片付けをやった。せっかくの休みの日だから一人になれるよう気をつかってくれたヴェルノンに感謝しながら。昨日の夜、ずっとあいつの顔を見てて、さすがにあの頃のことが思い出されたなあ。ああいうロック界の男どもは、どうして壮年期ってものを通らずに、一気に老人になれるんだろう。ヴェルノンもそこらの人間と同じで、自分の人生についてなんにも疑問なんか抱いたことがないのがわかる。あいつは、セラピーグループも、精神分析医も、父性の危機も回避できたのさ。二十歳の時と同じままだ。ホルマリン漬けで年取ったのかもしれない。

戻ってきた時、ヴェルノンは疲れているみたいだった。グラタン・ドーフィノワ（スライスしたじゃがいもにクリームをかけて焼いたオーヴン料理）を作るといってきかない。持ち金きっかりで買い物をしてきた。パトリスは人がそういうふうに食べ物に情熱を傾けるのが理解できない。彼にとっては肩ロース肉のステーキとフライドポテトだけが、詩情を感じさせてくれる料理なのだ。

「グザヴィエのこと覚えてる？　ぼくがパリに来たばっかりの頃、一緒にコーヒーを飲んだよね。なかなかうまくやってるんだよ、あいかわらずシナリオライターでさ。パリの真ん中のとてつもなく大きなアパルトマンに住んでる。明らかに親から引き継いだような物件だけど」

「グザヴィエはいつもアホだったよな」

「右派だってこと？」

「それも一つの要素だが、なにをしてもアホだった。いつもアホだった、違う？」

テレビではパトリック・ブリュエル、ガルー、ラファエルが共演し、ジャック・ブレルのカバーをやっている。曲の終わりにジョニー・アリディがひょっこり登場した。パトリスとヴェルノンは一緒に笑い転げる。スターらしい声、スターらしい脚、先史時代の動物みたいなシルエット、睾丸のついた女みたいな歩き方。よく響く力強い声が立ちのぼる。一緒に出ている歌手たちを一気に、ささやき声の無名の歌手にしてしまうつもりか。でも舞台ではみんな自然に笑っている。何ものも――大量のドラッグも、滑稽な行動も、成功も——死に追いやることはできなかった歌手を讃えて。あっぱれな獣ってところか。ヴェルノンはじゃがいもの皮むきを終えた。その手つきは労働者の手つきだ。ナイフの持ち方、手首の使い方、その手際良さから、都市に働きに出てきた農民の子供だとわかる。目のおかげだけじゃない、彼には魅力がある。いつもそうだった。彼と一緒にいると楽しい。彼といると何だっていつもより楽しいし、楽になる。ヴェルノンはけっして不平を言わない。こんな男でも、自分の面倒をみてくれる女を見つけられないとは、世の中どうなってるんだ？　女たちは荷物をまとめて出ていかなくてすむならどんなことにでも耐える覚悟があるのに、そいつらが逃げ出すほどの思いをさせるなんて、どんな方法を使うのだろう？

ヴェルノンはむいた皮を集め、ゴミ箱に捨てて、テーブルをスポンジでぬぐう。感じのいい男を演じることに決めている。パトリスは感心する、自分がじゃがいもの皮を一個むけば台所は十日間台無しになる。急に気分が落ち込んできたヴェルノンは、表情を変えてこう言う。

「一番最近の彼女はブラジル人だったんだけど、ジョニーの話になった時、フランス人でなきゃ、彼のよさを理解できないって言ってたよ」

「聴きながら育たなけりゃ愛着も湧かないさ。うちの子たちはおれを本当の父親として愛することはないだろう、めったに会わないから。おまえみたいな男がどうして何年も独りでいるんだ？　子供がいてもおかしくないのに。それにつきものの心労もあるけど……」

「ぼくが恋に落ちる女は五分でぼくに飽きてしまうんだ」

「そのブラジル女には捨てられたの？」

「思っていたほど自由の身じゃなかったんだ。ぼくにはよくあることさ。じつは片づいてる女。うなるほど金のある男と一緒にいる。あの子がどっちを選ぶか決めるのに長くはかからなかった」

「まだ苦しんでるのか？」

「うん」

「実は、そいつは女装のおかまだったんだろ、いくらなんでも？」

「いや、性別を変更してた。ものすごい美人だった。とびきりゴージャスな女」

「冗談だろ？」

「いや。きみの質問に答えただけ」

「ちょっと待て、おれはユーモアを発揮しようと思って言っただけなんだぜ、おまえがブラジル人ていうから女装のおかまかって聞いただけ。冗談だよ、まじめに質問したわけじゃないよ」

「じゃあぼくの勘違いだった。そいつのペニスはぼくのよりおっきかった。ぼくの結論は――最初は自分でもびっくりしたんだけど、認めざるを得ない。女の子のあそこなんてどうでもいいんだ。なくてもいい。それがあるから女になるわけじゃない」

「子供を作る時以外はね」

「今のは愛の話さ、幼稚園の話は置いとこうぜ」


パトリスがぎょっとしたのは、ヴェルノンがペニスのついたブラジル女に恋することがあるんだって想像しちまったからじゃない。それを本人が自分で語ったからだ。パリから四十キロのところにいて、眠る場所もないのに、顔をうつむけて質問を避けるどころか、大きな声で吹聴しているのだ、自分は性別移行者と寝たと。パトリスはどう解釈していいかよくわからない。顔がひきつる。ヴェルノンがやってきてからのすべて――楽しいし、彼がいるとなかなかいいなという感覚は、パトリスにとってうれしくない意味をおびてきた。

「なんでそんなことおれに話すんだ？　困っちゃうじゃないか」

「ぼくは何も恥ずかしくない。これまでにつきあった女の中で一番女らしくて、エレガントで、上品な人だった。マルシアと通りを歩いてると、ほんと、大きなポルシェを駐車するのがうれしい人の気持ちがわかったよ。地下駐車場に入れるわけだけど、外を乗り回すわけじゃないからこそいいんだ。ぼくは腹をすかせてて、バーに入ってジャック・ダニエルを飲むこともできない人間なのに、その女は自分の知っている一番貴重なものであるかのようにぼくに寄り添ってくれて、こっちがお返しにあげられるものは愛とセックスだけ……何十億ドルが輝いているように感じるさ。彼女を見せびらかすのが楽しいってだけじゃないよ……自分がそういうチャラい人間だってかまわないけど。特別なオーラを持った美女なんだ。気が狂いそうだよ」

　二人のあいだで空気が変わった。パトリスはどう考えていいのかわからない。知らない方がよかった。ショックだ、自分でも驚くほど。彼は自問する。だいたい、ヴェルノンがベッドの中で何をしているかなんて自分には関係ないじゃないか。とくに、あんまり具体的なことは想像したくない。ブラジル女のイメージがあれこれ脳裏に浮かんでくるが、その中にはどこか整合性に欠けるぞと思ったのもあったな……たしかにきれいだ、ああいう女たちは。テレビでリアーナがダイヤモンドがなんたらという歌を歌っている。二人は神妙に聴いている。ヴェルノンはじゃがいもを薄く切り続ける。パトリスは沈黙を破る。よく考えてみれば、自分がそんなに気詰まりな思いをする必要もない。

「リアーナは好きだよ、ほんと、すごく好きだ。何を歌ってもいいだろうね、往年のカルロスやアニー・コルディのカバーだって」

「暴力を受けてる女性は彼女に感謝してもいいかもね（二〇〇九年に、歌手クリス・ブラウンは恋人だったリアーナを殴って逮捕された）。女の子たちに、殴られるままでいちゃいけないって説明しに行ってみなよ。『それでもブラウニー（上記のクリス・ブラウン）が好き』って言い回っているあのクレイジーな女と一緒に。彼女はきれいだけど、ちょっとおつむが弱いんじゃないの」

「うちの妻はそのせいで出てった。二人の子供を連れて。おれは殴ってたんだ」

さっきのお返しがきた。わざとじゃない。両者とも重い一点ずつ。おまえはおれにスカートをはいた男と寝ているって言い、おれはおまえに妻を殴っていたと言った。また会話に空白が生まれる。そのあいだ、パトリスは怒りと感謝のあいだで自分が揺れているのを感じていた。うわべをすべっていくロック界の雰囲気を思い出す。ぼかした言い方、あてこすり。まじめな話はレコードのジャケットについてだけ。打ち明け話や内面に立ち入った話はしない。政治の話になっても、だれも本当のことは言わない。こわもてな仮面をかぶっていた、少年のままの男ども。ヴェルノンがブラジル女の話をするから仰天した。ある意味、うれしかった。赤裸々に自分を見せるなんて、勇気がいることじゃないか。

「奥さんを殴ってたの？　浮気してたから？」

「自分の子供の母親を殴るのは、何か悪いことをするからじゃない。自分が乱暴だから相手を殴るのさ」

「それって悪いことだと思ってた？」

「酒飲みもいる、家賃を払うための金を賭けてしまうやつもいる、浮気するやつもいる。おれは殴る。自分の妻が救急病院に搬送されるようなことを何度もしたよ。もちろん、毎日じゃない。それは趣味でもない」

「子供も殴ったのか？」

「いや。セシルはいつかそうなるだろうって言っていた。子供にどなったことはもちろんあるよ。いつもより気が高ぶってる日もあるだろ、でも出る手を抑えられなかったことはない。ただ、だからどうってわけでもない。子供たちはセシルとの間に起きていたことを聞いてたからね、当然。息子のトニオは五歳でまだおねしょをした。どこが悪いのか調べてもらうために専門医のところへ連れていく必要もなかったよ。おれの問題は、ぜんぜん自殺願望がないってことなんだ。そうでなきゃ、次にできることは何だか、おれにもわかるさ」

ヴェルノンは、パトリスがオーヴン用だとは思っていなかった白い大きな皿にじゃがいもを重ねながら、注意深く聞いている。たしかによく考えれば、グラタン皿そのものだった。

「きみは繊細すぎるんだよ。暴力をふるう男はみんな繊細だ」

「そういうのは女の思考さ」

「お互いに、こんなことになるなんて、あの頃は思いもしなかったけどね」

「わかってたら何が変わった？」

ヴェルノンはオーヴンをセットし、ビールをまた二本取り出して、やっとテレビの前に座った。パトリスは、こいつといると思ったほど退屈しないなと心の中で言う。ヴェルノンの評価は彼の中で上がってきた。有名人のシリーズをやった後、TF1は局と契約している若い歌手たちを売る作戦に出て、ポピュラーミュージック番組に魅力がなくなってきた。おかしな姿勢で歌っている歌手がいる。ヴェルノンによると障害のある歌手だという。パトリスは、彼女は背が曲がってるだけで、障害とは呼ばないなと答える。

ノルウェン・ルロワとパトリシア・カースがピアフの歌を歌っている。これは両方ともいいぞ、どちらかと言えば、中年男としてはパトリシアのほうがいいということで意見が一致する。パトリシア・カースが「モン・メック・ア・モワ」を歌っていた頃、かなり好きだったなあ。その頃は声高にそう言わなかったにしても。彼女の魅力は、自分たちもつきあえるような女の美しさを、ちょっとだけ崇高な感じにしたところにあった。

「今や、世間に認められた歌手でも、二人ずつで出てくるってことか。一人で出てるのを見ると、すぐにチャンネルを変えちゃう」

「たしかにそうだな、ソロで出してやれよ、まったく冗談じゃない」

グラタンはオーヴンの中でぱちぱち音を立てている。司会者が質問の解答を発表するが、あまりにばからしい質問なので、視聴者は侮辱されているような気がする。当たった人の名前が画面の下に出る。画面の切り替えもないまま、司会者はそこで表情を変え、悲しげな声になって、最近あまりにも若くして亡くなった方についてのお知らせですと言う。アレックス・ブリーチの白黒の写真が大舞台のカーテンに投影された。ヴェルノンは見えない打撃でも受けたかのように背骨をたわませる。

「ああ、やめてくれ」

「しょうがないだろ。有名人はみんなそうさ、売春婦の墓穴に入ったんだ。その後、あいつに会った？」

「うん、きみは？」

「最初はしょっちゅう会ってたよ。軌道に乗り始めた頃は、いっつも電話してきて。おれらは兄弟だったかと思うくらい」

「おんなじだな。だけど何時にどこへ来てくれって言うくせに自分が来ないんだ、あれにはまいったな」

「まだセシルといた頃だ。セシルがいない時に会うようにしてたよ。こっちが寝ているあいだに、同じベッドで女を寝取って、これっぽっちも後悔もしないようなやつだ。家庭の平和のためにはとんでもなく危険な男だった。まったく、もてたな……。葬式の時、あいつが金を持ってなくても、女はそんなこと気にしなかったって言ってたやつがいたよ。あいつが最初のアルバムを出す前だったけど、おれはあいつがくるとセシルを隠した。家に帰りな、長話はごめんだ、今夜は自分の家で料理でもするんだなって。あれは変人だったよ、あの男は」

「葬式に行った？」

「グループ全員で。誰かが死んだともなれば、おれもあのグループの一員に戻る。再結成しかかったこともある、あいつから聞いた？」

「いや。ぼくが会った時にはかなりラリってて、おかしなことばっかし言ってたんだ。仕事のことは何も。ぼくの家賃を払ってくれたよ、一年間ずっと。いや、二年だな。でもしょっちゅう会っていたわけじゃなかった……」

「ケベックでの家賃？」

「振込でね、まあ」

「冗談だよ。おれに全部本当のことを言うつもりじゃないのがわかって安心したよ。そうじゃないと心配になるからな……」

「葬式には行く気になれなかった。人が多すぎる。ぼくがいつもつきあってるような人たちじゃないし」

「陰気だったよ。有名人がたくさんいてさ、金の亡者たちもね。悲しそうな顔をしてみせてたけど、誰もがヴァネッサ・パラディの隣に座ることしか考えてなかった」

「グラタンができたみたいだな。シンプルなサラダ作ろうか？　お腹すいてる？　バンドの再結成はなんでうまくいかなかったの？」

「おれはばかばかしいと思ったね、とくにおれはもうあの種の音楽は聴かないし。でもギャラの額を知った時はベースを即、手に取ろうかと思ったよ。それほどの金を手にするためになら、ビキニパンツで回転したっていいさ……おまえを興奮させるために言っているんじゃないよ。アレックスはオーケーって言ったんだけど、一度リハーサルをした後、もう二度と来られなかった。そりゃそうだろう。金のことを考えれば残念だけど、人間関係は腐ってた。ダンはアレックスにごまをすって、見ていられなかった。ヴァンスはアレックスに対してどうしても攻撃的になってしまう。自分の実力に見合った役じゃないから、ひどく神経質になってたんだね。もう誰もきちんと演奏できなかったよ、なのにアレックスに便乗し、なおかつ彼にリーダーシップを取らせちゃいけないとかなんとか言うんだ……

アレックスは二度と来なかった」

「サラダのドレッシングはヴィネガー多めがいい？」

ソフィはレストランで息子夫婦と孫と一緒に日曜の昼食をとるのが嫌いだ。彼らに会うとその後、落ちこんでみじめな気持ちになる。いつものように、女の子のベビーカーはテーブルのすぐ横につけてある。孫は五歳だ。その年でなぜベビーカーが必要なのか？　しかもココアが入った哺乳瓶まで持っている。時代が違うんだと説明されたが、自分のまわりを見回しても、他の子たちはもっとしつけがいい。子供が食卓で泣き始めると、マリー＝アンジュは自分が話し続けるために子供の口に手をあてる。子供にどうしたのか聞くこともなく、大人の話をさえぎってはいけないと教えることもなく、ただ、手を伸ばして口をふさぐのだ。そんなのは、もう話せて歩ける子供にすべきふるまいではないことをグザヴィエは知っている。だが彼は母と目を合わさないようにし、下を向いている。彼の父親も、意気地のない男だった。

息子の嫁にはなんだか狂気じみたところがある。魅力なんかひとかけらもない。その視線は、目に触れたものすべてを酷評している。マリー＝アンジュはグザヴィエに恋していたが、ずいぶん前にそれは終わった。今はグザヴィエといて退屈しているのを隠そうともしないし、彼が口をきくと軽蔑を隠そうともしない。金持ちのお姫様が金のない庶民と結婚するというおとぎ話から醒めて現実に戻ったのだ。結婚を報告した時に父親から言われた言葉を思い出しているに決まっている。「女にとって、自分より身分が下の男と寝るのは最悪だ」と。あのクソじじいは、婚約者の母の前でも同じことを口にしてはばからなかった。マリー＝アンジュは娘を祖母と二人だけにさせない。そこでもグザヴィエははっきり母に言えないのだが、ソフィは感づいている。何かまずいことをしてしまったのだろう。息子はときどき午後、娘をこっそり預けにくる。夜、妻には娘とずっと公園にいたと嘘をついているに決まっている。彼は問題を回避し、言い逃れする。息子が大人になってどういう人間になったか見て失望しているのは、周りで母だけではない。

人は立ち直ることなどできない。何があろうと乗り越えていく人もいるが、もともと一人一人性格が違うのだ。あの日、一九八六年十二月十三日。その前の長い断末魔――二年間の光なき地獄。でも生活はまだ続いていた。解決策を探すこともでき、未来を信じる理由もあった。いつか脱出できると。上の息子は麻薬中毒だった。最悪のことも予想したし、力尽きそうなこともあったが、諦めたことはなかった、ニコラが生きていたあいだは。祈禱、薬草、心理学、薬理学、スポーツ、薬物使用の完全中止。精神療法医は、麻薬中毒が家族に一人いると、家族は全員、なんらかの形でそれを利用する、などと遠回しに言ったが、家族は耐えた。ニコラは死にたくないと言っていた。助けを求め、立ち直ろうとしていた。

そして十二月十三日、警察が家の扉をたたいた。その前に電話はなかった。彼らは直接やって来た。ソフィは扉を開け、何が起きたか即座に理解した。美しい陽光が降り注ぐ土曜日で、ソフィは仕事がなく、夫はトゥールーズに出張していた。ソフィは朝早く起き、掃除用のアルコールで窓を拭いていた。親戚をクリスマスに招待していたから、家をきれいにしておこうと思っていた。あまりにも面倒だからもう遠出はしないことにしていた。前の夜、グザヴィエは友人のところに泊まった。グザヴィエには、上の息子がその年だった頃より多くのことをゆるしていた。精神療法医に注意されていたのだ、下の子供さんは大変ですよ、息抜きさせてあげないといけません、と。家族はそこまで追い込まれていた。下の息子に家を離れて自由に一息つく許可を与えなければならないほど。グザヴィエは母のお気に入りだった。かわいい末っ子だった。上の子より甘えん坊で、落ち着きがあった。母を喜ばせるすべを知っていた。ソフィはそのことを思い返して後にずいぶん後悔したものだ。もしかするとそれがすべての原因だったかもしれない。二人目の子と一緒にいる方がずっと気楽だった。

警察が何を告げにきたか、ソフィにはわかっていた。だが相手の言葉はひとつずつ矢のように突き刺さり、ソフィには止めることのできないまま、物事の流れを永遠に変えてしまった。ニコラの死体は放置車両の中で発見された。警察は「オーバードーズ」と言っていたが、解剖の結果、バッテリーの希硫酸と混ぜたドラッグを自分に注射したことがわかった。息子の血管の中に。バッテリーの希硫酸が。

彼らの生活の行く先を遮るように幕が下りてきた。驚くほど簡単にすべては壊れた。あまりにあっけないフェードアウトだったから、ソフィは何年間も、あの時に立ち戻って何か違った行動を取りさえすれば、すべてが元どおりになるという不条理な確信を抱き続けた。あの日をやり直し、何もかも変えられるはず——そういう、幼児のような根拠もない考えに取りつかれていた。

簡単だ。ニコラが誰か別の人からクスリを買い、その日、警察が町中を回って彼を捕まえることに決め、それまでに百回もやっていたように、家に無理やり連れ戻してくれればよかったのだ。でも警察は、息子を彼自身から守ってくれることなんかできなかった。ソフィには、どのようにそれが始まったのか、どんな隙間からそんな不幸が家に入り込んだのか、けっして理解できなかった。あんなに楽しい家族生活を送っていて、お金の問題もなく、みな健康だったのに。子供たちが小さかった頃は、にぎやかな楽しい家だった。家族は愛し合い、気づかい合っていて、どんな問題が息子を絶望に追いやったのか、母親にはまったく理解できなかった。あらゆる側面から検討してみても無駄だったし、親戚や祖父母の人生をくまなく調べてみても、鬱や依存を経験した人はいなかった。ニコラは騒々しい子で、学校の成績はよくなかったが、スポーツが好きで、何をやっても才能はあった。好奇心が強く、いろいろなことに興味を持った。

ソフィは、それは化学的反応だったのだという結論に行きついた。息子に固有の化学的組成が、ヘロインに抵抗できなかったのだと。はじめて摂取した時、いきなり罠に落ちてしまった。何千人という若者がヘロインを一服やり、吐いて、別のことへ関心を移していった。もちろん、コカインにはまってしまい、やめようとしても簡単にいかない例もあるが、なんとか卒業した若者たちとも知り合った。彼らはグザヴィエに手を差し伸べてくれ、ソフィはやめるのも不可能でないことを見てきた。よその子たちは、政治、女の子、勉強、スポーツ、音楽など、何か夢中になれる対象を見つける。ニコラには夢中になれたものが一つしかない。粉にまみれて死ぬこと。ヘロインの灰白色の女神は息子を選んだ。息子に別の人生はなかった。注射器を手放せない人生、周りの人間にいつも瞳の大きさを見張られている人生しかなかった。顔色は灰色っぽく、目の周りは隈になり、口からは嘘が流れ出て、怒りに満ちた目を人と合わせず、こめかみには髪が張りつき、笑顔はしまりがなく、シーツにはタバコの焦げ跡がついている。注射器と切り離せない人生。それはかわいいあの子の死で終わった。

グザヴィエは兄のことをフーディーニ（ハンガリー出身で、アメリカ合衆国で活躍し、「脱出王」の異名をとった奇術師）と呼び、両親はそれを聞くと思わず笑ってしまった。ぼくのお兄ちゃんのニコラはフーディーニだ、だって六階の自分の部屋から、扉を通らずに出ていったんだから。扉には鍵がかかっていた。ニコラは金庫にしまってあった金の鎖を持ち去り、さっさと売り払ってクスリを買いにいった。お兄ちゃんは、フーディーニなんだ。

ニコラの埋葬が終わると、苦しんでいた青年ニコラは母親の記憶から消えた。小さかった頃のニコラが蘇ってきた。ニコラはけんかばかりしていたので、ソフィは息子が通ったあらゆる学校の校長先生を知っていた。ニコラが好きだったのは聖マリアの日のクレープと、父親が見せてくれる古い西部劇だった。自分の部屋のタンスの上に上って〈グレンダイザー〉ごっこをするのも好きで、バンド・デシネの『ラアン』を集めていた。空き箱を使ってスペース・シャトルを作るのも好きだった。弟の髪の毛をつかみ、仰向けのまま庭を引きずっていくのも好きだった。


ソフィはその小さな男の子とともに生きている。彼に話しかけ、毎日、あなたを忘れていないわよと語りかけるために過去へと戻っていく。

息子の死後、物事は内側から崩れていった。みな、はじめこそなんとか持ちこたえていた。灰が詰まった貝殻。それはすこしずつ砕けていった。結婚生活も。グザヴィエの陽気さも。ソフィの仕事も。ソフィは身内の顔に読める不幸を憎んでいた。選ばれた人々のように、不幸を経験することによって成長していくなんて、自分にはできない。隣人の幸福を願ったりはしない。自分にとっての大惨事が、世界で何の反響も呼ばないことにあっけにとられ、他の人が何もなかったかのように人生を続けていくことにあきれ返った。他の母親が幸せそうに子供を見つめる光景に出会うと歯をくいしばり、スーパーマーケットで幸せな人たちを目にすると拳を握りしめた。自分の家族が経験したことをどの人にも経験してほしいと願い、世界が二つに割れていることをすべての人に知ってほしかった。つまり世界は、喪失の前と、後とにぱっかり分かれている。神を信じたかった、「なぜわたしたちなのですか」と聞くために。

家の中の物は二つの種類に分けることができる。ニコラがいた頃にあったもの、その後にやってきたもの。電球を替えるたびに、それは息子の棺に新たにふりかける一握りの土だった。コーヒーマシーンが壊れた時、ソフィは泣き崩れた。ニコラが触れた機械だったから。洗っている時にカップを誰かが壊してしまうと、胸が裂けるようだった。息子がいつも朝、コーヒーを飲んだ後に洗っていたカップだったから。

夫は出ていった。悲劇ははじめ夫婦を結びつけた。二人は火傷でくっついた結合双生児のようだった。そのうち、夫は耐えられなくなった。もう耐えられないと、勇気をもって認めた。もう耐えられない。家の雰囲気に。胸をかきむしるような罪悪感と、耐えがたい記憶を消したい思いが混ざり合う生活に。彼は壊れていない普通の女性に出会い、別の生活に入っていった。ソフィをそこに置き去りにしたまま。文字通り、逃げたのだ。ソフィは彼の消息も知らなかった。

グザヴィエは今も父親に会っているにちがいないとソフィは思っている。だが息子はその話題を避ける。ソフィは夫との別離からも立ち直ることができなかった。彼女は強者の組に属していない。知人の顔にいら立ちが読み取れる――こんなに時間が経ってもまだ苦しんでいるなんて尋常だろうかと、その顔は言っている。ソフィはそういう人全員に、自分の経験したことを経験してもらいたいと思う。

立ち直るなんて論外だ。立ち直るつもりなんかない。それだから、マリー＝アンジュは自分の娘を祖母のところへ一人で来させたがらないのだろう。あのおばあさんは頭がおかしい。まだ喪に服している。

グザヴィエの面倒をもっとちゃんとみてあげればよかった。彼の恨みをひしひしと感じる。母のお気に入りだったという罪悪感や、兄が死んで自分が生き残った後悔を抱えてグザヴィエが生きていることをソフィは知っている。ソフィはそれに対して何もしてあげられなかった。家にたちこめる陰気な空気からグザヴィエを守ってやることができなかった。彼も今ではもう一人前の男だ。息子の額に皺が増えるたびにソフィはショックを受ける。もう共通の話題もあまりない。この日曜の昼食は誰にとっても重荷だ。ソフィは中華料理が胸につかえる。歯医者に予約があると嘘をついて早めに退散する。老婆にとって、家族と過ごすこの数時間が人生唯一の幸せだと信じて疑わないマリー＝アンジュは驚き、「日曜に歯医者？」と眉をへの字にしてつぶやく。グザヴィエは理解した。だが、いつものとおりごまかす。ソフィはきっぱりこう言う。「ええ、お友達の歯医者さんで、休みの日でも診てくれるのよ」

息子夫婦の家に寄り、孫が遊んでいるのを眺めるなんてごめんだ。どうせ孫に近寄ってはいけないと言われるのだから。マリー＝アンジュは義母を信用していない。病的で、頭がおかしいと思っている。もしかするとそれも正しいのかもしれない。自由に子供と交流させれば、子供が祖母の心を温めるより先に、老女が子供をだめにするだろう。あの婆さんは有害な人物になったのか、それともずっとそうだったのか。事件の責任は彼女にあったのだろうか、彼女が周りの人をだめにするのだろうか。後者かもしれない。

二月にもときどきあるような、陽光きらめく日だった。凍てつく寒さだが、光は美しい。〈ロザ・ボヌール〉へビールを一杯飲みに行こう。日中なら、ソフィの年齢の女性でも、テラスに座っていてじろじろ顔を見られることもない。そういう点ではパリはすばらしい。ソフィは酒を飲みすぎている。

アルコール依存症患者みたいに飲んでいる。朝から、少しだけ、隠れて飲む。少しずつ。アルコールは顔つきを変えていく。あらたな挫折の表情が刻まれる。息子は気づかないふりをしている。自分を怖がっている。肺のレントゲンや地下鉄の工事以外の話は母から聞きたくない。母にはうんざりなのだ、ともかく。

ソフィはいつもは公園を通らないようにしている。子供たちがいるからだ。それはずっと消えない。あの子はいる。まだそこにいる。斜面に夢中でしがみついて、滑り台を下から上へ上っていき、頂上に着くと、正しい方向から滑り降りようとしている子供の胃のあたりを蹴り上げる。あの子は悪魔に取り憑かれたようで、他の子たちの中に入ると必ず何人か泣かせてしまった。目にはいたずらな光がちかちかしていた。母親が名前を呼ぶと反対の方向へ頭を向けた。どれだけ走らされたことか。もしこうなるとわかっていたら、そういういたずらを毎回、もっと楽しんだだろうに。ニコラはまだそこにいる。過去は永遠だ。息子たちは滑り台で遊んでいる。ソフィは二人がよその子供たちに悪さをし、怪我をさせないか心配している。けんかの声、笑い声は永遠に消えない。自分の人生にも、楽しいひと時があった。それは無傷で残っている。実際は、何も起きなかったのだ。自分はどうかしている。人は思っているより適応力がある。

でもその午後は、パリで緑を眺めたかったし、車の音から離れ、テラスに座ってビールを飲みたかった。自分に鞭打って公園に入っていった。入り口に一番近いベンチに座っているホームレスの横を通り過ぎた。注意して見もせずに。ジャック・プレヴェールの詩を思い出す。ベンチに座った絶望（プレヴェールがホームレスを描いた詩の題名。作曲家ジョゼフ・コスマがこれに曲をつけた）。都市に住む多くの人々と同じく、ソフィも他人の貧困には慣れっこになっていて免疫ができているが、顔をそむける自分がどうも情けない。彼女は頭の中のイメージを追い払うことのできないまま何歩か進む。かわいそうに、若い男だわ、見かけからして、通りに放り出されてそれほど時間がたっていないらしいけど、家がない男だということはすぐわかる。ソフィの足取りはゆっくりになった。知っている顔だ。ソフィは戸惑う。そんな。ありえないわ。さっきの場所へ戻っていく。

「ヴェルノン？　あなたなの？　わたしのこと覚えていないかしら？　グザヴィエのママよ。覚えている？　家に泊まってくれた時、あなたのフリルつきのシャツにアイロンをかけたわ」

立ち止まるべきではなかった。胸を引き裂いた悲しみは、心にためてきた怒りよりも耐えがたかった。あたしの息子、あたしのかわいい息子。やさしいあの子、あたしの宝。かわいそうな子。やはり大人の男になったのだ。抱きしめる勇気は出なさそうだ。時の破壊力にさえ消し去ることはできなかった。あの子のかわいい顔。今も美しい目。頬はこけている。あたしの子。ソフィはしょっちゅう考えている、ニコラは今頃、壮年期の男になっていて、顔には皺がより、身体にも疲労の跡が出てくる頃だと。ソフィがヴェルノンの横に座ると、相手は答えた。

「覚えていますよ、もちろん。まったくお変わりないですね」

ソフィはほほえむ。ヴェルノンはいつだって女性に優しかった。まだ二十歳にもならないのに、その物腰には騎士道的な何かがあった。まるで小さな紳士だった。ソフィはグザヴィエが家に友達を連れてくるのがうれしかった。ヴェルノンの家族は地方に住んでいて、ソフィはヴェルノンを二人目の子供のように扱った。夕食に招くと、ヴェルノンは花束を持ってやってきた。ソフィはしばらくしてから、両親が持たせたのではなく、ヴェルノンが自分のお小づかいで自発的に買ってきたのだと気づいた。食事の後には片付けを手伝ってくれ、グザヴィエに皿洗いをさせた。ヴェルノンは家に活気を運んできてくれた。出会った子の瞳を観察する癖がついていたソフィは、ヴェルノンの瞳も気をつけて見ていた。ヴェルノンはビールが好きだったが、きつい麻薬には興味がなかった。ソフィはヴェルノンが息子に与えてくれる影響を喜んだ。興奮した声、ばか騒ぎ、けんか、大笑い。男の子二人はグザヴィエの部屋で飽きることなく音楽を聴きながら遊んでいた。災いに叩きつぶされていない、ふつうの家の物音だった。

「さっきまでグザヴィエといたのよ。今も息子と連絡取ってる？」

「もちろんです。この前、彼の留守宅でコレットの面倒をみさせてもらったんですよ。その話、お聞きになりませんでしたか？」

「いいえ。きっと話し忘れたのよ。あの犬、死んでしまったの、知ってた？　グザヴィエは動揺してしまって。あんなに落ち込んだ彼を見て、こちらもどうしていいかわからなくなったわ」

「それは残念です。すごくかわいい犬だったのに。お悔やみ申し上げます」

「ガンで、あっという間に逝ったわ。グザヴィエは悲しんでね。ヴェルノン、あなたはどうしているの？」

ヴェルノンはソフィと話したくない。ソフィは相手の気持ちがわかっているつもりだ。ペスト患者の群れに入ると、自分の世界と、病にかかっていない人の世界を分ける明らかな亀裂を感じるものだ。施しも、同情もいらない。言ってみれば、誰とも接触したくない。境界線の両側で、言葉は同じ意味を持たない。

ヴェルノンの手は赤く、寒さでガサガサになっている。背中は丸まっている。服の状態は悪くない。清潔にしている。ここに置いていくわけにはいかない。

「何があったの？」

「今、ちょっと難しい状況なんです。ぼくのことは気にしないでください、本当に。こんなふうにしているから、思われたかもしれませんが、その……でもほんの一時のことなんです、何日かすれば抜け出せます」

「うちにいらっしゃらない？　あいている部屋があるの、ぜんぜん邪魔じゃないのよ。何日間かだけっていうなら、なおさらよ。一人で暮らすのには慣れているから、心配しないで。一晩中しゃべり倒したりはしないから」

「ご親切にありがとうございます。でもぼくはホームレスじゃないんです。昨日の夜、ちょっと面倒なことになって……離れた郊外に住んでいるんですが、帰れなくて……それで次の日……いろいろあったんです。そのせいでご迷惑をおかけしたくないんです。こんな格好をしてるからって、心配しないでください」

男の中には、十五歳を過ぎるともう変わらない者たちがいる。ソフィは、しゃあしゃあとくだらない嘘をつく癖が治らない男たちを知っている。女は間抜けだから、ありうる話と辻褄が合わない話の区別ができないとでも思っているのだろうか。十五歳の時、朝、部屋に冷たくなったタバコの匂いが立ち込めていて、ヴェルノンとグザヴィエはその匂いが外から入ってきたものだと言い張った。あの時と同じように、ヴェルノンは嘘をついている。真実を歪めて話すことについては、家族の潜在的な才能のすべてをニコラが独占していた。グザヴィエはいつも嘘がへただった。

ヴェルノンは嘘をついている。靴の状態や、近づいた時の匂い、ベンチの下に置いた大きなカバン、だいじょうぶと言いながらも完全に消し去ることのできない取り乱した表情から、ソフィにはわかる。

腹をすかせているのもわかる。

「今日はへろへろですが、心配しないでください、ほんとうにだいじょうぶですから。グザヴィエによろしく伝えてください。コレットのことは心から悲しんでいると伝えてください。ぼくのことは気にしないで」

ヴェルノンみたいな子がこんな深刻な状況に陥るなんて、何があったのだろう？ ホームレスの人を見ると誰もが「わたしだって、自分の息子だって、いつか同じような状況に陥るかもしれない」と思うが、けっして心からそう思っているわけではないことにソフィは気づく。「でもやはり、精神的な問題とか、何か理由があるはずだ」とみな考えるのだ。不幸が誰に降りかかるかわからないということを、残念ながら、ソフィは知りすぎるほど知っている。彼女はあいかわらず瞳の観察にかけてはプロだが、ヴェルノンにはドラッグの問題はなさそうだ。

ソフィはポケットを探り、二十ユーロ札一枚を見つけ、それをヴェルノンに渡そうとした。どうしても取ってくれと言うとヴェルノンは逃げるので、最後には無理やりポケットにつっこんだ。ヴェルノンが息子の生活に健康的な空気を吹き込みにきてくれるういういしい青年だった頃と同じように彼を扱っているのに自分でも気づいた。

「わたしは困らないから。お願いだからもらって。足りないけど、それしか持ってないの。嘘はやめて。一緒に何か食べにいかない？ ちょうど軽食でもとろうかと思ってたの……招待させてくれない？」

「いいえ、ご親切にありがとうございます。時間がないんです」

「ヴェルノン、よく聞いて。数日のあいだ家に来たかったら、しかもグザヴィエに知られたくなかったら、わたしは口が堅いからだいじょうぶよ。あなたから何か聞き出そうともしないし」

言うことをききそうもないのを見て、ソフィはヴェルノンにそこで絶対に待っていることを約束させ、公園を出たところにあるソシエテ・ジェネラル銀行まで走って行き、百ユーロ引き出した。来月までの生活費のすべてだ。自分はなんとかなる。今夜、ヴェルノンが寒い中、外で寝ているところを想像したくない。どんな言葉をかけたら、自分について来て、面倒をみさせてくれるのだろうか。そっぽを向く相手を助けようとする時の気持ちをソフィは思い出した。

同時にソフィはもう、自分がアイロンがけに使っている小さな部屋をどんなふうに模様替えしようかと想像している。そこにヴェルノンを住まわせ、役所の手続きも一緒にやろう。役所で待たされるのも、書類を作るのもソフィは平気だ。一緒にやりましょうとヴェルノンに言ってあげよう。彼のために何かしてあげられるはずだ。ヴェルノンと同じくらい、自分もそれを必要としている。誰かの役に立てることを。

戻ってみると、ベンチは空だった。ソフィは立ち尽くす。ヴェルノンを探して公園中を歩き回る。散歩している人たちとすれ違うと、みな驚いたように彼女の顔を見る。頭がおかしいと思われているんだと、ソフィにはわかっている。いつものことだ。

カバンや靴ばかり目に入る高さに座っているヴェルノンは、人の顔を見るために上を向かないとならない。次々と通っていく尻を見るのにはうんざりしてきた。彼のいる歩道の上で、尻は休みなく左右に揺れ続ける。かつて、ヴェルノンはホームレスの人の目をしっかり見つめるようにしていた。見えているよ、そこにいるのがわかってるよと示すために。その頃知らなかったことに、地べたに座るようになると、通行人が自分を見ているかどうかなんてどうでもいい。相手がポケットに手をやるかどうか、そのことにしか興味はない。人の注意なんて、胃を満たしてくれるわけでもこちらを温めてくれるわけでもないから、別のことにとっておいてくれてかまわない。

地面に座って手を差し出す決心をするまでに三日間かかった。一日目は地下鉄の中で一日じゅう日を浴びずに過ごした。すべての路線を、端から端まで乗った。うとうとしたり、乗客が降りる時に置いていった新聞を読んだり、窓の外に見えてくるホームを眺めたり、乗り換えたり、音楽を演奏する人たちに耳を傾けたりした。偶然にまかせてある駅で降り、ベンチに座り、何本か通り過ぎるのを待ってまた乗り込んで終点まで行く。そうやって乗客の注意をそらす。でもまあ、自分が何をしているか誰も気にしてはいなかった。

地下鉄の入り口が閉まった時、ヴェルノンは地上に戻った。パッシーの近くだった。屋外で最初の夜を、ATMのブースで過ごした。地べたの冷たさから身を守るために闇の中でダンボールを探しているのを探している自分自身が、他の何より奇異に感じられた。何かの役柄を演じているような気がした。現実に起きていることとは思えなかった。十六区の酔っ払いがATMの前でふらふらしていたので、その後ろに滑りこんだ。ダンボールを三つ脇に抱え、何の屈託もなく堂々と自分の番を待っているふりをした。それから地面にダンボールを敷き、カバンに頭を乗せ、朝が来るのを待った。毛布があってもよかったな。まだまだ装備が足りない。翌日五時に地下鉄が開くのを待って、ヴェルノンは八番線で少しうとうとし、レピュブリックで降りた。どこかへ向かっている男のふりをすることにまだこだわっていた。何時間か——あるいは何分か——時間の概念はあやふやになっていた——座りごこちの悪いベンチに座って過ごした。日々のちょっとした考え事にふけっている男のような顔で向かいの壁をじっと見つめたまま。車両から車両へと乗り継いでいるうちに、ヴェルノンの体は黒い垢の皮膜で覆われてきた。外の空気を吸わずにはいれらなくなり、地上に上がった。ショーウィンドーを眺めながら普通の通行人のような顔をして長いあいだ歩いた。オペラ座の近くまで来ると、暖を取るためにアップル・ストアにもぐりこんだ。青いベストを着た店員は、周りに人がたくさんいたから彼には気づかなかった。フェイスブックを開き、マルシアがメッセージを残してくれていないかチェックした。連絡がないのを見て、ページを閉じた。新聞の記事も読もうとしたが興味を引かれるものがなく、女の子たちが出ているビデオをいくつか見た。それからまた道を続けた。ピガールまで北上し、地下鉄に降りて夜遅くまで過ごした。

今回は運良く、カップルについていって建物にすべり込めた。カップルが階段に消えていくあいだ、ヴェルノンは郵便箱の前で誰かの名前を探しているふりをしていた。最上階まで階段をのぼった。下の方の階段は広く、すり切れた赤い絨毯が敷いてあったが、上では階段は狭くなり、木がむきだしになっていた。ヴェルノンは床に寝そべった。ワックスがよくかかった木の床は、アスファルトの上で二晩過ごした後では温かく感じられた。鍵の音で目が覚めた。誰かが外出するらしく、何も言わずにヴェルノンの体をまたいでいった。追い出されるだろうと思った。何も起きなかった。ヴェルノンはまたしばらく眠り込んだ。寒さに耐えること自体が重要な課題になってきた。

ヴェルノンは悲しくもなかったし絶望もしていなかった。それとはまた別の、経験したことのない気分だった。ホワイトノイズのような。若い頃、夜間にテレビの画面に映っていたようなイメージ。小さな点が靄のように散らばり、シューッという音がしている。もはや寒さぐらいしか、現実の手応えをくれない。三日目、彼はペール・ラシェーズまで歩いて行き、切符がないので、年配の女性の後ろにくっついて地下鉄の改札を通った。彼が背後につくと、女性は威嚇するような視線を浴びせてきた。ヴェルノンは乗り換える乗客の波に乗って何歩か進んだが、急に歩く速度が落ち、足が自分を支えられないことに気づいて愕然とした。空腹の苦しみが襲ってきていた。彼はホームに座り込んだ。気を失ったのかもしれないし、眠り込んだのかもしれない。隣に誰かが座った。顎のしゃくれた若い男で、肌は皺だらけで爪は垢で黒くなっている。何年もかけタトゥーのように彫り込まれた汚さだった。ビールの缶を手にし、状態のいい清潔なダウンのロングコートを着ていた。だが靴はそうとう長いこと履いているらしく、だいぶ前に買い換えるべき代物だ。

「外で暮らしてるのか？」

ヴェルノンは答えようとしたが、一言も発せなかった。ローランはビールを差し出した。

「一口飲みなよ、栄養があるよ。低血糖を起こしたな？　砂糖をなめるか？　路上に追い出されて間もないんだな。見ればすぐにわかるよ」

「一時的なんだ」

「いつだって一時的だよ。おれなんか十九年も一時的にホームレスをやってるんだ。おれの名前はローラン。きみは？」

「ヴェルノン」

「へんな名前だな。どこの出身？」

ビールのおかげでヴェルノンは少し気分がよくなったが、話ができるほどではなかった。ローランは一人で会話を進めるのがまったく苦にならないようだった。十九年の路上生活を語る口調からして、それが自慢話であることは疑いなかった。彼はネタになる逸話を十個ぐらい持っていた。けんか、拘留、旅行、ある場所をバリケード化した話……ローランはさまざまな英雄的行為を仔細に語り始めた。ヴェルノンはずっと前から彼を知っていたような気がした。ロックのコンサートには、自分の冒険譚を何話にも分けて語るこういう種類の男がたくさん来ている。ローランはおしゃべりで、ホームにいる乗客たちを前に、自分はサラリーマンの奴隷根性や間抜け根性から自由になって生きることを選んだんだとわめいていた。

ローランは自分のずた袋からまた二本ビールを取り出し、怒りもあらわに批判の演説を始めた。矛先は、行政、営業時間、払い戻し、請求書、銀行、法律、雇用者、家主、社会的制約、屈辱的行為、書類、監視など、合意のもとの隷属状態の特徴すべてにだ。彼と一緒にいると、ヴェルノンは気分が上がってきた。ローランは物乞いについてあれこれ教えてくれた。「本当に金が必要だったら――たとえばホテルに泊まるためにだね、立っていた方がいい。座っちゃだめだ、ほほえんで頼むんだ。もしジョークでも思いついたら遠慮せずに口に出せよ、きみが話しかける相手はすごくつまらない生活を送ってるんだ、そのことを忘れちゃいけない。笑わせてみろ、すぐにポケットに手をやるぞ。泣いてばかりいるんだから、ちょっと楽しませてあげればいいのさ。しかも、しょうもないホームレスでも精神的安定を保ててるっていうコンセプトが、あいつらの気にいるんだ」ローランのおしゃべりは元気を回復させてくれたし、どこから持ち出してくるのかヴェルノンにはよくわからなかったが、一日中ビールをおごってくれた。ただ、ヴェルノンはすぐに酔っ払ってしまった。ローランによると、ヴェルノンには資質がある。「きみは信じられないほどきれいな目をしている、きれいな顔をした貧者ってのは必ずうまくいくもんだ。どこか特定の場所を見つけて毎日そこにいることだ、それ大切だぞ、自分の持ち場を選んで、通る人に覚えてもらう。その目だけで、ホテル代ぐらい稼げるよ。二冊か三冊、本を見つけ出してだな、そばに置いて夢中で読んでるふりをしな。そういうの、みんな大好きなんだ。読書家のホームレスっての。それか、クロスワードでもする、それもウケるんだ。そのうち慣れて、大成功するさ、ほんとだよ、落ち込んだりしなくなる」

　夜になり、二人は地下鉄から出た。ローランはヴェルノンに付き添ってサン＝トゥシュタッシュ教会脇の「スープ・ポピュレール」（貧しい人に食べ物を無料で配る支援拠点）に連れていき、交渉して彼のために毛布を一枚もらってくれた。別れぎわに、ビュット＝ショーモン公園に会いに来てくれよと言った。「おれたちは友達だ、何か必要だったら、おれに頼みに来るんだぞ」

　ヴェルノンは風が吹き込まないパン屋の角に倒れこんだ。目覚めた時はもう夜も更けていて、おそろしい二日酔いで動けず、どこに行ったら水が飲めるのか見当もつかなかった。地下鉄のピレネーの駅の方へ坂を上っていったが、ゴンクールのあたりでへとへとになって足を止めた。数日前から呼吸が苦しかった。教会の近くで座り込んだ。この寒い中、約束があって人を待っているほろ酔いの会社役員に見えるかもしれないと思った。そして突然、手を差し出した。考えてからそうしたわけではなかった。ただそのジェスチャーが出たのだ。今回も、現実感はないままだった。ローランの予想に反して、座っての物乞いは思ったよりうまくいった。おそらくヴェルノンがまだわりときちんとした格好をしているから、人は「自分もああなったら」と想像するんだろう。最初の三時間で二十ユーロ手に入った。ビギナーズラックだ。人影が近づいてくる。速度がゆっくりになり、ポケットを探っているのが見え、何かを自分の手の平に落としてくれる。よきサマリア人みたいな顔をして五サンチームしか手放さないケチもいれば、太っ腹に二ユーロ以上くれる人もいた。通行人の見かけから判断できる金持ち度と実際の施しの額には何の関係性もなかった。こうしてヴェルノンは、相手がどんな顔をしているかなど気にしなくなった。立ち上がった時には足がしびれていた。手にした金の一部でケバブとビールを買ったが、それを落ち着いて食べられるベンチがなかなか見つからない。歩いていくうちに、大きな犬三匹に囲まれて歩道で寝ている若者、電話ボックスに入って十個ほどのカバンの真ん中に座り、相手もいないのに話している縮れ毛の黒人のハーフの女の子を見かけた。建物の前でトランジスタラジオを聞いている年取った男性にも会った。その老人は自分のアパルトマンを通りに建てたのかと思うほど、奇妙な物をたくさん身の回りに積み上げていた。ヴェルノンは自分と同じような状況の人がこれほど数多くいるとは思っていなかった。地下鉄のジュールダンの駅に着き、教会とモノプリのスーパーの前をテリトリーにしている何人かのホームレスと距離を取って、また座り込んだ。

いちど境界線を越えてしまうと、そよ風のように音もなくさわさわと、恐ろしいほどの速さで事が進んでいく。ヴェルノンは反対側に移ったのだ。仕事のある人間の世界は、すでに遠く思われる。働いている人間はみな急いでどこかへ向かっており、自分をきびしく鞭打たないとヴェルノンみたいな状況に陥ってしまうかもしれないなどという恐れが脳裏をかすめれば恥ずかしく思う。ローランは正しい。働いている人たちは地獄のような生活を送ってるんだ。彼らはヴェルノンの前を通りながらぶつぶつ言っていることもある。ヴェルノンは一人一人には注意を払わない。茫然としている。こんなところまで落ちてしまったことに奇妙な満足感さえおぼえる。そういう傾向には気をつけないといけないと本能的に思う。自分の崩壊を喜ぶのは危ない。だが当面、寒さがいちばん心配で、頭をよぎるさまざまな想いに意識を集中できないのが幸いでもある。

もっともつらいのは、知っている人に行き合うことだ。たとえばさっきみたいに。マダム・ファルダン、つまりグザヴィエのお母さんに遭遇するまでは、起きていることにまったく現実味がなかった。彼女が話しかけてきた時、ヴェルノンは天気がいいからベンチで日光浴をしていると言い張るつもりだった。だが心が張り裂けそうだった。というのも自分に何が起きているか、見ればすぐにわかるではないか。子供の頃、マダム・ファルダンはヨーグルトのラベルのノヴァおばちゃんみたいだった。いつも台所にいて子供に何か作ってくれている。ノヴァおばちゃんの、暗く、悲嘆にくれた未亡人版だった。家に足を踏み入れると死の匂いがした。そこの空気は、大人の涙の匂いがした。マダム・ファルダンは若い頃あまりに不幸せだったから、二十年後もぜんぜん変わっていないように見えた。二十歳のころグザヴィエの家によく食事に行っていたことを、ヴェルノンはしばらく忘れていた。グザヴィエのお母さんはヴェルノンをちやほやしてくれて、時々、自分とつきあいたいのだろうかとヴェルノンが疑ったほどだ。若い男とつきあいたがる女が「ピューマ」と呼ばれて再流行したのはその後だが、『卒業』（一九六七年のアメリカ映画で、若者が父の仕事上の仲間の妻に誘惑される）は若者の心に深く刻まれた。ヴェルノンはまだ、男はいいセックスによって女に再び生きる意味を与えられると想像するような年頃だったのだ。コロンブでグザヴィエたちが住んでいた建物に入っていくと、ヴェルノンはエレベーターに乗る前に立ち止まり、ホールの大きな鏡に自分の姿を映してみた。髪型や歯をチェックし、姿勢を正して、ブルゾンの襟を直す。そしていつもうまい口実をみつけては、グザヴィエの部屋から出て台所に何かを取りにいき、通りすがりにグザヴィエのお母さんに冗談を言うのだった。彼女を笑わせるために。お母さんもヴェルノンのことを気に入っていた。自分の息子の友達に会えてうれしがっていた。ヴェルノンはリヴォルヴァーで働き始めたばかりで、マダム・ファルダンはいつも、ヴェルノンは真面目で機転がきくとほめてくれた。自分にほめ言葉をかけてくれる大人はあまり周りにいなかったから、ヴェルノンはマダム・ファルダンにほめてもらいたくて、彼女の喜ぶようなことをした。さっき、彼女について いきたい誘惑にかられた。だが今の自分がどれほど彼女をがっかりさせてしまうか想像すると耐えられなかった。マダム・ファルダンは、もうさんざんそういう悲しみを味わってきたのだ。

ヴェルノンは物乞いを休憩することに決める。スクレタン大通りの労働総同盟の事務所の前で足のしびれを取る。いつも職員がタバコを吸う場所に吸い殻がたまっているのを見て、なるべく長いのを集めようとかがみ込んだ。すると人影が近づいてきた。蹴とばされるかと思ったところへ、相手は自分の箱から三本出してヴェルノンに差し出した。ヴェルノンがほほえんで男に礼を言うと、相手はウィンクで答えてくれた。ヴェルノンは新米だ。今、救いの手を差し伸べてくれた男だって、顔だけから言えば間違いなく嫌なやつだと決めつけただろう。

そのうち慣れる。ローランによると、一カ月もすれば物事を違った目で見られるようになるそうだ。人は何にでも慣れる。今日のところ一番違和感があるのは、歯を磨けないことだと気づいて自分で驚く。パトリスのところに歯ブラシを忘れてきてしまったのだ。自分自身の口が気持ち悪い。こんな状況にいると、話に聞いた牢獄を思い出す。ここには面会室もなく、弁護士を頼む権利もないが。何日か前から濃い霧が思考を次第に鈍らせ、別の人間の身体に入り込んだような感覚が強まっていく。ただ、マルシアのことだけは忘れられない。彼女は自分の血の中に溶け込んだ、まばゆい、響き渡るような幸福で、胸に突き立てられた鋭い刃でもあった。

出会った最初の夜は、マルシアの存在に軽く気づいた程度だった。女の子たちはみな美しく、贅沢で暇を持て余す女たちの雑然とした波を見ているうちに、視線を投げ返しただけで誰でも射止められそうな気がしてきた。マルシアはこの波の中の一人でしかなかった。夜明けに踊っていた時に少しだけ目立っていて、その腰の振りの優雅さ、控えめながらも人目を引く踊り方には感心した。自分の目をじっと見つめてきたが、ヴェルノンは特に心動かされなかった。あの夜は、あらゆる種類の女の子を見てきたのだ。単純な若い男の子のようにスピーカーから溢れる音に埋もれ、ヴェルノンはなんとも幸せな気分だった。その夜は暖かい幸福感で彼を包み込み、ぱっくり開いたいくつもの傷の痛みをしばし忘れさせてくれた。

翌日の昼間になってはじめて、ヴェルノンはマルシアの美しさにはっとした。彼女は両手のひらで紅茶カップを支えて窓ガラスの前に座り、光の方へ顔を向けて目を閉じていた。顎のすっきりした線、唇の完璧なかたち、亡命中の女王のような顔。一瞬で、彼女はヴェルノンが手に入れたことのない女すべてになった。ロックの世界で、ヴェルノンはいろんな女に出会った。モデル、倒錯したブルジョワ女、ポルノ女優、マゾのインテリ女、パティ・スミスやマドンナのコピーみたいな女の子たち。だがジェニファー・ロペスやビヨンセ、リアーナ、シャキーラに憧れる娘たちは、ロックを必要としていなかった。彼女たちには別の遊び場所があった。ヴェルノンはマルシアのような女が自分みたいな男の何に興味を持つのか理解できなかった。しかしアパルトマンの中では、マルシアがどこにいるかはいつもわかった。ヴェルノンがある部屋に行くと、マルシアはさりげない風を装って、偶然そこにいる。ヴェルノンが台所にいるとマルシアはお湯を取りに来るし、彼がサロンにいるとそこでスカーフを探している。お互いの周りをうろつき、言葉をかけ合わないまま、二人のあいだには見えない糸が張りめぐらされていった。二人の駆け引きに気づいていたガエルは、会話のついでに「マルシアは生まれつき女じゃないのよ、気づいてたと思うけど」と言い、ヴェルノンはがつんとやられた。感じていることを言葉にできないくらい、うろたえた。性転換者の出ているポルノは見たことがない。そういうのは苦手、などということでさえないのだ——ただ単に、今まで自分には関係のないことだった。

マルシアはゴールドカードを使って写真集のカバーに何本もぴったり等間隔で直線を引いていた。ヴェルノンがどうしてそんなに正確に線を引けるのかと聞くと、マルシアはフランスにやってきた時、南部でペタンク（フランスのプロヴァンス地方で始まった球技）をしょっちゅうやっていて、そのせいで目の中にコンパスができたのだと答えた。ヴェルノンは彼女をじっと見つめ、どんな女性的な動作も完璧にこなすために、相当研究を重ねてきたのだろうかと考えた。タバコを一本吸うたびにに頭をのけぞらせ、髪を整えるために頭に手をやり、話している時絶妙なタイミングで足を組む。彼女のすべてが魅力的だった。マルシアはコカインを吸いながらコカインについてこう話した。

「鼻にクスリを一本入れるたびに、麻薬取引という、他に比較できるものもないほど血まみれの資本主義を吸い込んでいることを思い出さないといけないわ。値段を上げないように貧しいままにしておかれる農民たちの体や、麻薬組織（カルテル）、警察、自警団、カイビレス（グアテマラ軍の特殊部隊で、メキシコやコロンビアの麻薬組織掃討作戦に携わっているが、麻薬組織との関係は複雑）による搾取、それにつきものの売春……電気ノコで人々の首を切る男、そういうのをすべて鼻に入れてるのよ。コカインの金こそが、銀行や、麻薬関係の金を資金洗浄することにしか役立たないシステムすべてを救ったんだわ。このドラッグはどこで発明されたか知ってる？　オーストリアなの。話の道筋が見えないなんて言わないでよ。これは唯一、なんの精神性もないドラッグなの。親戚のクラックもそうだけど。ＭＤＭＡでさえ、神に近づけてくれる。コカインだけが、これだけ人を虜（とりこ）にしておきながら、もともとばかだった以上にばかにして人を放り出すのよ」

マルシアは、「これは本当の女がしないジェスチャーだな」と思うような仕草は一つもしなかった。逆に、くらくらさせられるような女性らしさを形にしてみせるのだった。彼女は寝にいって、夜まで現れなかった。ヴェルノンは玄関で出かけようとしている彼女をちらりと見かけたが、呆然とさせられるほど優雅な姿だった。ヴェルノンは自分が感じたことに自分で驚いた。それは、誰のためにこれほどきれいにしているのだろうという、拳の一撃のように明白な嫉妬だった。その衝撃は、ヴェルノンにある事実を突きつけた。彼はマルシアを欲していたのだ。それまでの自分、本物の女としか寝ない男であり続ける必要なんかない。だいたい、「本物の女」という表現自体が滑稽なものだとわかった。この想像を絶するような存在よりも、その言葉にふさわしい者がいるだろうか？

その夜、ヴェルノンは長いあいだキコと話していた。音楽の話だった。ヴェルノンはサロンのＤＪという新しい任務を真剣に考えていて、女の子たちを踊らせる仕事にはかなり興味があったし、素質があると言ってもおかしくなかった。ふさわしい曲をかける仕事は、実際、ずっとヴェルノンの生活の中心にあった。

翌日の昼食に降りてきた時、マルシアは目をみはるような白い絹の部屋着を着ていた。キモノだったのかもしれない。ヴェルノンを見ると、「なにこの髪型？」と、彼の頭を撫でながら言った。ヴェルノンの中で傷つき、うずき、もろくなっていたものすべてが霧散した。

二人は求め合っていた。同時にパソコンの画面に向かって身をかがめて肩を触れ合わせ、廊下で出会えばわざとすれすれに通り、一つのヘッドフォンで音楽を聴き、膝が触れ合うように座った。触れ合えば触れ合うほど、ヴェルノンは疑問を抱かなくなった。二人はジャック・ダニエル一本を二人で飲み干し、キスした。マルシアは控えめでもありみだらでもあった。腰は締まっていて、太ももは細く、おそろしく筋肉質で、どんな体位でもぐらついたりはしなかった。酒が入っていなかったらヴェルノンは、ペニスのある女と寝ているってことは自分もゲイになったのかなと思ったかもしれない。だがマルシアの尻に魅了されてしまった。これほど隅から隅までエロティックなものに接触したことはなかった。それにマルシアの胸のあいだ、マルシアのお腹の上、マルシアの尻の隙間、マルシアの唇の間はあまりに心地よく、その体の特異なところはたちまち、その体の一番愛すべき部分になった。ヴェルノンは彼女以前に女を欲したことを、もう思い出せなかった。一つの幕が開き、マルシア以前に存在したものは意味を失い、子供の遊び、リハーサルでしかなくなった。

マルシアはヴェルノンにすぐに注意した。「キコには知られちゃだめ。彼は嫉妬深いの」二人は、マルシアがよく知っているらしい、向かいのホテルの屋根裏にある小さな部屋にはめをはずしに行った。アパルトマンに戻ってくると、ガエルはヴェルノンを今までと違った目で見た。半分からかうような、半分警戒したような。ヴェルノンは恋していた。マシュマロの小袋のように浮ついた。マルシアのいない生活はどんなものだったか忘れてしまった。五十歳近くなって、それまで恋したことがなかったと気づいたのだ。マルシアに恋するのは自明の理で、ヴェルノンは自分のすべてを委ねた。人生は罹災していても、自分は今までで一番恵まれているように思えた。

ある朝、キコがいきなりマルシアの部屋に入ってきた。ヴェルノンは少し前にコーヒーを運んできて、シーツの下にすべりこんでいた。その時キコは、シュビュテックス、おまえがそんなことをするとは思わなかった、と驚いた調子で言っただけだった。そこには、おまえみたいなつまらない田舎者が、という意味と、マルシア、この男と何をしてるんだ、おまえの価値が下がるぞという意味が込められていた。キコは黙って出て行った。彼は四日間もほとんど寝ておらず、ものすごく飲んでいたから、頭が働かなくなっていた。彼が出て行くとマルシアはパニックになった。五日間ずっと「きみとぼく」の世界につかって甘いささやきを交わし、どうしてお互いにこんなに引きつけられるんだろう、この欲望の果てまで行くには一つの人生じゃ足りない、いつどの瞬間もきみに話しかけたいしきみとやりたいなどと言い続けてきた。マルシアがその世界からさっと抜け出していくのがヴェルノンにはわかった。いきなり扉を閉めるように。ヴェルノンにキスして「また今夜ね」と言い、ヴェルノンは何が起きているか理解したくもなかった。

ヴェルノンが台所でガエルを見つけた時、彼女はもう知っていた。困ったことになったわねという顔をしていて、ことは深刻だと言いたげだった。ヴェルノンが「どうしてキコはそんなに気を悪くするんだろう？　彼の女じゃないだろう？　マルシアに触れるななんて一度も言われなかったよ」と言うと、ガエルは「あの人、時に面倒なのよ」と答えた。その口調は、あれだけ金を持っている人だから、あたしだって彼に楯突くわけにはいかないのよ、と言っていた。肝心なのは、キコの怒りの発作にあたしも巻き込まれないってことだけ、と。ほんとに残念だけれど、自分がヴェルノンを家に連れてきたから責任を感じていて、すぐに荷物をまとめて出ていってほしいというのがガエルの言いたいことだった。連絡は取り合おうと言って、ガエルはブルゾンとジーンズのポケットを探り、四十ユーロを取り出した。ヴェルノンに、行くあてがあるか、誰か紹介しようかとたずねた。ヴェルノンは「マルシアと相談しないと」と言い、「こんなに早く指名を受けるとは思わなかったよ」と冗談口をたたいた。ガエルはヴェルノンの潔い態度に感謝した。

だが追い出されるのだと理解して、彼は打ちのめされていた。このアパルトマンはあまりにも居心地がよかった。毎晩ドラッグを見るのにうんざりという段階にはまだまだ至っていなかった。実は、それも含めてすべてが、自分の人生でもっとも美しい日々の一部になっていた。住み込みＤＪにもなり切っていたから、なおさらだ。自分が「マルシアと相談しないと」と言った時のガエルの表情を見て、足元の地面が崩れ落ちるような気がした。

ヴェルノンはビールを一本開け、タバコを一巻きして、パソコンの前に座った。友人のリストを新たな目で眺めた。マルシアと自分を泊めてくれる人を見つけないといけない。ことは複雑になった。その時、ヴェルノンはもう、マルシアが自分を捨てるはずはないと考えることに決めていた。ガエルは間違っている。何が起きているか知らないのだ。この四日間、ガエルは留守にしていた。

昼過ぎにキコは怒り狂っていきなり台所に現れた。ヴェルノンを壁に押しつけて「出て行け、おまえなんか二度と見たくない」と叫び、自分の前に突き飛ばすと、尻を蹴って前に進ませた。家はがらんとして誰もいないようだった。とはいえ、ガエルは女友達とアパルトマンのどこかにいたのだ。ヴェルノンが身の回りのものをまとめている間、キコはその背後で怒りの発作を起こし、扉に頭突きし、自分の脛でテーブルの脚をだめにし、チェストをかかとで破壊しようとしていた。「急げ、ホームレスのあほったれめ、おまえなんか家に入れてやるんじゃなかった。おまえなんかが彼女に触ったかと思うとぞっとする、吐きそうだ」と言いながら。

ガエルが玄関の廊下に現れた。悲しげで、ヴェルノンのこの先を少し心配しているようだった。何があったにしても、ヴェルノンをここに連れてきたのは彼女だったのだ。ガエルはそっと袋を渡した。そこにはビール一本、ラム酒一瓶、ヴェルノンがプレイリストをいくつも入れていたUSB、髭剃りに必要なもの一揃い、ヴェルノンのものじゃないエルメスの新品の香水がごちゃごちゃと入っていた。ヴェルノンは「フェイスブックにメッセージを送ってくれるのを待ってるよってマルシアに伝えてほしい、どこかでパソコンを見つけるから」とガエルに言った。ガエルはまた首を振って「彼女はあんたに連絡しないってば。キコを敵に回すわけにはいかないんだから。でも伝えておく。あたしはメッセージを送るね、ヴェルノン、連絡取り合いましょ」と答えた。

ヴェルノンは通行人に、いちばん近い図書館はどこかと聞いたが、誰も答えられず、ついに同情した若者がiPhoneで調べて道を教えてくれた。ネットにつながり、パトリスが来ていいよと言ってくれているのを見てヴェルノンはほっとした。彼は一週間パトリスの家にいた。どんなメッセージを送ってもマルシアは答えてくれなかった。息を一つ吸うにも苦しかった。酒を飲んで泣かないでいるのは難しかった。パトリスのソファに倒れこんで死ぬほどわめきたくなり、うずくまって呻いたりすすり泣いたりしたかった。眠り込むのも難しかったし、眠り続けるのも難しかった。真夜中に目を覚まし、一瞬だけ何も思い出さず安らげる瞬間があった。だがそれはまた蘇ってきた。自分の状況を要約するのは簡単だ。マルシアに捨てられた。でもヴェルノンはまだ信じられなかった。こんな航海をどうして途中でやめなければいけないのか？　最悪なことに、彼女は正しかった。年のいった、家も金もなく友達もいない男に、女の子は何を期待できるだろう。パトリスはすばらしいホストだった。おしゃべりすぎることもなかったし、必要以上に干渉せず、テレビを見るのが好きだった。二人は気が合った。一週間が経ち、ヴェルノンは立ち去らなければいけない時が来たと感じた。昔の友達で、セーヌ河岸で古本屋をやっている男が、いつでも会いにきてくれ、家の鍵を渡すから、家にほとんどいないんだと言ってくれていた。だがヴェルノンが着いた時、彼の古本のケースは閉まっていて、大きな錠前がかかっていた。そうやって、はじめて外で過ごす夜がやってきた。友達は次の日もいなかった。

ついにヴェルノンは屋外生活者になった。何週間も前から行き着くはずだったところへついに行き着いたのだ。ヴェルノンは、次第にほころびて行く生活がすぐに死をもたらしてくれないのを残念に思った。

ヴェルノンは歩道の端に座る。ローランはパン屋のそばを勧めていた。客が現金で払うし、小銭を持ってきているからだ。だが、いい場所はもう取られていた。ヴェルノンが別の場所に陣取って壁にもたれていると、掃除係の女性が、数メートル動いてくれませんかと丁寧に声をかけてきた。「ここは学校なんでね、もうすぐ下校時間だからちょっと邪魔かもしれないですよ。あっち側に移ってもらえるとうれしいわ」ヴェルノンはもう少し先の本屋と花屋のあいだ、オーガニック食品店から数メートルのところに座った。膝で腕を支えて手を差し出す。思考回路はちゃんと働いている。頬がちくちくする。髭をはやしたことがないからだ。自分の匂いに包まれている。それは不快じゃない。自分の鼻先を次々と通り過ぎて行くカバンはじつに多様だ。巾着型のバック、籐の籠、書類カバン、小さな革のポーチなど。靴もまた多様だ。履き古したバスケットシューズ、ウェッジソール、クリーパー、革のブーツ……。男ものの靴四足が近づいてきて、歩調がゆっくりになり、自分を取り囲んで立ち止まるのが見えた。ヴェルノンは恐怖で固まってしまい、顔を上げる勇気もない。急に泣きたくなった。

「こんちは、ムッシュー。お名前は？」

「ヴェルノン」

早口すぎた。フランス人らしい名前、戸籍上の名前を言うべきだったかもしれない。だが相手はすぐに殴ってはこなかった。三人のスキンヘッドの男は、同族の学生三人といった雰囲気で、拷問刑の執行人みたいな顔をしている。三人より弱々しい金髪の男は整った繊細な顔立ちで、他の三人がひどくおぞましい顔をしているのに対し、かなりの美男だ。地面から見上げると四人とも巨人のように見える。金髪の子がヴェルノンに話しかけてくる。顔が同じ高さになるよう、彼は地面に膝をついた。

「おれはジュリアンだ。ヴェルノン、おまえがルーマニア人だったら、屋根の下で眠れる権利がもらえるのにな」

ジュリアンはヴェルノンの肩に手を置く。三人の仲間は立ったたまま、リーダーの意見に賛成し、ルーマニア人じゃなくてほんとに残念だな、そうだったらアスファルトの上でケツを冷やさなくてすんだのにと言う。ヴェルノンは汗まみれになる。フランス人であることをこんなにうれしく思ったことはない。望むことはただ一つ、この四人のいかれた男たちが自分の答えに満足し、いなくなってくれることだけだ。ジュリアンは自分のカバンからビスケットと牛乳パックを取り出し、ヴェルノンに差し出してたずねる。

「支援センターの番号を知ってるか？　今日は電話したのか？」

「いっぱいだって言われました。でもなんとかなります」

「収容施設は猿だらけなんだろ？　アフリカのやつらが迷惑かけてんだろ？　誰かに暴力ふるわれてないか？」

ヴェルノンは、危険はない、こいつらは人種差別主義者で、ワックスを塗ったきれいな靴の先で自分に懲罰を与えようなんて思ってないんだと自分に言い聞かせる。でも体じゅうが震える。自分は地べたに座っているのだ。そのせいで、この男たちが蹴ってやろうという気にならないともかぎらない。早くあっちへ行ってくれ、息をつかせてくれと願うばかりだ。その時、わけのわからない叫び声の洪水をまきちらしながら赤毛の巨大な女が現れ、腕を振り回し、つばを飛ばしながらわめいた。

「あほんだらども、クソだらけのちっちゃいのをぶら下げてるくせに、カマでも掘られにいくがいい、この人をほっといてあげな、こわがってるのがわかんないのかい、汚い坊主たちめ！」

彼女はこぶしを振り上げて自分の通る道を広げた。猛り狂っている。さっきから二度目になるが、ヴェルノンはまたどうしてぼくなんだ、まったく、どうしてぼくにそんなことが起きるんだと自問する。だって、ひどい目にあうに決まってるのはこの女だけじゃない、ぼくだって巻き込まれるだろうから。

「あんたたちの弱いおつむのせいで、みんなが頭を抱えてるんだよ。ふしだらな母親に、こんなクソを産み落とすぐらいならあそこを縫っちまった方がよかったって伝えてきな。放射性汚染物質ってとこだね、堕落した弱虫め」

ヴェルノンは古い百フラン札に刷られていた、半身裸になって旗を持っている女のことを思い出す。

あの女は、バリケードの上を一緒に走っている男たちよりも頭四つ分ぐらい大きい感じがする。赤毛の女は小さすぎるカーキ色の長いパーカーを着て、緑と黄色の派手な蛍光色の真新しい巨大バスケットシューズを履いている。でもヴェルノンはその見かけを批判する気にはなれない。わめきたてている彼女の周りにいる四人のチンピラ自警団に話しかける気にもなれない。女は素手で四人のチビをつかめるほど大きくはないかもしれないが、これでも十分相手を動揺させている。潜在的能力があると言わねばならない。

四人の男たちは困った顔をしている。このおかしな女はおれたちに何がしたいのか？　その一人が肩をそびやかし、冷笑して、もういいやといったようすで後ろを向いた。そこへ巨大な女が背中にひと蹴り入れた。力まかせに蹴ったので、男は前に崩れ、うつ伏せに倒れた。かわいらしい金髪の男がたけり狂った女に飛びかかったが、体があまりにひ弱なので、彼女に取りつくと、ココヤシに襲いかかるコモンマーモセットみたいだった。その乱暴な女は、襲ってきた彼を肘のひと突きで振り払った。ヴェルノンは女がこんなに長いあいだ優勢を保てるとは思っていなかった。四人の男たちは決定的な懲罰を加えてやろうと一丸になったが、女の次の動作を見てあっけにとられた。彼女は自分の胸を二つの拳で叩き、かぎりなく大きな声でふたたび叫び出したのだ。『スカーフェイス』から影響を受けているのか『ターザン』からインスピレーションを得たのかわからないが、その演技は敵たちを呆然とさせた。何が四人を固まらせたのかはわからない――恐怖か、茫然自失か、嫌悪か、これほど突出したエネルギーへの敬意か……。女の声で界隈の人たちが集まってきて、数人は歩をゆるめ、何が起きているのかと眺めていた。

そこで男たちはこっそり視線で示し合わせ、金髪が地面に唾を吐いて「頭がおかしいからほっておこう、今すぐ病院行きだぜ、この変な女は」と言った。そして彼らは偉そうに頭を上げて遠ざかっていったが、通りの角を曲がる前に、ばか笑いしながら振り向いて女に敬礼し、一人はこめかみに当てた指をぐるぐると回して診断を下した。ヴェルノンは彼らが消えていくのを見ながら、一緒に来るかと誘ってくれないなんてあいつらもひどいなと思う。だっていくらなんでも、極右の活動家どもに囲まれていた方が、このとんでもない女と一緒にいるより身の安全が守られている感じがするだろうから。

巨大な女は息を切らしてヴェルノンの傍(かたわ)らに座り込んだ。一本一本の髪はとても細く、オレンジっぽい赤毛だが、きっとカラーが少し残っているのだろう。丸く平べったい顔、離れた目、子供のまま大人になったような雰囲気がある。年齢はまったくわからない。

「ああいうアホどもは殺さないといけない。一人一人、消してく必要ありだ。もうがまんできないよ。くそ、ここはベルヴィルだよ、あの恥さらしは何？　どこも自分の家のような気でいる。先週はあいつら、財布を盗もうとしてた子供二人を殴ったんだよ。赤十字のまわりをうろついて、あのあたりに何か探しにくるアフリカ人たちにいちゃもんをつけるんだ。あいつらと何の関係がある、え？　あいつらの問題かい？　あの尻の穴みたいなやつらは、外で寝てるとでも言うのかい？　あたしたちを何だと思ってるんだ？　クソみたいなろくでなしと思ってるんだろ？　それが答えさ。あたしたちが社会のシステムからはじき出されてるからって、あたしたちのところへ押しかけてきて支配しようっていうんだよ。でもあたしたちは強い、妥協しない、違うかい？　あたしたちがあいつらにお仕置きをしなかったら、誰がするんだ？　え？　誰が？」

説教をしているかのように、この最後のフレーズを、彼女は指をちょっと動かしながら繰り返した。ヴェルノンは心の中で、ほら、おれは連れが欲しかったんじゃないか、仲間ができたぞと言う。願いは叶うのだ。女はこう宣言しながら立ち上がった。

「ここはいい場所じゃないね。おいで、フランプリ（フランスのスーパーマーケットチェーン）の前に行こう。あたしの場所なんだ」

これは提案というより命令だった。ヴェルノンは彼女と争って議論する気にはなれず、その言葉に従った。

「あんた、この界隈で見たことないね。来たばっかりなんだろ？」

「しばらく前に部屋を追い出されたんだけど、あちこちに泊めてもらってたんだ。先週までは」

「先週？　じゃほんとに新入りだね、あんた。まだ石鹸の匂いがするって思ってたの」

彼女はスーパーマーケットの前に陣取って、店に入ろうとしている客にこう言った。

「ムッシュー、ムッシュー、わたしにコカ・コーラを買ってきてもらえます？」

そして自分のお腹を指して「赤ちゃんのためなんです」と言い添え、ヴェルノンの方を向いて「あんたは何を飲む？」と聞き、その人をもう一度呼んだ。相手はスーパーマーケットの扉を押す前に振り返り、おどけて注文を取る。彼女は「ビールもひとつお願い、この人のために」と頼んだ。

「妊娠してるの？」

「まさか、とんでもない。でも観衆はそう思うのが好きだから。お腹すいたなあ、まだ昼食を食べてないからね」

急いでいるらしいエレガントな女性を呼び止め、「こんにちは、マダム。ポテトチップスを買ってきてもらえますか、お腹の子供のためなんです」と女は言う。見知らぬ人に語りかける時には、優しくて子供っぽい口調になる。落ち着いてしゃべると、耳にとても心地よい、しわがれた、ざらめきのある声だなとヴェルノンは気づく。大きな腹をさすりながら無邪気な様子で通行人にほほえみかける彼女は、月のように丸い、道化のような顔をしている。

「頼んだものを買ってきてくれる人もいるの？」

「しょっちゅうよ。あたしに食べるものをくれるなんて、たいした出費じゃないから。ナッツとかポテトチップスとかコカ・コーラ、時々はチョコレート。そのおかげで大体の人とは知り合いなんだ。あたしは毎日ここに来てるし、あの人たちはあたしに何か持ってきてくれる。役に立ててうれしいと思ってくれてる。なんだかんだ言って人間なんだよ、みんな、ね」

彼女は少し時間をおく。若い男が胸に子供を抱いて通り過ぎると、彼女は首をかしげて「いいわね、パパって。赤ちゃんと一緒のパパを見ると心が和むわ」と声に出し、その父親に向かって「ああムッシュー、お願いです、チョコレートを買ってきてくださいませんか？　お腹の赤ちゃんのためなんです」と言う。

さっきの男性は店から出てきてコカ・コーラとビールを差し出す。彼女はほほえんで、ヴェルノンにビールの缶を渡した。

「なにか特に欲しいものがあったらあたしに言うんだよ、代わりに頼んであげるから」

塩味の落花生と製菓用のブラック・チョコレート、それがオルガの好きな組み合わせだ。アルコールには注意している。仲間たちも、あんなにいつも酔っ払っていなければ、もう少しつきあってもいいんだけれど。尊敬すべき革命家にだって変身させられるかもしれない。だがあのとんまどもは、立っていられなくなるまで飲み続けるのだ。誰かと話していると、急に小便の匂いがしてくる。その男が漏らしたのだ。あるいは男が顔を向けてどんよりした目で見るから、何か言いたいのかと思えば、次の瞬間、反吐(へど)をはきかけてくる。潔癖症じゃなくても、気色悪いじゃないか。とにかく、日が落ちれば一緒に行動はできない。いびきをかかなければ、喧嘩になるし、もっとひどいことだって起こりうる。何を思いつくかわからないから警戒しないと。酔っ払いの考えることなんだから。ヤギみたいに襲ってきて、何も覚えていないなどと言う。殴りつければぎゃあぎゃあ言い、男同士でつるんで、こちらを嘘つきよばわりしてくる。男たちはかばい合うのだ。だからオルガは一般に新入りを歓迎している。新人はまだ少しは行儀がいい。特にあの男はすごく美男子だし、背が高くて、ほっそりしている。オルガは昔からああいうタイプの男の子が好きだった。あの男の手はまだ白くて荒れていない。すぐにがさがさになるだろうけど。戸外ではすべてが傷んでいく。

オルガは昨日、教会を陣地にしている大酒飲みのジョルジュと彼が話をしているのを見ていた。オルガとジョルジュの関係はうまくいっていない。オルガは距離を置いている。ジョルジュは、最初こそ経験のある器用な男に見えるが、すぐにその本性を現す。高圧的で、人を操るのが好きな人間。言われたとおりにやらないとすぐに陰険に怒り出し、オルガもこっぴどく殴られたことがある。年取っても悪癖がなおらず、弱いものを打ちのめす強い拳を持っている。

今朝、新入りがスキンヘッドたちに囲まれているのを見た時、オルガは彼を連れてこようと決めた。友達になりたかったのだ。今、彼と食べ物を分かち合っている。彼はおいしそうに食べるから、見ていてうれしい。いろんなことを教えてあげられる。シャワーがどこにあるかとか、いい服をもらうためにはどの日に支援センターに行けばいいかとか。宿泊施設のことも教えてあげられる。彼は犬を連れていないから、ことはより簡単だ。他人の面倒をみるのはけっこう好きなのだ、相手が素直に言うことを聞く場合は。オルガは彼を笑わせようとする。いつもそうやって友達を作っている。笑わせ、相手の話を聞く。もっと若かった頃に、医者に酒量を減らすように言われ、あなたは自分のことを大切にしていない、打ち明け話のゴミ箱みたいだと指摘された。共感を軽視するダメ人間は医者だけだ。スナック菓子のカーリーを買ってきてほしいと通りすがりの子に頼んで、邪険に「自分で働けばいいんだよ、このデブ」と断られれば、オルガはこう呪(のろ)いをかける。「今言ったことのせいで十年間苦しむことになるだろうよ」と、脅すような調子で。相手はぞっとする。オルガが実際のところロマなのか、もしかするとすごく力の強い魔女なのか、よくわからなくなってくるのだ。ヴェルノンはその話に笑う。オルガは彼の名前が好きだ。ずっと一緒にいたい、チームを組んで。だいぶ前から、オルガと歩きたがる人間はいない。彼女はこう続ける。

「世界はそこまで来てしまったってことよ。誰もが大資本にぺこぺこしている。あいつらの卑怯な活動の片棒なんか担ぎません、という矜持のある人間がいるとびっくりする。見てみりゃわかる、この界隈でも、商店がひとつ閉まれば、銀行が一つできる。あるいは眼鏡屋ができる。眼鏡屋がどうしてあんなにたくさんあるのか疑問だけど。父は共産党員だった。だから新聞を読めばすぐわかるわ、そこから溢れ出すメッセージは『大資本に栄光あれ』、『完全に服従しないものに不幸あれ』だって。これほど信じられた教義も未だかつてないよ。すばらしいじゃない、あいつらが発明した借金ってやつは。身分証明書を持ってない娼婦みたいに、生まれた時すでに借りてたものを返そうと、一生あくせく働いて過ごす。働くために、働くわけ。この町であたしたちの存在がまだ黙認されてるのはなぜか知ってる？　ベンチを取り払って、店の前を改造してどこにも座れないようにしたくせに、収容所に放り込むために連行したりしないでしょ。費用がかかりすぎるからじゃない、ちがうんだよ……。あたしたちは引き立て役だから。みんながあたしたちを見て、服従の精神を思い出すためさ。あたしだって働いてたよ、十年間働いてた。ラボで写真の現像をやってたの。一日中、現像タンクの上にかがみこんで、ちっちゃな手袋だけで身を守ってさ、しまいに湿疹だらけになったよ。あいつらによれば、そんなの、液剤とは関係ないって、あたしは解雇された。何も後悔してない。ひどい生活だった。家賃と車で給料はぜんぶ消えて、スーパーでカートに入れるものの値段をいちいち調べてた。みんな、笑わせてくれるよ。今日のマルクシストは他のやつらと同じくらい笑える。労働者とその工場とか、雇用といろんなでたらめを生み出すとか……あたしが望むのは、もう働かないことだけ」

「でも、きみのお父さんは共産党だったんでしょ？」

「そう、あたしはゼウスの娘なの。あんたもパパのことを知ってたら……あれは本物の男だったわ。パパが怒ると地面が震えた。でも、どなってアホな妻をびびらせる家庭の暴君なんかじゃなかったんだ。正義の人の怒りだったから。小さい頃、父と一緒に町に行くと、父はかならず正義を君臨させた。買い物はあんまりしなかったけど、たまに行けばね。土曜日でじゅうぶん店員がいなかったから、誰もレジを通らないまま、スーパーマーケットの棚が空っぽになった。五分ですんだんだよ、警備員も、レジの人も、客も、拳を振りあげて彼の側についた。待ち時間が長すぎるからって、パパがパーキングのバーを引きちぎったのを見たこともあった。そうだ、ロンウィーのことも話してあげるね。お父さんは弁舌を振るっただけで、工場に時限ストライキをさせたの。機動隊に襲いかかって、一緒に闘おうって言ったり。自分と同じような最低賃金労働者が敵であるはずはないって知ってたんだね。自分の通る場所すべてに恐怖と不安をまいていった。父の怒りは、まったく、それを目にした人にしかわからない……。それから、女たちといる父も見てほしかったな。ああ、でも父は女たらしじゃなかったよ、鱒（ます）みたいに身をよじってくだらない女を誘惑するサロンの伊達男とは違った。でも女たちはぞくぞくとやってきて、彼の周りに集まったと思うと、うっとりして気を失った。父は何もしてやれなかった、そういう性格だったんだ。で、他のやつらの父親はどうかって言うと、みんな、「あれだって男だ」って言う。悪いけど、笑っちゃうね。パパって呼ばれてるやつを見てみれば、絶えず人にぺこぺこしてるだけ。怖がりで弱虫で存在感がなくてふにゃふにゃで役立たず……そういうもんだよ、男ってのはだいたい。だけどあたしのパパを見りゃ、そう、「いい男」ってものの意味がわかる。ほかのやつらの奥さんを見てみなよ。いつも不平をこぼしていて、欲しいものが手に入らないのが見え見えだ。かわいそうに、二十歳で、まあまあちゃんとして見える低脳と結婚して、少しすると子供が二人できる。つまらない男のために召使いの仕事をさせられてることに気づく。女が結婚したのは男じゃなくて、汚れたふきんだったのさ。子供の頃に広告でやってたような、アルコール代わりのカナダ・ドライ、男になれないヤワなやつ。一人前の男みたいにけんかするし、一人前の男みたいに臭いけど、ぺこぺこして、命令を受けることしかできない。女たちは怒り狂ってる。そうやって女は小さいファッショを生むんだ、さっきあそこにいたみたいなやつらを。ああいうのはみんな、本当のパパのいないやつらだよ。母親がちゃんとしたセックスをしてもらってなくて、一日中、不平たらたらなのを見て育って、メンタルがだめになっちゃった。あたりまえさ。だからあいつらは、女を楽しませられる男ってのはどんなのか、想像しようとしてる。でもいっくら探したって、やり方はネットでは見つかんない。そういうのは遺伝子に書き込まれてるからね。うちの母さんを見てもらえたらわかるさ。粋で、輝いてて、晴れやかで、いつも幸せそうだ。性生活で満足してれば、女ってのは、まったく、違ってくるんだよ。ああいう、本物のパパのいない坊主たちは、小便の匂いのするふにゃふにゃのやつで下手にやられてるあそこから生まれたやつらさ。そうすると、父親像を求めてうろつき、顎髭のはえた偉そうな男を見るとすぐにパパって泣きべそをかき、負け組の養子になる。かわいそうに、男らしさってものがなんだか、まるで知らないんだ。そういうやつらがまた同じくそったれを再生産する。哀れな女どもをはらませて、また欲求不満のまま放っておく。そうするとその女たちはまたあほの卵を産んで、ちびどもはしゃんと立つことさえできない。ふにゃチンとカビたヴァギナ、この言葉を覚えておいてよ、それが今日の問題なんだから。欲求不満に陥った卑屈な人間どもの国。何ができるかって、どうしようもないね」

「で、きみのお父さんは援助してくれないの？」

「だめ。再婚したんだ。今の女には連れ子がいる。あたしはじゃまなの。新しい人生であたしは何の役にも立たないよね、面倒をかけるばっかりで」

「会いたくならない？」

「あたしの犬ほどはね。アッティラくんっていったの。アッティラは三カ月前に誰かに取られちゃった。ああ、見てほしかったなあ、立派な犬だったの、かわいい、ぬいぐるみみたいな子。アメリカン・スタッド（アメリカン・スタッフォードシャー・テリア）で、トラックみたいにしっかりしてて、かっこよかった……。あんな根性の悪いやつらに盗まれて。あの子は何もしなかったに決まってる。あいつらが人間をどう扱うか見ればわかる。犬を盗もうと思ったら、とくにホームレスの犬なんか、あっという間よ。時には売ってしまう。でもアッティラはあいつらを震え上がらせた。あたしたちは公園で寝てるの、知ってるでしょ。ビュット・ショーモンで」

「ローランって知ってる？」

「ローランなら、みんな知っているよ。あたしと彼はあんまり仲がよくないの。あいつは酔っ払うとやっかいなんだ。昔の兵士みたい。気位が高くて、融通がきかなくて、その他あらゆる点で。もういいじゃない、あたしたち外で寝てるんだよ、ボーナス点をもらえる優等生は誰でしょう、なんて競争、どうでもいいじゃない。でも同じ区域で寝てる、うん、同じグループさ。あたしたちは、『こうなるはずじゃなかった』組じゃない。働かないことに満足してる。あたしたちが頭がよすぎるから金持ちは怒り狂ってるよ。あいつらにはわかってるんだ。だからあたしたちを殺したがる。あたしたちが飢えて、癌で体が変形して、食べるために人を殺さなけりゃいけなくなったら、あたしたちを見て得意そうにこう言うんだろうね、『ほら、あたしたち金持ちは、やっぱりあんたたちより洗練されてるでしょ』って」

「屋外にいるのが嫌になることはないの？」

「ないね。あたしの犬は恋しいけど。ほんとに。アッティラくん。あたしと一緒に寝てくれる、大切な友達だったのに。いい匂いがしてね、犬ってのはあたしたちと違って、洗わなくても一日の終わりにお菓子工場みたいな匂いがするの。ともかく、ある朝あの子は散歩に出かけて、あたしは目を覚まさなかった。だから安ワインは嫌なんだ、その前の晩に飲むべきじゃなかった。そうでなきゃ犬が起きたのに気づいたにちがいないから。それで、あの子が歩き回ってると、憲兵のクソ息子どもが野犬収容所のやつらと一緒につかまえにやってきた。公園の警備員たちはアッティラのことを知ってたから、いつも、ちゃんとつないでおきなさいって、文句は言わないでいてくれたのに。犬は当然パニックになって歯をむいたさ。そら、危険な犬だ、すぐに殺しちまえ。アッティラにはノミだとかなんだとかついてたし、あたしにはあの子を取り戻すための身分証も何もなくて、なんとかしようとしているあいだに殺されちまった。あの犬は、あたしが持ってる唯一のものだったのに。あたしの犬が危険？　ふざけるなって。知らない人間が飛びかかって主人から引き離したら、犬が身を守ろうとする、普通のことじゃない。それが危険な犬だってさ。ありえない。犬も人間も同じように扱われる。あいつらが決めるんだ、追い詰めて、こっちが身を守ろうとすれば、抹殺していい。けっして身を守っちゃいけない、やられるままでいないといけない。九年、九年もアッティラと一緒にいたんだよ。わかる？　どんなにぽかっと大きな穴が心にあいてるか。犬が恋しい。音楽もだけど」

「どんな音楽が好き？」

「アデルが大好き。ジェームズ・ボンドの歌を聴きたくてしかたないの」

「ぼくは前、レコード屋だったんだよ。ずっと前だけどね」

「そうなの？　ＬＰ盤と銀塩写真、あんたとあたしは没落した産業の難民なんだね」

オルガはヴェルノンの腕の下に手をすべりこませたいと思う、ただ触るだけ、親友にするみたいに。

グザヴィエはジンガ・ポーカーをやっているが、もう三度続けて負けている。フォア・カードを持ってたくせにコールするかどうかためらっていた鼻持ちならない男にだまされたのだ。同札二枚でプレイし続けてしまった。つきのない日だってある。ゲームにこれほど時間を費やすべきじゃない。仕事にもさしつかえる。ゲームをやりにくる他の人間のアバターは醜すぎて、まったく、うっとりさせられるよ。スポーツカー、拳銃、ヨットに乗ってる短パン姿のアホ、番犬、ほんとうの自分の写真みたいに載せている、誘っている女の写真、子供たちの写真。

ばからしいゲームに没頭していない時には、ドリュ・ラ・ロシェルの伝記的な映画のプロジェクトの仕事をしている。主役はブノワ・マジメルがいいと思う。もっと若い俳優にするなら、小柄な金髪のヴァンサン・ロティエか。彼の目が好きだ。まともなドリュを演じられるだろう。このシナリオはアイディアがいい、タイミングがいい。若い頃は、書けない作家の話、白いページの恐怖や行き詰まりの苦悩のことを聞くと笑ってしまったものだが、今や人ごとではない。便秘しているブルジョワ男みたいに、考えが出なくなる。急がないといけない、党員証を持った映画監督にアイディアを盗まれる前に。極右でもゆるされる今、極左の監督が別に自分たちのものじゃない象徴的な人物像を流用することをそれほどためらうとも思えない。問題は助成金だ——もし金がどこかから出るようだったら、あいつらは奪いにくるに違いない。急がないと。いいアイディアを持ってるということさえ、グザヴィエには不安の種になってしまう。

母親のパニックには正直、困惑した。いつもは波風の立たないやり取りで終わる。もともと、本心を出さないのが家の流儀だ。真実がどれだけ有害なものかはよく知っているから、感情の爆発を恐れている。言葉を使うのも、動揺させるような主題を避けるためでしかない。話をするのは、何時に何をするか伝えたり、待ち合わせや日づけや金額や年齢を伝えるためでしかない。ほかのことは話さないようにする。母は、ヴェルノンを見かけたと電話してきた時、気が動転しているようだった。グザヴィエは公園を一回りして見てくると約束した。母は眠れないと言っている。母のアパルトマンの下では、建物の玄関前にあったベンチが取り払われてしまったらしい。そこにホームレスがいつも座り込んでいるからという理由で、管理組合が持ち去らせたのだ。ホームレスに陣取られるとアパルトマンの値段が下がる、と物件の所有者は言う。母が怒るのも無理はない。あの界隈の粋なことといったら、哀れなホームレスが二人いたところで、これ以上価値が下がることなんかありっこない。逆に、こんな腐りきった地区に来てくれてありがとうとホームレスに感謝しなければいけないくらいだ。母はその二つのベンチのことで管理組合全員とけんかした。責任者たちは母に、面倒な仕事を全部しょいこむのは管理人のおばさんなのだと、ベンチの下の小便の跡を掃除するためにちょっとどいてくれと浮浪者に頼むのは本来彼女の役割じゃないのに、ゴミ箱の中身をホームレスが舗道に撒き散らしたりしないか見張ることさえ管理人の仕事になってしまっていると言った。グザヴィエが母からその話を聞くのは四度目で、四回とも、ベンチを取り去ったのはいいことだと思うと正直に言えなかった。ホームレスならまだいいが、ごろつきどもがベンチに陣取ることだってありうる。母が昼も夜も、家から出るたびにごろつきたちに出くわすのは想像するのもいやだ。誰にでも、いまいましいことはあるものだよ、お母さん。だが母親はこの件にこだわり続けている。管理人のおばさんを理由に、一番貧しい人がどこかで眠る権利を奪うなんて、頭がおかしくなりそう。他のことに関してもそうだが、政治的には母は八〇年代から一ミリも変化していない。

母が今度はシュビュテックスのことを気にかけ出したのがいら立たしい。また同じことの繰り返しだ。好きにやらせておけば、母はすぐお医者さんごっこの道具を持ち出してくる。母のお気に入りのヴェルノンが、泊めてもらった女友達の家で盗みを働いた話はしないでおいた。シルヴィはグザヴィエに対して感じがよかったためしはないし、親から財産を受け継いで一度も働いたことがない極左のアホ女で、グルーピーがちょっと成長したぐらいの、よく知らないことについてさえ道徳的教訓をたれたがるやつだ。それでも、だ。最低限の道徳ってものがある。グザヴィエは嘘つきな男が昔かららいだった。もしグザヴィエ自身がホームレスになっても、人間の屑になり下がりはしないだろう。人間は、なりたいと思ったものにしかならない。

ただ、シュビュテックスの消息が聞けてよかった。彼を探している女は、はっきりこう言っていた。ヴェルノンを探し出すのに協力してくれた人にはお礼をはずむと。その女はといえば、みずみずしいとは言いがたいが、さっさといなくなれ、おれは何も知らないぞと言いたくはならないくらい、まあまあいい女だった。ハイエナと名乗っていた。二十歳ぐらいのときに自分でつけ、後で似合わなくなるような偽名だ。あるプロデューサーのために仕事をしているそうで、細かいことを言うのは避けていたが、まともそうだった。まずもって、娼婦じゃない。女性の尊厳について猛り狂って語っておきながら、自分は裸みたいな格好をしてその辺を歩き回り、男が自分とやることしか考えないと知って驚くような女じゃない。あれはちゃんとしたマダムだ。アレックスのインタヴューがどこかにあると聞いたそうだ。グザヴィエはどうやって自分までたどりつけたのか理解できない。尊敬するよ。ハイエナは、何か情報があれば電話してほしいと言って電話番号を残していった。アレックスを追悼する作品を撮る仕事には興味がある、ヴェルノンの居所がわかったらその話をしておくと答えた。本当のところは、おばちゃんたち向けのスローテンポな曲を歌う歌手の追悼番組にサインするなんて憂鬱だが、食べていかなければならない。

アレックス・ブリーチだってさ、くそ、まだ聞き足りないかのように。どんな主題についても、みんながアレックスに意見を求めた。温暖化やティナ・ターナーの更年期についてまで、どう思うかたずねた。アレックスは何一つ言いたいことなどなかった。それか、隣の人と同じことを言う。人種差別、核、性暴力、交通事故死、癌、アルツハイマー、そういったものに反対だと表明したって、仕事を失う心配はなかったのに。波風を立てることは何一つ言わず、質問されると「おれの仕事はインタヴューに答えることじゃない」の一点ばりだ。音楽家だからって。アホ言うな。それでもアレックスはかっこよかったし、舞台上でも一番つまらないミュージシャンだったわけじゃない。ヴェルノンがインタヴューのビデオを託してくれれば——グザヴィエはヴェルノンを説得する手段をいくつか考えついた——ちょっとした追悼番組は作れるかもしれない。グザヴィエのキャリアもまた軌道に乗り始めるかもしれない。そんな仕事を引き受けたくはないんだが、ＳＡＣＤ（劇作家・演劇音楽作曲家協会）に認定された監督の作品がテレビで放映されるとなればどれだけ金が入ってくるか考えるなら、うん、堂々と引き受けてやってもいい。

グザヴィエは「テーブルを離れる」と打ってポーカー・ゲームをやめる。マリー＝アンジュは仕事を早く終えて娘を迎えに行くことになっている。マリー＝アンジュは最近、娘とばかりいる。調子が良くない。『クワイエット・カオス』って映画を思い出すな。口にこそ出さないが、実際、二人とも犬の死に打ちのめされてしまった。グザヴィエはそのことをちゃんと意識しているけれど、マリー＝アンジュは自分の感情と距離をとっているから、感じていることをどう表現していいかわからない。グザヴィエはこのことでお互いがもっと近づけたらいいと思っているが、今のところ、それぞれが自分の苦しみを抱え込んでしまっている。

犬の死でこんなにがっくりくるとは想像していなかった。マリー＝アンジュは子供にその話をしないでくれと言う。グザヴィエは子供に死の話をするのは大切なことだと思う。コルチゾンを使って治療をしていた数週間、犬は家じゅうにおしっこして歩いた。グザヴィエは〈マパ〉の青いゴム手袋をはめ、赤いスポンジをお湯につけては、犬の通ったあとを掃除してまわった。最後は、犬はおしっこするあいだ立っていられなくなった。自分の尿の中に倒れ込んで腹をつけてしまい、グザヴィエはタオル地の浴用手袋で犬をふかなければならなくなった。グザヴィエは犬に、おまえもおばあちゃんになっちまって、もうすぐあの世に行けるよ、もう終わりなんだと言い聞かせた。打つ手はない。そのうち犬は喘ぎ続けるようになった。グザヴィエが犬のそばで寝ることにすると、犬はぎゅっとくっついてきた。こわかったんだ。何もしてあげられなかった。ある朝、安楽死させてもらうために獣医に電話した。冬なのにとても天気のいい日だった。娘は学校に行った。娘が出かける時、グザヴィエはコレットにチュッとしてあげなさいと言い、それから電話をかけた。獣医のところへは行きたくなかった。マリー＝アンジュは金がかかると言ったが、グザヴィエは引かなかった。彼は行きたくなかった。すでに一カ月前から犬は自分で歩けず、アパルトマンの中でもグザヴィエが腕に抱いて移動させていた。まだそれができたうちは、通りまで運んでいって、用を足させ、外の空気を吸わせた。決して口には出さなかったが、犬は十三キロあったから、疲れてしまうこともあった。朝は腕立て伏せをし、腰も鍛えた。必要なときコレットを抱き上げるだけで、体型は締まってきた。持ち上げたら必ずグザヴィエは犬を抱きしめた。そのかわいい小さな身体を。もうおしまいだとわかっていたから。この犬が死を逃れられないと決まっているなんて、耐えがたかった。自分のことをこんなに信用しているのに、何も治療してあげられないのだ。

獣医は犬をゴミ袋に入れて持ち去った。グザヴィエは灰を受け取りたいと言った。マリー＝アンジュには、いくらかかったか言わなかった。彼は金額などどうでもよかった。獣医のところに遺灰を取りにいって、箱の上に「コレット」と自分の犬の名前を見た時、終わったんだと思った。グザヴィエはその箱を本棚のモーターヘッドのレミーの伝記とジャック・メスリーヌの伝記のあいだに置いた。外から戻った時の静まりかえった家の空気に慣れることはできなかった。アパルトマンがこんなふうにがらんとしていたことなど今までになかった。

玄関のドアを開けると外は寒い。まったく、死ぬほど寒い。ヴェルノンが今みたいな状況に陥ったのも自業自得だ。だが、こんなに一緒にいろいろやってきた男が一人で夜、屋外で、寒さのために死んだと聞けば妙な気分になるだろう。もし会えたら、母に約束したとおりホテルに連れていこう。そうすれば母もヴェルノンがどこにいるかわかって安心する。面倒をみたり、温かくしてあげたり、ご飯を食べさせたり、母はなんでもすればいい。

グザヴィエはレピュブリックで地下鉄を乗り換える。車両の中でグザヴィエは数える、白人三人、黒人十人、中国人五人、マグレブ系八人。パリではこれがふつうだ。でもそういう話はできない、ロにすればすぐにボボたちが人種差別だとか言ってわめき出す。とはいえ、〈タティ〉で買い物をしてきた小柄な白人のおばあさんが乱暴されたら、誰が守ってくれるのかとグザヴィエは問いたい。中国人は見て見ぬふりをするに決まっているんだ。いったんフランスに住んでしまえば、あいつらは、フランス的なことの何一つ、自分と関わりがあると思ってはいない。

あそこのエレベーターの下にも物乞いをしているホームレスがいる。膝に猫を乗せた若い男の子だが、猫はクスリづけにされてるんだろう、当然だ、そうでなければ逃げてしまうもの。猫にギターを教えるより、クスリづけにする方がもちろん簡単だ。グザヴィエは犬の重みと大きさのことを考える。二度と触れることのできない犬の感触を思い出す。いつか忘れてしまうと自分でもわかっている、それが一番認めがたい。いつか、犬を見てもコレットのことを思い出さない日が来るのだろう。

地下鉄から出て二百メートルも歩かないうちに、遠くにヴェルノンの姿が見えた。スーパーマーケットの前に座り、その隣にはXXLサイズの異様なホームレス女がいる。さすがに、右のストレートをこめかみに一発打ち込まれた気がした。ヴェルノンに見つかっていないのをいいことに、向かいのマクドナルドに入り、列に並んだ。身長が三メートルぐらいありそうな男の子がカウンターで十個ほどハンバーガーを買っていた。隣の部屋から誕生日を祝っている若者たちの騒ぎが聞こえてくる。グザヴィエはビールと、キット・カットのソースがかかったサンデーを注文し、ウィンドーの前の席に座った。ヴェルノンの姿を見て自分が動揺するとは思っていなかった。本当のところ、彼を見つけられるとは思っていなかったのだ。

彼の脳裏に、一緒に遊んでいる十代の頃のヴェルノンと自分のイメージがとりとめもなく浮かんでくる。こういう時に蘇ってくるのはだいたい、ばかばかしい思い出だ。ストゥージスのレコード・ジャケットを置いた絨毯の色、店のカウンターの後ろから出てくるヴェルノンのブーツ、最終の地下鉄が出てしまった後、家に帰る時のあの苦労——二人ともLSDがきいている状態で、歩いて郊外まで帰った。チューリッヒに着き、バッド・ブレインズの舞台でHR（バッド・ブレインズのヴォーカリスト）が危険なバック転をするのを見たとき、どれだけ報われた思いだったか。思い出の糸をたぐっていくとほかの出来事も浮かんできた。通りで、意識を失ってバス停に倒れていた兄。泡をふいて、頭を胸にがくりと垂れ、通行人のあいだに座り込んでいた。夜、雑誌を読むふりをしていた父は一度もページをめくらなかった。ニコラが帰ってくるのをただ待っていたのだ。母は時計に耳を近づけ、動いているかどうか確かめていた。あるいは電話の受話器をはずし、通じる状態かどうか調べていた。あのくそったれの兄は自分のこと、ヤク、ヤク、ヤクのことしか考えてなかった。家庭の温かさすべてが、兄の悪癖に吸い取られていったのだ。グザヴィエは何も言わなかった。ニコラがクスリをちょっと買うために、引き出しに手を入れて祖父母の結婚指輪を盗もうとしているのを目にしたこともある。兄が死んでくれればいいと思ったことも十回はあった。それが現実になってしまうと、かろうじて残っていた生活さえぼろぼろになり、家庭の惨めさしか後に残らなかった。母は二度と教会に足を踏み入れなかった。兄が生きていたあいだは祈り続け、宗教的な熱情と希望が彼女の気力を支えていたのだが。グザヴィエは信仰を捨てなかった。日曜には娘をミサに連れていく。信仰は、父として娘に伝えられるもっとも大切なものだと思っている。それ以外は、すべてが灰になった。犬の体と同じように。正直、グザヴィエは精神分析医のところへ行って、昔の友達がこういう状態にいるのを見てなぜ殴られたような気がするのかなどと聞く必要はない。彼を助けたい。彼に死んでほしい。こんな事態そのものが存在してほしくない。

ヴェルノンがスーパーマーケットの前で一緒にいる女は不恰好で、猿まねで通行人を呼び止めている。汚いバカ女だ。グザヴィエはその女が離れていくのを待っているが、かなりしつこいようだ。その横にいるヴェルノンは何ともかよわく、背中は寒さをよけるように丸まり、髭が伸びたせいで顔は灰色っぽく、頬がこけて見える。同類の卑劣漢と同様、どんな最悪のことが彼に起きても当然だが、その光景が悲しみを誘うことにかわりはない。グザヴィエは憐れみというものがいつも嫌いだった。醜い感情だ。人を憐れむなら、殺した方がいい。だがそう言い切ってみたところで、腹の底からはそう思えない。

グザヴィエは長いこと迷っていた。マクドナルド特有のあの油っぽいポテトフライの匂いを放つトレーを持って、あらゆる種類の人間が背後を通りすぎていく。ひどい匂いだが、なぜか食欲をそそられる匂いだ。こんな面倒なことはうっちゃって、家に帰ったっていいのだ。母親が自分で高速地下鉄(エールウーエール)に乗って移動し、この地区をしらみつぶしに探し回ればいい。病的なやつらが大好きな母だから、ヴェルノンがあそこにいるのを見て喜ぶだろう。母はあそこにひざまずくだろう。家でさんざんやって記憶に染みついているあのシーンを再現し、子供が立ち直るのを助けようとする大人の女を演じるだろう。母もあそこに参加すればいい、二度と戻ってこなくていい、息子が関わらなくてすむように。グザヴィエは、ああいう脅しはもう二度と聞きたくない。誰かが自力で切り抜けようとしなかったせいで、自分が腹をかきむしられるような思いをするのはごめんだ。アレックスのビデオを手に入れようなんて考えは、ばかばかしく思えてくる。あの価値のない哀れな男、ヴェルノンは、もうとっくにカバンを盗られているだろう。グザヴィエが気になるのは母のことだ。母にはそんな仕打ちはできない。母にはそむけない。母に約束したのだ。彼はマクドナルドから出る。通りを渡ってヴェルノンの前に立ち止まる。グザヴィエが近づいてくるのを見て、ホームレスの女は気持ち悪いほほえみを投げかけ、「ムッシュー、タバコを一本いただけませんか?」と話しかける。ヴェルノンは女を黙らせようとして腕に手をかける。二人の男は黙ったまま視線で探り合う。ヴェルノンの目には不安と同時に、憎しみの色が滲んだ。グザヴィエはこんなふうに迎えられるとは思っていなかった。やがて、地べたに座っている方が先に口を開き、バーで行き合った時のようなわだかまりのない口調でこう言った。

「きみのお母さんにおととい会ったんだよ。きみの犬のことを聞いたよ。残念だったね」

グザヴィエは当惑しつつも同じ調子で答える。

「脳腫瘍だったんだ。発見が遅れてね。あっというまに死んでしまった」

「あなたの犬も死んじゃったの?」

グザヴィエはこの汚い女に答える気はない。キリスト教的憐れみの精神、それはもちろんよく知っている。しかしその精神を、遠いクサった周辺部にまで応用するなんて論外だ。太った女は目に涙をためめ、グザヴィエが黙れと言う間もなく話し出した。

「あたしの犬は三週間前に盗まれたの。つらいよね。犬と一緒に暮らしてた時から、いつかはいなくなっちゃう、悲しい思いをするだろうとは思っていたけど……現実はそんなもんじゃない。どんな犬だったの?」

「フレンチブルドック」

「あれはかわいい! ボボはあの種の犬が好きだから最近よく見かける。あたしのはスタッフォードシャーだったの。お宅のより大きいけど、同じ大型犬。自分の犬ほど完璧な体つきをしてる存在は世の中にないね。うちの犬は信じられないほどかわいいまつげをしてたの。一日中見つめててもあきなかった。細かい一つ一つの部分まで、神々しいほど美しかった」

遠くから見た時、グザヴィエはこの巨漢の女がうなり声しか発さないことに賭けてもいいくらいだった。こんなにすらすら、はっきり話すのを聞いて驚いた。想像していたように酔っ払ってもいない。一番驚いたのはその声で、その体格にも外見にも似合わない声だ。ラジオにでも出るべき美しい声。グザヴィエには彼女の言っていることがよくわかる。コレットもきれいなまつげをしていた。犬と相思相愛の飼い主しか気づかないことだ。そんな話を聞いてしまったからには、彼女を追い払うわけにはいかない。ふつうなら話さないような相手と話をするというのは、犬を飼う者の原則ですらある。

彼はうなずいて言う。

「つらかったでしょう」

「毎日の日課になっていて、それが楽しみだったのに、もう二度とできないことがたくさんあるわ。あの子の唇にキスできるなら、自分の持っているものを全部——何も持ってないから全部とは言えないけど——腎臓でもあげる。お腹をさすりたい。目を覚ました時に自分を見つめてるあの子の顔を見たい。もう戻ってこないなんて信じられないよ、アッティラ。あたしの言ってることわかってくれる？　大きなお尻を振りながらあの子がこっちに歩いてくるのをまだ待ってるの。ダウンの下に入って寝るのが大好きだった。丸くなって、あたしのお腹にぴったりくっついて」

「アッティラって名前だったんだ？」

太ったぶよぶよの女にはユーモアがある。それか、正気を失ってるか、どちらかだ。こんなに汚くなかったら、才能がありすぎるか、完璧にイっちゃってるか、周りが決めかねる種類の人間だなと思っただろう。グザヴィエは彼女の隣に座り込む。距離が近すぎるが、まあいいとしよう。

「おれの犬は、最後のほうは毎日、台所に小便して、おれがスポンジで拭いて、水拭きして、洗剤をつけてまた掃除してた。タイルの隙間に何も残っていないかよーく気をつけながら。今は朝起きると、床は乾いていて、あの子が死んでしまったことを思い出して、でも泣けない。おれには娘がいて、妻がいて、おれは男だから。犬が死んだからって泣けない。でも朝、朝食の用意をしていると、何かもらえるかなって犬がやってこないのがさびしすぎる」


涙が音もなく女の頬を伝って流れた。ポケットから札を取り出させるために演技しているわけではないのがグザヴィエにはわかる。彼女にはグザヴィエの気持ちが理解できるのだ。

「屋外での生活も、もう十一年になるんだ。アッティラは十歳だった。あの子をもらった時は、まだ一歳にもなってなかったの。飼い主は牢獄に入ってしまって、その母親が犬と一緒に暮らすことになったんだけど、一日中働いていて面倒をみられないから、あたしにくれた。息子は実刑五年をくらって、しかもまたバカなことをやって、出所して十日でまた捕まったらしい。そのことは後から聞いたんだ。アッティラを盗まれた時、あたしがふつうの生活をしていたら、ぜったいに盗られたりしなかったのにって思ったよ。でもあたしに仕事があったら、いつもあの子と一緒にいるわけにもいかなかっただろうし、あれほど幸せに一緒に暮らせはしなかった。犬ってのは、主人がホームレスだったら、犬の中で一番幸せな犬になる。飼い主にはその犬しかいないんだから。一時宿泊所には犬を入れてもらえないから、犬と一時も離れず、一緒に食べて、一緒に寝る。あたしは支援センターになんか行かない。犬と一緒に入らせてくれないから。行かないよ。あるスタッフに、入り口につないでおけばいいじゃないかって言われた。あたしはアッティラをどこかへやってしまうかもしれない酔っ払いになんか預けたくない。売られちまうかもしれない、わかるもんか、仲間とか言っているクズと共謀して。それでも、ふつうの生活してたら、あたしの犬が盗まれることなんかなかっただろうと思わずにはいられないんだよね。自分がうらめしくて、うらめしくて。ずっと犬のことを考えてしまう。ゲージに入れられた時、あの子は何をされるかちゃんとわかってたにちがいない。獣医の冷たい鉄のテーブルのことを考えてしまう。あたしはそこにいられなかったんだ。誰かが連れにきた時、あの子はあたしに捨てられたと思ったにきまってる。あの子をちゃんと守ってやれなかった。あんたは、犬が死んじゃった時、そばにいたの?」

「うん、ソファの上で安楽死した。これを言ったらきみも少しは気持ちが楽になるかもしれない――それでも、おれも自分を恨んでるんだ。後から考えれば、獣医が呼び鈴を鳴らした時、そいつを殺すべきだった」

そしてグザヴィエは、あの時以来はじめて、涙があふれそうになるのを感じた。ほかのやつらは自分たちを眺めて好きなことを考えるがいい、みんな勝手にしろ。オルガの涙が頬に垢の跡を描く。ヴェルノンは会話に割り込もうともせず、じっと話を聞いている。

「どういうことだ、『かわい子ちゃん』て誰だよ？　まさかこいつ？」

「ほら、写真見てみろよ。こんな女とやりたいやつなんかいるか、正直言って？　こんな汚いヤク中女、ファックしてくれる親切な男を見つけたら、礼を言うかな」

「丁寧に頼まれれば、ただでやってやるけど」

「ひでえ、おまえは何ごとにもひるまないのか」

「いつか、相手にしたくない女の名前を一つ教えてくれよ、その方が話が早い」


ロイックはうす笑いを浮かべる。プレッシャーをかけて楽しんでいる。ノエルのいるソファは座りごこちが悪い。ここに着いた時、部屋で一番ぼろのソファしか残っていなかったのだ。内心、いらいらしている。ロイックは来ないだろうと思っていたのに。ノエルはロイックの視線を避ける。

こんな状況にはほとほとうんざりだ。こうなるとわかっていたら、仕事場から直接、家に帰っただろうに。ノエルは疲れ果てている。一日中、外の光も見ずに、ハンガーをもとの場所に戻したり、セーターをたたんだり、客が試着室に山と置いていく服を整理するために売り場を駆けずり回ったりして、立ちっぱなしだった。土曜日は暴動みたいになる。パリ中の優男、ゲイ、やわな不良、ヒップスター、黒人、ヤク中、学生、マグレブ人、能なし、イケメンたちがモードの最先端を着ようとH&Mに集まってくる。ユダヤ資本が地球の反対側の子供たちに作らせては売りつける怪しい商品のすべてを身に着けるために。くそ、ここで働くようになる前には、H&Mに行ってジーンズやセーターを買おうなんて考えたこともなかった。特に土曜なんて。店に人が詰まっている状態で一日に一、二度、外から鍵をかけ、全員ガスでやっちまうべきだ。まじで。こんなところにいそいそ集まってくる頭のおかしいやつらなんだから。一日中、女たちが鏡の前で娼婦みたいなポーズをとってるのを見せつけられなきゃ、あんなに醜い女たちがH&Mを着てしなを作ってるところなんか想像もしないだろう。デブたちめ、生まれつき恵まれてないのに、それをセカンド・ブランドで包んで、『ザ・バチェロネット』の出演者気取りだ。それと同等な男どももいる。あんな雑種どもには、土曜が来たらバーベルを持ち上げることを推奨するね。うじみたいな体つきだ。二十歳で腹回りがXLサイズになり、トレンディーなシャツの下に、浮き輪がいくつもついたみたいになってる。腹筋をやれよ、クソども、服のことを考える前に自分の体を見な、脂肪の塊め。てめえの大切な土曜だろ、友達と遊んだり、彼女とベッドに入ったり、映画を観たり、気が向きゃうまい冷たいビール片手に掃除、それが嫌ならテレビの前でうだうだすりゃいい。なのにH&Mに来るんだな。で、おまえの後ろで服を片づけてる低脳はおれってわけさ。ノエルって名前でね。一日に十回もチーフがおれの耳にささやく、「笑顔を忘れるな」って。一日中スピーカーから流れる腐った音楽の中でさ。「笑顔を忘れずに」だって。もちろんです、ボス。店の中には人がひしめき、ノエルはわき腹を肘で突かれたり、足を踏まれたり、背中にどしんとやられたりするが、ごめんなさいとはけっして言われない。もちろんわかりきってる、見習いは踏みつけにされるためにいるんだ。

まったく、仕事が終わったらまっすぐ家に帰ればよかった。『ザ・ヴォイス』を見ながらテレビの前で夕食をとり、ツイッターで皆を撫で斬りにし、二時間、『ウォーキング・デッド　ノーマンズランド』をやってベッドに入る。のんびり夜を過ごせたら体も休まっただろうに。彼女を見つけないとな。いつから一人でいるだろう——半年以上？　誰かに出会えるとしても、それは今晩じゃない、JPのところに女がいたためしなんかない。下ネタじゃない時はサッカーの話しかしないから、かわいい女たちは来たがらない。とにかく、このところついてない。自分のまわりをうろつく女の子はみな、気はいいが、欲望をそそられない。

　ロイックはさっきからずっとノエルの気を引こうとしている。冗談を言ったり、ノエルの方を見たり、ビールを取りにいけば、ノエルに一本すすめたり。前の晩、ノエルはジュリアンと二人で、ロイックについてかなり話した。ジュリアンは完全に正しい。自分がどの党派につくか、選ぶことは大切だ。ノエルはわりと成りゆき任せな人間だ。ロイックは面白い、それは否めない。からいばりのアジテーターだが、彼がいて場の雰囲気を盛り上げてくれないと、やや物足りない。ジュリアンはノエルに逆らいはじめた。しばらく前から不満をくすぶらせている。ジュリアンはロイックの冷笑的なところを批判している。それは間違ってない。あれは我慢の限界だ。今晩、ノエルがやってきた時、ロイックはちょうどジェネラシオン・イダンティテール（二〇一二年に作られた極右の白人ナショナリズム、反イスラムの運動）の旗をデザインした童貞どもをバカにしているところだった。それが八〇年代のフォンテーヌブローの青少年文化センターの旗にどれほど似ているかという話だ。そこから急に話題が変わって、左派のフェミニストにスキンヘッドと呼ばれるのはおかしいってことを証明するために、アパッシュ計画（反イスラム、反移民主義を掲げ、パリとフランスの若者を動員する運動）のロン毛の男の写真をサイトにあげたやつらをこきおろし始めた。サイトへのその投稿はなかなか面白くて、含意があって、投稿者を激しく攻撃する理由は見当たらなかった。だがロイックは強烈な当てこすりを言うためになら母親も売り飛ばすくらいの男だから、全員が腹をかかえて笑ってみせた。その時点からロイックを止められるものは何もなくなった。たしかに面白いかもしれない。だが悪趣味だ。ある大義に身を投じたら、何でも冷笑して過ごすわけにはいかない。ロイックの問題は、けなすことで自分の頭の良さを証明しているつもりでいる点だ。自分の主義主張を真剣に捉えることができない弱さをさらけ出しているだけなのに。政治に参加しようというなら、規律を身につけないとならない。ロイックが本当のところ何を考えているのか、誰にもわかったためしはない。毎回、重要な主題を巧みにかわす。自分を誰よりも一番賢く見せること、馬鹿にされないことにこだわっている。ジュリアンは気づいている、ロイックのやり方は行き当たりばったりだということに。読書を勧めたり、教養をつける手助けもした。でもロイックは即興のスタンドプレーしかしない。信念も深みもない。言動にユーモアがないとはいえないが、彼がやっているようになんでもかんでも茶化してばかりいるわけにはいかない。自分たちは連帯という価値観を守らなければいけないのだ。敵に対しては、容赦なしでいい。ロイックはあわれなアラン・ソラル（現在は極右のイデオローグ）が、赤と茶色（極右と極左の折衷的意見を持つ人物の象徴）のよきマルクス主義者として親から引き継いだマレ地区のアパルトマンでソファに座って自撮りし、自分は、文化遺産と私的財産の複雑な関係に敏感だ、などえんえんと駄弁を繰り出す真似をしてジュリアンを笑わせ、友達になったのだった。ソラルが笑い者になっているのはもちろん誰もが知っている。だが友達にネット上でそんな話をしてはいけない。これは情報戦なんだから、戦略的な同盟を大切にしなければいけない。そうでないと、相手の陣営が仲間割れしているのを見て敵がにんまりするだけだ。「カトリックに改宗した、かつてのホモセクシュアル女性の親睦会」、そりゃもちろん面白い。だがそんなのは議論のなんの足しにもならない。フリジット・バルジョー（フランスの同性婚合法化運動を進めた政治運動家、ユーモリスト）の真似をロイックがするのを見れば、文字通り転がり回るくらいおかしい。「教皇絶対主義に改宗したヤク漬けの乱痴気主義者は血迷っているか？」そうなるとまたロイックは際限なく続けるし、誰の前でも同じことをやりかねない。闘うにはある程度真剣な態度が必要で、自己中心的すぎるのは問題だ。

三人の関係は、最初はうまくいっていた。ロイックは道化を演じ、サッカーに詳しく、ジュリアンは口達者で教養も知性もあり、二人のおかげで一団は活気づいた。だがしばらく前からジュリアンは、能力の限界が見える仲間と距離を置き始めた。さっき、彼はジェネラシオン・イダンティテールによるはじめての慈善活動のためにレンヌまで行ってきた。彼は実地で闘う。情報を広め、スピーチをし、自分の身を投じて活動する。どちらの側につくか選ばなければいけないのなら、ノエルは社会にコミットしていく側につきたい。

ノエルはあとの二人ほどエゴが強くない。だから二人ともノエルと一緒に行動したがるのだ。いい友達になれるだけの個性を持っているし、会話を仕切らずにはいられないようなたちではない。頼りになり、約束を守るから、仲間として理想的だ。でもリーダーとしての素質があるとは自分でも思っていない。彼の最大の関心は筋力トレーニングだ。TRXのサスペンショントレーニングキットを買ってから、プロテインを摂って厳密な食餌療法をしながら体重を管理し、なかなか筋肉がつかなかった下半身を鍛えた。ノエルは上半身しか鍛えていない男を軽蔑している。そのほうが簡単だし筋肉痛も軽い。ノエルは坐骨を浮かび上がらせるために相当苦しい訓練をした。今夜は、みんなのためにナパームを少々持ってきた。ちょっと元気が出るプロテインだ。友達の顔が真っ赤になるのを見て、すでにおかしくて仕方ないが、もうすぐ体が火照ってくるからみんな体をひっかき出し、そのうちぎんぎんに目が覚めてくるだろう。ナパーム。溶岩か、火山をじかに飲んでるみたいだ。

ノエルの母はレジ打ちの仕事をしていた。ノエルは母があくせく働き、一生ひどい扱いを受けるのを見てきた。母は社会主義者だった。今でもそうだ。幻想なくそれを信じてる。社会党に属していた、国際通貨基金の腐った元事務局長のことを《ヌーヴェル・オプセルヴァトゥール》が騒ぎ立てれば、母は自分の顔に唾を吐かれたような気がする。我々は自分たちで物事を解決する。何をやってもいい、だが大切なのは金がここから出ていかないことだ。ああいう人間たちは、公共の低家賃住宅を与えるとなれば、いつだって涼しい顔をして母の申請書より先に、移民や影響力のある友人の書類を通す。ノエルたちみたいな人間はいつだって先送りにされる。ボボは上澄みを取り、他の者たちに何も残さないくせに、寛大で才気ある人間を気取り、まじめに働いているのに誰にも気にかけてもらえない愚者につけをまわす。共済保険はばか高くつく。高速地下鉄（エールウーエール）は二日に一日しかちゃんと動いてないのに、運賃を払わされる。何にでも金を払わされる。吐き気がするような気味の悪い肉は、ハラルだから腐った味がするのかと思えば、実はホルモン注射をさんざんした馬の肉や、鳥インフルエンザにかかった鶏だったらしい。でも吐いて、また食べろよ、労働者たちめ、四十五時間労働の後、汚いショッピングセンターでぐだぐだ買い物でもして、家に帰ったら、少しは自分の金をルーマニアの食肉産業に寄付することでも考えるんだな。それから癌にかかった時のことを考えて貯金するんだな。身の落ち着け先はフランスに限ると知って、地球上のあらゆるところからやってきた不法滞在者で公立病院は占領されてる。労働者の給料を下げるのに北アフリカ人を使うんでなきゃ、今度は企業が、飢え死にしかかってる人間だらけの別の場所に移転する。そうするに決まってるだろ？　やったからどんな罰が下るっていうんだ？　愛国心の欠如は犯罪だってことを誰があいつらに教えてやれるのか？　こうしてるあいだにも、フランスをロシアやカタールや、つり目の黄色人種の国に売ってるやつらがいる。母国は堕落しきった雌犬みたいに、一番金を払う相手に、一番財力のある国に、自分の穴のどれかを差し出す。そんなことをさせておいていいのか？　ユダヤ人は金融界を押さえてる、あいつらの唯一の関心は他人を踏みつけにしてどれだけ稼げるかだ。フリーメイソンは政治を牛耳ってる、彼らの望みは自分たちのあいだでいい地位を与え合うことだ。あいつらは公的資金を浪費するためにいるのさ。ボボたちの方は人々がロマを侮辱してるって怒ってる。あいつらはロマのキャンプのそばに住んでないことを忘れてもらっちゃ困る。ボボは高い金を払ってオーガニック食品店の肉、フランス産と認証された肉を買う。ボボは自分の体を病気から守ることに一生懸命だから。他のやつら、飢えかけてるやつの口に入るものは、どうでもいい。子供が小学校に入るとなると、ボボたちは地区を移る、っていうのも、自分の金髪のガキが、騒がしい群れに「チョークみたいな顔」とはやされるのが怖いからだ。ユダヤ人の銀行家は家政婦をレイプしてはすぐに小切手を取り出すから、レピュブリック界隈の娼婦どもはすぐにその驚くべき一物にまたがりにいく。女はアホが好きだ。労働者が投票するあいだ鼻をつまみ、新聞やテレビ番組や雑誌記事で嘘をつき通す利得者たちは、そうやって偽善を続けられると思ってる。パリ・コミューンを忘れたな。人民は、指導者よりも国家についてるんだ。どこに違いがあるかって、それは名誉さ。「死、万歳（ヴィヴァ・ラ・ムエルタ）」だ。まだ死にたくないのは、絶望し、何も失うものはなくても、将来の展望を持っているからだ。国家ってのは、我々だ。フランスの将来はおれたちの決意の固さにかかっている。一つの民族、一つの言語、一つの未来。みんな逆のことを言いたがるが、フランス国民は永遠に無力じゃない。お偉方が罰せられない仕組みをぶっこわしてやりたくて、ノエルはうずうずしている。あいつらの子供の喉を平然とかき切り、その醜い顔を竿の先に刺して町中さらして歩こう。必要となれば、自分の国を守るために銃弾に倒れたっていい。なんでもやる覚悟がある。どうやって税金を払おうかなんてことだけ考え、国が凋落（ちょうらく）していくままに任せるのはごめんだ。金持ちはインタヴューで、戦闘で自分を犠牲にする覚悟があるのはイスラム系の人間だけだなんて言ってる。民衆は士気を喪失したと。逆のことを証明してあげよう。人民はちゃんとそこにいる。戦争に備えている。名誉、そして祖国。その言葉は胸に響き、体を貫き、立ち上がらせる。そこから生まれるひらめきは力強い軍馬だ。ノエルは喜び勇んでそれに飛び乗る。共に行動すれば怖いものはない。すべてをひっくり返して行こう。

まさにそれだ、ロイックの問題は。彼は手厳しい。辛辣だ。ひらめきがない。ある日、彼はいつもより酔っ払ってノエルに言った。「すべてをひっくり返すって？　おれはもうすぐ四十だぜ。人間てものを知りすぎていて、幻想なんか持てないね。三日間お祭りがあって、その後何年も二日酔いが続くだろうよ。変化があったとしても、今までなんの力も持っていなかった間抜けが四人ほど、いい地位に就くことぐらいだろう。支配階級が入れ替わるだけで、ゲームのやり方はいつも同じなのさ。やつらは、自分たちの前にいた人間とまったく同じことをするだけで満足するだろうよ。嘘をつき、不正取引をやり、ごまかし、義理の兄があらゆる優遇を受けられるように手を打つんだ」ロイックにとっての政治はそれですべてだ。ニヒリズム以外の何ものでもない。ノエルはそれを聞いたとき、終わったと思った。ジュリアンは正しい。今は皮肉ばかり言って冷笑してる時じゃない。闘争への備えが必要だ。前線へ駆け上がるには、ばかげたショーをやってちゃだめだ。

三本めのビールを飲んでいるノエルは、まだ頭ははっきりしているが、自分の中で波が高まってくるのを感じる。ナパームが体に黒い魔法をかけていく。熱っぽい感情、凄まじい快感。つきあげるエネルギー。ロイックが近づいてくる。「おれを避けてんの？」「いや。何か食べないと、酔っ払っちまう」「マクドナルド買いに降りるか？」ノエルはどうやって相手を突き放したらいいかわからない。しかも酔いが回ってきたら、くそ、やっぱりロイックとふざけるのも悪くない。そうするしかない、笑いとばすしか。「おれを避けてないって本当か？　おまえものすごく逃げ腰だぞ。ジュリアンがおれと話すなって言ったのか？」ロイックの口調は攻撃的で、おまえは大人の法則に従うしかない子供なんだよとでも言いたげだ。そういうのは面白くないが、今度はジュリアンに対して怒りがこみあげてくる。二人のあいだで板挟みになるのはつらい。自分は女じゃない。ノエルは肩をそびやかし、帽子をとって「マック買いに行って来るよ」と言う。そこにいたやつらは立ち上がり、二人についてくる。彼らは階段で押し合いへしあいして騒ぐ。夜がはじまる時のうきうきした気分になる。アルコールとナパームがきいてきて……思いきりハジける準備ができている。

外に出ると少し気持ちが晴れる。みんなで歩道いっぱいに広がって歩く。こんな男たちが進んでくるのを見て、道をゆずらない人間がいるだろうか。わざとじゃないがノエルは男っぽさを強調するような歩き方になり、テンション高く、意気揚々と歩いていく。ボボと中国人とアラブ系が行き交うべルヴィルで、通行人が道をあけてくれるのを見るのは気分がいい。ここはノエルたちの陣地だ。存在感を放っている。ケバブ・シティーにいくらモスクが林立しても、おれたちがホームグラウンドで試合してることを思い出して、あいつらは道をあける。当然、仕事をしている日中とはまったく違う状況だ。昼間、仕事ではできるだけ中立に立ち回らないといけないし、店のくだらない服を着なきゃいけない。それはもちろん、自分で選んで、家に持ち帰るような服じゃない。ゲイみたいな服を押しつけられた上、仕事場を出る前に返さないといけないのだ。店を出る時に所持品検査をする黒人の男に、ノエルは薄笑いを向ける。ふざけるな、おれがH&Mのゴミみたいな服を持ち帰るとでも思ってるのか……。その点に関しては、でかい黒人とノエルは理解し合っている。前の警備員は手を肩の下に当てて敬意を表し、ウィンクしてちょっと笑いを浮かべ、わかるよ、同感だって顔をした。おまえの言う通りさ、白雪姫くん……。ただし黒人の友人が「気をつけな、おれに期待するなよ」と言う時の雰囲気で。その警備員が解雇された時、ノエルはほっとした。かなりやりにくい状況だったから。ノエルは黒人に文句をつけるつもりはまったくない。だがフランスのパン屑に魅かれて逃げ出してくるかわりに、自分の国のことに専念してほしいもんだ。

日中、仕事場であくせく働いてるのは自分じゃない。体はそこにいるが、機械的な動作を繰り返しているだけで、自分に鍵をかけ、脳みそを取りはずす。夜、友人と町に繰り出せば、通りに君臨する。あばよ、卑屈な時間。肘を軽く突き合わせ、舗道に足音を響かせながら、気ままな一団は自分たち独特のやり方でばかにしたり、気の通じた眼差しを投げたりする。それは一つの音、共有されたエネルギーだ。そこに存在する誇り、人が自分たちを眺め、避け、敬意を示すのを見る喜び。自分たちは、行動に出る用意のある、国家の未来なのだ。

マクドナルドのあたりまで来ると、JPの足取りがゆっくりになった。通りの反対側の何かに気を取られている。

「まちがいない！　あれはマダム・肥満だ」

彼独特のやり方で口笛をふき、皮肉な笑いを浮かべる。ロイックが彼に近づいた。「何が見えるって？」JPは墓のかなたから響くような声でナパーム・デスを口ずさみ、笑い出す。その朝、ジュリアンと一緒にいて、頭のおかしい女に蹴られたこと、この巨大な垢の塊で女のしるしになるものっていえば下の穴だけで、それも、ふさわしい扱いは引き裂かれることぐらいだと語る。地球だって、がまんしてこんなクソを乗っけている必要はない。しかもあの女は好戦的なんだ。へえ、ケンカ好きだって？　ここで二人は顔を見合わせ、せせら笑う。ノエルは、ジュリアンに諭されたことを思い出す。いちばん貧しい人々のところへ行って、フランス国家がしようとしないこと、つまり「我々の国民を優先させる」ってのを実践することが重要だと。まず我々の人民を養うのが先だ。自分の国を十分愛していないから、そこに留まって苦境から脱するために同胞と戦おうとはしなかった人間の貧困をどうするかは、その後の問題だ。だがそれはまた、イメージの問題にも関わるから、貧しい人間といざこざを起こさない方がいいってことだ。とくにそいつらがフランス語を話しているなら。ジュリアンはでたらめな綴りのフランス語で書かれたネットサイトへの書き込みにいらつく。「母語」って言うけど、なるほど、言語が自分たちを一つの国にまとめあげるんだ。ノエルはしょっちゅう言葉を間違う。彼は綴りをたしかめずにネットへの書き込みはしない。ほかの人間が吐き出す猿みたいなコメントには吐き気がする。自分にもそれが間違いだらけだってことくらいわかる。ふざけちゃいけない。

その夜、その瞬間、ビールとナパームの勢いにのせられ、グループは仲間をこけにした女にすーっと近づいていった。ただ一言注意するために。彼らは女を殴ったりはしない。どんなに酔っ払っていたって、こんな女だから、集団レイプにエスカレートする危険はない。もしこれがすごくきれいな金髪女だったとしても、彼らはそういうことはしない。ジュリアンは心配していない。ちょっとしたおふざけさ。歩道を見回って、おれたちの縄張りだってことを示すだけだ。確認のためにあの女に聞くんだ、ここの主(あるじ)は誰なんだ？　誰に従うべきかわかってるのか？　と。

女は赤く泣きはらした目をしていて、横にいる年のいった酔っ払いは、男たちが近づいてきたのを見ておびえている。こいつらには、形式上のあいさつだけでいい。問題は、そいつらと話をしている、なんの価値もなさそうないかつい男だ。この地区のボボが自分の良心を満足させるために、二人の浮浪者のあいだにしゃがみこんで、あなたたちを尊重してますよって示そうとしているんだろう。でも無駄だよ、おまえは今夜、あったかいところでぐっすり寝るだろうが、こいつらは死んでもおかしくないんだ。さあパパ、家に帰りな。おまえは力不足なんだよ。ところが、状況を現実的に判断し、相手に敬意を表してもめ事を起こさず家に帰るかわりに、そのアホは立ち上がって両手をポケットに突っ込み、顎を前に突き出して正面から彼らをにらみつけた。このアホは通りの哲学を身につけてないらしい。ここにもまだおれのしごきをちゃんと受けてないやつが一人いる。たくましい男の群れが近づいてくるのを見て、ブルジョワらしいやわな尻を揺すって説教しようなんて気を起こすとは。

「なんか問題でもあるのかい」

「おまえ、アクション映画の見過ぎだよ」

「ふざけたやつだな、サツの回しもんか？　違うのか？　じゃあどいてくれよ、あんたの女に話があるんだ」

「そうだ、どけ、女と話をつけるから」

「あっちへ行きな、ガキども。別の場所で遊ぶんだな。おまえらに見合った敵がきっと見つかるよ。さあさあ」

「お友達のデブ女は今朝、おれたちを怒らせる前によく考えたのかな？　わかるだろ、おまえさん、町には秩序ってものが必要なんだ。あの女にそれを説明するために寄っただけさ。規律の必要性を説きにね」

いかれた顔つきの男のすぐ近くまで寄っていって、ロイックはそう言った。そうするとふつう相手は、言い返す気を失う。ただもう、そこで終わりにしたくなる。だがでかいブルジョワ男は英雄気取りで、これじゃまずいことになりそうだ。目を伏せて逃げるかわりに、その男はしつこく言う。

「どっか行ってビールの酔いをさましな。くさくてたまらん」

ノエルは周りを見回し、仲間と目配せして高笑いする。誰だか知らないが、この男の今夜の運命が明るくないことは、みんなわかっている。ノエルは脚をとことん鍛えたから、五階まで駆け上がるにも何の努力もいらない。まるでなにかに運ばれていくかのようだ。筋トレの成果を顔に何発も受けることになる男の立場に立ちたくないもんだ。

「くさったボボめ、おれが酔っ払ってるように見えるのか？」

平手打ちが出た。指で弾いたくらいのものだ。この男に良識が爪のアカほどでもあれば、もう反論なんかしないだろう。デブ女が侮辱の言葉を浴び、当然の報いでめった打ちにされたら、それですべて解決し、みんなマクドナルドに行って、夜の集いは続いただろう。でかい黒人たちと互角に闘うのでもなければ、六人で二人の壊れてる男プラスいかれた女をやっつけても、戻ってから誇らしい気持ちにはなれない。早く片付けちまえ。

だがその時、男はロイックの目をじっと見つめて顔につばを吐きかけた。

そういうのはスタジアムでは日常茶飯事だし、釣り場でもまぁふつうだ。ノエルは自分の蹴りの破壊力を知っている。頭、腹、頭と三発続けて繰り出す。この順番で。みごとだ、少しもぶれてない、全部しっかり当たっている。「ブルジョワのくそめ、お前のでかい口をふさがないとどういうことになるかわかっただろう。シラミだらけのおまえら、こいつに伝えてくれよ、次回は目を伏せて消えろってな。いい教訓になるだろう」

冷たい霧のような雨が背中を濡らす。都市の感触。ヴェルノンは何も考えず、ただ前に進む。明かりの消えた映画館の前を通り過ぎる。この時間には車もあまり走っていない。横断歩道でいちいち立ち止まらず、ガンベッタ広場を渡る。鉄の板が落ちてきて自分の骨を何本か折ってもいい、その衝撃を感じたいくらいだ。記憶を探っても、自分の内面にこんな空虚さを感じたことはない。信号は見えているが、反応できない。下りている花屋のシャッター、よろめきながら進んでくる三人の若い酔っ払い、バス停のベンチに横たわった人影が目に入る。過ぎ去った夜の出来事が頭蓋の内側に次々と映し出されるが、自分の中になんの反響も起きない。スイッチは切れてしまった。ヴェルノンは傍観者、自分をただ見する客、闇の存在になった。ついに虚無に飲み込まれてしまったのだ。

いちばんつらかったのは、横にいたグザヴィエが、目を半分開けたまま動かなかった数分間だった。血は細い筋になって唇の上のくぼみで止まり、少しとまどった後、唇の輪郭をたどって顎のほうへ流れていった。ヴェルノンが顔を上げ、誰か救急車を呼んでくれと叫んだ時、目を合わせようとする通行人は誰もいなかった。人々は何が起きているか見ようともせず、スーパーマーケットに飲み込まれていくか、そこから出てくるかだった。ただ何人か、通りの反対側から喧嘩を目撃した人たちがいた。オルガはその時、ヴェルノンの背中にはりついて、子供のように不器用に、しつこく袖をひっぱりながら「おっきい人、そこにいちゃだめだよ。警察が来る、ここにいちゃいけない」と言っていた。ヴェルノンは通行人に呼びかけて「救急車を呼んでください」と叫んでいたが、悪夢の中でよくあるように、自分が不可視の存在になってしまったようだった。きっと一分ぐらいの間の出来事だったろうが、ヴェルノンはその瞬間の中へ沈み、はまり込み、消えてしまった。少なくともその魂は呑み込まれてしまった。すると〈フランプリ〉の警備員が出てきて、さっと携帯電話を取り出した。日中、仕事場の入り口をヴェルノンたちが汚しているとでもいうかのように、その男が敵意のこもった視線を投げてくるのにヴェルノンは気づいていた。強烈に愚鈍そうな印象を漂わせていたから、ヴェルノンにはその男がますます、我慢できないほど醜く見えた。ところが、知性のかけらもなさそうに見えた男は、応急手当の基礎をきっちり身につけたデキる男だった。彼は自信をもってグザヴィエの体を動かし、肩を使って体を傾け、片方の足を持ち上げ、細心の注意を払って頭の位置を高くした。救急隊員はすぐにやってきたが、自分が巻き込まれていると、その物音は現実のものとは思えない。

オルガはそのあいだに消えていた。消防署のライトバンの横に警察の車が止まった。彼らはヴェルノンにいくつか質問したが、最初はうわの空で、答えなんかもう警察の方ではあらかじめわかっていると言わんばかりだった。酔っ払いどうしの報復ではないと知って、警察の態度は急に変わった。地べたに横たわっている男は、住所もクレジットカードも身につけている。最初はへらへらと気楽な態度だった制服の男たちが、緊張感を持ったプロの顔を取り戻し、慌ただしく動き出した。ヴェルノンには、証言が必要だから警察署までついてきてもらわなければならないという。彼はグザヴィエと一緒に救急車に乗りたいと食い下がったが、取り合ってもらえなかった。救急隊は「前から知り合いだったんですか」と疑うようにたずね、ヴェルノンが便乗して、緊急病棟の食事にありつこうとしているのではないかと勘ぐっているようだった。ヴェルノンはそうです、昔から知っていますと答え、グザヴィエの名前と住所を教えたが、奥さんに知らせるために電話番号を、となると残念ながら知らなかった。「患者さんの家族しか乗せられないんです」意識のないグザヴィエの体は担架に乗せられ、ヴェルノンはついていきたいとまた頼み込んだが、きいてもらえなかった。相手が意地悪をしたわけではない。一日中スーパーマーケットの前に座って過ごすようになった今、ヴェルノンの存在の現実性は薄らいでいた。

そこへ信じられないことが起きた。パメラ・カントがタクシーから下りてきたのだ。ヴェルノンにはすぐに彼女だとわかった。パメラが少し戸惑い、通りを眺め、自分の方を見ているのがわかった。彼女が歩み寄ってきた時、ヴェルノンは反応しなかった。このシーンで、パメラの関心の的が自分だとは思わなかったのだ。それがパメラだと見てとったのはヴェルノンだけではなかった。消防団員は忙しく動き回りながらも肘でつつき合ったり、耳のくぼみに何かささやいたりしていたし、警察官のうち二人は信じられないというような笑みをうかべ、文字通り不動の姿勢をとっていた。

「ヴェルノン・シュビュテックスでしょ？　一週間前からあなたを探しているのよ……何があったの？　問題に巻き込まれたの？」

状況が状況だから、感激している場合ではない。衝撃から立ち直れないヴェルノンには、その劇的な展開を味わっている余裕はなかった。彼は沈黙を守った。脈絡のない考えが次々と、炎につつまれた流星のように襲いかかってきて、どこからそれが来るのか、この混乱の中で自分は何をすべきなのか、まるでわからなかった。だがパメラは返事を待っていた。ヴェルノンはついに答えた。

「今さっき、友達がけんかでやられたんです。意識を失ってる」

「グザヴィエ・ファルダンじゃないの？」

「彼を知っているんですか？」

「もちろんよ、子供のころ、『ぼくの唯一の星は死んだ』を観たもの」

パメラ・カントの出現自体もあまり現実的とは言えなかったが、あっけにとられている警察官や消防隊員に囲まれ、パメラ・カントがグザヴィエの映画のことを古典的な作品のように語っているなんて——ヴェルノンは心の中で、くそ、グザヴィエ、意識を取り戻せ、これを逃すなんて残念すぎるぞ、とつぶやいていた。

パメラは、グループを率いる役割は当然自分にあるかのように、あっけにとられるほど自然な態度でその場を仕切りはじめた。もちろん、パメラは何がなんでもヴェルノンについて行きたかった。彼と話す必要があった。証言ね、もちろんよ、あたしの携帯番号を消防署の人に教えるから、警察署へ寄った後、グザヴィエのところへ行けるように電話してもらえるかしら。今や誰もが、まったく問題ありませんと言うのだった。デパートのショーウィンドーを見に行きたいからパトカーの屋根の回転灯を思い切り回してくれとパメラが言えば、警察官たちは、もちろんです、進みながら空中に発砲しましょうか？　とでも答えただろう。ヴェルノンにとって耐えがたいことに、男たちは完璧に連帯し、自分はそこから完全に除外されていた。そんなことは今まで一度もなかった。だが、いくらパメラ・カントが会いにきた相手でも、ホームレスなんて、働いている男たちから見れば珍しい置物のようなもので、本物の男たちの側に入らない、別のカテゴリーの存在なのだ。消防団員と目が合っても、意思の疎通などこれっぽっちもなく、ただ好奇の目を向けられるだけだった——じゃあなんだ、あの女はホームレスにやられるのが好きなのだろうか？　とでも言いたげに。

誰も自分にどうしたいかなんて聞いてくれないが、証言をしに行きたくはなかった。警察の車に乗ってしまうと、ふしだら女の役を熱心に演じてくれるパメラ・カントが関心を独り占めした。彼女は男たちをわざと邪険に扱い、相手方はうっとりした。ヴェルノンは悠然としているパメラを署の入り口に残し、若い警察官の後について無味乾燥な仕切りの中に入っていった。

「白人の若者たち、そうですね？　グループの名前は聞きましたか？」

「いえ、そんなに長いあいだ話をしたわけではないんです。ぼくは、その人たちだと気づかないところでした。昼と夜では完全に同じグループじゃなかった気がします。正直に言うと、まともに見ていませんでした」

「彼らはその女性に恨みでもあったんですか」

「彼女のことは、よく知ってるわけじゃありません。ぼくは最近、路上に出たばかりで、しかも今はショックで……」

「わかります。申し訳ない」

警察署の内部はかなり荒廃が進んでおり、ここで一生働き続ける人間が、街路で暮らす人間を哀れに思うなんて皮肉に思えた。これじゃ「同病相哀れむ」だな。

その警察官はまだ子供っぽかった。二十五歳ぐらいだろうか。ヴェルノンを飲み込み、ますます不安な色を濃くしていく非現実感は増すばかりだった。ヴェルノンは隠した方がいいのか言った方がいいのかわからないまま、よく考えずに質問に答えていった。向かいの男は、質問のはじめの方こそ疑いを抱いていたようだが、すぐに彼を信用したようだった。ヴェルノンにはうさんくさいところはまったくなかった。警察官は十五分で調書を書き終えた。警察官がとくに関心を寄せていたのは、攻撃してきた人間の人種だ。白人だと聞くと、極右の活動家の写真リストを出してきてヴェルノンに見せた。だが、どの顔にも見覚えがなかった。ヴェルノンを解放する前に、警察官は黄色いポストイットを取り出し、いくつもの緊急宿泊所の電話番号と援助申請窓口の住所を、下手くそだが丁寧な文字で一生懸命書き込んでくれた。まったく残念なことです、たいへんな時代ですよね、前は仕事されていたのに、レコード店をやってらしたって、いや、再就職は難しいですよね。おれたち警察はまだしばらくは大丈夫そうですが、うちの兄貴は教職についていて、退職まではもたないと思いますよ……。ギリシャでは国営テレビがなくなったの見ました？　いつかフランスでもそれが起きる、その件で動員されるのは警察なんですよ。ここではなんでその話をしないかわかります？　警察は、自慢じゃないが唯一、簡単に私有化されない職種ではありますけどね。それは避けられないからなんで。

それから待合室でパメラを待たなければならなかった。というのも、パメラが歓びの炎か何かであるかのように男たちが彼女を取り巻いていて、誰も無作法なことはしていなかったが、王女様の訪問を受けた病院の子供のようにはしゃぎ、サインが欲しい、携帯でセルフィーを撮るなどと騒いでいたからだ。パメラは弾けるような魅力を振りまいていた。そしてヴェルノンは彼女を眺めながら、こう考えた。汚いジョギングパンツにフードつきのスウェットを着て、外履きのスリッパみたいな、内側に毛のついたあったかブーツを履いていても格好がつくのは、きれいな女の子だけなんだろうな。パメラ・カントは見事に自分の役をこなしていた。その目、小柄だが完璧なプロポーションの体、そして何より、独特のオーラ。ヴェルノンは、自分には目もくれない警察官たちの横で十分間も待たなければならなかった。署長自らがパメラと話をしたいと言い出したのだ。

タクシーに乗ると、彼女はもう店じまいしていた。ヴェルノンの横にいるのは、さっきと同じ人間ではなかった。ラジオでフランス・ブルーを聞いている中国系の運転手は、彼女が誰だかわかっていなかった。仮面を外してしまうと、パメラの顔には疲労の跡、なにか苦悩の跡のようなものが見て取れた。彼女は早口で話し、視線を合わせなかった。目で接触するだけで、相手が取り乱す危険があるかのように。署長はなぜ彼女に会いたがったのかとヴェルノンが聞くと、パメラは肩をすくめ、どうでもよさそうな口調で答えた。

「もし自分が女だったらどうするかって話を、あたしにしたかったみたい。もちろん、スタイルのいいふしだらな美女になるわけ。まわりの男どもを夢中にさせて、タマで転がし、ペニスをつかんで振り回し、望むものすべてを手に入れ、金も権力も有り余るほど持って君臨するって。アホ人間の妄想よ、典型的な。こっちはなんて答えたらいいのかしら。そんなの、実際に起きているのをどこかで見たことありますかって、娼婦がほかの人間よりうまく世を渡ってくなんて？ 娼婦が権力を持ってる惑星なんてどこかにある？ とにかく、もし彼が女だったら不細工だったに決まってる、それだけ。何を考えてるんだか、まったく。まあ……あたしは口をつぐんでたけど」

「どうしてあなたがあそこに現れたのか、まだわかってないんですが」

「アレックスのビデオの話をしたでしょう、家にあるとかって……ほんとう？」

「家にあるはずはないですよ、もう家がないから。でもインタヴューのビデオは、たしかに。フランスのポピュラーミュージックに関心があるんですか？」

「そのインタヴューの録画はどこかにとってあるのね？」

完全な事実を言うべきか、少しはぐらかすべきか、まるっきり嘘をつくべきか。もうそれさえ判断できない質問をこれ以上されるのはごめんだった。


「どうしてそんなことに興味があるんですか」

「その話をしに来たのはあたしが最初？」

「ええ」

「イエス！　あたしがいちばん早かった。いちばん有能だった。その録画を探しているのはあたしだけじゃないの、じつは。でもあたしがナンバー・ワン」

「頭はだいじょうぶですか。その録画はぜんぜんおもしろくないですよ。ラリって自分を撮った、それだけで。彼は自分で何を言っているかもわからない状態でした。録音の話をしたのは、ちょっとはったりをかましたかっただけなんです。よくわからないのは……」

「その録画を撮ってる時、あなた聞いてたの？」

「いや」

「どうして？」

「眠っていたから。ぼくはコカインをやると、いつもくつろいじゃって。アレックスはぜんぜんそうじゃなかった。顔を合わせれば、しゃべりまくってましたね。休みなくべらべらと、あのアホは。その上、いない時に彼がしゃべったことまで聞きたくはならないですよ」

「じゃあ、預かってもいい？」

「でもどうしてそんなことのために、ぼくにつきまとうんです？」

そこでヴェルノンは言い止めた。そんなこと明らかだ。ウォッカ・サタナだ。もちろん。二人は知り合いだったのだろう。友達ではなかったかもしれない。輝ける大物二人の間では、友情ももつれるにちがいない。頂点にはナンバー・ワン一人しか立てないのだから。でもそうに決まっている。ヴェルノンが「ウォッカ・サタナ？」とその名を発音すると、パメラは背筋を正してほほえみ、彼の方へ顔を向けてじっと見た。そのためにわざわざ誘惑しようっていうのか。わかっていても、彼が身を守ろうとしても、別の女に気をそらそうとしても、パメラのやり方は百パーセント成功する。少し動揺しただけだと言いたいところだが、棒の先で踊らされている道化みたいになってしまい、彼女がそうしようと決めたからには、惑わされてしまう。パメラがどんなお礼をしてくれるか想像できなくはないが、あまりに動揺していてはっきり思い浮かべられない。その件をもう少し詳しく知りたい。

「誰がそのカセットのことを話したんですか。変なブツですよ……」

「あなたが話したんでしょ」

「ちょっとだけ。はじめは売りたかったんです。リディア・バズーカがあなたをよこしたんですか」

「いいえ、いろいろ入り組んでるの。じつは複数の人が探しているわ。あなたを一番先に見つけたのはあたし。特別な扱いをしてくださってもいいんじゃない？」

この女は、そうしようと決めれば、声も相手の耳でとろけるボンボンのようになる。「特別な扱い」と彼女が言った時、ヴェルノンはあそこが勃ったわけでなく、自分の全存在が勃起になるのを感じた。落ち着いて考えるのにもっとも適した状態とは言えない。

その時だったろうか、雨が強くなってきたのは。それとも彼がその場所を離れ、暗闇のほうへずり落ち始めたのだろうか。ヴェルノンにはわからなかった。パメラ・カントはヴェルノンの手に手を重ね、謝った。

「あたし、エゴイストだわ。あなたがすごく大変な状況にいるのがわかってるのに、友達が救急車で運ばれていったのに、自分のことしか考えないなんて。いつもこうなわけじゃないのよ」

ヴェルノンは言いかけた、うん、あなたのことは映画で何度も見たよ、いつもそういうふうじゃないよね、いつもはもっとずっといい服を着て、すごく興味深いことをやってる、きっと、ちょっと不快なことをされてもほほえんでいられる種類の女の子なんだろう、と。だが喉がつまって言葉が出てこなかった。担架に乗せられたグザヴィエ、この光景の衝撃は、パメラのカリスマ性をもってしても消すことはできなかった。アレックスの思い出がとつぜん胸にすべりこんできた。自分に預けてくれたものを一度も聞く時間を作らなかったなんて。今までそんなこと考えもしなかったけれど、あれを受け取った時、あのカセットに関心を寄せていれば、アレックスのために何かできたかもしれないのに。物事の流れを変えられたかもしれないのに。友達が溺れるにまかせたのだ、なんの行動も起こそうとせずに。ヴェルノンは死者たちが旅立っていくのを聞いていた、自分ももう死者の側にいた。今晩、ヴェルノンはアレックスを見放したことにたとえようのない後悔を感じていた。そしてグザヴィエをこんな局面に引き込んでしまったことに。二つの感情は絡み合っていた——おまえはなんてひどい友人になってしまったんだ。だがそのうち、彼を捉えていた激しい思いは立ち消え、後に何も残らなかった。ヴェルノンは長いあいだ、一言も発することができないまま、パメラ・カントの顔をじっと見ていた。すべてのことが自分と切れていった。現実とのあいだに底知れぬ深淵がうがたれていった。ヴェルノンは疲れ果てていた。二人の乗った車はかなり長く病院の敷地内を走り、救急車や、点滴をしながらタバコを吸っている患者や、ヒンドゥーダンスをまねしている看護師たちに出くわした。

タクシーから降りる前に彼は言った。

「カセットの入ったカバンをエミリーって名前の女の子のところに置いてきたよ。ぼくを見つけられたんだから、その子も見つけられるだろう。ともかく、うまくいきますように。じゃあここで」

「そうはいかないわ。一人で行かせるわけにはいかない」

ヴェルノンは「ついてきてほしくないんだ」と言って、相手がひるむところを見たかったが、最後の最後になって、彼女がいないと病院に入れそうもないことを思い出した。ヴェルノンの今の格好では、明かりに吸い寄せられて暖を取りにきた男にしか見えないだろう。


病院の建物はとても古く、修道院のような病院を建てていた頃の代物だった。静かで落ち着いて見えたが、扉を開けて入ると、すべてがさびれていた。七〇年代の家具に蛍光灯、白衣、自分よりも疲れ果てた顔。

パメラはヴェルノンの代わりに手続きをし、カウンターに肘をついて、誰かが情報をもたらしてくれるのを待っていた。ヴェルノンはときどき、少しだけ理性を取り戻した。

「でもどうやってぼくの居場所をつきとめたの？」

「あなたの名前にはハッシュタグがついてるの。ことのはじめは、あなたを殴った女だと思うけど。ネット上ではシモーヌ・デュ・ブードワールとか名乗ってる人、本当の名前は知らない……」

「シルヴィかな」

「あなたはその女の家に行って、相手が雌犬か何かのように寝るだけ寝て、いなくなっちゃった。そんなことしょっちゅうやってきたのかどうか知らないけど……」

「シルヴィだ」

「でそのハッシュタグは今やいろんな人の役に立ってる。いろんな人があなたをネット上で探している。ただ自慢じゃないけど、あたしには、他の全員分を集めたくらいのフォロワーがいるの。あたしのファンの一人が、十九区の公共シャワー場であなたを見たって。うん、そう、あそこで働いているファンがいるのよ。で、その人があなただってわかったって。写真を何枚かネットにあげておいたから。シモーヌ・デュ・ブードワールは何百枚もあなたの写真をフェイスブックにあげてるわよ。あなた、女を選び損なったわね。あんな女をゴミみたいに捨てちゃだめだったのに……。とはいえ、自分に関係ないことに口出しするつもりはないけど。正直、あなたほど人気があれば、外で寝る必要なんかないと思うわよ。あたしの感覚で言うと、野心がなさすぎるんじゃない。ネット上ではスターになってるんだから。みんながあなたのこと探してる」


尊大な感じの黒人の男だったが、パメラの魅力に無感動ではいられないらしく、グザヴィエが入れられている病棟を教えてくれた。ヴェルノンは廊下を曲がった時からマダム・ファルダンがわかった。膝にハンドバッグをのせ、すり減った靴を履き、体からは疲れがにじみ出ていて、合わせた手に頭をうずめていた。ヴェルノンは脳と心に麻酔がかかったようだった。歯を抜かれる時と同じ感覚だった。彼の体はそこにあって前に進み、情報を記録していた——ファルダン夫人が顔をこちらへ向けたとき、グザヴィエの容体はよくないのだろうとさとった。だが感情は機能しなくなっていた。マリー＝アンジュがひきつった顔で現れ、ヴェルノンの顔を見ると歯を食いしばって「何があったのよ」と言ったが、答えたのはパメラだった。ヴェルノンの口からは一言も言葉が出てこなかったから。マリー＝アンジュにはパメラが誰だかわからないのだろうとヴェルノンは思った。看護師や医師の何人かは気がついているようだった。もっと詳しい説明をするために白衣の人たちが集まり始めていた。昏睡状態。ヴェルノンはやっとのことでトイレの場所をきいた。示された方向に進んだ。出口が見えた。その夜、雨の中、逃げ出そうとは一瞬たりとも思わなかった。彼はただ闇の中を歩き出したのだ、ただ前に。どうでもよいことだけが意識に映った。たとえば自分の腕の重さ。両手はポケットに入っていて、出すこともできなかっただろう。鉛が詰まっているようだった。

ヴェルノンは自分の手綱を取り直すことができなかった。逃げ出したい気持ち、すさまじい怒り、自己嫌悪、これから起きることへの恐怖、息の詰まりそうな窒息感、絶望と混乱などが自分の中でぶつかり合った。焼けつくように体が熱く、肺が燃え、こめかみや頬は火のようだった。彼はゾンビのように何時間も歩いた。めまいがする。でも座ることはできない。闇の中、階段を上がる、早足で駆け上がる。すっかり息が切れてもさらに足を速める。ある歌の歌詞を思い出す。「それは踊りをやめられなかった若者の話」。肩で息をし、無理して上り続ける。バンドの名前など忘れたことのない彼が、アルファベットの最初から一つずつ試して思い出そうとし、この夜はじめて意識を集中させる。リエゾン・ダンジュルーズだ。「それは踊りをやめられなかった若者の話、ついに彼は死んじまった、今日ではあたり前のこと」。今の自分には何の役にも立たない情報が次々とそこに重なる。あいかわらず無秩序に、雑然と――一九八一年、ドイツのグループ、ドイチュ＝アメリカニシェ・フロイントシャフト、アインシュテュルツェンデ・ノイバウテン、「霧の中の神秘」。ヴェルノンは上り続ける、建物の脇を上っているようだが、階段はどこまでも続いていき、下に町を置き去りにしていく。ヴェルノンは歩をゆるめず、自分に鞭打ち、こめかみをひきつらせて進む。「公園の中の子供たち」の冒頭の数小節が聞こえる。シンセサイザーが演奏する繰り返し、リズム・ボックス、後ろに女性の声。ベンチに崩れ落ちたヴェルノンは、息を整えることもできない。車の音ももう聞こえない。雨が激しさを増し、空を仰ぐ彼の顔に細かな鉛色のげんこつが当たる。

眠った記憶もないまま、夜が明けた。ロバート・ジョンソンが向かいのベンチに座ってハーモニカを吹いている夢を見たのは確かだ。自分が倒れている通りがどこかはわからない。座り直そうと思っても体が言うことをきかず、仰向けにくずおれ、やっとのことで頭の向きを変える。雨はやんで、かみそりの刃のように鋭い寒さが降りてきた。熱があるに違いない、寒さが食い込む肌は、焼けるように痛む。ある考えに胸をえぐられる。どれほど前から何も食べていないだろう。せめてこのまま、一時間も経たない間に死んでしまえたら――ヴェルノンは想像する、ろうそくの炎が揺れ、弱まり、黒い糸のようにくすぶって、少しだけ赤い色が見えたかと思うと消えていくところを。だが人は絶望では死ねない、ともかく、そんなに簡単には死ねない。

自分の脚のあいだに猫がうずくまろうとしている感覚でとつぜん目が覚めた。闇夜の中、また雨が降り始め、猫は隠れ場所を探している。忌まわしい考えしか浮かんでこない。気味の悪い匂いは、自分の口から漂い出ている。腐っていく死体。吐きたいが、胃液が喉をひりひりさせるだけで、地面にそれを吐き出すために頭を傾ける体力もない。顎が汚れ、冷たい雨水が汚物を洗い流し、窓に明かりが見え、踊り出す。彼は目を閉じる。体は宙を漂っているようで、光る形がいくつも瞼の裏に浮かび、呼吸がまた苦しくなってくる。このベンチの上には、まだ来たばかりだっただろうか？　起き上がることもできない。何か動作を起こさないと。抵抗する力もないまま、眠りに引きずりこまれる。

何時間か、それとも一分かわからないが時が経ち、夜も更けた時間になって体が熱に震えだした。「ヴードゥー・チャイル」の最初の数小節で目が覚めた。ジミ・ヘンドリックスは咳をしている、「雨の夜に夢去りぬ」の始まりだ。『エレクトリック・レディランド』のアルバムのじゃないな。ヴェルノンはこのバージョンを聴いたことがなかったが、ヘッドフォンで聴いているように、あるいは屋外コンサートで一番いい席に座っているように明晰に聞こえる。目をなかなか開けられない。頭上は満天の星だ。明日は晴れるだろう。音楽は鳴り止まない。自分が錯乱していることはわかっているが、気にならない。彼は目を閉じ、瞼の裏に飛び交う幻の形の方へと戻っていく。「ヴードゥー・チャイル」のイントロはいつもより長く、エディ・ヘイゼルがグルーヴに入ってくるのが聞こえ、ヴェルノンは驚いてしまう。それからたしかにこれはジェームス・ジェマーソンだが、彼が長いベースラインを展開したかと思うと、最後にジャニス・ジョプリンの澄み切った声が立ち上った。ヴェルノンの体の上に音のアーチが浮かんだ。スティーヴ・ウィンウッドのオルガンに酔った空間はしなだれかかり、ヴェルノンに残っているのはもう、歓びの方へ引っ張られる力、闇の中へ膨らんでいく張力だけで、彼は町全体になり、下界を見渡し、ジミとジャニスが繰り広げる信じられないコンサートを一人聴いている。頭上では、パリの空の中で、星が奇妙なほど強い光を放ち、またたいてる。

もっと遅い時間になってから――というのもヴェルノンはまた眠り込んだ――光の波がギターのリフに乗って渦巻いているのを感じた。化膿した膿瘍を取り除こうとしているかのように、ジャニスの声が痛みを突き刺し、苦痛は和らいだ。見えない器用な指が鎖骨の後ろに滑り込んで引っ張ると、息が楽になり、熱があたりに拡散し、胸郭が開いた。皮膚のすべての細胞が音楽を吸収し、歌は永遠に続くようだった。

すべてが静まり返った時、まだ生きていることに驚いた。服は濡れ、体に力は入らないが、座ることはできた。自分がどこにいるのか、まったくわからない。奇妙な感じがするのは場所のせいというより、この沈黙のせいだと理解するのに少し時間がかかった。車も通らない。人も通らない。目が回る。これほど心地よい沈黙は経験したことがない。自分の存在全体がそこに浸されている。ヘロインではこんな状態になれない。どんなキノコも、ＬＳＤも、ダチュラも、いま経験したほど完璧な音の幻覚を与えてくれはしない。彼はまだ死んではいなかった。喉のあたりのしつこい痛みが教えてくれる、反対にちゃんと生きていて、風邪をひいてるってことを。しかもくそ、幸せだった、気がおかしくなるほど幸せだった。正面には、さえぎるものなく広がる景色があった、パリ全体が見下ろせた。

おれは独り身の男だ、五十歳、癌をやってから喉には穴があいていて、タクシーを運転しながら窓をあけて葉巻を吸ってる、客がどんな顔をしてもな。

あたしはディアナ、何にでも笑って、何にでも謝るタイプの女の子。腕はリストカットの跡がたくさんある。

ぼくはマルク、失業手当をもらってる。ぼくを養うために働いているのは妻だ。毎日娘の面倒をみていて、今日ははじめて自転車の乗り方を教えた。父のことを思い出したよ、子供の頃、ぼくの「バイク」の後輪を取り外してくれた日のことをね。

あたしはエレオノール、あたしの好きな女の子がリュクサンブール公園であたしの写真を撮ってくれるの、何かきっと起きると思うけど、おたがいにつきあってる人がいるから面倒なことになるわ、でも行ってみる。

ダニエル・パルクの死を知った時、わたしはベッドの中だった。自分の携帯に彼の番号が入っていることを思い出すと電話してみたくなるが、それももう不可能なのだと思うと、頭から脚まで震えが走る。

ぼくは童貞を捨てたいってことばっかり考えてしまう年頃で、何カ月も前から目をつけてる赤毛の女の子が一緒に映画を観に行ってもいいって言ってくれた。からかってるんじゃないと思う。鏡で自分の顔を見たら、にきびのあとがぜんぶなくなってた、アキュテインが効いたんだね、新しい人生が目の前に開けてきたよ。

あたしは超絶技巧を持ってる腕のいい若いヴァイオリニスト。

あたしは傲慢でピチピチした娼婦、ぼくは車椅子の人を支援する青年、あたしは自分のことを自慢に思ってくれてる大好きな父とディナーに出かける若い娘、ぼくはメリリャの有刺鉄線をくぐり抜けてきた不法滞在者で、シャンゼリゼ大通りを上っていくところ。この国はぼくが探しにきたものをきっと与えてくれる。わたしはと場に引かれてきた雌牛、あたしは何もしてあげられないから病人の叫び声が聞こえなくなった看護師、おれは毎晩十ユーロ分のクラックをやってシャトー・ルージュのレストランで片付けの闇仕事をする身分証明書のない外国人、ぼくは長い間失業者だったけどやっと仕事を見つけた男、おれは税関の十メートル前で小便をちびりそうになるクスリの運び屋、あたしは六十五歳の売春婦、一番古くからの客がきてくれて喜んでいるところよ。わたしは裸の枝を雨に打たせる樹、乳母車の中で叫ぶ子供、リードを引っ張る犬、囚人の気楽さをうらやむ看守、ぼくは黒い雲、わたしは泉、婚約者を失い、過ぎ去った日々の写真を一枚ずつめくる女、ぼくはパリで、丘の上のベンチに座っているホームレス。

訳者あとがき

本書はヴィルジニー・デパントによる ***Vernon Subutex, tome 1***（二〇一五）の全訳である。パリの伝説的なレコード店主だったヴェルノン・シュビュテックスを中心人物とし、全篇にロックが響くこの物語は全三巻からなる。シリーズは大きな反響を呼び、アナイス・ニン賞などの文学賞を獲得したほか、二〇一九年にはテレビドラマに翻案され、カナル・プリュスで放映されてＤＶＤ化された。

ヴィルジニー・デパントは現在もっとも注目され、発信力のあるフランスの作家の一人だ。権威ある「ゴンクール賞」の審査員を五年間つとめて辞任したばかりである。「ブラック・ライヴズ・マター」のデモに参加し、フランスのラジオ局に寄せた書簡が『世界』に掲載された（二〇二〇年八月号、谷口亜沙子訳・解説）ことも記憶に新しい。

デパントは一九六九年、フランス東部の町ナンシーに生まれた。十代で書くことに目覚め、精神病院に入れられて苦しみ、放浪し、家政婦として働き、リヨンの映画学校で学んだ。その後ベビーシッター、スーパーマーケットやレコード店の店員、ロック誌のフリージャーナリストなどをつとめ、「自分の意思にもとづいて時々」売春もした。パリのヴァージン・メガストアで働いていた時に、失くしたと思っていた『ベーゼ・モア』（邦訳『バカなヤツらは皆殺し』、稲松三千野訳、原書房、二〇〇〇年）の原稿のコピーを友達が出版社に渡し、刊行される。これを読んだ作家でロック批評家のパトリック・ウドリーヌが書いた批評がテレビで紹介され、本は一気に数百万部売れた。

映画化された小説も多い。デパント自身、『ベーゼ・モア』、『バイバイ・ブロンディー』（映画邦題『嫉妬』、エマニュエル・ベアール、ベアトリス・ダル出演）の監督を手がけた。ジル・パケ＝ブレネール監督の『美しい妹』（原作 *Les Jolies choses*）にはマリオン・コティヤール、本書にも名前が出てくるストーミー・バグジーとパトリック・ブリュエルが出演している。『ティーン・スピリット』（未邦訳）もスター映画（*Tel père telle fille*, 二〇〇七）に翻案された。

『ヴェルノン・クロニクル』はなぜバルザックの『人間喜劇』と比較されるのだろうか。二〇一五年一月七日、シャルリー・エブド襲撃事件の日に出版され、第三巻で同年のパリの同時多発テロに言及するデパントのこの小説が、同時代の社会を鋭い切り口で捉えているからにちがいない。その点でデパントは、『ヴェルノン・クロニクル』とほぼ同時に『服従』を発表した作家ミシェル・ウエルベックとも比較される。だがそれだけではない。本作は現代フランス社会のさまざまな社会階層の中に視点をすべり込ませ、タブーとされる主題を語り、押し殺された心理に声を与えて、その声のぶつかり合いを聞かせる。第一部でその舞台は、多様な出自と価値観をもつ人々がうごめくパリだ。宗教、移民、失業、ＬＧＢＴといったテーマをめぐり、刻々と変わっていく世界の状況と個人の物語が細やかにリンクしていく。ポルノ産業、ＤＶ、ドラッグといった主題も、生々しい経験や感覚を通して語られる。リアルなビートを物語の時間に一つ一つ鮮烈に刻んでいく、デパントの作品に固有の音楽性やリズム感は、そこからも生まれているだろう。小説の言葉は、人々の暮らしのリズムや言葉づかいに密着し、読者が時に苦しくなるほど、人間の心理の網を拡げて見せる。と思うと、独特のユーモアが弾ける。

自分にとって書く行為が音楽から受ける影響はとても大きいと、作者はあるインタヴューで語っている。デパント自身、かつてバンドとともに自分のテクストを朗読（ラップ）したり、オルタナティヴロック・グループ、A.S.ドラゴンのために歌詞を書いたりした。本書ではセクションの切れ目で視点が切り替わり、各人物の立場から複眼的に社会や出来事が語られるが、その瞬間、違う曲をかけたかのようにふっと空気が変わることがある。各人物が聴いている音楽は、その人の性格や人生をあぶり出すし、人物と社会の関係も浮き彫りにする。そして、音楽の一節が心のつぶやきや思い出と重なり、小説のリズムやメロディーにアクセントをつけ、末尾ではつかの間の幻想的な宇宙観さえ浮かび上がらせる。

ヴェルノンは、小説の主人公としてはオーラが足りないと思う読者もいるかもしれない。ある意味で「ダメ男」だし、社会の「負け組」になっていくヴェルノンはしかし、社会から弾き出されていく負け組（ルーザー）だからこそ、デパントの小説の重要なテーマを背負っている。立身出世を願う青年が主人公になる十九世紀のフランス小説との距離は、この点では明白だ。しかもヴェルノンは、一緒にいるとなぜか楽しい、不思議な男なのだ。デジタル・コンテンツの登場でレコード業界が打撃を受け、失業した彼は、ヴェルノンの店で音楽の魅力を知った恩を忘れない歌手アレックス・ブリーチに援助してもらう。だがそれも不可能になって、かつての顧客や友人の家などを渡り歩く。昔の知人の音楽の好みは時に変化していて、彼らの世界観を変えた社会の変貌がそこにも映っている。

デパントが堂々と正面から問うてきた、社会が偽善的に覆い隠し、語りにくくしている鮮烈なテーマは本書にも息づいている。新たなフェミニズム理論を提案する『キングコング・セオリー』（未邦訳）で、デパントは自らレイプされた経験を語り、独自の売春論やポルノ論を展開し、『バカなヤツらは皆殺し』で連続殺人犯になる少女たちを描いた。本書でも、性をめぐる偏見とさまざまな本音、ポルノと陵辱の違いなどが主題になる。マスメディア業界、SNSに潜む暴力性も示唆される。暴力の犠牲になる女性も、暴力をふるう女性も存在する。一例にだけどうしても触れておきたいが、本小説に登場する名探偵ハイエナは『少女的黙示録』（未邦訳）にも登場し、そこでは同級生の父親を殴り殺した過去、バルセロナのレズビアン・コミュニティとのつながりが描かれていた。それをふまえると、本書のバルセロナを舞台にしたシーンにも厚みが出てくるし、バルザックの「再登場人物」にも似たハイエナの位置、アレックス・ブリーチの遺した謎をめぐる推理小説的な本作の性格も見えてくるだろう。

この小説からはまた、フランスの政治的動向のきしむリズムを感じ取ることができる。政治的意見が異なり、批判しあいつつもつながっているヴェルノンの知人たちの関係は興味深い。また、極右の若者たちがホームレスや移民に対して力を行使しようとするパリの路上からも目が離せない。

翻訳にあたっては、さまざまな方のお世話になりました。スペイン語の歌詞などに関してご教示くださった久野量一先生、柳原孝敦先生、多くの点について貴重な助言をくださった市川裕史先生に心からお礼申し上げます。『フランス大衆小説研究の現在』（宮川朗子、安川孝、市川裕史著、二〇一九年、広島大学出版会）、および市川裕史氏の鮮烈なテクスト「『フランス大衆小説の現在』あとがき」（津田塾大学『国際関係研究所報』第五四号、二〇一九年十二月）におおいに学ばせていただき、刺激を受けました。

最後になりましたが、かつてル・クレジオの小説を一緒に読んだご縁で、早川書房の堀川夢氏と一緒に仕事をさせていただけたことをとても幸せに思います。音楽に造詣の深い堀川氏の的確なご助言に深く感謝いたします。

二〇二〇年九月一七日

訳者略歴　東京大学大学院およびパリ第七大学大学院博士課程修了，上智大学教授，フランス文学研究者・翻訳家　訳書『音楽の憎しみ』『涙』『約束のない絆』パスカル・キニャール，『モーツァルトの人生』ジル・カンタグレル，『ゴリオ爺さん』オノレ・ド・バルザック他多数

ウィズ・ザ・ライツ・アウト
ヴェルノン・クロニクル 1

2020年10月20日　初版印刷
2020年10月25日　初版発行

著者　ヴィルジニー・デパント
訳者　博多(はかた)かおる
発行者　早川　浩
発行所　株式会社早川書房
東京都千代田区神田多町2－2
電話　03－3252－3111
振替　00160－3－47799
https://www.hayakawa-online.co.jp

印刷所　精文堂印刷株式会社
製本所　大口製本印刷株式会社

Printed and bound in Japan

ISBN978-4-15-209972-3 C0097

JASRAC 出2007859-001

乱丁・落丁本は小社制作部宛お送り下さい。
送料小社負担にてお取りかえいたします。